HEYNE <

PIERRE GRIMBERT
im Wilhelm Heyne Verlag:

Einst reisten Vertreter aller Nationen auf die geheimnisvolle Insel Ji. In den Tiefen der Insel, so erzählt man sich, gerieten sie in ein Felslabyrinth – und verschwanden spurlos. Jahr für Jahr treffen sich nun ihre Nachkommen am Eingang des Labyrinths, um dem Rätsel auf die Spur zu kommen. Denn was hat es mit der Insel Ji wirklich auf sich? Als schließlich ein Nachkomme nach dem anderen grausamen Mördern zum Opfer fällt, machen sich die letzten Erben auf, um das Geheimnis von Ji zu lüften.

DIE MAGIER
Erster Roman: Gefährten des Lichts
Zweiter Roman: Krieger der Dämmerung
Dritter Roman: Götter der Nacht
Vierter Roman: Kinder der Ewigkeit

DIE KRIEGER
Erster Roman: Das Erbe der Magier
Zweiter Roman: Der Verrat der Königin
Dritter Roman: Die Stimme der Ahnen
Vierter Roman: Das Geheimnis der Pforte
Fünfter Roman: Das Labyrinth der Götter

DIE GÖTTER
Erster Roman: Der Ruf der Krieger
Zweiter Roman: Das magische Zeichen
Dritter Roman: Die Macht der Dunkelheit
Vierter Roman: Das Schicksal von Ji

Mehr über Autor und Werk unter:
www.heyne-magische-bestseller.de

PIERRE GRIMBERT

DIE GÖTTER

DAS SCHICKSAL VON JI

ROMAN

Aus dem Französischen
von Sonja Finck
und Bettina Arlt

WILHELM HEYNE VERLAG
MÜNCHEN

Titel der französischen Originalausgabe
LES GARDIENS DE JI: LES VÉNÉRABLES

MIX
Papier aus verantwortungsvollen Quellen
FSC
www.fsc.org
FSC® C014496

Verlagsgruppe Random House FSC-DEU-0100
Das für dieses Buch verwendete
FSC®-zertifizierte Papier *Holmen Book Cream*
liefert Holmen Paper, Hallstavik, Schweden.

Vollständige Erstausgabe 01/2013
Redaktion: Catherine Beck

Printed in Germany 2013
Umschlaggestaltung und -illustration: Nele Schütz Design, München,
unter Verwendung einer Illustration von Paolo Barbieri
Karte: Andreas Hancock
Satz: Buch-Werkstatt GmbH, Bad Aibling
Druck und Bindung: GGP Media GmbH, Pößneck

ISBN: 978-3-453-52810-9

www.heyne-magische-bestseller.de

Bald wird es nicht mehr nötig sein, mich vorzustellen. Dann wird die gesamte bekannte Welt, ebenso wie die bisher noch unbekannte, beim Anblick meines Schattens auf die Knie fallen. Die Menschen werden den Boden vor den mir zu Ehren errichteten Denkmälern küssen, und die Könige und Kaiser, die ihre Mittelmäßigkeit noch nicht erkannt haben, werden vor meinen Exkrementen im Staub kriechen.

Ja, bald wird die Zeit kommen, da mich die Sterblichen erkennen und sich dem mächtigsten Wesen unterwerfen, das auf Erden wandelt. Dem letzten Träger der Geheimnisse einer untergegangenen Welt. Dem letzten Abkömmling der Unsterblichen. Dem Erben der alten Mächte und Hüter der Anbetung, die ihnen gebührt. Kurz, dem alleinigen, dem einzig wahren Gott, dem jedes mit Verstand begabte Wesen dienen muss. Sie werden sich mir *unterwerfen.*

Saat.

Ist mein Name erst weithin bekannt, werden sich vielleicht einige daran erinnern, ihn schon einmal gehört zu haben. Aus den zahnlosen Mündern von Greisen vermutlich, die mit vor Angst bebender Stimme von einem langen Tunnel erzählten, der unter einem mächtigen Gebirge hindurchführt. Von Abertausenden Sklaven, die sich dabei zu Tode geschuftet hatten. Von einem Barbarenheer, das in die Heilige Stadt Ith eingefallen war, an der Seite eines unsterblichen Dämons und angeführt von dem Hexer, der zugleich Vater und Meister des Ungeheuers war … Dieses Ereignis liegt nun bereits fünfzig

Jahre zurück, aber ich muss gestehen, dass mich die Erinnerung noch immer mit Wehmut erfüllt.

Damals strebte ich bereits nach den gleichen Zielen wie heute. Ich wollte meine Überlegenheit über die Menschen beweisen und das Ansehen und die Macht erlangen, die mir zustanden. Schließlich hatte ich bereits die Bewohner eines halben Erdteils unter meinem Banner vereint, und nichts schien mich aufhalten zu können. Doch leider schert sich das Schicksal manchmal weder um Gerechtigkeit noch um Vernunft. Wegen einer lächerlichen Prophezeiung aus den Tiefen des Karu erdreistete sich eine Handvoll Sterblicher, meinen glorreichen Siegeszug aufzuhalten. Sie waren so schwach, verletzlich und hilflos, dass sie mir fast leidtaten.

Und trotzdem waren sie erfolgreich, entgegen aller Erwartungen.

Durch eine heimtückische List gelang es ihnen, die einzige Schwachstelle, die ich damals noch besaß, schamlos auszunutzen: Sombre. Der Dämon, den ich selbst aus dem Karu in die Welt gebracht hatte, um ihn zu meinem Verbündeten zu machen und seine Macht für mich zu nutzen. Das Kind, das ich nach meinem Willen geformt hatte, um mir meinen sehnlichsten Wunsch zu erfüllen und es zum Bezwinger zu machen. Das Geschöpf, dessen geistiger Vater ich war – und das mir täglich die göttliche Kraft spendete, die unerlässlich war, damit mein nunmehr zweihundert Jahre alter Körper weiterleben konnte.

Doch meine Feinde, diese elenden Hunde, verschworen sich gegen mich und zerstörten jede Zuneigung, die Sombre mir entgegenbrachte. Der Dämon, mein *Dämon, entzog mir seine göttliche Kraft. Danach konnte nicht einmal mehr Magie verhindern, dass mit meinem Blut auch das Leben aus meinem*

Körper wich, als diese dreiste Göre mir mein eigenes Schwert ins altersschwache Herz stieß – und ich starb.

Bereits zum zweiten Mal.

Das erste Mal war weniger schmerzhaft gewesen. Ich hatte es kaum gespürt. Es ereignete sich einige Jahrzehnte vor dieser bitteren Niederlage, während ich mit dem halbwüchsigen Sombre durch die Gänge des Karu geirrt war. Ich wollte nichts weiter, als einen Ausgang aus dem Labyrinth finden, und um zu überleben, hatte ich bereits begonnen, Lebenskraft aus der ewigen Quelle des Kinds an meiner Seite zu schöpfen. Der Tod, der mich im Schlaf übermannte, konnte mich nicht aufhalten. Ich hatte mich bereits verändert, war kein jämmerlicher Mensch mehr, der den Gesetzen der Natur unterworfen war. Ich war ein Geschöpf zwischen zwei Welten, ein Mischwesen, das halb der Welt der gewöhnlichen Sterblichen angehörte und halb dem Reich der Götter und Dämonen. Das Gwel des Karu verstärkte meine magischen Kräfte, Tag für Tag, Jahr für Jahr.

Trotzdem war ich nicht unverwundbar, wie der Anschlag auf mein Leben Jahre später auf grausame Weise bewies. Während sich meine Feinde am Anblick meines Todeskampfs ergötzten, rang ich um jeden Atemzug und verfluchte das Schicksal, weil es mir so übel mitspielte. Doch schließlich riss der straff gespannte Faden, der meine Seele noch mit meiner sterblichen Hülle verband, und ich flog hinaus ins Nichts, in die Finsternis jener tragischen Nacht.

Von meinen irdischen Leiden befreit, konnte ich mich nun voll und ganz auf diese neue Erfahrung konzentrieren. Obwohl ich bereits zum zweiten Mal den Tod fand, war es doch das erste Mal, dass ich diese große Reise antrat. Und sie war überaus lehrreich. Trotzdem hatte sich mir die Schande der

Niederlage unauslöschlich ins Gedächtnis gebrannt, und der Wunsch nach Rache hauchte mir göttliche Kraft ein.

Ich erfuhr das gleiche Schicksal wie jeder gewöhnliche Sterbliche, der seinen letzten Atemzug tut. Wenn sich die Seele von ihrer irdischen Hülle löst, hat man kurz das Gefühl, zerrissen, gevierteilt und bei lebendigem Leibe gehäutet zu werden. Im nächsten Moment ist es vorbei, und der Geist fliegt davon, ein Lichtstrahl auf dem Weg zu einem unbekannten Ziel. Die allermeisten Verstorbenen wissen nämlich nicht, wohin die Reise geht, aber bei mir war das anders. Ich ahnte, nein, wusste längst, dass mich der Weg ins Jal führen würde.

Ich wollte die Richtung ändern, aber das war unmöglich. Ebenso wenig hatte ich Einfluss auf die rasende Geschwindigkeit, mit der ich von den Gipfeln des Gebirges angezogen wurde, das ich zuvor mit meinem Tunnel geschändet hatte. In Gesellschaft unzähliger anderer armer Seelen, von denen nicht wenige den Barbaren meines Heers gehörten, raste ich an den höchsten Bergen vorbei, um dann plötzlich steil nach unten auf die Gärten des Dara zuzustürzen.

Doch ich sauste nur kurz über das Tal hinweg und fuhr gleich darauf in die Tiefen der Erde hinab, genau wie die meisten Wilden, die in jener Nacht gestorben waren, die Plünderer, Sklaventreiber, Folterknechte, Meuchelmörder und Feiglinge …

Wir waren dazu verdammt, in die stinkenden Gänge des Karu einzugehen, doch wie dieses Urteil zustande gekommen war, überstieg jedes menschliche Verständnis. Die gerade erst von ihrer sterblichen Hülle befreiten Seelen machten sich über diese Frage ohnehin keine Gedanken. Von Panik erfüllt rasten sie durch die Gänge des unwirtlichen Labyrinths. Ich verspürte den unwiderstehlichen Drang, mit einem Unsterbli-

chen zu verschmelzen und auf diese Weise mein Leben ewig fortzusetzen.

In jener Nacht sah ich Tausende und Abertausende solcher Vereinigungen mit an, und auch in den folgenden Jahrzehnten wurde ich unzählige Male Zeuge dieses Vorgangs. Die Dämonen, die das Karu bevölkerten, von den affenartigen Lemuren bis hin zu den grauenvollsten Kreaturen, die man sich vorstellen kann, verleibten sich die Seelen der Verstorbenen ein. Sie genossen diese Verschmelzung mit einem Vergnügen, das an sexuelle Lust erinnerte; denn jedes Mal kamen sie ihrer Vollendung einen Schritt näher. Jede Seele, die sie in sich aufnahmen, machte sie stärker, und erst wenn ihre Entwicklung vollendet war, konnten sie diesen abscheulichen Ort verlassen und als mächtige Dämonen in die Welt der Menschen einziehen. Es kam auch vor, dass sich die Ungeheuer des Karu im Streit um eine Seele gegenseitig zerfleischten. Die Seelen der Verstorbenen, die darauf warteten, mit dem Sieger zu verschmelzen, hatten nichts mit denen gemein, die in die Gärten des Dara eingingen. Sie interessierte nur ihr eigenes Schicksal – dass sie durch die Verschmelzung mit einem Dämon den Anbruch einer Zeit unsäglichen Grauens heraufbeschworen, kümmerte sie nicht. Für sie zählte allein die Aussicht, ein Quäntchen Unsterblichkeit zu erlangen.

Ein durchaus berechtigtes Bestreben, wie ich finde. Außerdem war es nahezu unmöglich, der Versuchung zu widerstehen. Der Wunsch nach Verschmelzung entsprang zum einen der Furcht vor dem Nichts, zum anderen dem Drängen eines geheimnisvollen höheren Willens. Später begriff ich, dass das Jal selbst die Seelen dazu zwang, sich mit den Unsterblichen zu vereinigen. Diejenigen, die diesen Ort erschaffen hatten, verliehen ihm auch die Macht, für seinen Fortbestand zu sorgen. So wurde auch ich von einer unsichtbaren Kraft dazu gedrängt, mich dem erstbesten Dämon zu ergeben, der meinen Weg kreuzte. Ich sollte in seinem ewigen Feuer verglühen, damit er mächtiger wurde – im Gegenzug bekäme ich Anteil an seiner Unsterblichkeit. Allerdings hätte ich dabei meine Erinnerungen und alles, was meine Eigenständigkeit ausmachte, aufgeben müssen. Die Lockrufe der Dämonen verfolgten mich wie Sirenengesang, während meine Seele allein durch die Gänge aus schwarzem Gwel jagte.

Doch ich kämpfte mit aller Kraft, die mir noch blieb, gegen den Drang an. Nachdem ich mich über die Menschen erhoben und wie ein Halbgott gelebt hatte, widerstrebte mir der Gedanke zutiefst, mich zu opfern, bloß um einen winzigen Funken Unsterblichkeit zu erlangen. So drang ich tiefer und tiefer in das Labyrinth ein und strebte immer weiter von den Dämonen fort, die darauf aus waren, meine Seele zu verschlingen. Ich hatte keine Ahnung, wie lange ich ihnen noch widerstehen könnte …

Es war mein Wunsch nach Rache, der mich vorantrieb und mir Kraft gab. Er war die letzte Verbindung zu meinem irdischen Leben, und ich klammerte mich verzweifelt an ihn. Er war meine Zuflucht und schützte mich davor, den Verstand zu verlieren. Nach einer halben Ewigkeit – ich vermag nicht zu sagen, ob nach einem Mond oder einem Jahr – ließen die Dämonen von mir ab, und der Drang, mich mit einem von ihnen zu vereinigen, verging. Ich war frei und konnte mich von nun an unbehelligt im Karu bewegen. Wenn auch nur in Gestalt eines Geists.

Ich hatte nicht vor, an diesem Ort zu bleiben. Schon als ich mich zum ersten Mal in seinen Gängen verirrt hatte, hatte er mich nicht halten können. Auch damals hatte ich einen Aus-

weg gefunden, und das würde mir wieder gelingen. Es war nur eine Frage der Zeit und Willenskraft.

An beidem fehlte es mir nicht.

»Wir sollten noch warten«, sagte Norester zum wiederholten Male und rieb sich die Augen.

Die Versammlung hatte spät begonnen und zog sich nun schon seit über drei Dezimen hin. Längst hatte sich Dunkelheit über die Straßen Lorelias und den Platz der Reiter gesenkt, und im Versammlungssaal der Grauen Legion brannten die Kronleuchter. Im Kamin glomm ein bescheidenes Feuer. Allerdings war Norester der Einzige, der sich seine Müdigkeit anmerken ließ. Er ärgerte sich über seine Schwäche, doch er kam nicht dagegen an. Seit fast einem Mond fand er jede Nacht nur wenige Dekanten Schlaf.

»Unsinn!«, entgegnete der Herzog von Lermian. »Seid nicht so starrsinnig, Leutnant! Wir wissen doch alle, warum Ihr nicht nachgeben wollt. Ihr seid auf sein Amt aus, das ist alles.«

Diese Attacke verlieh dem Legionär neue Kraft. Er warf dem Adligen einen finsteren Blick zu, ohne an die Folgen zu denken. Ob er es sich mit diesem einflussreichen Mann verscherzte, kümmerte ihn im Augenblick wenig.

»Als sein Stellvertreter führe ich übergangsweise die Graue Legion«, sagte er und betonte jede Silbe. »Nichts würde mir größere Freude bereiten, als wenn Kommandant Derkel in diesem Moment durch die Tür treten und sein Amt wieder aufnehmen würde. Zum Wohle der Legion und weil Amanón mein Freund ist.«

»Hört, hört!«, spottete sein Gegner verächtlich. »Aber er ist jetzt seit fast drei Dekaden mitsamt seiner Familie verschwunden, und die Wahrscheinlichkeit, dass wir ihn jemals wiedersehen, ist nicht sehr hoch. Wir müssen endlich eine Entscheidung treffen.«

Auf der anderen Seite des Tischs nickte Ritter Clestan übertrieben. *Als ob die Absichten dieser beiden Herren nicht offensichtlich wären!*, dachte Norester.

Alle Welt wusste, dass Herzog von Lermian Amanóns Schwiegervater nicht ausstehen konnte. Herzog Reyan hatte ihn in seinen Theaterstücken allzu oft der Lächerlichkeit preisgegeben. Vielleicht war Reyan einfach zu weit gegangen, denn er war dafür bekannt, sich nicht um gesellschaftliche Gepflogenheiten zu scheren. Jedenfalls witterte von Lermian, der die bevorzugte Zielscheibe von Reyans Spott war, nun eine Gelegenheit, sich zu rächen. Indem er forderte, Amanón, dem Kommandanten der Grauen Legion, das Amt zu entziehen, wollte er dem gesamten Klan derer von Kercyan eins auswischen, auch wenn Reyan und seine Frau ebenfalls verschwunden waren und deshalb gar nichts von seinen Machenschaften mitbekamen.

Bei Clestan sah die Sache anders aus. Er war im Grunde kein schlechter Kerl. Man konnte sogar sagen, dass er seine Aufgaben pflichtbewusst erfüllte. Sonst hätte Amanón wohl auch nicht zugelassen, dass er in der Grauen Legion einen so wichtigen Posten bekleidete. Trotzdem war er ehrgeizig bis in die Haarspitzen und kratzte seit Amanóns Verschwinden unaufhörlich am Thron des Kommandanten. Nur um seinen Aufstieg zu verhindern, hielt Norester weiterhin an der Verwaltung von Amanóns

Amt fest, auch wenn das allmählich auf Kosten seiner Gesundheit ging.

»Wie Ihr selbst sagtet«, fuhr der Herzog von Lermian fort, »seid Ihr nur der stellvertretende Kommandant. Und dieses Amt wurde Euch von Derkel verliehen. Deshalb habt Ihr nicht das Recht, Euch zu widersetzen, wenn die Herzoge des Königreichs Lorelia einen neuen Kommandanten der Grauen Legion wählen wollen.«

»Das weiß ich selbst«, stieß Norester zwischen zusammengebissenen Zähnen hervor. »Ich verbringe den Großteil meiner Tage damit, dafür zu sorgen, dass unsere Gesetze befolgt werden. Alles, was ich verlange, ist, dass wir dem Mann, der so viel für das Königreich getan hat, mehr Zeit geben und ihm so den Respekt erweisen, den er verdient. Wir dürfen die Suche nach ihm noch nicht aufgeben. Meine Güte, Amanón Derkel, einer der Helden unseres Landes, schwebt wahrscheinlich in größter Gefahr! Schließlich ist er nicht mit der Kasse der Grauen Legion durchgebrannt, sodass man den Mantel des Schweigens über die Sache breiten müsste!«

»Pah!«, schnaubte der Herzog verächtlich.

Es klang fast, als verdächtige er Amanón tatsächlich einer Verfehlung. Norester musste stark an sich halten, um nicht auf der Stelle sein Rapier zu ziehen. Stattdessen blickte er herausfordernd in die Runde, um zu sehen, ob nicht vielleicht noch jemand die Unverschämtheit besaß, ins selbe Horn zu stoßen. Nach einer Dezille angespannten Schweigens beendete Herzog von Lermian die Verhandlung abrupt, und zwar so, wie er es von Anfang an geplant hatte.

»Die Zeit vergeht, und Ihr bringt immer wieder die gleichen Argumente vor«, sagte er abfällig. »Das Wohl der Legion und somit das Wohl des Königreichs sind wichtiger als Eure blinde Ergebenheit gegenüber einem Mann, der seinen Posten vor fast einem Mond verlassen hat. Das sind die Tatsachen, ob es Euch gefällt oder nicht. Deshalb übertrage ich nun kraft der mir von unserem Herrscher verliehenen Entscheidungsgewalt das Amt des Kommandanten der Grauen Legion Ritter Clestan, der seine Vorzüge eindrücklich unter Beweis gestellt hat. Der Beschluss gilt ab sofort.«

Norester senkte den Kopf und stieß einen langen Seufzer aus – gegen diese politischen Winkelzüge kam er nicht an. Das einzig Erfreuliche an dieser Entwicklung war, dass er sich nun endlich ein wenig ausruhen und mehr Zeit mit seiner Familie verbringen könnte. Mit seiner Amtsenthebung galt Amanón allerdings offiziell als tot.

Falls er und seine Familie tatsächlich noch lebten und sich irgendwo auf der bekannten Welt aufhielten, waren sie fortan auf sich allein gestellt.

In der Unterwelt des Karu litt ich am meisten unter der Einsamkeit. Da ich keine körperliche Gestalt hatte, sondern mein Dasein als Geist fristete, empfand ich weder Hunger noch Durst noch Müdigkeit. Auch schreckten mich die grässlichen Kreaturen nicht, die durch die Gänge streiften. Die meisten von ihnen nahmen mich nicht einmal wahr. Und die, die es doch taten, konnten mir nichts anhaben, selbst wenn sie es gewollt hätten. Sie strebten einzig und allein danach, mich zu verschlingen, um ihre Macht zu vergrößern – und dem verweigerte ich mich nach wie vor.

Mein körperloser Zustand hatte also auch Vorteile, aber dafür bezahlte ich einen hohen Preis. Allem Anschein nach war ich der Einzige, der unermüdlich durch die finsteren Gänge irrte. Natürlich traf ich gelegentlich auf Neuankömmlinge, Seelen, die noch ganz verstört waren von der gewaltsamen Trennung von ihrer irdischen Hülle. Doch sie alle verschmolzen kurz nach ihrer Ankunft mit einem Dämon.

Zu Beginn versuchte ich, mit den jüngst Verstorbenen in Verbindung zu treten, in der Hoffnung, etwas aus der irdischen Welt zu erfahren. Hatte Sombre doch noch in die Schlacht eingegriffen? Hatte er die Heilige Stadt dem Erdboden gleichgemacht und die Arkarier niedergemetzelt, die zu Iths Verteidigung angerückt waren? Hatte er die Erben vernichtet, die mir so feige und hinterhältig das Schwert ins Herz gestoßen hatten? Wenn die Seelen der Verstorbenen nur eine dieser Fragen hätten bejahen können, hätte mich das mit unermesslicher Freude erfüllt. Doch leider schienen sie mich in ihrer Panik nicht zu hören, denn niemals bekam ich eine Antwort. Bald gab ich den Versuch auf, sie anzusprechen. Und je tiefer ich ins Labyrinth vordrang, desto seltener begegnete ich einem dieser umherirrenden Geister. Ich musste mich damit abfinden: Ich würde allein bleiben. Zumindest, bis es mir gelänge, aus der Unterwelt zu entkommen.

Die Zeit verging, und irgendwann erkannte ich, was mir wahrhaftig fehlte. Nicht das sinnlose, nie enden wollende Geschwätz der Sterblichen, das mir nach einer Weile ohnehin auf die Nerven gefallen wäre. Nein, ich musste mir eingestehen, dass ich Sombres Gesellschaft vermisste. Es war nämlich noch gar nicht so lange her, dass ich mit dem Kind an meiner Seite durch eben diese Gänge gelaufen war. Der junge Dämon mit dem schwarzen Haar und den schwarzen Augen war damals zwar nicht sehr gesprächig gewesen; er lächelte fast nie und war auch nicht besonders anhänglich. Aber ich brauchte bloß in seine Augen zu schauen, und schon sah ich die Verheißung einer ruhmreichen Zukunft.

Diesmal musste ich mich der Prüfung allein stellen, und unweigerlich breitete sich der Zweifel wie Gift in mir aus. Ich war noch immer fest entschlossen, aus dem Karu zu entkommen, mich zu rächen und meinen rechtmäßigen Platz in der Welt der Menschen einzunehmen. Aber würde meine Willenskraft allein ausreichen, mir diesen Wunsch zu erfüllen?

Die Jahre vergingen in zermürbender Eintönigkeit, doch das Labyrinth entließ mich nicht aus seinen Fängen. Bald fasste ich den Plan, wieder einen Dämon großzuziehen. Ein Wesen, das ich unter meine Fittiche nehmen und nach meinem Ebenbild formen würde. Einen zweiten Sombre, der vielleicht sogar stärker als sein Vorgänger sein würde, vor allem aber treuer. Ich begann nach geeigneten Dämonenkindern Ausschau zu halten und unternahm ein paar Annäherungsversuche. Doch es war verlorene Liebesmüh. Die künftigen Ungeheuer sahen in mir nichts als eine jämmerliche Seele, die sie in sich aufnehmen wollten. Selbst jene, die weit genug entwickelt waren, um sich mit mir zu verständigen, hörten mir gar nicht erst zu. Sie wollten nichts weiter als meiner habhaft werden und mich verschlingen, und sobald sie merkten, dass ich mich ihnen verweigerte, packte sie die blanke Wut. Daher ließ ich meine Pläne fahren und begab mich wieder auf Wanderschaft. Und ich war einsamer denn je …

Ich konzentrierte mich abermals darauf, diesen abscheulichen Ort zu verlassen. Fortan sollte nichts anderes meine Gedanken beherrschen. Immer tiefer drang ich in das Labyrinth ein, in der Hoffnung, irgendwann auf die Höhlen zu stoßen, die sich in der Welt der Sterblichen befanden. Bei meiner ersten Flucht war ich auf eben diesem Weg aus dem Karu hinausgelangt – wohlgemerkt mithilfe von Sombre, der uns unbewusst die Richtung gewiesen hatte. Aber diesen Umstand versuchte ich zu ignorieren oder ihm zumindest keine Bedeutung beizumessen. Es musste doch möglich sein, die Unterwelt ohne die Hilfe eines Unsterblichen zu verlassen. Es musste einfach!

Ich glaubte unerschütterlich an meinen Erfolg, aber das Karu war unerbittlich und spielte mit mir Katz und Maus. Die Gänge veränderten sich in einem fort, und jede Besonderheit, die ich mir zur Orientierung merkte, wurde früher oder später von seiner schwarzen Magie zerstört. Manchmal nahm ich einen Weg, der bergab führte, und kam wenig später an einer Stelle heraus, die höher lag als der Ort, von dem ich aufgebrochen war. Das Karu folgte weder einer Ordnung noch der Vernunft. Es gehorchte allein den Gesetzen des Chaos. Eines Tages oder Nachts, zwanzig Jahre oder länger nach meiner Ankunft, gelangte ich schließlich ins Herz dieses verfluchten Labyrinths und stand vor der Höhle der Undinen, der bösartigen Schlangenwesen, die einst meinen Untergang prophezeit hatten.

Dort erwartete mich eine Überraschung: Sterbliche, echte Sterbliche, verwundbare Wesen aus Fleisch und Blut, boten dem hellsichtigen Dämon die Stirn.

Als ich mich ihnen näherte, wurde mir klar, dass sie meine Anwesenheit nicht bemerkten. Sie konnten mich weder sehen noch hören und zuckten nicht einmal mit der Wimper, als mein körperloser Geist durch ihr Fleisch fuhr. Das war eine schmerzhafte Erfahrung, denn die langen Jahre der Einsamkeit hatten mich beinahe vergessen lassen, dass ich ein Phantom war. Doch als ich unter den Sterblichen einen meiner ältesten Feinde erkannte, vergaß ich alles Leid, das ich ertragen hatte, und spürte eine Woge von Hass und Faszination in mir aufsteigen.

Die Gesetze des Karu erschienen mir plötzlich wesentlich weniger chaotisch. Ich war absichtlich hierhergeführt worden. Die Undinen, ja die Unterwelt selbst, wollten sich an denjenigen rächen, die sich erdreistet hatten, ihren Gesetzen zu trotzen. Von dem Augenblick an ließ ich die Sterblichen nicht mehr aus den Augen. Ich heftete mich an ihre Fersen, strich ständig um sie herum und beugte mich über ihre schlafenden Körper, während sie sich allein glaubten. Vor allem aber sog ich jedes Wort auf, das sie sprachen. So erfuhr ich Geheimnisse, die so unglaublich waren, dass mir bisweilen schwindelte. Die Kinder von Ji, wie ich sie bei mir nannte, hatten viele Entdeckungen gemacht und Dinge über die Pforten, das Jal und die Etheker herausgefunden, die ich niemals für möglich gehalten hätte. Jedes ihrer Schicksale war faszinierend. Wie hätte ich ahnen können, dass Che'b'ree mir einen Sohn geschenkt hatte, der wild entschlossen war, mein Andenken in den Schmutz zu ziehen? Dass Sombre versucht hatte, ein Wesen nach seinem Ebenbild zu formen, genau wie ich es mit ihm getan hatte – ein Wesen, das den Namen Cael trug. Dass die Erben eine echte Göttin hervorgebracht hatten. Und dass sich der Erzfeind unter ihnen befand!

Ich war äußerst erregt und wollte endlich zur Tat schreiten, aber ich verzweifelte an meinem Unvermögen, aus dem Karu zu entkommen oder wenigstens meine Hände um den Hals meiner Feinde zu legen und zuzudrücken. Ach, hätte ich doch nur einen Körper gehabt!

Ich konnte nichts unternehmen, um die Erben daran zu hindern, zum Dara hinaufzusteigen und ihre Eltern zu fin-

den. Selbst die schwache Hoffnung, dass besagter Cael im Karu bleiben würde, erfüllte sich nicht. Abermals blieb ich allein zurück, und mein einziger Begleiter war tiefe Enttäuschung.

Ich fürchte, in meiner Verzweiflung verlor ich für eine Weile den Verstand. Der Wahnsinn trieb mich in die Tiefen der Finsternis hinab, wo ich ein Geheul ausstieß, grauenvoller als die Schreie der abscheulichsten Ungeheuer des Karu.

In einem Zustand völliger Hoffnungslosigkeit dämmerte ich mehrere Dekanten lang vor mich hin; vielleicht waren es auch Tage. Als ich wieder bei Sinnen war, legte ich vor mir selbst den Schwur ab, niemals wieder einen Feind entwischen zu lassen. Nie wieder.

Daraufhin begann ich, mir einen neuen Körper zu erschaffen und das auszufüllen, was lange Zeit nichts als eine leere Hülle gewesen war. Ich wollte wieder Leben in meinen Beinen spüren, Stärke in meinen Armen und Kraft in meinen Händen, um endlich wieder in der Lage zu sein, jemandem das Genick zu brechen oder ihm bei lebendigem Leibe das Herz aus der Brust zu reißen, wenn es mich danach gelüstete.

Selbst wenn ich dazu ein Geschöpf aus Gwel werden musste.

Die Silhouette der drei Alten hob sich deutlich von der Abenddämmerung ab. Reglos standen sie da, Hand in Hand, am Rande einer Klippe, die steil ins Meer abfiel. Tief unten ragten bedrohlich die Riffe empor. In einiger Entfernung stand ein Dutzend jüngerer Frauen und wartete in ehrfurchtsvollem Schweigen, so wie seit fast einem Jahr jeden Abend. Immer spielte sich unweigerlich dieselbe Szene ab.

»Heute passiert nichts mehr«, verkündete die Älteste der drei.

»Wir dürfen die Hoffnung nicht aufgeben«, sagte die Kleinste.

»Wir kommen morgen wieder«, murmelte die Dritte.

Erst nach diesen Worten gaben sie – einem Ritual folgend, das aus reiner Gewohnheit entstanden war – ihre Konzentration auf und spürten nach und nach wieder die Gebrechen und Schmerzen ihrer verbrauchten Körper. Nacheinander öffneten die drei die Augen. Rasch vergewisserten sie sich, dass keine von ihnen vor Erschöpfung in Ohnmacht fallen würde, und ließen einander dann los. Die Älteste griff nach ihrem Speer, den sie mittlerweile nur noch als Gehstock benutzte, während die anderen beiden ihre warmen Wolltücher enger um die gebeugten Schultern zogen. Am Meer war die Luft immer recht frisch, wenn die Sonne am Horizont versank, und sie hatten noch einen langen Rückweg vor sich.

Die jungen Frauen, die sie begleiteten, entzündeten Fackeln und Laternen. Längst hatten sie begriffen, dass das erhoffte Wunder auch diesmal ausgeblieben war. Die beste Läuferin verabschiedete sich und lief vor, um ihren Schwestern von dem erneuten Scheitern zu berichten. Auf diese Weise ersparte sie den drei Alten diese unangenehme Aufgabe; die Verantwortung, die sie trugen, war ohnehin schon schwer genug. Stattdessen würden sie nach ihrer Ankunft ihre steifen Glieder ausruhen und eine heiße Suppe trinken können. Anschließend würden sie sich schlafen legen und davon träumen, wie sich ihrer aller Leben verändern würde, wenn ihnen eines Tages endlich das Zeichen erschiene …

Doch zunächst mussten sie noch ein weiteres Ritual vollziehen, das letzte an diesem Tag. Müden Schrittes näherten sich die drei alten Frauen einem nahe gelegenen Hügelgrab. Dreiundzwanzig Jahre zuvor war es über den sterblichen Überresten einer Frau errichtet worden, deren Andenken bei allen lebendig war. Die drei Gestalten verharrten mehrere Dezillen lang in andächtigem Schweigen vor dem Grab, bevor sie sich von dem Steinhaufen abwandten und den Rückweg landeinwärts fortsetzten. Sofort kamen die jüngsten Frauen herbei, leuchteten ihnen den Weg und boten ihnen an, sie zu stützen. So marschierte die kleine Schar einen halben Dekant durch ein Gebiet, in dem es von giftigen Schlangen und nicht minder gefährlichen Insekten nur so wimmelte. Aus diesem Grund hatten die Frauen es vermieden, in der Nähe der Steilküste ein ständiges Lager zu errichten und dort darauf zu warten, dass ihre Gebete erhört würden. Nach etwa einer Dezime Marsch geschah plötzlich etwas Unerwartetes: Die Älteste blieb stehen und brach so mit dem gewohnten Ablauf, in dem sie seit langer Zeit gefangen waren.

»Ich kann nicht mehr«, sagte sie schnaufend. »Mein Herz tut mir weh. Morgen werde ich nicht mehr die Kraft haben herzukommen.«

»Aber sicher«, entgegnete die Zweite. »Nicht zum ersten Mal fällt dir der Rückweg schwer. Morgen wirst du uns allen wieder vorangehen – du wirst schon sehen.«

»Ich werde es sicher versuchen«, murmelte die Alte, »aber ich werde es nicht schaffen. Wenn ich auf dem Weg zusammenbreche, wird keine von euch in der Lage sein, mich ins Leben zurückzuholen. Ihr müsst euch an den

Gedanken gewöhnen und eine Nachfolgerin für mich finden.«

Ihre beiden Schwestern wechselten traurige Blicke, während die jüngeren Frauen ihre Sorge hinter einer stoischen Maske verbargen. Es war niemals angenehm, wenn Tatsachen ausgesprochen wurden, die alle zu verdrängen suchten.

»Aber dann werden wir noch weniger Aussicht auf Erfolg haben«, klagte die Dritte. »Es gibt kaum noch Schwestern, die wissen, wie man sich in den Zustand der Entsinnung versetzt – oder das, was davon übrig ist. Die anderen beherrschen die Kunst noch weniger als wir.«

»Das weiß ich ja«, stöhnte die Alte. »Aber was soll ich denn tun? Ich werde nicht aufgeben, bis ich meinen letzten Atemzug tue. Aber ihr müsst euch überlegen, was danach ist. Ich will nicht, dass ihr nach meinem Tod all eure Hoffnungen begrabt. Ihr müsst alles daran setzen, dass unsere Schwestern ihr wohlverdientes Schicksal ereilt, ob ich noch auf dieser Welt bin oder nicht. Eines Tages wird die Göttin unseren Ruf erhören, uns antworten und sich wieder mit uns vereinen.«

»Für die Göttin«, riefen die beiden anderen.

»Für die Göttin«, wiederholten die Jüngeren einstimmig.

Danach setzten sie ihren Marsch schweigend fort. Auf dem restlichen Weg konzentrierte sich jede darauf, den tödlichen Fallen der Sümpfe des Lus'an auszuweichen. Nach einer Weile erreichten die Kriegerinnen im roten Gewand ihr Dorf – ganz in der Nähe von Zuïas Palast.

Das schwarze Gwel des Karu zu formen war leichter, als ich dachte, und ich ärgerte mich maßlos, dass ich es nicht schon früher versucht hatte. Dabei hatte ich zweimal endlose Jahre in diesem stinkenden Labyrinth verbracht, mit nichts anderem vor Augen als dem lehmartigen, sich ständig verändernden Stein. Ich kannte all seine Farbschattierungen, hatte jede seiner vielfältigen Beschaffenheiten ertastet und sogar davon gekostet. Nach meinem Wechsel in die Welt der Menschen hatte ich aus dem Schlamm die mächtigsten magischen Gegenstände geformt, die man sich vorstellen kann. Allen voran das Schwert, das Léti mir später ins Herz stieß.

Der Stoff hatte für mich nichts Rätselhaftes mehr. Ich musste nur herausfinden, wie man ihn beeinflusste. Auch hierfür bediente ich mich der Erfahrung, die ich auf meinen langen Wanderungen durch die Gänge des Karu erworben hatte. Zwar gab es an diesem Ort nur ein einziges Gesetz, und das war das Chaos, aber selbst dieses ließ sich bis zu einem gewissen Grad vorhersehen. Die Wände der Gänge verformten sich scheinbar willkürlich, aber auf eins konnte man sich verlassen: Ganz gleich, welchen Durchgang man auswählte, früher oder später würde er sich schließen. Das konnte eine Dezille dauern oder tausend Jahre.

Mit dieser Gewissheit schwebte ich in einen Durchgang, der mir geeignet erschien, und harrte dort aus. Einen Tag lang. Drei Tage. Eine Dekade. Wenn nötig, hätte ich ein ganzes Jahrhundert gewartet, aber ich hoffte, dass mir das Schicksal eine solche Prüfung ersparen würde.

Mein Wunsch sollte in Erfüllung gehen.

Als es geschah, war ich bereits von solchem Überdruss erfüllt, dass mein Geist völlig abgestumpft war. Der kleine Rest Verstand, der mir noch blieb, konzentrierte sich auf die Dinge, die ich bei der Begegnung mit den Erben von Ji erfahren hatte. Ich war so darin versunken, dass ich die einsetzende Veränderung zunächst gar nicht bemerkte. Doch plötzlich war ich hellwach.

Die körperlose Form meines linken Beins war bereits bis zum Knie vom Gwel umfangen. Sie war von dem schwarzen, stinkenden Schlamm eingefasst, der sich rasch zu Stein verhärtete, und nach einer Weile verschmolz sie mit ihm. Vermutlich hätte ich mich zu diesem Zeitpunkt noch befreien können. Ich hätte mich meiner phantomhaften Gestalt bedienen können, um der Falle zu entkommen, aber ich tat nichts dergleichen. Im Gegenteil – ich bemühte mich, so ruhig wie möglich zu bleiben, um die Vollendung des Phänomens nicht durch eine unbedachte Bewegung zu gefährden. Schleichend und unaufhaltsam schloss sich das Gwel um mich und kroch schließlich in mich hinein.

Irgendwann war ich vollkommen in dem Stoff gefangen. Mittlerweile war das Gwel steinhart und eiskalt wie Fels. Ich steckte in undurchdringlicher Finsternis fest und hatte das Gefühl zu ersticken – es kam mir vor, als wäre das gesamte Universum im Nichts versunken.

Dies war der unangenehmste Teil meines Plans. Obwohl ich keinen Schmerz empfand, war mir, als würde ich von dem Gebirge über mir zermalmt und von riesigen Pranken aus Granit erwürgt. Als wäre ich für alle Zeiten im Schoß des Karu gefangen.

Nach einer Weile geriet ich doch in Panik. Vielleicht nutzte das Karu – weil ich mich der Verschmelzung mit den Dämonen verweigerte – diese Gelegenheit, um sich meiner zu entledigen. Auch wenn hier unten Chaos herrschte, gab es doch bestimmte Regeln, und ich hatte sie gebrochen. Offenbar konn-

te mich das Karu nicht vernichten, aber es konnte mich bis in alle Ewigkeit gefangen halten.

Aber ich konnte ohnehin nichts mehr daran ändern. Ich war das Wagnis eingegangen; nun hatte ich mein Schicksal nicht mehr in der Hand. Verbissen richtete ich all meine Gedanken auf mein Ziel, das mich in diese Lage gebracht hatte: die Aussicht, an meinen Feinden Rache zu nehmen und mir die Welt untertan zu machen.

Nach einer endlosen Zeit der Marter begann sich das Gwel, das mich umschloss, zu erwärmen. Meine Erleichterung war groß, aber gleichzeitig packte mich quälende Unruhe. Jetzt hing alles von meiner Geschicklichkeit ab. Wenn ich meine Kräfte überschätzte, war alles verloren.

Doch zum Glück erwies sich der Vorgang als verblüffend einfach. Das Gwel hatte mich so sehr durchdrungen, dass es fast ein Teil von mir selbst geworden war. Als das Karu abermals seine Gestalt veränderte und sich das Gwel zurückzog, gelang es mir mit bloßer Willenskraft, den Teil, der meine körperlose Form ausgefüllt hatte, zurückzuhalten. Der Erfolg ermutigte mich, nicht nachzulassen. Als ich dann endlich wieder einen Körper hatte, nutzte ich meine magischen Kräfte, um das Gwelom, in das ich mich verwandelt hatte, zu stärken, damit es nicht beim ersten Schlag eines Gegners zersprang. Schließlich wagte ich die ersten Schritte.

Sie waren ebenso zögerlich wie die eines Kleinkinds. Aber wie groß war meine Freude, wie unermesslich mein Triumph: Ich hatte abermals den Tod besiegt! Ich hatte wieder Füße, um über den Boden zu laufen, Arme, um Waffen zu schwingen, und einen Mund, um meinen Feinden ins Gesicht zu spucken, bevor ich sie niederstreckte. Das Karu hatte mir Leben geschenkt, und zwar auf nie da gewesene Weise. Halb war ich ein Geisteswesen, so wie die Götter und Dämonen, die einst im Jal herangewachsen waren, und halb ein Kind des Gebirges, das mich wie eine Mutter unter Schmerzen geboren hatte.

Zum vollkommenen Glück fehlte mir jetzt nur noch eins: ein Weg, der aus diesem verwünschten Labyrinth hinausführte. Kurze Zeit später war mir das Schicksal gnädig. An dem Tag, als das Jal und mit ihnen alle Götter und Dämonen aus der Welt verschwanden, wurde mir die Freiheit geschenkt.

Ich fühlte mich wie ein kleines Kind, dem man seinen Herzenswunsch erfüllt. In meinen kühnsten Träumen hatte ich nicht zu hoffen gewagt, dass ich einmal mit ansehen würde, wie sich die Ungeheuer, die durch die Gänge und Höhlen meines Kerkers streiften, in Todesqualen winden, und wie das Labyrinth selbst seinem Untergang entgegengeht.

Im Karu herrschte größeres Chaos denn je. Die Unsterblichen lösten sich langsam auf und entließen die Seelen, von denen sie sich ernährt hatten, in die Freiheit. Die Unterwelt aus Gwel verschob und verformte sich ein letztes Mal, bevor sie für immer erstarrte.

Leider ging alles viel zu schnell. Ich hätte gern noch länger zugesehen, wie die Seelen ins Nichts entflohen und die Kraft der Götter und Dämonen dahinschwand, ohne dass sie etwas dagegen tun konnten. Doch nach kurzer Zeit war alles vorbei, und ich war einsamer denn je in den finsteren, unterirdischen Gängen, die nun nichts Übernatürliches mehr hatten. Es herrschten vollkommene Stille und eisige Kälte, und dies war ein weiterer Beweis dafür, dass die Unterwelt mitsamt ihren fauligen Ausdünstungen zu Stein erstarrt war.

Ich wusste nicht, was die Umwälzung bewirkt hatte, ahnte aber, dass die Erben daran nicht ganz unschuldig waren. Das Verschwinden des Karu warf viele neue Fragen auf und eröff-

nete zugleich glänzende Aussichten. Hatte sich Sombre ebenfalls aufgelöst? Und wie wirkte sich die Vernichtung des Jal auf die Welt der Menschen aus, ihre Religionen und die Seelen der Verstorbenen? Welche Macht hatten meine Feinde beim Sieg über die Unsterblichen errungen?

Während ich zum millionsten Mal den Abstieg in die felsigen Tiefen unternahm, hatte ich viel Zeit, über all das nachzudenken, und über tausend andere, ähnliche Fragen. Das Labyrinth hatte die Macht verloren, seine Form zu verändern, und konnte mich nicht mehr in die Irre führen. Gänge und Höhlen verschlossen sich nicht mehr bei meinem Näherkommen oder hinter meinem Rücken. Nachdem ich mich eine halbe Ewigkeit durch die Dunkelheit getastet hatte und tausendmal gestürzt war, sah ich schließlich in der Ferne, was nur noch eine blasse Erinnerung gewesen war: Tageslicht!

Trotz der wilden Freude, die in mir aufstieg, war ich klug genug, nicht Hals über Kopf auf das Sonnenlicht zuzustürzen, denn die gleißende Helle hätte mir vermutlich den Verstand geraubt. Stattdessen ließ ich mir Zeit. Zum ersten Mal sah ich nun auch meinen Körper aus Gwel. Leider war er nur allzu gut gelungen. Er glich aufs Haar dem ausgemergelten, faltigen, altersschwachen Körper, den ich im Augenblick meines Todes bewohnt hatte.

Als letztes Geschöpf des Jal, dazu bestimmt, von den Sterblichen angebetet zu werden, schmerzte es mich, dass ich keine würdigere Gestalt abgab. In der Absicht, dem Abhilfe zu schaffen, beschwor ich meine magischen Kräfte herauf. Doch vergeblich. Die Magie, die ich kannte, existierte nicht mehr; vermutlich war sie zusammen mit dem Jal verschwunden. Auch die vier Elemente, die die Welt zuvor zusammengehalten hatten, gab es nicht mehr in ihrer alten Form. An ihre Stelle waren Energieströme getreten, deren Bedeutung ich erst noch erforschen musste.

Auf einen Schlag vergaß ich die Sorge um mein Aussehen. Die ersten Dekanten meiner neu gewonnenen Freiheit verbrachte ich damit, das Handwerk der Magie neu zu erlernen. Es ging leichter, als ich gedacht hatte. Natürlich halfen mir meine jahrzehntelange Erfahrung mit der alten Magie, mein langes Leben an der Seite eines Dämons und meine beiden Todeserlebnisse. Nach nur einem Tag hatte ich die wesentlichen Gesetzmäßigkeiten der neuen Magie begriffen, und ich nahm an, dass sich meine Kräfte in den kommenden Dekaden sprunghaft entwickeln würden.

Als das grelle Tageslicht endlich nachließ und die Dämmerung anbrach, näherte ich mich vorsichtig dem Ausgang. Wie lange hatte ich diesen Augenblick herbeigesehnt! Ich erwartete, wie beim ersten Mal im Königreich Wallatt herauszukommen oder auf der anderen Seite des Rideau, in der Nähe der Heiligen Stadt Ith. Daher war meine Überraschung groß, als ich mich auf einem kleinen Strand wiederfand und vor mir das große, weite Meer erblickte!

Nachdem ich ein paar Dezillen lang aufmerksam die Umgebung studiert und in Gedanken die Landkarte der bekannten Welt durchgegangen war, wusste ich, wo ich war. Ich befand mich im äußersten Süden des Rideau, dort, wo die Gebirgskette in das Sandmeer übergeht. Das Kap, das ich vor mir sah, musste jenes sein, welches das Mittenmeer vom Feuermeer trennte.

Aber so wenig, wie mich die stinkenden Gänge des Karu hatten bezwingen können, würde ich mich von dieser kargen, menschenleeren Gegend zermürben lassen. Ich hatte zwar wieder einen Körper, aber das Gwel kannte weder Hunger noch

Durst noch Erschöpfung. Das Schicksal hatte für mich entschieden: Von diesem Fleckchen Erde aus würde ich mir ein neues Reich aufbauen.

Der alte Djemar schloss die Augen, holte tief Luft und biss die Zähne zusammen. Dann zog er mit aller Kraft. Das Seil war so straff gespannt, dass er sich fast die Haut aufriss, aber es bewegte sich keinen Zoll. Er stieß einen Fluch aus, lockerte den Griff und sah hilflos zu, wie sein Netz in den Tiefen des Meers verschwand, fortgerissen von einem der verdammten Riesenfische, die sich in diesen Gewässern tummelten. Der alte Fischer hatte den Übeltäter nicht einmal sehen können. Sicher war es wieder ein Talantenhai, die sah man in letzter Zeit häufig. Viel zu häufig. Sie schienen von Tag zu Tag mehr zu werden.

Djemar stand breitbeinig in der Mitte seines Boots und war auf einmal unendlich müde. Er fühlte sich wie ein Nichtsnutz, obwohl er alles getan hatte, um sein bestes Netz zu retten. Die Sache hätte auch schlimmer für ihn ausgehen können – immerhin lebte er noch. Denn er hatte schon Geschichten von Fischern gehört, die mitsamt ihren Booten in die Tiefe gezogen worden waren. Ihre Leichen waren niemals gefunden worden. Deshalb versuchte Djemar sich einzureden, dass er noch einmal Glück gehabt hatte.

Obwohl sein Fischkorb nun leer bleiben würde und er heute Abend mit knurrendem Magen zu Bett gehen musste.

Er seufzte tief, streckte sich auf den Planken aus, griff nach einer Flasche Mangoschnaps und genehmigte sich einen kräftigen Schluck. Dies war die erste Ruhepause, die er sich seit dem Morgen gönnte. Da er kein zweites Netz hatte, konnte er heute ohnehin nicht mehr arbeiten. Er war umsonst aufs Meer hinausgefahren. Ein vergeudeter Tag. Verdrossen trank er noch etwas von dem süßen Schnaps.

Als wollten die Götter ihn ärgern, trieb das Boot aufs Festland zu. Djemar, der soeben einen weiteren Schluck aus der Flasche genommen hatte, hätte ihn fast wieder ausgespuckt. Dort drüben war es gewesen … Dort, auf dem einsamen Strand, an den sich sonst keine Menschenseele verirrte, hatte er den Alten gefunden. Der spindeldürre Greis war splitterfasernackt gewesen und hatte sich mit irrem Blick umgesehen. Djemar hatte geglaubt, Piraten aus Yérim hätten ihn überfallen, ihm all sein Hab und Gut genommen und ihn an der erstbesten Stelle wieder ausgesetzt. Deshalb hatte er sich verpflichtet gefühlt, ihm zu helfen. Er hatte ihm in sein Boot geholfen und ihn auf seine Insel gebracht.

Seine Insel. *Verdammt, verdammt, verdammt,* fluchte der Fischer und genehmigte sich noch einen kräftigen Schluck. Früher, vor zwanzig Jahren, war das ein ruhiger Ort gewesen, an dem man gut leben und alt werden konnte. Damals war seine Heimat von ein paar Hundert friedlichen Leuten besiedelt gewesen, die von der Fischerei und dem Handel mit den Unteren Königreichen gelebt hatten.

Doch mittlerweile war die ganze Insel von dem Hexer, den Djemar mit auf die Insel gebracht hatte, unterjocht. *Verdammt sollst du sein,* wiederholte er, ohne zu wissen, ob er den Tyrannen meinte oder sich selbst.

Nun trieb eine Laune der Strömung das Boot auf seine Heimatinsel zu. Wie so oft in letzter Zeit dachte Djemar, dass es vielleicht besser wäre, gar nicht mehr dorthin zurückzukehren. Mittlerweile kam man dort allzu leicht ums Leben. Jeder neue Tag war eine Gnadenfrist, die der Hexer, der sich zum Herrn über die Insel aufgeschwungen hatte, und seine Bande von Mördern den Einwohnern gewährten. Allerdings war die Lebenserwartung der Söldner nicht viel höher als die der Fischer. Auf der Insel Raturuu fand man schneller den Tod, als man sich andernorts einen Schnupfen holte. Ob jemand lebte oder starb, hing ganz von der Laune des Hexers ab, und die war nicht vorhersehbar.

Das war nicht von Anfang an so gewesen. Der Hexer hatte seine Bösartigkeit erst nach und nach offenbart. Zunächst hatte er sich von den Inselbewohnern ferngehalten. Er bezog eine kleine Höhle an einem einsamen Strand und ernährte sich von den getrockneten Fischen, die Djemar ihm aus Gutmütigkeit brachte. Als jedoch unheimliche Geschichten die Runde machten, stellte Djemar seine Wohltätigkeit ein. In der Nähe der Höhle spielten sich seltsame Dinge ab. Häufig zuckten Blitze vom Himmel, und mitten in der Nacht stiegen Feuersäulen vom Boden auf. Die Inselbewohner wurden regelmäßig von grollendem Donner oder irrem Gelächter aus dem Schlaf gerissen. Es wurde der Vorschlag gemacht, den Fremden wieder dorthin zurückzubringen, wo man ihn gefunden hatte, und Djemar war einer der Ersten, der den Plan befürwortete.

Doch die Dorfbewohner bekamen keine Gelegenheit mehr, ihr Vorhaben umzusetzen. Noch bevor sie irgendetwas unternehmen konnten, verließ der Hexer – sei es aus Zufall oder weil er ahnte, was sie vorhatten – seine Höhle und gab ihnen eine finstere Darbietung seiner Kräfte. Zunächst erschlug er willkürlich ein paar Dorfbewohner mit dem Blitz und zielte dann auf die Männer, die ihm mit Waffen entgegentraten. Keiner von ihnen überlebte den Versuch, ihre Insel zu verteidigen. Der Alte war offenbar unverwundbar und mächtig wie ein Dämon!

Der Fischer ertränkte die Tränen, die ihm in die Augen stiegen, in einem weiteren Schluck Schnaps. Das Ungeheuer hatte immer weiter wahllos Menschen getötet, bis jemand in einer Sprache um Gnade flehte, die es verstand. Diesen armen Mann machte der Alte zu seinem Dolmetscher, wenn auch nur für wenige Tage. Unter anderem sollte er den verbliebenen Dorfbewohnern mitteilen, dass sich der Hexer zum Herrscher über die Insel und Kapitän aller Schiffe erklärt hatte, die vor ihr ankerten.

In den folgenden Dekaden versuchten mehrmals Gruppen von Dorfbewohnern, den Hexer fortzujagen. Sie alle bezahlten ihren Wagemut mit dem Leben. Der Tyrann hatte das größte Haus des Dorfs bezogen und eine Leibwache zusammengestellt, die er im Laufe der Zeit zu einer kleinen Armee ausbaute. Die Feiglinge, die sich dem Hexer unterwarfen, hofften, sich auf diese Weise vor seiner Willkür zu schützen. Außerdem ließen sie sich von der Verheißung locken, auf künftigen Eroberungsfeldzügen unermessliche Reichtümer zu erbeuten. Schnell verbreitete sich die Neuigkeit bis nach Yérim, und die meisten Piraten der Umgebung stellten sich in den Dienst des Ungeheuers. Innerhalb weniger Jahre gelang es dem Hexer, den Grundstein für ein mächtiges Reich zu legen. In seinem Machthunger träumte er davon, sich die gesamte bekannte Welt zu unterwerfen.

Bald ankerten vor Raturuu dreimal so viele Kriegsschiffe wie Fischerboote, und Söldner und Plünderer jeglicher Couleur zogen durch die Straßen des einzigen Dorfs, das es auf der Insel gab. Eines nicht mehr allzu fernen Tages würde der Dämon im Körper eines Greises mit der Eroberung der bekannten Welt beginnen. Wer sollte einen Mann aufhalten, dem das schärfste Schwert nichts anhaben konnte und der seine Feinde mit einem bloßen Augenzwinkern vom Blitz erschlagen ließ? Niemand! Bald würde er sich die Unteren und die Oberen Königreiche untertan machen und der Bevölkerung sein Zeichen auf die Stirn brennen, so wie er es schon bei den Männern getan hatte, die ihm Treue geschworen hatten.

Bei diesem Gedanken führte Djemar unwillkürlich eine zitternde Hand zur Stirn. Bisher war er von dem Schandmal verschont geblieben. Außerdem ließen ihn die finsteren Gesellen, die über die Insel streiften, mehr oder weniger in Ruhe. Vielleicht glaubten sie, er stünde unter dem Schutz des Admirals. Doch Djemar wusste genau, dass dem nicht so war. Seit er den Hexer am Strand gefunden hatte, hatte der nicht ein Wort der Dankbarkeit für seinen Retter übrig gehabt. Wahrscheinlich hatte er sein Gesicht längst vergessen, und wie seine Nachbarn und Freunde würde Djemar bald Opfer des Hasses werden, der im Herzen des Hexers kochte – und durch ein bloßes Fingerschnippen ermordet werden.

Der Fischer stürzte den Rest Mangoschnaps herunter

und hätte sich fast an dem Schluchzer verschluckt, der ihm in der Kehle aufstieg. Er warf die leere Flasche ins Meer und ließ seinen Tränen freien Lauf. Djemar ertrug es nicht länger, auf dem schmalen Grat zwischen Leben und Tod zu wandeln. Er wollte sich nicht jeden Morgen fragen müssen, ob dieser Tag sein letzter sein würde. Die Insel, die er einst so geliebt hatte, war zu einer Hölle geworden, und im Dorf würde bald keine unschuldige Seele mehr leben. Da konnte er seiner Heimat ebenso gut für immer den Rücken kehren.

Voller Verzweiflung griff er nach den Rudern und steuerte das Boot Richtung Westen auf die Unteren Königreiche zu, auch wenn er kaum eine Chance hatte, lebend dort anzukommen. Wenn ihn nicht der Durst, die Sonne oder die Erschöpfung umbrachten, würden ihm vermutlich die Piraten, die Stürme oder die ausgehungerten Haie den Garaus machen.

Verflucht seist du, murmelte er noch einmal und warf einen letzten Blick auf seine Insel, die nun die Insel des Hexers war.

Nachdem ich mir ein erstes Stückchen Land unterworfen hatte, begann ich wieder, an Rache zu denken. Doch das hatte keine Eile. Zwar hätte ich ein paar meiner frisch rekrutierten Getreuen losschicken können, damit sie meinen Erzfeinden den Hals durchschnitten, doch nach reiflicher Überlegung kam ich zu dem Schluss, dass mich das nicht befriedigen würde. Vorher wollte ich ihnen ihre Schwäche und Armseligkeit vor Augen führen und ihnen ein für alle Mal zu verstehen geben, dass ich sie letztlich doch besiegt hatte. Jahrzehntelang hatten sie auf meinem Grab getanzt und gesungen; jetzt wollte ich sie um Gnade betteln hören. Ich wollte, dass sie vor mir auf die Knie sanken und mich um einen schnellen Tod baten.

Wenn ich erst einmal einen Großteil der bekannten Welt unterjocht hatte, würde ich ihnen gegenübertreten. Ich dachte nur noch an eins: wie ich die Erben von Ji finden und mir mit ihnen die letzte, alles entscheidende Schlacht liefern würde. Diesmal würde ihnen der Sieg nicht wieder durch einen heimtückischen Schurkenstreich in den Schoß fallen. Aber um meine Rache in vollen Zügen auszukosten, musste ich mich in Geduld üben.

Dass ich nicht unmittelbar zur Tat schreiten konnte, verstärkte meine Entschlossenheit nur noch. Als Erstes versuchte ich, so viel wie möglich über die neuen Prinzipien der Magie herauszufinden. Zu diesem Zweck führte ich an den Inselbewohnern verschiedene Experimente durch, was außerdem den Vorteil hatte, dass sie mich fürchteten wie den Tod. Da ich die Welt schlecht im Alleingang erobern konnte, begab ich mich außerdem auf die Suche nach Gefolgsmännern, denen ich etwas von meiner Magie beibringen wollte. Zunächst versuchte ich, einigen Bauern, die nicht ganz so hohl waren wie der Rest, beizubringen, wie man die Energieströme manipulierte. Doch das war die reinste Zeitverschwendung, und ich beförderte meine Schüler recht schnell ins Jenseits. Das hatte zwei Vorteile: Zum einen hatten diese Nichtsnutze den Tod mehr als verdient, zum anderen stärkte jedes Leben, das ich auslöschte, meine Macht.

Der Zugewinn an Macht war zwar nur gering und nicht zu vergleichen mit der Lebenskraft, die ich aus Sombre geschöpft hatte, aber er war trotzdem nicht zu leugnen. Wo rührte dieses Phänomen her? Lag es an meinem Körper aus Gwel? An meinen langen Aufenthalten im Karu? An der Tatsache, dass ich das letzte Wesen war, das aus dem Karu in die Welt der Menschen übergewechselt war? Wahrscheinlich war es von allem etwas. Bald hörte ich auf, mir über diese Frage den Kopf zu zerbrechen, und versuchte nur noch, meinen Nutzen daraus zu ziehen. Schließlich hatte ich schon immer ein Gott sein wollen! Ich empfand es als ausgleichende Gerechtigkeit, dass ich mich nun meinerseits von den Seelen meiner Opfer ernährte.

Ich nutzte jede Gelegenheit, um meine Macht zu mehren, und bekam niemals genug. Denn das berauschende Gefühl, wenn ich mir die Seele eines Toten einverleibte, wurde nach und nach immer schwächer, bis nur noch ein kurzer wohliger Schauer blieb. Andererseits spürte ich deutlich, wie meine magischen Kräfte wuchsen. Bald hatte ich den Eindruck, Teil eines höheren gemeinsamen Bewusstseins zu sein, das mich und noch ein paar andere außergewöhnliche Wesen verband.

Da dämmerte mir, dass nicht nur ich die Vernichtung des Jal überlebt hatte. Die Geister einiger Götter und Dämonen waren ebenfalls in die Welt der Sterblichen übergewechselt.

Ich näherte mich dem ersten derartigen Wesen, das ich ausmachen konnte, einem ramythischen Kind von sieben oder acht Jahren. In dem Augenblick, als ich es tötete, überkam mich eine solche Macht, dass ich taumelte wie ein Trunkenbold und fast zu Boden gegangen wäre.

In den folgenden Jahren versuchte ich, all dieser Wesen habhaft zu werden und sie zu töten. Ich hatte erkannt, dass sie die Wiedergeburten der alten Götter und Dämonen waren, und indem ich mir ihre Seele einverleibte, übernahm ich auch ihre Kräfte. Nachdem ich meine ersten wahren Anhänger rekrutiert hatte, gab ich ihnen den Auftrag, diese Wiedergeburten ausfindig zu machen und zu mir zu bringen. In der Zwischenzeit *entwickelte ich meine magischen Kräfte weiter und studierte die ethekischen Manuskripte, die meine Männer auf ihren Raubzügen erbeuteten. Die Beherrschung dieser Sprache hatte ich von den Seelen übernommen, die ich verschlungen hatte. Nach einer Weile begann ich, die Stirn meiner Anhänger mit einem Mal zu versehen. Auf diese Weise konnte ich jederzeit Macht über sie ausüben und mich gleichzeitig ihrer Ergebenheit vergewissern. Wer sich weigerte, mein Mal zu empfangen, unterschrieb damit sein Todesurteil.*

Vor wenigen Dekaden durchstreifte mein Geist wieder einmal die bekannte Welt auf der Suche nach den Wiedergeburten der einstigen Götter und Dämonen. Plötzlich stieß ich auf den mächtigen Usul. Usul, der Wissende. Das Schicksal war mir wohlgesinnt und brachte mir eine außerordentliche Opfergabe! Ich hatte die Insel längere Zeit nicht mehr verlassen, weil ich fieberhaft an meinen Eroberungsplänen gearbeitet hatte, aber um mir diese besonders kostbare Seele einzuverleiben, machte ich mich selbst auf den Weg.

Doch die Mühe erwies sich als unnötig. Der einstige Gott war aus seinem Gefängnis in Wallos entkommen und war längst auf dem Wege zu mir. Als wir uns begegneten, warf er sich mir zu Füßen und bot mir seine Hilfe an, wenn ich ihm gegenüber Gnade walten ließe, denn er hatte erkannt, wie sehr ich ihm und seinesgleichen überlegen war. Zum Schein ging ich auf sein Angebot ein und nutzte sein übermenschliches Wissen, um meine eigenen Wissenslücken zu schließen: So erfuhr ich, dass sich Sombre mit der einstigen Königin von Lorelia verbündet hatte, dass die beiden besiegt worden waren und die Erben von Ji das Jal mitsamt allen Göttern und Dämonen vernichtet hatten, allein indem sie es verleugneten. Usul erzählte mir noch vieles mehr, aber sein Gebrabbel war teilweise so verworren, dass ich nicht viel verstand. Seine Wiedergeburt war offenbar hochgradig geistesgestört. Vielleicht war der Gott aber auch schon immer wahnsinnig gewesen.

Allerdings war er noch so weit bei Verstand, dass er ahnte, was ich mit ihm vorhatte. In tiefster Nacht machte er sich auf meinem Schiff davon und entzog sich mir genauso, wie er auch meinem treulosen Sohn in Wallos entkommen war.

Ich machte mir nicht die Mühe, ihn zu verfolgen. Was hätte das genutzt, da er jeden meiner Schritte vorausahnen konnte? Außerdem gab es Wichtigeres zu erledigen. Im Fieberwahn hatte Usul vorhergesagt, dass sich meine Erzfeinde zusammentun, zur Insel Ji reisen und Sombres Grab öffnen würden.

Der Allwissende hatte mir allerdings nicht mitteilen können, was sie dort vorfinden würden. Vielmehr hatte er mir auf meine Nachfrage hundert verschiedene Antworten gegeben, eine rätselhafter als die andere. Offenbar hatte Usul bei seiner Wiedergeburt nicht nur den Verstand, sondern auch teilweise das Gedächtnis verloren – ich wurde aus seinem Gestammel einfach nicht schlau. Deshalb musste ich unbedingt vor meinen Erzfeinden zur Insel von Ji gelangen.

Nicht dass mir die Erben von Ji Angst einjagten, aber ich wollte gegen alle Eventualitäten gewappnet sein. Ich schickte einen Trupp Männer los, der sich um die jüngsten Erben kümmern sollte. Usuls Gestammel hatte ich entnommen, dass sie sich in Benelia treffen würden. Ich selbst würde den Unseligen, die es wagten, mir die Stirn zu bieten, auf Ji zuvorkommen und sie anschließend mithilfe meiner Magie auf ihrem eigenen Schiff in die Falle locken.

Die Begegnung war weniger erfreulich, als ich gehofft hatte. Die Hunde leisteten erbitterte Gegenwehr und weigerten sich rundweg, meine Überlegenheit anzuerkennen. Enttäuscht von dem misslungenen Racheversuch begnügte ich mich damit, ihr Schiff anzuzünden und sie den Tiefen des Meers zu überantworten.

Vielleicht liegen sie immer noch auf dem Meeresgrund. Allerdings kann ich ihre Gwelome nicht mehr wahrnehmen, und das lässt mir keine Ruhe. Ist es den Erben von Ji tatsächlich gelungen, dem Tod zu entrinnen? Aber wenn ja – wie? Und wo sind sie jetzt?

Doch im Grunde sind diese Fragen belanglos. Sie reizen nur meine Neugier. Es spielt keine Rolle, ob meine Feinde am Meeresboden von Krebsen gefressen werden oder sich irgendwo verkrochen haben, um meinem Zorn zu entgehen, denn es ändert nichts an der Tatsache, dass sie machtlos gegenüber den neuen Kräften sind, die ich mir angeeignet habe.

Und falls sie größenwahnsinnig genug sein sollten, mich noch einmal herauszufordern, halte ich eine Überraschung für sie bereit. Denn ich habe das Grab des Dämons geöffnet.

ERSTES BUCH

DIE KÖNIGIN DES NESTS

Najels Augen brannten. Nach dem langen dunklen Tunnel blendete ihn das grelle Sonnenlicht über den Berggipfeln, und der Schweiß lief ihm in Strömen von der Stirn. Nach der kopflosen Flucht durch die Gänge, bei der gierige Hände nach ihm gegriffen und versucht hatten, ihm Arme und Beine auszureißen, versuchte er verzweifelt, wieder zu Atem zu kommen. Eine der Kreaturen hatte ihm die Augenbraue aufgerissen, und das Blut rann ihm über die linke Wange und nahm ihm teilweise die Sicht. So brauchte er eine Weile, um zur Besinnung zu kommen, sich umzusehen und die Landschaft zu betrachten, die ihn umgab.

Der Anblick seiner Gefährten, die wie erstarrt mitten in einem grünen Tal standen, erinnerte ihn an ein Gemälde von Niss. Dieses Bild hätte auch in der Burg der Familie von Kercyan hängen können, in dem Saal mit den Gemälden, die die dramatischen Erlebnisse der Generationen vor ihnen zeigten. Gleich darauf verflüchtigte sich dieser Gedanke jedoch wieder, und Najel erinnerte sich an den Ernst ihrer Lage. Widersprüchliche Gefühle stürmten auf ihn ein, unter anderem eine große Unruhe.

Damián, Maara und Josion saßen und standen um den reglos am Boden liegenden alten Mann herum, der sie begrüßt hatte, als sie aus dem Gang ins Licht getreten waren. Damián hielt den Kopf des Greises, während sich Maara und Josion zu beiden Seiten aufgebaut hatten, um die tollwütigen Kreaturen abzuwehren, falls sich diese aus dem Tunnel wagen sollten. Zejabel stand ein paar Schritte weiter weg, die Schultern gebeugt, das Gesicht in den Händen vergraben.

Plötzlich zuckte Najel zusammen: Lorilis war nirgends zu sehen. Hektisch sah er sich um und entdeckte das zitternde und schwer atmende Mädchen hinter sich. Sie wirkte noch erschöpfter als ihre Gefährten, und die ungewohnte Farbe ihrer Pupillen verriet ihm den Grund: Lorilis hatte im Tunnel von ihren magischen Kräften Gebrauch machen müssen, um den Ungeheuern lebend zu entkommen.

Najel machte sich Vorwürfe, weil er sie nicht besser beschützt hatte, zumal Lorilis mittlerweile mehr als nur eine Freundin war. Seit ein paar Tagen waren sie sich nähergekommen, und wenn sie sich küssten, wurde ihm heiß und kalt. Doch er war kein Übermensch, und in der allgemeinen Panik waren alle um ihr Leben gerannt. Es grenzte an ein Wunder, dass die Gefährten dieser Hölle, die Guederic entfesselt hatte, überhaupt lebend entkommen waren.

Guederic. Als sich sein Puls etwas beruhigt hatte und er wieder klar denken konnte, stiegen weitere Erinnerungen in Najel auf. Der jüngste Sohn der Familie von Kercyan war schuld daran gewesen, dass die Kreaturen in den unterirdischen Gängen die Jagd auf die Erben eröffnet hatten. Guederic hatte sie kurz nach Betreten des Tunnels mit lautem Geheul zum Kampf aufgefordert.

Najel wandte sich zu dem jungen Mann um. Doch Guederic wirkte alles andere als stolz und triumphierend – vielmehr war er bleich wie ein Leichentuch. Damit unterschied er sich deutlich von seinen Gefährten, die von der wilden Flucht hochrote Gesichter hatten. Guederics Blässe stand auch im auffälligen Gegensatz zu seinen blutdurchtränkten Kleidern und dem rot glänzenden Rapier, das er schlaff in der Hand hielt. Das frische Blut auf seiner Waffe und seinen Gewändern stank bestialisch. Alles in allem bot der junge Mann einen geradezu abstoßenden Anblick. Hätte er keine Waffe getragen und wäre er in Lumpen gehüllt gewesen, hätte sich Guederic kaum von den Kreaturen unterschieden, deren Schreie noch immer aus dem Tunnel hallten.

Die Einsicht, wie sehr Guederic diesen halb menschlichen, halb dämonischen Wesen ähnelte, jagte dem Jungen einen Schauer über den Rücken. Plötzlich drängte sich seinem überreizten Geist ein weiteres Bild auf. Hatte der Alte, der zwischen Damián, Josion und Maara lag, Guederic nicht erkannt? Und ihn bei einem anderen Namen genannt?

Hatte er nicht *Sombre* zu ihm gesagt?

Der Junge wurde von einem Taumel erfasst. Unzählige Erinnerungsbruchstücke stürmten auf ihn ein, und das Puzzle setzte sich langsam zusammen. Die Gefährten hatten einander so viel zu sagen und so viel zu erklären. Nun fiel ihm auch wieder ein, dass der Greis, der besinnungslos am Boden lag, Nol der Seltsame war, der Ewige Gott. Und dass das Tal, auf das die Erben gestoßen waren, die irdische Ausführung des Dara war.

Najels Schwindel verstärkte sich, während er abermals den Blick schweifen ließ, diesmal bis zum Horizont. Und da sah er sie. Eine der Pforten, die die Etheker errichtet hatten; ein Ebenbild der Pforten im Tiefen Turm von

Romin und auf der eisigen Ebene Arkariens. Der gewaltige Bogen thronte inmitten einer unberührten Landschaft zwischen den höchsten Gipfeln der bekannten Welt.

Beim Anblick der Pforte bekam Najel weiche Knie, und die Hoffnungen, die er unwillkürlich an sie knüpfte, ließen ihm den Kopf schwirren. Die letzten Tage waren entsetzlich anstrengend gewesen, und Guederics merkwürdiges Verhalten hatte ihm mächtig Angst eingejagt. Da war es nur verständlich, dass er plötzlich unendlich müde war und das Gefühl hatte, im Stehen einzuschlafen.

Da fiel ihm ein, dass die früheren Generationen Erben im Jal Ähnliches empfunden hatten. Erst waren sie von einer unbegründeten Glückseligkeit übermannt worden und dann in einen tiefen, unnatürlichen Schlaf gefallen. Auch wenn dieses Tal nur ein blasses Abbild der herrlichen Gärten des Dara war, hatte es doch offenkundig eine ähnliche Wirkung. Najel war wie im Rausch. Lange würde er sich nicht mehr wachhalten können, und der glasige Blick seiner Gefährten zeigte ihm, dass es ihnen nicht anders erging.

Nach einem kurzen Moment geistiger Klarheit hatte Najel nun erneut große Schwierigkeiten, sich zu konzentrieren. Trotzdem war ihm klar, dass sie handeln mussten, und zwar schnell. Maara, Josion und Damián hatten sich neben Nol im Gras niedergelassen und wirkten bereits völlig apathisch. Zejabel war von Kummer überwältigt, und Lorilis konnte sich vor Entkräftung kaum mehr auf den Beinen halten. Der Einsatz ihrer magischen Kräfte hatte ihr den Rest gegeben. Souanne wirkte wie in Trance. Sie war rückwärts vor den anderen zurückgewichen und hatte sich dabei wieder dem Tunneleingang genähert. Offenbar hatte sie mehr Angst vor Guederic als vor den Ungeheuern, deren Geheul immer noch aus dem Dunkel zu ihnen drang.

Somit waren Najel und Guederic die Einzigen, die noch handeln konnten.

Ihre Blicke kreuzten sich wie von selbst. Befremdet stellte Najel fest, dass in den Augen seines Freunds, den er doch so gut zu kennen glaubte, ein seltsames Licht funkelte. Es war, als tanzte ein dunkler Schatten auf den schwarzen Pupillen – ein fremdartiger und zugleich unendlich trauriger Schatten.

Guederic schloss die Augen, um Tränen fortzublinzeln. Dann biss er die Zähne zusammen, trat einen Schritt vor und hob sein Schwert. Trotz des Schwindelgefühls begriff Najel sogleich, was Guederic vorhatte, und sprang auf, um ihn daran zu hindern.

Der blutverschmierte junge Mann hatte sich umgedreht und war zurück in den Tunnel getaumelt, um es erneut mit den Kreaturen aufzunehmen, die dort ihr Unwesen trieben. Suchte er etwa den Tod? Wollte er sich irgendetwas beweisen? Oder wollte er nur seine Verzweiflung vergessen, indem er sich abermals in den Kampf stürzte? Najel war nicht sicher, was Guederic antrieb, er wusste nur eins: Wenn er ihn nicht zurückholte, würden sie ihn niemals wiedersehen. Also überwand der Junge seine Angst und Benommenheit und folgte seinem Gefährten in den Tunnel.

Ihn einzuholen war zum Glück leicht. Ihn zur Rückkehr zu bewegen, erwies sich als ungleich schwerer.

Als Najel ihn an der Schulter fasste, hob Guederic drohend das Rapier. Es war zu dunkel, um den Gesichtsausdruck des jungen Mannes zu erkennen, aber sein bestialisches Keuchen jagte Najel einen Schauer über den Rücken. Trotzdem ließ er nicht locker und streckte Guederic zum Zeichen der Freundschaft die offenen Handflächen entgegen. Er flüsterte beruhigende Worte und vergaß auch das wichtigste Argument nicht: »Wir sind beinahe am Ziel, Guederic. Wir haben Nol den Seltsamen gefunden. Er wird uns helfen, und bald wirst du deine Mutter wiedersehen.«

Das Schweigen, das auf seine Worte folgte, war für Najel kaum zu ertragen. Er stand da, die Hände in die Dunkelheit ausgestreckt, und rechnete jeden Augenblick damit, dass Guederic sie ihm mit dem Rapier abschlug. Als sich die kräftigen Hände des Loreliers um seine Unterarme schlossen, zuckte er heftig zusammen. Die Geste erinnerte an einen Schiffbrüchigen, der auf hoher See nach einem Stück Treibgut greift.

Sie sprachen kein Wort mehr. Der Junge zog Guederic mit zum Licht und kämpfte dabei gegen den Schwindel und den Widerstand des Loreliers an. Als sie auf der Schwelle zum Tal ankamen, blieb Guederic wie angewurzelt stehen. Najel war schlau genug, ihn nicht mit Gewalt aus dem Gang zu zerren, sondern ihn mit leisen Worten zu bitten, ihn nicht allein zu lassen. Endlich fanden sie sich inmitten ihrer besinnungslosen Freunde wieder.

»Hilf mir, sie von hier fortzutragen«, bat Najel mit schwerer Zunge. »Wir dürfen sie nicht in der Nähe des Tunnels …«

Als sein Kopf am Boden aufschlug, hatte der Junge einen letzten lichten Moment. Er fragte sich, ob er noch die Zeit gehabt hatte, seinen Satz zu beenden.

Über solch einer belanglosen Frage einzuschlummern, wäre wohltuend gewesen. So aber schlief er mit der Angst ein, dass er und seine Freunde im Schlaf zerfleischt werden würden.

Josion schreckte aus dem Schlaf auf. Eben noch hatte er selig geschlummert und sich von den Strapazen der letzten Dekanten erholt, aber plötzlich schlug sein geschundener Körper Alarm und forderte ihn auf, sofort zu handeln. Er spürte einen stechenden Schmerz in der Schulter. Noch konnte er keinen klaren Gedanken fassen, und so rollte er sich reflexartig zur Seite und sprang auf die Beine, um einen möglichen Angreifer abzuwehren.

Aber da war niemand. Nur dieser Schmerz. Josion versuchte, die Ursache ausfindig zu machen, und fasste sich mit der Hand ans Schulterblatt. Kein Blut. *Woher kommt der Schmerz dann?*

Als er ein paar Schritte zurücktrat, bekam er die Antwort. Er hatte auf einer großen Distel gelegen, deren Dornen ihn schon eine ganze Weile gepiesackt haben mussten. Und irgendwann hatte ihn der Schmerz eben geweckt.

Doch die Erklärung beruhigte ihn noch lange nicht. Er konnte sich nicht daran erinnern, an dieser Stelle eingeschlafen zu sein, und schon gar nicht inmitten von Disteln. Die meisten seiner Gefährten lagen ebenfalls im hohen Gras oder in Büschen.

Als sein Blick auf Guederic fiel, der zehn Schritte entfernt auf einem Felsen saß, kehrte Josions Erinnerung schlagartig zurück. Sein Vetter starrte stumm auf den

Höhleneingang. *Er hatte sie alle außer Gefahr gebracht, einen nach dem anderen* … Plötzlich fiel Josion ein, dass er kurz aufgewacht war, als Guederic ihn getragen hatte. Er hatte ihnen das Leben gerettet, kein Zweifel. Jetzt erinnerte sich Josion auch, wie erschöpft er gewesen war, als sie aus dem Tunnel getaumelt waren, und dass er um keinen Preis hatte einschlafen wollen, weil das zu gefährlich war. Aber er war nicht gegen die Benommenheit angekommen. Wären die Erben in der Nähe des Tunneleingangs liegen geblieben, hätten die Kreaturen, die in den Gängen hausten, ihre Scheu vor dem Licht gewiss früher oder später überwunden und sich auf sie gestürzt.

Josions Gedanken überschlugen sich. Er sah hoch zur Sonne. Ihrem Stand nach musste der sechste Dekant angebrochen sein, es war also später Nach-Mit-Tag. Was würde geschehen, wenn die Nacht hereinbrach? Würde dann eine Schar blutrünstiger Ungeheuer das Tal stürmen, um die Erben zu jagen?

Er fröstelte und wandte sich rasch zu seinen schlafenden Gefährten um. Erleichtert stellte er fest, dass sich Nol der Seltsame unter ihnen befand. Der einstige Gott musste diese Gefilde schon seit über zwanzig Jahren bewohnen. Er würde wissen, was die Erben tun konnten, um die Nacht zu überleben.

Vorausgesetzt, er würde rechtzeitig wach, um sein Wissen mit seinen Besuchern zu teilen.

Josion beugte sich über seine Freunde und überprüfte vor allem die Gesichtsfarbe der Verletzten. Zum Glück hatte keiner von ihnen im Schlaf viel Blut verloren. Er erwog, sie zu wecken, vor allem seine Mutter und Damián. Doch dann entschied er, dass es keinen Grund zur Eile gab. Mit bangem Gefühl im Magen schlenderte er auf Guederic zu.

Er wusste einfach nicht mehr, woran er bei seinem Vetter war. Schließlich hatte Guederic sie überhaupt erst in Gefahr gebracht, indem er die Kreaturen in den unterirdischen Gängen mit wildem Geheul zum Kampf aufgefordert hatte. Außerdem hatte Josion noch deutlich vor Augen, wie Nol der Seltsame vor Angst und Verzweiflung ohnmächtig geworden war, als er in Guederic Sombre erkannt hatte. Andererseits hatte Guederic seine Treue bewiesen, indem er seine Gefährten rettete, und wie er da so mit unglücklichem Gesicht und zerrissenen Kleidern auf dem Felsen saß, wirkte er nur wie ein unglücklicher junger Kerl, weit weg von zu Hause.

Guederic hob nicht einmal den Kopf, als Josion zu ihm trat. Vermutlich scheute sein Vetter das bevorstehende Gespräch ebenso sehr wie Josion selbst. Da er nicht wusste, wie er anfangen sollte, versuchte er es mit Humor.

»Nächstes Mal kannst du mich ja gleich in einen Ameisenhügel legen. Ich habe so viele Dornen in der Schulter, dass ich mir vorkomme wie ein Stachelschwein.«

»Ich hatte keine Zeit, darauf zu achten, wo ich euch ablege«, erwiderte Guederic mit monotoner Stimme. »Jedes Mal, wenn ich einen von euch forttrug, zeigten sich die Kreaturen am Höhleneingang. Ich bin die ganze Zeit nur hin und her gehetzt.«

Josion nickte ernst und versuchte, sich die Szene vorzustellen. Die Strecke zwischen der Tunnelöffnung und der Stelle, wo Guederic Nol und die anderen abgelegt hatte, betrug etwa hundert Schritt. Diesen Weg musste Guederic acht Mal hin und her gelaufen sein, so schnell er konnte.

Er hatte seine Gefährten, die zudem schwere Reisekleider, Waffen und Gepäck trugen, in Sicherheit gebracht und dabei vermutlich ständig Angst gehabt, nicht alle retten zu können. Die Entscheidung, welchen er als Nächsten forttrug, war ihm sicher nicht leichtgefallen. Was Guederic vollbracht hatte, war eine geradezu übermenschliche Leistung. Josion hätte jedenfalls nicht mit ihm tauschen wollen. Vermutlich war Guederic sowieso der Einzige, der dazu imstande gewesen war. Wo auch immer die Kraft herrührte, die er bisweilen an den Tag legte …

»Und du?«, fragte er. »Bist du auch irgendwann eingeschlafen?«

Guederic zögerte einen Augenblick. Überlegte er, was die beste Antwort war? Schließlich entschied er sich wohl für die Wahrheit.

»Nein, ich habe gar nicht geschlafen. Ich habe mich die ganze Zeit gefragt, was mit euch los ist. Zeitweise fürchtete ich, dass ihr überhaupt nicht mehr aufwacht.«

Mit gequälter Miene und tränenverquollenen Augen sah er zu Josion hoch. Ein solches Gesicht konnte nur Mitleid erregen.

»Ich bin froh, dass du aufgewacht bist, Vetter«, fuhr Guederic mit einer Stimme fort, der man die unterdrückten Schluchzer noch anhörte. »Ich habe mich ganz schön einsam gefühlt.«

Danach zog er sich wieder in sich zurück, aber Josion hatte genug gehört. Tröstend legte er ihm eine Hand auf die Schulter. Wie konnte dieses klägliche Häufchen Elend Sombre sein? Und sollte er tatsächlich einst ein Dämon gewesen sein, dann in einem anderen Leben. Heute gehörte dieser Körper allein Guederics sterblicher Seele.

Trotz des Mitgefühls, das er für seinen Vetter empfand, rückte Josion nach einer Weile wieder ein wenig von ihm ab. Ihm fielen die unzähligen Male ein, bei denen sich Guederic nicht hatte beherrschen können und seine schlimmsten Seiten zum Vorschein gekommen waren. Das Töten bereitete ihm offensichtlich Vergnügen, und jedes Mal, wenn er einen Gegner besiegte, wuchs seine Kraft. Es gab einfach zu viele Anzeichen, die die grauenhafte Vermutung bestätigten: Guederic war Sombres Wiedergeburt. Was bedeutete, dass sich der mächtigste Gegner der Erben, der neben Saat für all das Leid verantwortlich war, das ihre Eltern und Großeltern erlitten hatten, unter ihnen befand. Und die Persönlichkeit des einstigen Dämons kam immer mehr zum Vorschein.

Josions Mitleid schlug in Abscheu um. Nun sah er nur noch die Gestalt seines schlimmsten Feinds und seinen verwundbaren Hals. Sollte er die Zweifel an Guederics Loyalität nicht ein für alle Mal mit seinem Zarratt aus der Welt schaffen? Gleich darauf erschrak er über sich selbst. Guederic wandte ihm sein gequältes Gesicht zu, als wollte er sagen: *»Mach schon, schlag zu! Worauf wartest du noch?«*

In diesem Moment drang das Gemurmel ihrer Gefährten an ihre Ohren. Die Erben erwachten einer nach dem anderen und fragten sich – so wie Josion ein paar Dezillen zuvor –, was mit ihnen geschehen war.

»Ich werde ihnen sagen, dass du uns alle gerettet hast«, sagte Josion kurz entschlossen. »Und dann suchen wir weiter nach unseren Eltern. Gemeinsam.«

Guederic nickte knapp. Er wagte nicht aufzusehen. Im Davongehen glaubte Josion ein leises *»Danke«* zu hören.

Noch bevor Maara einen klaren Gedanken fassen konnte, fing sie an, nach ihrem Bruder zu suchen. Um nicht dem Schwindel zu erliegen, kroch sie auf allen vieren von einem zum nächsten. Als sie endlich auf Najel stieß, war ihre Erleichterung groß. Er schlief noch immer tief und fest und sah dabei aus wie ein kleines Kind, trotz seiner inzwischen fast vierzehn Jahre. An seiner Schläfe klebte getrocknetes Blut, und auf seinem jungenhaften Gesicht zeichnete sich ein Anflug von Entsetzen ab. Zögernd strich ihm die Barbarenprinzessin übers Haar. Zärtlichkeit war keine von Maaras Stärken, zumindest nicht, seit ihre Mutter gestorben war. Doch als die Wallattin von Erschöpfung überwältigt in den Schlaf gefallen war, hatte sie gefürchtet, ihren Bruder nie mehr wiederzusehen. Deshalb war dieser Augenblick kostbar. Doch rasch gewann die draufgängerische Art der Kriegerin wieder die Oberhand. Während Damián und Zejabel über die jüngsten Ereignisse zu sprechen begannen, sprang Maara auf, marschierte zu ihrem Gepäck, hob die Lowa auf, die ihr im Schlaf aus der Hand gerutscht war, und stapfte mit grimmiger Miene auf Guederic zu. Sie wollte Josion ausweichen, doch dieser baute sich vor ihr auf und fasste sie an der Schulter, ganz so, wie sie es befürchtet hatte.

»Lass mich vorbei!«, fauchte sie wütend. »Tu nicht so, als hättest du es nicht gehört. Du weißt genau, dass es die Wahrheit ist. Der Bastard ist ein Ungeheuer, der schlimmste Dämon, den die Welt je gesehen hat!«

»Das ist *Guederic*«, sagte Josion mit Nachdruck, »und niemand sonst. Unser Freund, unser Gefährte! Denk doch mal nach. Er kann unmöglich an dem schuld sein, was vor seiner Geburt geschehen ist.«

»Er ist Sombre, und das weißt du genau!«, beharrte die junge Frau. »Er hat es oft genug bewiesen. Sobald sein Gedächtnis vollständig zurückgekehrt ist, wird er uns allen die Köpfe einschlagen!«

»Das ist *Guederic*«, wiederholte Josion gebetsmühlenartig. »Außerdem hat er uns allen das Leben gerettet, indem er uns vom Höhleneingang fortgetragen hat.«

»Ja, nachdem wir seinetwegen fast getötet worden wären! Mein Vater hat es gewusst, davon bin ich überzeugt. Deshalb wollte er auch, dass mein Bruder und ich ihn töten. Ich habe es lange genug aufgeschoben. Lass mich vorbei, oder ich schwöre dir, du gehst mit ihm in den Tod!«

Trotz ihrer Drohung hob Maara ihre Waffe nicht; sie entwand sich lediglich Josions Griff. Dabei wäre es ihr ein Leichtes gewesen, sich durch einen Lowahieb zu befreien. Warum machte Josion alles nur so kompliziert? Wenn es nach Maara gegangen wäre, hätten die Gefährten die traurige Pflicht gemeinsam und wortlos erledigt. Aber stattdessen …

Stattdessen saß Guederic zehn Schritte von ihnen entfernt auf seinem Felsen und rührte sich nicht, obwohl er jedes Wort mit angehört haben musste. Nun näherten sich auch Zejabel und Damián, die Hand an der Waffe und mit ernstem Blick. Die Zü baute sich neben Maara auf, während Damián an die Seite seines Vetters trat. Als wäre die Lage nicht schon schwierig genug!

»Er ist mein Bruder«, sagte Damián fest. »Er ist kein Dämon. Auch Cael litt eine Zeit lang unter Persönlichkeitsschwankungen. Aber das heißt noch lange nicht …«

»Er ist Sombre«, schnitt ihm Zejabel das Wort ab. »Daran gibt es nun keinen Zweifel mehr. Nol hat ihn erkannt.«

Bleiernes Schweigen trat ein. Obwohl die Zü ihr recht gab, fühlte sich Maara, als hätte ihr jemand eine Klinge in den Leib gerammt. Für dieses Ungeheuer hatte sie Gefühle gehegt … Beinahe hätte sie mit ihm … Allein die Vorstellung war unerträglich!

»Wir wissen es nicht mit Sicherheit«, widersprach Damián. »Ich habe zwar selbst die Vermutung geäußert, dass einige Götter und Dämonen im Körper von Sterblichen wiedergeboren worden sind, aber deshalb dürfen wir nicht …«

»Deine Eltern wussten es«, sagte Zejabel. »Oder zumindest hatten sie einen begründeten Verdacht. Als Keb davon erfuhr, haben sie sich überworfen.«

Mit einem rätselhaften Blick auf Guederic fügte sie hinzu: »Keb riet ihnen, das Kind zu töten, aber sie weigerten sich – und das war das Ende ihrer Freundschaft.«

Trotz ihres Zorns fühlte Maara mit Damián, für den das Gesagte ein großer Schock sein musste. Er war ganz blass geworden und schien verzweifelt um Worte zu ringen. Ratlos wandte er sich zu seinem Bruder um, der immer noch dasaß und sich nicht rührte. Doch dann ging er – zum großen Missfallen der Wallattin – erneut zum Angriff über.

»Was hast du für Beweise? Und warum hast du uns das nicht schon früher gesagt?«, fragte er Zejabel vorwurfsvoll. »Warum rückst du ausgerechnet hier und jetzt damit heraus, kurz nachdem mein Bruder uns allen das Leben gerettet hat?«

»Weil ich nicht vollkommen sicher war«, verteidigte sich die Zü. »Weil ich das Offensichtliche nicht sehen wollte, so als könnte ich dadurch etwas an der Tatsache ändern. Mach mir keine Vorwürfe. Deine Eltern haben genauso gehandelt. Sie haben Guederic ebenso liebevoll aufgezogen wie dich.«

Der Kriegerin gefiel die Wendung, die das Gespräch nahm, ganz und gar nicht. Was sollten diese Gefühlsduseleien? Das machte alles nur noch schlimmer. Sombre saß ein paar Schritte von ihnen entfernt und schien sich nicht einmal wehren zu wollen. Man musste einfach nur hinübergehen und ihn mit einem gut gezielten Lowaschlag ins Jenseits befördern.

Trotzdem machte Maara keine Anstalten, ihr Vorhaben in die Tat umzusetzen. Schon damals in der Burg der Herzöge von Kercyan war sie nicht in der Lage gewesen, den schwarzhaarigen jungen Mann zu enthaupten. Das musste ein anderer übernehmen – und zwar schnell, bevor es zu spät war.

Die Wallattin setzte ihre ganze Hoffnung auf Zejabel, denn schließlich war die Zü zum Töten ausgebildet worden. Sie war sogar die oberste Vollstreckerin der Rachegöttin Zuïa gewesen und konnte ihre moralischen Bedenken gewiss zum Verstummen bringen. Außerdem hatte sie selbst mit angesehen, zu welchen Gräueltaten Sombre im Stande war.

Damián und Josion mussten den auffordernden Blick bemerkt haben, den Maara Zejabel zuwarf, denn sie schienen darauf zu warten, dass die Zü eine Entscheidung traf. Maara dachte erleichtert, dass Josion wohl nicht die Waffe gegen seine eigene Mutter erheben würde. Und Damián hätte ohnehin keine Chance gegen die einstige Mörderin.

»Also, was ist jetzt?«, schleuderte Damián Zejabel nervös entgegen. »Willst du wirklich ein Verbrechen begehen? Willst du deinen eigenen Neffen opfern?«

Überrascht riss Zejabel die Augen auf. »Auf keinen Fall«, versicherte sie. »Ich gebe zu, dass ich nach dem Schiffbruch darüber nachgedacht habe, aber da stand ich unter Schock. Jetzt habe ich wieder einen klaren Kopf. Ich habe meinen Freunden versprochen, dass ich über unsere Kinder wache, über *all* unsere Kinder, und nichts anderes werde ich tun.«

Vor den Augen einer versteinerten Maara trat sie zwei Schritte vor und stellte sich neben ihren Sohn und Damián.

»Außerdem«, fügte Zejabel hinzu, »bin ich das beste Beispiel dafür, dass sich jeder Mensch ändern kann, wenn ihm nur vergeben wird. Das dürfen wir nie vergessen.«

Wütend ballte Maara die Fäuste. *Er* war der Dämon, und *sie* behandelte man wie eine Abtrünnige. Waren die anderen denn alle blind? Natürlich war es eine schwere, wenn nicht gar grausame Entscheidung, aber Maara war dazu erzogen worden, eines Tages die wallattische Krone zu tragen. Sie wäre eine schlechte Barbarenkönigin, wenn sie vor einer schweren Entscheidung zurückschreckte. Dennoch könnten die anderen sie ruhig ein wenig unterstützen, statt ihr in den Rücken zu fallen …

»Lasst sie tun, was sie tun muss«, forderte plötzlich jemand mit schwerer Zunge.

Die anderen traten einen Schritt zur Seite und gaben den Blick auf Guederic frei. Er war aufgestanden und zu ihnen herübergekommen. Maara erschrak beim Anblick seines vom Kummer gezeichneten Gesichts, und als er plötzlich vor ihr auf die Knie fiel, entwich ihr vor Überraschung ein kleiner Schrei. Sein Blick war unendlich traurig.

»Wenn du willst, dass ich diese Welt verlasse, Maara, gibt es keinen Grund für mich, noch länger zu leben. Bringe es hinter dich ...«

Er beugte sich vor und bot sein schutzloses Haupt ihrer Lowa dar. Da wurde die Kriegerin von ihren Gefühlen überwältigt. Sie versuchte sich zusammenzureißen, konnte die Tränen aber nicht mehr zurückhalten. Guederic wirkte so menschlich, so verwundbar ... Seine Worte berührten sie zutiefst. So etwas Schönes hatte er nicht mehr gesagt, seit sie in den Tiefen.Turm von Romin hinabgestiegen waren. Dort hatte er gegen den Gesang der Sirenen angekämpft und war seinen Freunden zu Hilfe gekommen, statt den Lockrufen des Karu zu folgen.

Völlig verwirrt fiel Maara nun ihrerseits auf die Knie. Sie erinnerte sich an die vielen Male, als Guederic ihr beigestanden hatte, angefangen mit dem Moment, als sie gemeinsam ihre Gwelome ins Meer geworfen hatten. Er hatte versprochen, dass er helfen würde, ihren Vater zu finden. Sollte sie dem Unglücklichen in dieser schweren Zeit nicht auch zur Seite stehen? Hatte Zejabel vielleicht recht? Musste sie Guederic verzeihen?

»Du bist ein Dämon ... ein Dämon«, stammelte sie.

Da merkte sie erst, dass sie ihm die Arme um den Hals geworfen hatte und ihre Tränen an seinem Hals erstickte. Als er ihre Umarmung erwiderte, zunächst unbeholfen und dann mit aller Kraft, begriff sie, wie sehr sie einander brauchten.

Die drei Zeugen der Versöhnung wandten verlegen die Blicke ab. Doch dann gewann ihre Erleichterung die Oberhand. Gab es eine bessere Art, einen Streit beizulegen?

Genau in diesem Moment erwachte Najel, und kurz nach ihm schlug auch Lorilis die Augen auf. Josion, Zejabel und Maara gingen zu den Kindern hinüber, und die Brüder von Kercyan blieben allein zurück. Aber es gab auch keinen Grund mehr, weiter in der Wunde zu bohren. Alles war gesagt worden – zumindest fürs Erste. Guederic war und blieb einer der Erben.

Daran hatte Damián ohnehin keinen Augenblick gezweifelt. Er warf seinem Bruder einen beschämten Blick zu, als wollte er sich für den Kummer entschuldigen, den seine Gefährten ihm bereitet hatten. Damián verstand einfach nicht, wie jemand einen Dämon in ihm sehen konnte. Die Brüder teilten so viele gemeinsame Erinnerungen: Sie waren miteinander aufgewachsen, und in den letzten Jahren waren sie sich regelmäßig im Haus ihrer Eltern begegnet. Sombre war nichts weiter als ein Phantom; Guederic hingegen war ein Mensch aus Fleisch und Blut mit seiner eigenen, unverkennbaren Persönlichkeit.

»Wie geht es dir?«, fragte er ein wenig unbeholfen.

Als sein jüngerer Bruder zaghaft lächelte, war seine Erleichterung groß.

»Schon viel besser. Ich nehme an, das musste mal gesagt werden. Es hätte viel schlimmer ausgehen können.«

»Aber was hältst du selbst von der Sache?«

Guederic atmete tief ein und aus, bevor er antwortete. Offenbar wollte er auf diese Weise die Beklemmung in seiner Brust lösen. Dann sah er Damián ernst an. »Ich glaube, ich bin weder ein Gott noch ein Dämon, falls du das meinst. Ich kann mich an kein früheres Leben oder irgendwelche mir unbekannten Ereignisse erinnern. Aber ich kann auch nicht so tun, als wäre in letzter Zeit nichts passiert. Meine Wutausbrüche und seltsamen Empfindungen müssen schließlich irgendwo herkommen.«

»Sie könnten auch eine ganz andere Ursache haben«, sagte Damián.

»Mag sein. Während ihr geschlafen habt, hatte ich viel Zeit, darüber nachzudenken, aber ich bin zu keinem Ergebnis gekommen. Da ihr mir euer Vertrauen ausgesprochen habt, werde ich versuchen, die Sache zu vergessen. Vater und Mutter werden mir ihre Version der Geschichte erzählen. Wir müssen sie bloß finden. An nichts anderes möchte ich zurzeit denken, Damián«, murmelte er.

»Wir waren unserem Ziel nie näher. Sobald Nol aufwacht, wird er uns den Weg weisen, da bin ich ganz sicher.«

Die beiden Brüder sahen unwillkürlich zu dem alten Mann hinüber. Doch auf einmal kamen Damián Zweifel. Würde Nol je wieder wach werden? Warum hatte er überhaupt die Besinnung verloren? Ihn dürfte wohl kaum die gleiche Müdigkeit übermannt haben wie die Erben ... Schließlich lebte er offenbar bereits seit vielen Jahren in dem Tal und war ganz sicher an die hier herrschende Magie gewöhnt. Was also war der Grund für seine Ohnmacht?

Plötzlich stand Damián die Szene wieder vor Augen: Nol war in sich zusammengesackt, nachdem er in Guederic Sombre erkannt hatte – oder besser gesagt, zu erkennen geglaubt hatte. Der Anblick des einstigen Dämons musste den Hüter so tief erschüttert haben, dass sich sein Geist seither weigerte, wieder zu erwachen.

Damián dachte noch eine Weile mit ernster Miene über die Sache nach, bis er den Blick seines jüngeren Bruders auf sich spürte. Trotz seiner Unruhe gab er sich nach außen gelassen.

»Ich sehe mal nach Najel und Lorilis«, sagte er.

»Warte, ich möchte dir erst noch was zeigen. Komm mit.«

Damián nickte widerwillig, obwohl seine Neugier geweckt war. Mit einem Handzeichen bedeutete er Josion, dass er und Guederic eine Runde drehen würden, und lief dann seinem Bruder hinterher, der schon ein ganzes Stück vorausgegangen war. Nach ein paar Schritten wurde Damián mulmig zumute.

»Ich hoffe, wir gehen nicht allzu weit. Wir sollten uns nicht zu sehr von den anderen entfernen.«

»Das kommt ganz darauf an«, sagte Guederic. »Vielleicht haben wir Glück und müssen nicht lange suchen.«

»Wohin …«

»Du wirst schon sehen«, fiel ihm sein Bruder ins Wort. »Lass uns jetzt nicht mehr reden. Wir müssen leise sein.«

Seine Stimme klang streng, aber Guederics Augen funkelten schelmisch. Genauso hatte er ausgesehen, wenn er in Lorelia einen seiner Streiche ausheckte. Damián heftete sich an seine Fersen und schlich durchs hohe Gras wie ein Jäger auf der Pirsch.

Bisher war er nicht dazu gekommen, das sagenumwobene Tal genauer zu betrachten, aber jetzt hatte er endlich Gelegenheit dazu. Der erste Eindruck war enttäuschend. Die Reisetagebücher früherer Generationen schilderten prachtvolle Gärten, in denen wunderschöne Blumen blühten und Farben und Formen in harmonischem Einklang standen. Auch Zejabel hatte eine Landschaft von atemberaubender Schönheit beschrieben.

Doch die irdische Ausführung des Jal'dara war weit davon entfernt, diesem Bild zu entsprechen. Es handelte sich zwar um eine unerwartet grüne Oase zwischen kahlen Bergen, aber in der bekannten Welt musste es mindestens zehn vergleichbare Orte geben. Hoch gewachsenes Gras, Büsche, Nadelbäume und Granitfelsen ... Hier und da lagen sogar Kothaufen und verwesende Tierleichen herum. Es war das genaue Gegenteil von dem makellosen Bild, das sich Damián von der Kinderstube der Götter gemacht hatte. Was wollte ihm Guederic in dieser banalen Umgebung unbedingt zeigen?

Kurzzeitig dachte Damián, sein Bruder führe ihn zu der Pforte, die in der Mitte des Tals aufragte. Sie war das einzig Besondere weit und breit, das einzige Menschengemachte. Den Bogen hatte Damián ohnehin erkunden wollen, allerdings hatte er vorgehabt, damit zu warten, bis Nol und Souanne aufwachten. Doch bald war klar, dass sie gar nicht auf die Pforte zusteuerten, denn Guederic bedeutete ihm, auf die Knie zu gehen und sich auf allen vieren fortzubewegen.

Sie krochen einen kleinen Hang hinauf und kamen an unzähligen Kaninchenbauten vorbei. Die Nervosität des Ritters erreichte ihren Höhepunkt. Als Guederic ihn aufforderte, sich ins Gras zu ducken, ging Damián durch den Kopf, dass ihr Unterfangen gefährlich sein musste.

Sie erreichten die Hügelkuppe und spähten auf die andere Seite, und Damián rechnete damit, dass ihn jeden

Moment ein wildes Tier ansprang – oder ein zorniger Ewiger Wächter, der der Vernichtung des Jal entgangen war. Daher überraschte ihn das Bild, das sich ihm bot, über alle Maßen.

»Das sind sogar noch andere als die, die ich vorhin gesehen habe«, wisperte Guederic.

Damián konnte nur nicken, während sich seine Gedanken überschlugen. Was hatte das zu bedeuten? Anstelle von Ungeheuern oder wilden Tieren sah er Menschen. Zwei Männer, eine Frau und einen kleinen Jungen von vier oder fünf Jahren, die Lumpen und Kleider aus Pflanzenteilen trugen. Sie pflückten Beeren und legten diese in einen geflochtenen Korb. Sie schienen keine Waffen zu tragen, was Damián zunächst beruhigte. Doch dann fiel ihm auf, dass die Erwachsenen etwa genauso alt waren wie er selbst. Das hieß, sie gehörten zur Generation, die kurz nach der Vernichtung des Jal zur Welt gekommen war.

Diese Erkenntnis ließ seinen Puls rasen, und er bedeutete seinem Bruder mit einem Zeichen, dass er umkehren wollte. Sie entfernten sich ein gutes Stück, bevor sie zu sprechen begannen.

»Das sind die Kinder des Dara! Die einstigen Götter!«, stieß Damián erregt hervor.

»Das kannst du nicht wissen«, widersprach Guederic. »Vielleicht ist es nur ein Bergvolk, das abgeschieden vom Rest der Welt lebt.«

»Bei den Lumpen, die sie tragen? Nie im Leben! Sie kommen woandersher, das ist offensichtlich, und wahrscheinlich haben sie eine lange Reise hinter sich, genauso wie der einfältige junge Mann, dem wir in Crek begegnet sind. Vielleicht hat sie die Sehnsucht nach dem Dara, an das sie sich vage erinnern, in dieses Tal gelockt. Das ist großartig …«

Damián redete sich in Fahrt; diese Entdeckung bestätigte die Forschungen seines Vaters. Doch als er die finstere Miene seines Bruders sah, verging ihm die Begeisterung. Die zaghafte Freude, die Maara auf Guederics Gesicht gezaubert hatte, war wie weggeblasen.

»Sie sind vor mir weggelaufen«, sagte Guederic betreten. »Nachdem ich euch vom Höhleneingang weggetragen hatte, ging ich zu ihnen, um sie um Hilfe zu bitten oder einfach mit jemandem zu reden. Aber sie nahmen vor mir Reißaus, als wollte ich ihre Kinder auffressen.«

Damián warf ihm einen mitfühlenden Blick zu. Das war also der wahre Grund für Guederics verquollene Augen gewesen. Er hatte nicht geweint, weil er möglicherweise die Wiedergeburt Sombres war, sondern weil er fürchtete, für immer allein zu bleiben und von allen verstoßen zu werden. Schließlich hatte er nicht gewusst, ob seine Gefährten jemals wieder aufwachen würden. Und ob sie ihn nach dem Erwachen nicht davonjagen würden. Wenn er bedachte, mit welchem Einsatz Guederic in Erynes Waisenhäusern gearbeitet hatte und welche Zuneigung ihm die Kinder entgegengebracht hatten, konnte sich Damián nur zu gut vorstellen, wie sehr die Ablehnung dieser unschuldigen Seelen seinen Bruder gekränkt haben musste.

»Du warst sicher der erste Fremde, den sie seit Jahren zu Gesicht bekommen haben«, versuchte er seinen Bruder zu trösten. »Und mit deinen schmutzigen Kleidern und dem blutverschmierten Schwert siehst du nicht gerade vertrauenerweckend aus.«

»Wahrscheinlich hast du recht«, sagte Guederic und zuckte mit den Schultern.

Die andere Möglichkeit, an die Guederic bestimmt auch dachte, war weniger schmeichelhaft: Vielleicht hatten sie ihn für eine der Höhlenkreaturen gehalten.

»Wie hast du sie denn gefunden? Bist du zufällig auf sie gestoßen?«

»Ich habe gespürt, dass sie da sind«, murmelte Guederic.

Damián warf ihm einen verständnislosen Blick zu. Guederic blieb stehen und wies auf den Hügel, den sie wieder hinabgestiegen waren.

»Die vier, die wir beobachtet haben, befinden sich immer noch auf der anderen Seite des Hügels«, sagte er. »Dort hinten unter den Tannen sind zwei andere, und etwas weiter weg ein Dritter. Sobald ich nah genug dran bin, kann ich sie spüren, als würden sie eine große Fahne schwenken. Genau wie die Gwelome.«

Damián stieß einen leisen Pfiff aus. Dann ließ er den Blick über das langgezogene Tal schweifen. Er hätte nicht gedacht, dass es so viele Wiedergeburten der Götter gab, und dann auch noch auf so engem Raum. Wie viele mochten es insgesamt sein? In dieser Landschaft mit den kleinen Wäldern, Felsen und Hügeln konnten unzählige von ihnen leben, ohne dass man sie auf den ersten Blick entdeckte.

»Ich spüre auch Souanne«, sagte Guederic nach einer Weile. »Sie ist wie die anderen. Sie gehört zu ihnen.«

Die beiden Brüder sahen sich einen Augenblick lang an. Da keiner der beiden wusste, was er dem noch hinzufügen sollte, liefen sie zügig zu den anderen zurück.

Als Lorilis aufwachte, durchströmte sie eine angenehme Wärme, so als kitzelte ein Sonnenstrahl ihr Gesicht. Doch dann kehrte die Erinnerung zurück, und mit ihr der Schwindel. Sie wartete geduldig, bis das Unwohlsein verging, stützte sich dann auf die Ellbogen und sah sich um. Die meisten ihrer Gefährten waren bereits wach, und der Ort, an dem sie sich befanden, machte einen friedlichen Eindruck. Nicht weit von ihr entfernt saß Najel, und als er ihren Blick bemerkte, schenkte er ihr ein strahlendes Lächeln. Sie erwiderte es unbefangen. Dann beschloss sie, sich noch einmal hinzulegen und sich auszuruhen, bis die Erben weiterziehen würden. Seit das junge Mädchen das Matriarchat verlassen hatte, war ihr dieses Verhalten zur zweiten Natur geworden: jeden Augenblick bestmöglich nutzen, sich jeder Situation aufs Neue anpassen.

Vor allem an Orten wie in diesem menschenverlassenen Tal.

Als Lorilis aus dem Gang getaumelt war, hatte sie den seltsamen Einfluss des Tals sofort gespürt. Nach der endlosen Flucht durch die unterirdischen Gänge und dem Einsatz ihrer magischen Kräfte gegen die Kreaturen, die ihr hinterherhetzten, war sie zutiefst erschöpft gewesen. So hatte ihr die plötzlich einsetzende Müdigkeit den Rest gegeben, und Lorilis hatte als eine der Ersten die Besinnung verloren. Ihr war keine Zeit mehr geblieben, die anderen vor der Gefahr zu warnen.

Zum Glück schien es allen gut zu gehen. Die Erben befanden sich zwar nicht mehr in der Nähe des Höhleneingangs, aber dafür gab es sicher eine einfache Erklärung. Nachdem auf den ersten Blick alles in Ordnung zu sein schien, gestattete sich Lorilis, die Kräfte des Tals zu erforschen.

Obwohl ihre Kenntnisse der Magie noch recht bescheiden waren, begriff sie auf Anhieb, dass der Ort in dieser Hinsicht einzigartig war. Die Energieströme, die jedes Lebewesen und jeden Gegenstand mit allen anderen verbanden, gehorchten hier anderen Gesetzen. Lorilis konnte sie wahrnehmen, sobald sie sich ein wenig konzentrierte. Hier im Tal verliefen die Energieströme nicht gerade, sondern krumm, als würden sie von einer höheren Macht oder einem starken Willen umgelenkt. Bisher hatte sie so etwas nur gesehen, wenn sie ihre magischen Kräfte eingesetzt hatte. Aber wer war in der Lage, so viele Strahlen auf einmal zu verbiegen und eine solch gewaltige Energiemenge zusammenzuhalten? Wer konnte diesen Zustand kurz vor der Entfesselung über einen Zeitraum von Tagen, Monden, vielleicht sogar Jahren aufrechterhalten? Niemand! Zumindest kein Sterblicher. Ebenso gut hätte man von jemandem verlangen können, dass er jahrelang einen Pfeil in der straff gespannten Sehne eines Bogens hielt.

Bald war Lorilis' Neugier größer als ihr Bedürfnis, sich auszuruhen, und sie stand auf, um das Phänomen näher zu untersuchen. Sie konzentrierte sich noch stärker und öffnete ihre Wahrnehmung für die einzelnen Energieströme, die ihr nun als helle Linien erschienen. Dabei bemerkte sie etwas, das ihr vorher entgangen war: Alle umgelenkten Strahlen wiesen in eine Richtung!

Die junge Magierin wirbelte herum, um zu sehen, auf welches Ziel sie zuliefen. Als sie feststellte, dass alle Energieströme auf die Pforte in der Mitte des Tals zustrebten, bekam sie eine Gänsehaut. Sämtliche Energieströme des

Tals trafen unter dem Steinbogen zusammen und verschwanden im Nichts. Oder verliefen sie auf der anderen Seite der Pforte weiter? Wechselten sie vielleicht gar in eine andere Welt hinüber?

Die Entdeckung warf jedenfalls mehr Fragen auf, als sie beantwortete. Aber zumindest wusste sie jetzt, was den Schwindel auslöste, der die Erben bei ihrer Ankunft in dem Tal befallen hatte: die Verzerrung der Energieströme. Die Reisenden waren von der übernatürlichen Erscheinung überrascht worden, und ihr Organismus hatte darauf reagiert. Die Müdigkeit war lediglich der Versuch ihres Körpers, sich auf das Phänomen einzustellen.

Aus reiner Neugier erforschte das junge Mädchen die Energieströme weiter. Bald stellte sie fest, dass sie nicht nur im Tal ihren Ursprung hatten, sondern auch von jenseits der Berge kamen, und zwar aus allen Richtungen. Offenbar war die ganze Welt mit der Pforte verbunden!

War das schon immer so gewesen? Vermutlich nicht. Ihre Vorfahren Corenn und Yan waren wesentlich mächtigere Zauberer gewesen, als sie es bisher war, und sie hatten das Phänomen bei ihrem Besuch im Dara nicht wahrgenommen. Zumindest stand nichts davon in den Tagebüchern der Alten. War das Phänomen vielleicht erst in jüngster Zeit aufgetreten? Oder nach dem Verschwinden des Jal?

Eine andere Möglichkeit war, dass die Energieströme nur in der irdischen Entsprechung des Jal verzerrt wurden, einem Ort, an dem vor ihnen noch kein Erbe gewesen war.

Plötzlich fiel ihr ein, dass es jemanden gab, der diese Frage beantworten konnte, ebenso wie alle anderen

Fragen, die die Erben seit Monden plagten. Auf ihm ruhten all ihre Hoffnungen.

Rasch beendete Lorilis ihre Erforschung der Energieströme und kehrte in die Wirklichkeit zurück. Najel, Josion und Zejabel unterhielten sich angeregt und behielten dabei den Höhleneingang im Auge. Guederic und Damián stießen gerade wieder zu ihnen; offenbar hatten sie die Umgebung erkundet. Souanne lag ganz in der Nähe und schlief als Einzige noch. Und links von Lorilis lag die reglose Gestalt von Nol dem Seltsamen.

Bis zu diesem Tag hatte sich Lorilis den Hüter des Dara nicht vorstellen können, denn die Beschreibungen seines Aussehens durch die vorherigen Generationen Erben waren widersprüchlich. Ihre Vorfahren hatten ihn mal jünger, mal älter, mal groß, mal klein, mal schmächtig, mal kräftig wahrgenommen. Offenbar hatte es in der Macht des einstigen Gottes gelegen, seine Gestalt den Erwartungen des Betrachters anzupassen. Nol war das erste Götterkind gewesen, das im Dara herangewachsen war, aber nach der Zerstörung des Jal war er nur noch ein erschöpfter alter Mann. Seine ganze Erscheinung flößte Mitleid ein: Die Gesichtszüge waren vom Kummer gezeichnet, sein Körper nach jahrelangen Entbehrungen erschreckend mager und seine Kleider zu Lumpen zerfallen. Wer seine Geschichte nicht kannte, musste Nol für einen armen Teufel halten, einen kranken Alten, den der Tod bald von seinem Leid erlösen würde.

Bei seinem Anblick ging Lorilis durch den Kopf, wie schwer die Entscheidung, das Jal mitsamt seinen Bewohnern zu vernichten, ihren Eltern gefallen sein musste.

Plötzlich überkamen sie schreckliche Schuldgefühle.

Wenn die Erben das Jal nicht zerstört hätten, würde Nol noch immer als Unsterblicher in den Gärten des Dara leben. Er würde seinen Pflichten nachgehen, die Götterkinder unterrichten und ein friedliches, glückliches Leben führen. Aber er hatte alles verloren, sogar seine Unsterblichkeit, und dazu die Hoffnung, jemals wieder in das eigentliche Dara zurückzukehren.

Lorilis ließ sich neben dem Alten im Gras nieder und nahm scheu seine runzelige Hand. Hätten ihre Eltern anders handeln können? Nein, gewiss nicht. Der einzige Weg, Sombre zu besiegen, war die Zerstörung des Ortes gewesen, aus dem er hervorgegangen war. Aber es war *eine* Sache, die Geschichte in den Reiseaufzeichnungen nachzulesen, und eine ganz andere, die erschütternden Folgen mit eigenen Augen zu sehen. Es gab keine Gerechtigkeit auf der Welt. Der Hüter des Dara war dem Tode nah, während eine durch und durch bösartige und verdorbene Kreatur wie Saat nach zweihundertvierzig Jahren immer noch sein Unwesen trieb.

Lorilis war nie besonders religiös gewesen; das war im Matriarchat und in ihrer Familie nicht üblich gewesen. Doch nun schloss sie die Augen und sprach ein kurzes Gebet für den einstigen Gott, der seinem Paradies entrissen worden war. Sie bat um Frieden für Nols gequälte Seele und um Vergebung für all jene, die gezwungen gewesen waren, ihn zu dem zu machen, was er heute war; Vergebung für ihre Eltern, Großeltern und deren Freunde, zu denen auch Zejabel gehörte. Denn ohne sie würden seit zwanzig Jahren Dämonen die Welt beherrschen.

Als sie die Augen wieder aufschlug, zuckte sie zusammen. Nol der Seltsame war aufgewacht und sah mit traurigem Blick zu ihr hoch.

Lorilis rief ihre Gefährten herbei, und ihre Worte hallten in Guederics Ohren wie ein Donnerschlag. Nol war aufgewacht. Jetzt konnte der einstige Gott wieder sprechen, ihn wieder anklagen, mit dem Finger auf ihn zeigen und Rache schwören. Deshalb hatte sich Guederic so vor diesem Augenblick gefürchtet.

Während seine Gefährten schliefen, hatte er große Angst davor gehabt, seinem Bruder, Maara und den anderen gegenüberzutreten, und als sie ihm ihr Vertrauen ausgesprochen hatten, war er unendlich erleichtert gewesen. Aber womöglich würden sie es sich anders überlegen, wenn Nol ihnen seine Geschichte erzählte, ganz gleich, ob sie der Wahrheit entsprach oder nicht. Der alte Mann brauchte bloß wieder zu behaupten, Guederic wäre der grausamste Dämon, den das Karu je hervorgebracht hatte, und der Gedanke würde sich abermals in den Köpfen der anderen festsetzen. Dann drohten Guederic erneut Ablehnung, Verbannung und Einsamkeit. Noch einmal würde er das nicht verkraften.

Seit sie das Tal betreten hatten, war ihm keine Lüge über die Lippen gekommen. Er glaubte tatsächlich nicht, dass er die Wiedergeburt des Dämons war. War so etwas überhaupt möglich? Zwar brachten die Namen Sombre und Saat eine ganz bestimmte Saite in ihm zum Schwingen, aber das war nur verständlich, wenn man bedachte, wie viel Leid die beiden den Familien der Erben zugefügt hatten.

Guederic konnte sich nicht an ein früheres Leben erinnern, schon gar nicht an ein Leben als Dämon. Es war, wie Josion gesagt hatte: Er war Guederic, niemand sonst. Guederic von Kercyan, Erynes und Amanóns Sohn. Dieser Gedanke war sein Rettungsanker im Sturm und sein Leuchtturm in dem Dunkel, das ihn manchmal zu verschlingen drohte. Er wollte an nichts anderes denken als an seine Eltern und an die Suche nach ihnen – an der Seite seines Bruders, der schönen Kriegerin, in die er sich verliebt hatte, und der anderen Erben.

Gewiss gab es noch ein paar offene Fragen. Woher kam zum Beispiel der unwiderstehliche Drang zu töten, der ihn bei jedem Kampf überfiel? Warum empfand er jedes Mal, wenn er einen Feind erschlug, einen kurzen Moment der Ekstase? Warum wurde er mit jedem Gegner, den er tötete, stärker? Wieso hatte er erst die Gwelome spüren können und jetzt die Bewohner des Tals? Und warum war er als Einziger bei ihrer Ankunft im Tal nicht in einen tiefen Schlaf gefallen? Vielleicht litt er einfach bloß an Verfolgungswahn und an einer überreizten Fantasie. Diese Erklärung war irgendwie tröstlich. Sie gefiel ihm besser, als wenn ein einstiger Gott ihn Sombre nannte und mit kleinen, verschreckten Augen anstarrte!

Zögernd schlenderte Guederic auf Nol zu, dem die anderen soeben aufhalfen. Als er jedoch die halb verhungerte, gebeugte Gestalt des einstigen Wächters des Dara sah, verachtete er sich selbst für seine Gedanken. Wie konnte er einen Menschen fürchten, der sich kaum auf den Beinen halten konnte? Vor diesem zerlumpten, ungewaschenen Tattergreis hatte er Angst gehabt?

Doch seine dunkle Vorahnung war stärker. Er fürchtete

Nols Urteil, als wäre er ein Angeklagter, der wegen Massenmords vor einem Volkstribunal stand.

Die Sache sah nicht gut aus. Nol wirkte verwirrt angesichts der jungen Sterblichen, die ihn umringten und stützten. Doch kaum fiel sein Blick auf Guederic, wich er zurück und starrte ihn angsterfüllt an.

Enttäuscht stand der junge Mann mit den Händen in den Taschen da und wartete auf die vernichtenden Worte, die nicht lange auf sich warten lassen konnten. Im Gesicht des Alten zeichnete sich Verständnislosigkeit ab. Er sah sich kurz zum Höhleneingang um und musterte dann wieder Guederic. Zweimal ging sein Blick zwischen dem Tunnel und dem jungen Mann hin und her. Bis auf Souanne, die noch schlief, warteten alle Gefährten mit ernsten Gesichtern auf die ersten Worte aus dem Mund des Hüters.

»Bist … Bist du es?«, brachte dieser schließlich hervor. »Bist du es wirklich?«

Selbst seine Stimme klang jämmerlich. Sie hatte weniger Kraft als ersterbende Glut inmitten kalter Asche.

»Ich bin *Guederic*«, antwortete der Angesprochene fest.

Nol schien ihn nicht zu hören. Er sah durch ihn hindurch wie auf der Suche nach einer längst vergessenen Gestalt aus der Vergangenheit. Nachdem er ein letztes Mal zum Höhleneingang gesehen hatte, hellte sich sein Gesicht auf, und er wirkte plötzlich zehn Jahre jünger.

»Du konntest entkommen …«, sagte er und legte die Hände aneinander. »Du bist zurückgekehrt … Endlich!«

Guederic und seine Gefährten trauten ihren Augen kaum. War da etwa *Bewunderung* im Blick des Hüters? Bewunderung für denjenigen, der ihn eben noch in Angst und Schrecken versetzt hatte?

»Du bist zurückgekehrt!«, wiederholte der Greis und zog Guederic in seine Arme. »Du hast die Unterwelt verlassen!«

»Ich glaube, Ihr verwechselt mich …«, stammelte der junge Mann.

Trotzdem erwiderte er die Umarmung des Hüters, wenn auch nur, um diesen in seinem Sinneswandel zu bestärken. Doch dann drückte Guederic den alten Mann mit einer Inbrunst an sich, die er sich selbst nicht erklären konnte. Nol wehrte sich nicht, im Gegenteil: Ihm liefen Freudentränen über die Wangen.

Guederic musste sich zwingen, den Greis loszulassen, damit die anderen die Begegnung nicht für ein echtes Wiedersehen hielten. Das hätte den Spekulationen darüber, dass er Sombres Wiedergeburt war, nur neue Nahrung gegeben. Er war tatsächlich zutiefst gerührt und von einer großen Last befreit, redete sich aber ein, dass das nur an seiner Erleichterung lag.

»Wunderbar!«, sagte Nol überglücklich.

Der Greis konnte die Augen nicht von dem jüngsten Spross der Familie von Kercyan lassen, was diesen in Gewissensnöte brachte, weil er nicht mehr wusste, wie er sich verhalten sollte. Doch dann wandte sich Nol seinen anderen Besuchern zu und musterte sie lächelnd einen nach dem anderen. Zejabel begrüßte er mit einem kurzen Nicken und zeigte so, dass er sie trotz der langen Jahre, die seit ihrer letzten Begegnung vergangen waren, nicht vergessen hatte. Dann fiel sein Blick auf die schlafende Souanne, und sein Gesicht hellte sich noch etwas mehr auf.

»Wunderbar!«, wiederholte er. »Zwei an einem Tag … An einem Tag …«

Er hielt inne und sah zur Sonne, die tief am Horizont stand. Sein Gesichtsausdruck änderte sich schlagartig, und die freudige Erregung wich sorgenvoller Unruhe. Plötzlich schien er es furchtbar eilig zu haben.

»Wir können nicht bleiben«, sagte er tonlos. »Es wird bald dunkel. Wir müssen hier weg.«

Wie um seine Worte zu bestätigen, drang plötzlich lautes Geheul aus dem Höhleneingang, der gut hundert Schritte von ihnen entfernt war. Die Erben sahen einander besorgt an und setzten sich dann wortlos in Bewegung. Alle sammelten ihre Sachen ein, während sich Zejabel und Maara mit ihren Waffen in der Nähe des Tunneleingangs aufbauten, um ihn zu bewachen. Damián und Josion ließen indes den Blick schweifen und suchten die Umgebung nach einem geeigneten Unterschlupf für die Nacht ab. Als Letztes hob Guederic Souanne auf, bereit, sie notfalls bis zum nächsten Berg zu tragen.

Als Nol seine Fürsorglichkeit bemerkte, erschien für kurze Zeit ein Lächeln auf seinem Gesicht. Dann wirkte er wieder verwirrt und mutlos.

»Wo sind wir in Sicherheit?«, drängte ihn Damián.

»Dort drüben«, sagte Nol der Seltsame und wies mit zitterndem Finger in eine Richtung. »Aber es ist zu weit. Das schaffen wir nicht …«

Guederic spähte in die Richtung, in die der Alte gezeigt hatte, konnte aber nichts erkennen. Nol schien sie zu einer Stelle führen zu wollen, die links von der Pforte lag. Als sie losmarschierten, begriff der junge Mann, warum sie ihr Ziel nicht vor Einbruch der Nacht erreichen würden. Der greise Hüter bewegte sich viel zu langsam; seine müden Glieder waren der Anstrengung nicht mehr gewachsen.

Mangels einer besseren Idee ging Guederic zu seinem Bruder und drückte ihm die schlafende Souanne in die Arme. Verdattert und mit hochrotem Kopf wollte Damián widersprechen, aber Guederic hatte sich bereits wieder abgewandt. Er ging zu Nol und hob ihn hoch, um ihn zu tragen. Zunächst wehrte sich der Alte, aber dann sah er ein, dass er keine Wahl hatte. Nun begann ein anstrengender Marsch durch das irdische Tal des Dara. Je tiefer die Sonne sank, desto lauter wurde das Geheul aus dem Tunnel, und nach einer Weile fielen die Erben in einen leichten Trab.

Es wurde nicht viel gesprochen. Sie sparten sich ihren Atem und bewegten sich so lautlos wie möglich, um die Kreaturen, die jeden Moment aus dem Gang stürzen konnten, nicht auf sich aufmerksam zu machen. Irgendwann bot Josion Damián flüsternd an, ihm Souanne abzunehmen, aber der Ritter lehnte dankend ab, obwohl er vor Anstrengung schwer atmete. Aus männlichem Stolz? Kameradschaft unter Legionären? Angst, wertvolle Zeit zu verlieren? Aus welchem Grund auch immer – Hauptsache, sie kamen von dem Tunnel weg.

Guederic fiel die Flucht besonders schwer. Nicht im wörtlichen Sinne, denn Nol war federleicht, und Guederic strotzte nur so vor Kraft. Aber die Dunkelheit, die sich über das Tal senkte, und die Schreie aus der Höhle, die in seinen Ohren wie eine Kampfansage klangen, machten ihn rasend. Wenn die Erben nicht bald ihr Ziel erreichten, würde der junge Mann Nol absetzen, sich in den unterirdischen Gang stürzen und diesen jämmerlichen Kreaturen zeigen, wer in diesem Tal der wahre Herr war!

Plötzlich spürte er Nols Blick auf sich und senkte die Augen. Der Hüter sah ihn mit dem gleichen Argwohn und der gleichen Furcht an wie bei ihrer ersten Begegnung. Guederic konnte seine Wut kaum noch zügeln und bemühte sich, ein Lächeln aufzusetzen. Doch er brachte nur eine verkniffene Grimasse zustande, von der er hoffte, dass sie nicht allzu bluttrünstig wirkte. Er musste sich unbedingt beherrschen. Vor allem, während Nol ihn beobachtete!

Sonst würde er noch denen recht geben, die ihn für den Bezwinger hielten …

Souanne wachte langsam aus ihren Träumen auf. *Sehr* langsam. In ihrem letzten Albtraum geriet sie auf der Flucht vor kreischenden Höhlenkreaturen in eine Welt aus Kälte und Schatten. Dann vermischten sich Traum und Wirklichkeit wie so oft kurz vor dem Aufwachen. Als sie die Augen aufschlug und sich in Damiáns Armen wiederfand, war sie überzeugt, noch immer zu träumen. Der Ritter befreite sie mit dem Mut und dem Pflichtbewusstsein, die ihm eigen waren, aus den Fängen der Ungeheuer und brachte sie an einen sicheren Ort, den er allein kannte.

Da es sich – wie ihr umnebelter Verstand sie glauben machte – um einen Traum handelte, gab sie einem Drang nach, den sie im Wachzustand mit allen Mitteln unterdrückt hätte: Sie schlang die Arme um den Hals ihres Retters und küsste ihn innig auf die Wange. Erst als sie Damiáns überraschten Gesichtsausdruck sah, spürte, wie ihm der Atem stockte, und seinen salzigen Schweiß auf der Zunge schmeckte, wurde ihr klar, dass sie nicht mehr träumte. Die Erkenntnis traf sie wie ein Keulenschlag.

Souanne wand sich so lange, bis Damián sie absetzte. Die beiden blickten einander verlegen an, aber dann wurde der Legionärin schwindlig, und Damián griff rasch nach ihrem Arm. Sie stützte sich auf ihn, um nicht das Gleichgewicht zu verlieren. Souanne war zu abrupt aus ihren Träumen gerissen worden und musste sich erst einmal orientieren. Warum war es schon Abend? Was war mit ihr geschehen? Wo liefen sie hin – und warum?

Plötzlich fiel ihr wieder ein, was geschehen war, bevor sie die Besinnung verloren hatte. Der Abstieg in die Unterwelt, die Flucht durch die finsteren Gänge, die verdammten Kreaturen, die sie gejagt hatten, die hasserfüllten, zornigen und gequälten Schreie.

Guederics wahnsinniges Verhalten.

Der junge Mann hatte sie mit sich gezogen. Zunächst wollte er sie beschützen, aber irgendwann wollte er nur noch seine Überlegenheit beweisen. Allerdings nicht aus männlichem Stolz: Dies war kein Verführungsversuch gewesen, sondern eine Kriegserklärung!

Ungläubig und benommen musterte sie den Mann, der durch ihre Albträume gegeistert war. Guederic trug Nol den Seltsamen in den Armen, und die blutrünstige Fratze auf seinem Gesicht war verschwunden. Hatte sie sich die Szene im Tunnel vielleicht nur eingebildet? Spielte ihr die Erinnerung einen Streich?

»Kannst du laufen?«, drängte Damián. »Wir müssen weiter.«

Verwirrt sah Souanne zu ihm hoch und begriff, dass er

sie schon mehrere Male angesprochen haben musste. Sie hielt immer noch seine Hand.

Widerwillig löste sie sich von ihm und nickte. Offenbar drohte ihnen Gefahr, sonst hätten sie es nicht so eilig. Also folgte sie ihren Gefährten, um sie nicht länger aufzuhalten, obwohl sie sich immer noch nicht ganz von der Müdigkeit erholt hatte, die ihren Geist und Körper befallen hatte.

Eine Weile lang glaubte Souanne, die Pforte in der Mitte des Tals sei ihr Ziel. Obwohl sich die Dunkelheit mittlerweile über die Landschaft gesenkt hatte, war der finstere Umriss des Bauwerks noch deutlich zu sehen. Doch Nol, der immer noch von Guederic getragen wurde, zeigte weiter nach links zu einem Tannenwäldchen auf einem kleinen Hügel. Der Ort unterschied sich in nichts von anderen Baumgruppen in der Umgebung. Doch dann entdeckte Souanne – sowohl am Boden als auch in den Bäumen – menschliche Gestalten.

Im ersten Moment fürchtete sie, es handele sich um die Kreaturen aus den unterirdischen Gängen, doch dann erkannte sie ihren Irrtum. Als die Gefährten nahe genug herangekommen waren, konnte Souanne sehen, welchen Unterschlupf Nol ansteuerte: Baumhütten, die über behelfsmäßige Leitern zu erreichen waren.

»Soll das ein Witz sein?«, stöhnte Maara atemlos. »Ich will lieber auf dem Boden kämpfen, als mich abschießen zu lassen wie ein Fasan.«

»Die Bäume werden uns beschützen«, beteuerte der Nol. »Das haben sie schon immer getan.«

Damián wollte mehr darüber wissen, aber Souanne hörte schon nicht mehr zu. Sie war völlig verwirrt. Bis

Kommandant Amanón verschwand, hatte sie nur die Straßen Lorelias gekannt. Noch nie war sie im Rideau-Gebirge gewesen, und erst recht nicht in dem sagenumwobenen Jal'dara. Warum also kam ihr alles so vertraut vor? Und warum fühlte sie sich den Männern und Frauen, die sie zwischen den Bäumen sah, so nah?

Sie hätte die Talbewohner gern danach gefragt, aber diese hielten vorsichtig Abstand, und die wenigen Silben, die Souanne aufschnappte, gehörten zu keiner ihr bekannten Sprache. Wer waren diese Leute? Und was hatte sie in das Tal verschlagen?

Souanne kam nicht dazu, sie weiter zu beobachten, denn plötzlich gellte ein lauter Schrei vom Rande des Tals zu ihnen herüber und löste Panik unter den Unbekannten aus. In Windeseile huschten die Talbewohner davon und kletterten mit der Geschicklichkeit von Affen in die Baumwipfel. Ihre Säuglinge hatten sie sich auf den Rücken gebunden.

Die Erben zögerten nicht lange und folgten ihrem Beispiel. Nol führte sie zum allergrößten Baum und begann, eine primitive Leiter zu erklimmen, was ihm jede erdenkliche Mühe bereitete. Doch schließlich erreichte er eine Plattform aus Ästen, geflochtenen Zweigen und trockenem Laub – der ersten von vielen, die bis zum Wipfel übereinander errichtet worden waren. Dort ließ er sich schwer atmend zu Boden sinken. Damián baute sich am Fuß der Leiter auf und bestimmte, in welcher Reihenfolge sie hochstiegen: Lorilis und Najel als Erste, dann Souanne, Zejabel, Maara und Josion.

Als Guederic an der Reihe war, machte sich im Wipfel Unruhe breit. Souanne konnte zwar nicht viel erkennen, aber es sah ganz so aus, als schwangen sich die Baumbewohner mithilfe von Seilen auf die Nachbarbäume oder sprangen kurzerhand hinüber. Wollten sie auf Abstand zu ihren Gästen gehen? Oder flohen sie vor Guederic? Der junge Mann schwieg bereits seit einer ganzen Weile störrisch, so als hätten sie ihn gegen seinen Willen auf den Baum geschleppt. Er sah aus, als wäre er am liebsten wieder auf den Boden gesprungen.

Damián brachte sich als Letzter in Sicherheit. Als er die Plattform erreichte, holte er die Leiter ein, so wie er es bei den Baumbewohnern beobachtet hatte. Endlich konnten die Erben ein wenig verschnaufen, auch wenn die Nacht kalt und lang zu werden versprach. Und wie sollten sie bei dem Geheul der Kreaturen auch nur ein Auge zutun?

»Die klettern doch nicht die Bäume hoch, oder?«, erkundigte sich Josion.

Nols Gesicht war im Dunkeln nicht zu erkennen, aber seine Stimme klang erschöpft und verzweifelt.

»Nein«, beteuerte er. »Wahrscheinlich kommen sie nicht einmal bis zu unserem Wäldchen. Und wenn doch, begnügen sie sich damit, die Bäume anzuheulen. Im Morgengrauen verschwinden sie dann wieder.«

»Warum habt ihr euch keinen Unterschlupf gesucht, der weiter weg von dem Höhleneingang liegt?«, fragte Maara. »Auf der anderen Seite des Tals gibt es doch Bäume genug.«

»Dort befinden sich weitere Gänge und Höhlen«, erklärte Nol. »Die Verdammten finden immer wieder neue Zugänge zum Tal. Wir müssen uns von den Felshängen fernhalten und in der Nähe der Pforte bleiben. Ja, vor der Pforte haben sie Angst.«

Es klang, als würde er Selbstgespräche führen. Seine Stimme wurde immer undeutlicher.

»Was habt Ihr dann dort drüben in der Nähe des Höhleneingangs gemacht?«, fragte Damián. »Das war doch gefährlich.«

Zunächst erhielt er keine Antwort. Nol atmete röchelnd und sprach dann seine letzten Worte an diesem Tag.

»Ich habe auf Eurydis gewartet. Ich spürte, dass sie auf dem Weg hierher war …«

Dann schwieg Nol. Selbst das Heulen der Verdammten verstummte, und bleierne Stille legte sich über die Erben. Sie waren eine kleine Schar Sterblicher, gefangen zwischen Himmel und Erde, inmitten eines von den Menschen vergessenen Tals, und um sie herum herrschte tiefe Finsternis.

Die Legionärin zitterte am ganzen Leib und versuchte sich einzureden, dass dies lediglich an der Kälte lag und nichts mit den merkwürdigen Erlebnissen der letzten Zeit zu tun hatte, mit den seltsamen Visionen und dem Gefühl der Vertrautheit, das dieses Abbild des Jal'dara in ihr wachrief. Nichts mit dem, was Nol über Eurydis gesagt hatte … Nein, es war bloß die Kälte.

Doch leider sahen ihre Gefährten das offenbar anders.

»Souanne«, begann Damián. »Bist du …«

Doch er kam nicht mehr dazu, den Satz zu beenden. Ein weiterer Schrei durchriss die Nacht, lauter und bösartiger als alle bisherigen. Diesmal kam das Geheul nicht vom Höhleneingang, sondern von der anderen Seite des Tals, und es klang vage weiblich. Die Kreatur, die den Schrei ausgestoßen hatte, musste entweder riesig oder von übermächtigem Zorn beherrscht sein – beides keine besonders angenehme Vorstellung. Mehrere Verdammte antworteten dem Ruf, der direkt aus den Tiefen des Karu zu stammen schien. Und dann riefen Hunderte Stimmen den Erben und den wenigen verbliebenen Kindern des Dara aus allen Richtungen ihren geballten Hass entgegen.

»Das wird eine lange Nacht«, stöhnte Maara.

Souanne nickte schweigend und widerstand nur mit Mühe dem Drang, sich die Ohren zuzuhalten und bis zum Morgen in einer Ecke zusammenzurollen. Sie beneidete Nol darum, dass er trotz des Gebrülls seelenruhig schlafen konnte. Wahrscheinlich war er im Laufe der Jahre zu seinem eigenen Schutz taub dafür geworden.

Wie gern hätte auch sie sich wieder ihren Träumen hingegeben, statt sich mit dem Gedanken herumzuquälen, den Nol der Seltsame ihr in den Kopf gesetzt hatte.

Trotz der Kälte, die ihm in die Knochen kroch, rührte Josion keinen Muskel. Er lag auf dem Bauch und spähte über den Rand der Plattform nach unten. Seine Sinne waren hellwach, und er hielt die Augen weit offen, um beim ersten Anzeichen von Gefahr reagieren zu können.

Er hatte fast die ganze Nacht in dieser Position verbracht. Ein paarmal war er eingenickt, aber bald wieder vom Geheul der Kreaturen geweckt worden. Einige drangen bis zu den Bäumen vor und kratzten an der Rinde, schlugen gegen die Stämme und nagten an den Wurzeln. Dabei knurrten und heulten sie vor Wut, weil sie nicht an ihre Opfer herankamen. Zum Glück hatte Nol jedoch recht behalten: Keiner der Verdammten versuchte auch nur, am Stamm hochzuklettern und bis zur Plattform zu gelangen. Die Sprösslinge des Karu waren an das Leben in Höhlen und unterirdischen Gängen gewohnt. Das Erklimmen von Tannen, deren unterste Äste erst in Kopfhöhe begannen, war nicht ihre Stärke.

Gewiss hätten sie eine behelfsmäßige Leiter bauen oder aneinander hochklettern können, aber sie hatten zu viel von ihrer Menschlichkeit eingebüßt, um auf eine solche Idee zu kommen. Die Kreaturen, die am Boden herumschlichen, waren Wiedergeburten der niederen Dämonen des Karu: Lemuren von affenartiger Erscheinung mit bestialischen Kräften. Menschen, die sich wie wilde Tiere gebärdeten und völlig vergessen hatten, wer sie einst gewesen waren.

Zu Gesicht bekommen hatte Josion die Verdammten noch nicht. Er sah nur Schatten durch das Dunkel huschen und hörte das bedrohliche Knurren. Immer wieder waren wilde Prügeleien ausgebrochen. Zumindest hoffte Josion, dass sich die Verdammten gegenseitig zerfleischten und nicht Nols Schützlinge. Jedes Mal übertrug sich die Erregung der Streithähne auf andere Kreaturen in der Nähe, wodurch weitere Schlägereien ausgelöst wurden. Wenn sich die Lage nach einer Weile beruhigte, vernahm Josion nur noch widerwärtiges Schmatzen, und kurz darauf begannen die Kämpfe von Neuem. So ging es bis zum Morgengrauen.

In den letzten Dezimen war es im Tal immer ruhiger geworden. Als die ersten Sonnenstrahlen über die Landschaft strichen und sich Frühnebel über dem Tal bildete, gab Josion seinen Wachposten auf. Nun konnte er sich endlich ein wenig ausruhen.

In diesem Moment hallte zum letzten Mal ein schauriges Geheul von den Felswänden wider, und ihm verging die Lust zu schlafen. Es war der gleiche weiblich klingende Schrei, der die Erben am Abend zuvor aufgeschreckt hatte. In der Nacht war er noch zwei Mal ertönt. Es war, als hätte die Kreatur eine letzte Drohung an die Flüchtlinge in den Baumwipfeln gerichtet. Sie würde wiederkommen. In der nächsten Nacht. Und dann würde ihr keiner entkommen.

»Ich weiß, wer das ist«, sagte eine leise Stimme neben Josion.

Er schreckte hoch. Er hatte nicht gemerkt, dass seine Mutter an seine Seite gekommen war. Vielleicht hatte sie aber auch schon die ganze Nacht dort gelegen. Es war zu dunkel gewesen, um irgendetwas zu sehen, und die Erben hatten geschwiegen, um den Blutdurst der Verdammten nicht anzustacheln.

»Was?«, flüsterte Josion.

»Die Frau. Oder besser gesagt, die Dämonin. Es ist Zuïa.«

Josion brach der kalte Schweiß aus. Er wusste alles über die Vergangenheit seiner Mutter. Wie sie als Kleinkind aus ihrer Familie gerissen worden war und von grausamen Priestern zum Morden ausgebildet worden war. Wie viel innerer Stärke es bedurft hatte, um deren Misshandlungen zu überleben, und welch großen Mut sie aufgebracht hatte, um der falschen Göttin zu entsagen und sich auf die Seite der Erben zu schlagen, die so großmütig gewesen waren, eine ehemalige Feindin in ihre Reihen aufzunehmen.

Zejabel hatte die Dämonin eigenhändig getötet. Zwei Mal. Als die Erben das Jal vernichteten, hatte sie gehofft, sich ihrer für immer zu entledigt. Doch offenbar hatte sie sich geirrt.

»Bist du sicher?«, fragte Josion.

Das war eine dumme Frage, und er wusste es. Seine Mutter hätte etwas Derartiges nicht nur so dahingesagt und erst recht keine Scherze darüber gemacht. Schon die Art, wie sie Zuïas Namen ausgespuckt hatte, hätte ihren Sohn davon überzeugen müssen, dass sie es bitterernst meinte.

»Vollkommen sicher. Ich spüre die Anwesenheit ihres Geists; genau wie damals, als sie mich den Zustand der Entsinnung lehrte. Ein Rest ihrer einstigen Macht muss ihr geblieben sein. Oder sie ist im Begriff, sie zurückzuerlangen, so wie Usul, Souanne und Gued…«

Sie sprach den Satz nicht zu Ende, aber es war zu spät. Jetzt wusste Josion, was seine Mutter über Souanne dachte und darüber, welches Schicksal seinem Vetter bevorstand. Doch er sah sich außerstande, in diesem Moment darüber zu sprechen. Deshalb konzentrierte er sich zunächst auf die Dämonin.

»Kannst du ihre Gedanken lesen?«, fragte er. »Weißt du, was sie vorhat?«

Zejabel wandte den Blick von der Landschaft ab und sah ihrem Sohn in die Augen. Dieser kam nicht umhin, die Müdigkeit in ihrem Gesicht und die Falten auf ihrer Stirn zu bemerken. Doch ihre Miene war voller Entschlossenheit, so wie es ihrer Kämpfernatur entsprach.

»Nein. Jedenfalls bisher nicht. Aber ich dachte ja auch, dass es den Zustand der Entsinnung nicht mehr gibt. Vielleicht erwarten uns noch weitere Überraschungen. Zuïa ist jedenfalls zurzeit die Einzige, deren Gegenwart ich spüre, und sie hat sich die ganze Nacht von diesen Bäumen ferngehalten. Ich muss unbedingt herausfinden, warum.«

Josion nickte. Damit war zumindest eine seiner vielen Fragen beantwortet: Die Dämonin war in der Nacht nicht um die Bäume herumgestrichen. Wäre sie es und er hätte es nicht bemerkt, hätte er sich schwere Vorwürfe gemacht.

»Wir müssen Damián Bescheid geben«, beschloss er. »Das ist eine wichtige Entdeckung.«

»Ja, du hast recht. Aber ich glaube, der Moment ist etwas unpassend.«

Mit dem Daumen zeigte sie hinter sich. Josion richtete sich auf und sah ein ungewohntes Bild: Der Ritter und die Legionärin saßen nebeneinander, hielten sich im Arm und hatten die Köpfe aneinandergelehnt! Damián hatte die Augen geöffnet, während Souanne noch schlief. Die beiden Vettern lächelten sich verlegen zu, dann wandte sich Josion taktvoll ab. Schließlich ging ihn Damiáns Privatleben nichts an. Außerdem war es nur von Vorteil, wenn sich die Gefährten gegenseitig Trost spendeten.

Dann vergewisserte er sich, dass es auch dem Rest ihrer kleinen Schar gut ging. Najel und Lorilis hatten sich ebenfalls aneinandergeschmiegt und wärmten sich gegenseitig, und selbst Maara und Guederic waren Hand in Hand eingeschlafen. Wenn man bedachte, dass die Kriegerin ihrem Verehrer noch ein paar Dekanten zuvor den Schädel hatte einschlagen wollen! Sie konnte wirklich launisch sein …

Doch nach kurzer Überlegung nahm er sein Urteil wieder zurück. Vielleicht war die Wallattin gar nicht für ihre Stimmungsschwankungen verantwortlich. Dass die drei

Paare so plötzlich zusammengefunden hatten, konnte auch an dem Ort liegen, an dem sie sich befanden. Das Jal – sowohl das Dara als auch das Karu – hatte seine Besucher schon immer dazu verleitet, sich ihren geheimsten Gefühlen hinzugeben. Josion selbst war in einer der ersten Liebesnächte seiner Eltern in den prächtigen Gärten gezeugt worden. Dasselbe galt für Eryne vor ihm. Und wenn man noch weiter in die Vergangenheit zurückging, war sogar das erste Götterkind auf diese Weise entstanden: Nol der Seltsame!

Zwar war dieses Tal nur ein blasses Abbild des wahren Dara, aber auch hier herrschten seltsame Kräfte – zum Beispiel jene, die die Erben bei ihrer Ankunft in einen tiefen Schlaf hatten fallen lassen. Vielleicht waren diese Kräfte – wenn auch in schwächerem Maße – ja auch für das Aufkommen zärtlicher Gefühle verantwortlich.

Wehmütig dachte Josion an die schöne Helione, seine Jugendliebe, die er verlassen hatte. Es war eine grausame und schmerzliche Entscheidung gewesen, denn er hatte niemals aufgehört, sie zu lieben. Selbst nach vier Jahren nicht. War es falsch gewesen, seine zarten Bande mit dem jungen Mädchen zu opfern, um ihr das Leid zu ersparen, das mehrere Generationen von Erben heimgesucht hatte? Damals war er überzeugt gewesen, den richtigen Weg zu gehen, aber jetzt war er nicht mehr sicher.

Als er sich wieder zu seiner Mutter umwandte, sah er, dass auch sie eine sorgenvolle Miene aufgesetzt hatte. Natürlich musste sie sich nicht mehr fragen, wer ihr Auserwählter war: Es war Nolan, der Erzfeind, der erste Erbe, der ihr die Hand gereicht hatte! Aber Josions Vater war vor mehr als einem Mond im Meer ertrunken. Es sei denn, man glaubte den rätselhaften Aussagen eines halb verrückten einstigen Gottes und Lorilis' Visionen. Ihnen zufolge befand sich Nolan im Jal, einem Ort, der eigentlich zwanzig Jahre zuvor vernichtet worden war.

Einer spontanen Eingebung folgend legte er Zejabel einen Arm um die Schulter. Sonst ließ er sich nicht zu solchen Gefühlsbekundungen hinreißen, erst recht nicht nach dem Streit, der sie so lange Zeit entzweit hatte. Aber diesmal folgte er einfach dem Bedürfnis, seine Mutter zu trösten.

»Wir werden bald mehr wissen«, flüsterte er. »Noch heute bekommen wir Antworten.«

Wie zur Bestätigung seiner Worte begann Nol rasselnd zu husten. Die Erben, die noch geschlafen hatten, wurden von dem Geräusch geweckt und schlugen die Augen auf.

Josion vermutete, dass der bevorstehende Tag ebenso lang werden würde wie die vergangene Nacht. Wie beschwerlich er allerdings tatsächlich werden würde, konnte er nicht ahnen.

Als Nol der Seltsame zu husten begann, sprang Najel auf. Endlich war der Tag angebrochen und der Albtraum vorbei! Er hatte höchstens einen halben Dekant geschlafen – wenn man die kurzen Momente zusammenzählte, in denen die Müdigkeit Oberhand über Angst, Kälte und die unzähligen Sorgen gewonnen hatte, die ihn quälten. Der Junge brannte darauf, dem einstigen Hüter des Jal endlich all die Fragen zu stellen, auf die er eine Antwort suchte, auch wenn er dabei traurige Wahrheiten erfahren würde.

Doch vorerst musste er sich gedulden, denn der Greis hustete immer heftiger, und die Erben umringten ihn besorgt. Als Nol wieder zu Atem kam, bat er sie mit einer Geste, die Leiter herunterzulassen, weil er selbst dazu zu schwach war. Damián erfüllte ihm den Wunsch, und die Gefährten sahen zu, wie der Hüter unbeholfen zum Waldboden hinunterkletterte und sich dann so würdig wie möglich entfernte. Najel fragte sich, was der Alte vorhatte. Wollte er vielleicht an einem Ritual teilnehmen, mit dem die Talbewohner den neuen Tag begrüßten? Doch dann hockte sich Nol hinter einen Busch, und Najel wandte rasch den Blick ab. Schamesröte stieg ihm ins Gesicht. Nol war eben kein Gott mehr, sondern nur noch ein gewöhnlicher Sterblicher mit ganz natürlichen Bedürfnissen, genauso wie sie alle.

»Nun gut«, sagte Maara, »unten scheint sich die Lage beruhigt zu haben. Es gibt also keinen Grund, auch nur eine Dezille länger auf diesem Baum hocken zu bleiben.«

Sie packte forsch ihre Waffe und ihr Gepäck und stieg die Leiter hinunter. Die anderen taten es ihr gleich, und bald standen alle unten um den Baum herum. Josion zeigte auf die Löcher, welche die Verdammten in die Rinde gerissen hatten. Najel staunte nicht schlecht. Der Stamm war bis auf die Höhe von gut einem Meter völlig zerschunden. Einen solchen Schaden hatten die Kreaturen nicht in einer einzigen Nacht anrichten können. Wahrscheinlich flüchteten die Talbewohner schon seit vielen Jahren vor ihren Feinden auf die Bäume. Am Abend zuvor hatte Najel die Kerben nur nicht bemerkt, weil es schon zu dunkel gewesen war.

»Dort drüben müssen mehrere der Kreaturen gegeneinander gekämpft haben. Ich habe ihr Knurren und Schmatzen gehört«, sagte Josion.

Da die anderen nichts Besseres zu tun hatten, folgten sie ihm durch den Nebel, der über den Hügeln hing, und näherten sich der Stelle, wo der Kampf stattgefunden haben musste. Najel entdeckte die Überreste als Erster: die halb aufgefressene Leiche eines Verdammten. Das Gesicht des Toten war von Hass und Schmerz gezeichnet. Der Fund wäre überall auf der Welt abstoßend gewesen, aber hier rief er bei den Erben besonders starke Abscheu hervor.

»Meistens zerren sie sie wieder zurück in die Höhlen.«

Die Reisenden wandten sich zu Nol dem Seltsamen um, der mit lautlosen Schritten näher gekommen war. Zu ihrer Überraschung kniete sich der Alte neben dem zerfetzten Körper nieder. Er verharrte eine Weile andächtig, schloss dem Toten dann mit zitternder Hand die Augen und strich ihm ein paarmal über die verklebten Haare. Noch nie hatte Najel erlebt, wie jemand so großes Mitgefühl zeigte. Als sich der Hüter erhob, sah er ihn plötzlich mit ganz anderen Augen: Nol verdiente Ehrfurcht und Bewunderung. Auch seine Gefährten warfen ihm respektvolle Blicke zu.

»Und was macht ihr mit den Leichen, wenn die Verdammten sie nicht fortschleppen?«, fragte Damián. »Wenn sie sie liegen lassen, so wie heute?«

Nol schüttelte hilflos den Kopf.

»Begraben können wir sie nicht«, sagte er mit Bedauern. »Der Boden besteht aus hartem Fels, schon einen knappen Meter unter der Oberfläche. Und die Leichen zu verbrennen, ist zu gefährlich. Flammen haben die Kinder des Karu schon immer gereizt. Ich mag mir gar nicht vorstellen, wie aggressiv sie würden, wenn wir ein Feuer entzündeten. Deshalb werfen wir sie in die Mulde dort drüben und bedecken sie mit Steinen und Ästen. Mehr können wir nicht tun.«

»Kommt das oft vor, diese nächtliche Raserei?«, fragte Maara lapidar. »Oder war das nur ihre Art, uns willkommen zu heißen?«

Najel wunderte es, wie freimütig seine Schwester mit dem einstigen Gott sprach, obwohl er an ihr loses Mundwerk gewöhnt war.

»Früher war es ruhiger«, erklärte Nol. »Da waren die Kreaturen noch jünger und nicht so blutrünstig … Vor allem waren es viel weniger. Jeden Mond wird es schlimmer, und eure Ankunft hat sie natürlich noch aggressiver gemacht.«

Seine Wangen röteten sich, und Najel stellte erstaunt fest, dass auch Götter bisweilen in Verlegenheit geraten konnten. Doch dann fiel ihm ein, dass Nol nur noch ein gewöhnlicher Sterblicher war, nicht anders als die Erben.

»Vergebt mir«, sagte der Alte. »Es ist lange her, seit ich zum letzten Mal Besuch hatte. Ich habe mir angewöhnt, laut zu denken. Und die Umstände haben mich daran gehindert, euch gebührend zu empfangen. Ihr seid nicht schuld an dem, was letzte Nacht geschehen ist. Und ihr seid selbstverständlich in meinem armseligen Reich herzlich willkommen.«

Er verbeugte sich ungelenk, und aus seinem grauen Haar tropfte Tau auf den Boden. Als er sich wieder aufrichtete, knurrte sein Magen lautstark. Da bemerkte Najel, dass auch er einen Bärenhunger hatte. Die Erben hatten seit dem Vortag nichts mehr zu sich genommen. Nicht einmal die Nähe der zerfledderten Leiche konnte ihm den Appetit verderben. Als Nol sie einlud, sein Frühstück zu teilen, strahlte der Junge über beide Ohren.

»Wir haben uns so viel zu erzählen«, sagte Nol. »Was für eine Freude!«

Seine letzten Worte und die Begeisterung, die in ihnen mitschwang, erstaunten die Erben. Sie wechselten Blicke und ließen Nol ein paar Schritte vorgehen, um sich zu unterhalten.

»Er weiß nicht Bescheid«, flüsterte Guederic. »Er weiß nicht einmal, warum wir hier sind. Wir haben die lange Reise umsonst gemacht.«

»Er kann unseren Eltern nicht helfen«, sagte Lorilis traurig.

»Wartet doch erst mal ab«, befand Damián beschwichtigend. »Noch haben wir keinen Beweis dafür.«

»Aber er ist bloß ein alter Mann«, setzte Maara hinzu. »Ich wette, er faselt nur unzusammenhängendes Zeug!«

»Er mag nicht mehr der Ewige Hüter des Dara sein«, entgegnete Damián, »aber seine Erinnerungen und seine Weisheit hat er offenbar bewahrt. Wir sollten ihn nicht vor den Kopf stoßen. Lassen wir ihn erst einmal reden. Wir werden ja sehen, ob uns das weiterbringt.«

»Reine Zeitverschwendung!«, brummte Maara.

Dann schob sie ein wallattisches Schimpfwort nach, das Najel noch nie zu verwenden gewagt hatte. In diesem Moment erschien es ihm allerdings *verdammt* passend.

Nol führte sie zurück zu dem Baum, auf dem sie übernachtet hatten. In der Nähe gingen mehrere Talbewohner ihrem Tagewerk nach. Damián richtete aus der Ferne einen freundlichen Gruß an die jungen Männer und Frauen, doch niemand erwiderte die Geste. Im Gegenteil, die rätselhaften Unbekannten verschwanden zwischen den Bäumen, sobald Nol und die Erben näher kamen.

»Sie haben lange keine neuen Gesichter gesehen«, erläuterte der Hüter. »Ich werde mit ihnen reden und ihnen sagen, wer ihr seid.«

Damián nickte höflich; die Erben hatten im Moment andere Sorgen als den Argwohn der Talbevölkerung. Gleich darauf stellte er fest, dass die Einheimischen ihre Gäste zumindest nicht verhungern lassen würden: Unter den großen Tannen war auf einer Bastmatte eine Vielzahl kalter Speisen angerichtet, die ganz offensichtlich für die Reisenden bestimmt waren.

»Habt Ihr sie darum gebeten?«, fragte Lorilis verwundert.

»Nein«, erwiderte der Greis lächelnd. »Das ist ihre Art. Sie kümmern sich rührend um mich, mehr, als ich es ihnen durch gute Taten vergelten könnte. Früher hätte ich das vielleicht gekonnt. Aber jetzt nicht mehr, wo meine Kräfte schwinden.«

Niemand ging auf diese letzte Bemerkung ein, um nicht an Nols Schmerz zu rühren. Damián warf einen Blick auf die dargereichten Speisen, die ihre Gastgeber offensichtlich im Tal gesammelt hatten: Beeren, Wurzeln, Knollen, Pilze, Blumen und Kräuter. Sein Hunger war so groß, dass selbst dieses karge Mahl köstlich aussah. Trotzdem hätte Damián an diesem kühlen Morgen nichts gegen eine heiße Suppe einzuwenden gehabt. Aber leider durfte im Tal kein Feuer gemacht werden.

»Essen wir euch auch nichts weg?«, vergewisserte er sich. »Das Tal ist ja nicht sehr groß, und die Nahrung, die es hergibt, sicher begrenzt. Wir haben noch einen Rest Proviant, mit dem wir uns begnügen können.«

Guederic, Najel und Maara, die bereits dabei waren, wilde Erbsen aus einem Korb zu picken, erstarrten in der Bewegung.

»Die Gärten liefern uns reichlich Nahrung«, versicherte der Hüter. »Zwar nicht so wie das Dara, aber wir leiden keinen Hunger. Selbst in der kalten Jahreszeit nicht. Also macht euch keine Sorgen und esst!«

Nachdem ihre Bedenken ausgeräumt waren, hockten sich die Erben auf die Bastmatte und reichten die Schalen herum, damit jeder von allem probieren konnte. Nol setzte sich zu ihnen in den Kreis. Er aß wenig und lächelte viel, vor allem, wenn sein Blick auf Guederic und Souanne fiel. Damián brannte darauf, den Hüter nach seinen wiederholten Anspielungen auf ihre göttliche Herkunft zu fragen. Aber da er selbst dazu geraten hatte, den alten Mann nicht zu drängen, wollte er nicht der Erste sein, der damit anfing.

Nol hatte es jedoch offenbar nicht eilig, seine Geheimnisse preiszugeben. Vielleicht genoss er aber auch nur den friedlichen Moment und wollte sie nicht beim Essen stören. Um sich abzulenken, richtete Damián seine Gedanken auf Souanne. Als er sie kennengelernt hatte, hatte sie mit ihm um das Amt des Ritters der Grauen Legion gewetteifert. Dann war sie seine Untergebene geworden, seine Waffen- und Reisegefährtin und schließlich eine gute

Freundin … Und jetzt? Nach dem Kuss, den sie ihm im Halbschlaf gegeben hatte? Nach der letzten Nacht, in der sie sich wie ein verängstigtes Kind an ihn geklammert hatte? Wie standen sie nun zueinander?

Damián konnte seine eigenen Gefühle für die junge Frau nicht länger verleugnen. Sie kämpften für die gleichen Werte, freuten und ärgerten sich über die gleichen Dinge und waren beide bereit, für einen hehren Zweck ihr Leben aufs Spiel zu setzen. Es bestand kein Zweifel, dass er sich zu ihr hingezogen fühlte – und sie sich zu ihm. Kurzum, sie waren füreinander bestimmt. Auch wenn er erst einen Mond lang um die halbe Welt hatte reisen müssen, um sich darüber klar zu werden.

In diesem Moment bemerkte Souanne, dass er sie beobachtete, und sah zu ihm herüber. Verlegen wandten beide rasch den Blick ab. *Das* war also der Stand der Dinge. Sie konnten sich nicht zu ihrer Liebe bekennen, ehe gewisse Angelegenheiten geklärt waren. Souanne musste erst die Wahrheit über ihre Herkunft erfahren, bevor sie an die Zukunft denken konnte. Dieser Gedanke brachte Damián schließlich doch dazu, das Gespräch mit ihrem Gastgeber zu suchen.

»Die Wurzeln und Beeren sind köstlich«, sagte er mit Unschuldsmiene, »aber früher oder später würde mir das Brot fehlen. Seit wann lebt ihr schon hier im Tal?«

Das glückselige Lächeln auf Nols Gesicht verschwand schlagartig. Damián fürchtete schon, er hätte etwas Falsches gesagt, vor allem, als der Hüter Zejabel einen rätselhaften Blick zuwarf.

»Seit der Erzfeind und seine dreizehn Gefährten das Dara, das Karu und alle Unsterblichen vernichtet haben«, antwortete er. »Seit jener Nacht, als ich zu altern begann. Das war vor nunmehr dreiundzwanzig Jahren. Die Zeit, die seither vergangen ist, kommt mir länger vor als all die Jahrtausende davor.«

Und ohne dass es noch einer weiteren Aufforderung bedurfte, begann Nol zu erzählen. Aus seiner heiseren, bisweilen zittrigen Stimme klang zwar Wehmut, nie aber Zorn über das, was geschehen war.

Die Sonne stand hoch am Himmel, und der Nebel hatte sich längst gelichtet, aber Maara zog zum wiederholten Male ihren pelzbesetzten Umgang enger um die Schultern. Doch die Kälte kam nicht von außen, sondern von innen. Mit jedem Wort, das Nol sprach, verstärkten sich das Unbehagen und die Verwirrung der wallattischen Prinzessin.

Nach einer Weile ging ihr auf, was sie an der Geschichte neben dem tragischen Inhalt und dem Gerede von der Wiedergeburt, mit dem die bodenständige Kriegerin wenig anfangen konnte, störte: Der Alte trug seine Erzählung vor, ohne sich zu beklagen. Seinen Gleichmut fand Maara völlig unbegreiflich. Vielleicht waren seine Enthüllungen nichts als ein großes Netz aus Lügen. Oder der Alte hatte den Verstand verloren und konnte deshalb das Ausmaß seines Unglücks nicht mehr ermessen. Schließlich hatte er Grund genug zur Klage!

Auf den Teil der Geschichte, den die Erben bereits kannten, kam er nur kurz zu sprechen, zum Beispiel auf die verschiedenen Begegnungen zwischen ihm und den früheren Generationen der Erben; bei der letzten war Zejabel ja ohnehin dabei gewesen. Seine eigentliche Erzählung begann mit dem Augenblick, als der Erzfeind mit vier einfachen Worten das Jal vernichtet hatte. Genauer gesagt, ein paar Dezillen vor jenem schicksalsträchtigen Moment. Damals hatte Nol auf einer Wiese im Dara gesessen, umgeben von den jüngsten Götterkindern. Er war gerade dabei, sie zu unterrichten, so wie er es seit Jahrtausenden getan hatte. Natürlich wusste er nicht, was sich zur selben Zeit im Königspalast von Lorelia abspielte. Er hatte keine Ahnung, dass er kurz davor stand, sich in Nichts aufzulösen – mit allem, was seine Welt ausmachte.

Ganz im Gegensatz zu seiner Schwester.

Die Wächterin des Karu war das einzige Wesen, das Prophezeiungen aussprach, die sich zwangsläufig erfüllten. Sie kannte als Einzige die unabänderliche Zukunft. Deshalb wusste sie auch genau, wann die Kinderstube der Götter vernichtet werden würde. Bloß was danach passieren würde, wusste sie nicht, denn ihre Kräfte waren mit den Höhlen des Karu verknüpft, und diese waren dem Untergang geweiht. So beschloss die Wächterin des Karu, kurz vor dem schicksalhaften Augenblick ihre eigene Pforte zu durchschreiten, um der Vernichtung zu entgehen. Seither war sie im Tiefen Turm von Romin gefangen und sann auf Rache.

Ob sie gewusst hatte, dass sie dadurch auch ihrem Bruder helfen würde, aus dem untergehenden Jal zu entkommen? Wenn ja, hatte sie es sicher nur zähneknirschend in Kauf genommen, denn sie betrachtete ihn als Feind. Doch die beiden waren durch so enge Bande miteinander verknüpft, dass ihre Flucht Nol vor dem bevorstehenden Ende des Jal warnte.

Aber was konnte er dagegen tun? Das Ereignis war gewiss seit Anbeginn der Zeit in Stein gemeißelt. Er beschloss, zumindest die wenigen Kinder zu retten, die im Kreis um ihn herumsaßen. Er musste ihnen helfen, die Pforte zu durchqueren. Aber wie? Sombre hatte fast alle Ewigen Wächter der bekannten Welt getötet. Ohne ihre Kräfte, mit denen sie die Magie der Pforte in Gang setzten, war es unmöglich, einen Durchgang zwischen dem Jal und der Welt der Sterblichen zu öffnen.

Neben ihm selbst gab es nur noch zwei weitere Wächter, und beide befanden sich in der Nähe einer Pforte. Sombre war im Königspalast von Lorelia; aber sich in die Gewalt des Dämons zu begeben, war undenkbar. Nols Schwester, die Königin des Karu, war in den Tiefen Turm von Romin übergewechselt, und auch diese Möglichkeit schied aus, da Nol das Gebiet seiner Schwester nicht betreten durfte, ebenso wenig, wie sie in sein Gebiet vordringen konnte.

Also musste er sich ein anderes Ziel suchen. Da fiel ihm die irdische Entsprechung des Dara ein, die er zwar immer gespürt hatte, von der er aber nie mit Sicherheit gewusst hatte, ob sie tatsächlich existierte. Doch ihm blieb keine Zeit mehr, einen anderen Weg zu suchen.

In fliegender Hast öffnete er einen Durchgang zwischen dem Dara und dem vergessenen Tal in den Bergen. Doch seine Erleichterung hielt nicht lange an, denn Nol war nicht in der Lage, die Götterkinder zu retten.

Obwohl dieser Teil seiner Erzählung zweifellos der traurigste war, zeigte der Greis abermals weder Kummer noch Bedauern. Aber Maara konnte sich die Szene auch so lebhaft vorstellen. Die Vernichtung des Jal stand kurz bevor, und der Hüter lief von einem Kind zum anderen, um sie zur Eile anzuhalten. Dann nahm er drei der jüngsten auf den Arm und versuchte, die Pforte zu durchschreiten, in der Absicht, so viele Kinder wie möglich zu retten. Doch die Magie der Pforte vereitelte seine Pläne. Eine unsichtbare Macht, wie sie ihm noch nie zuvor begegnet war, versperrte ihm den Weg.

Nol versuchte es zweimal, dreimal, in unterschiedlichen Winkeln und von beiden Seiten der Pforte, aber es war, als liefe er gegen eine Steinmauer. Dabei konnte er sein Ziel durch die Pforte hindurch bereits sehen. Konnte das Schicksal so grausam sein? Sollten all diese Kinder vom Nichts verschlungen werden, wo doch ein einziger Schritt sie hätte retten können?

Irgendwann wusste der Hüter nicht mehr, was er noch versuchen sollte. Er setzte seine Schützlinge im Gras ab, sammelte all seine Kräfte und warf sich abermals gegen die ethekische Pforte. Als er sich plötzlich bäuchlings in einem unbewohnten Tal wiederfand, glaubte er schon, doch noch einen Weg gefunden zu haben, die Götterkinder zu retten.

Erst als er sich wieder zu der Pforte umwandte, erkannte er voller Entsetzen seinen Irrtum.

Die Götterkinder hatten sich auf der anderen Seite der magischen Pforte im Dara versammelt. Einige versuchten, dem Hüter zu folgen, aber sie stießen sich an einer unsichtbaren Mauer, die sie gefangen hielt. Plötzlich fiel es Nol wie Schuppen von den Augen: Sie waren noch nicht *vollendet,* noch nicht dem Sinn der Menschen entsprungen und konnten deshalb Jal nicht verlassen. Wie hatte er das vergessen können?

Nun wollte der Hüter nur noch ins Dara zurückkehren und mit seinen Schützlingen zusammen auf das Ende warten. Doch dazu kam es nicht mehr. Noch während er sich aufrappelte, sprach der Erzfeind die letzten Worte aus, die das Schicksal der Wiege der Götter endgültig besiegelten. Wie versteinert stand der Hüter da und musste mit ansehen, wie die Gärten des Dara in trübem Licht versanken und sich nach und nach auflösten. Wie ein frisches Gemälde, das jemand in einen Fluss geworfen hat: Erst verlaufen die Farben, dann versinkt es in den Fluten. Was danach mit dem Dara geschah, konnte Nol nicht mehr sehen. Das Licht, das unter der Pforte geleuchtet hatte, erlosch für immer.

Während sich der Hüter langsam von dem Schreck erholte, wuchs in ihm eine schreckliche Erkenntnis: Sein Universum war verschwunden, seine Welt existierte nicht mehr, ebenso wenig wie die Götterkinder, die das Dara bevölkert hatten. Etwas Schlimmeres konnte es nicht geben. Oder doch?

Die Antwort folgte auf dem Fuße, denn Nol spürte, wie seine Kräfte schwanden.

Ihm war, als würde er bei lebendigem Leibe gehäutet, als würde er tausend Tode sterben. Und so war es auch: Alle Seelen der Sterblichen, die sich seit der Schöpfung des Jal mit ihm vereint hatten, waren plötzlich von den Banden befreit, die sie an Nol gefesselt hatten. Als die Seelen der alten Etheker, die über Jahrtausende seine Persönlichkeit ausgemacht hatten, panikartig die Flucht ergriffen, fühlte sich der Hüter, als würde er in Stücke gerissen. Die Geister versuchten verzweifelt, ins Jal zurückzukehren und dort einen neuen Körper zu finden, mit dem sie verschmelzen konnten, doch das Dara existierte nicht mehr. Also stoben sie in alle Richtungen auseinander; einige flohen in die Welt der Sterblichen, andere erhoben sich in die Lüfte und rasten auf die Sterne zu, die den nächtlichen Himmel sprenkelten.

Als Nol nur noch von einer einzigen Seele bewohnt wurde – derjenigen, die er von seinen Menscheneltern bekommen hatte –, trat auch er die große Reise an. Er verließ seine sterbliche Hülle und war fortan nur noch ein körperloser Geist, bereit, dem Ruf des Nichts zu folgen. Nach der Katastrophe, der er hatte beiwohnen müssen, war dies sogar eine große Erleichterung. Doch etwas hielt ihn zurück. Eine Ahnung, vielleicht sogar eine Gewissheit, die er sich zwar noch nicht erklären, die er aber auch nicht verleugnen konnte. *Irgendetwas war bei der Umwälzung, die die Welt soeben erfahren hatte, fehlgeschlagen. Irgendetwas störte das Gleichgewicht – wie ein Sandkorn im Getriebe.* Deshalb konnte Nol der Vergangenheit nicht den Rücken kehren. Seine Aufgabe, Harmonie zwischen Menschen und Unsterblichen zu stiften, war noch nicht erfüllt.

Durch reine Willenskraft entsagte Nol der ewigen Ruhe, die sich ihm darbot, und sein Geist kehrte in seinen Körper zurück. Doch dieser Körper war fortan verwundbar und sterblich. Der einstige Gott stellte fest, dass er nun auch weinen konnte. Tagelang gab er sich seinen Tränen hin. Schließlich machte ihn sein Körper noch mit anderen Bedürfnissen bekannt: Durst, Kälte, Müdigkeit und Hunger. Der Hüter des Dara musste lernen, sich um die lebensnotwendigen Dinge zu kümmern. Und das tat er auch, unbeholfen wie ein Kind.

Wenn er sich nicht gerade der Verzweiflung überließ, dachte er über die Eingebung nach, die ihn dazu veranlasst hatte, in die Welt der Menschen zurückzukehren. Was genau hatte er da eigentlich gespürt? Was war dieses Sandkorn, und inwiefern bedrohte es das Zeitalter von Ys, das eigentlich nach der Vernichtung des Jal hatte anbrechen sollen? Leider fand er auf diese Fragen keine Antwort. Der Ewige Gott war nunmehr ein machtloser Sterblicher, der noch dazu keine Verbindung zu anderen Menschen hatte.

Um sich die Langeweile zu vertreiben, erforschte er das Tal von einem Ende zum anderen. Es war nur ein blasses Abbild der prachtvollen Gärten des Dara, aber trotzdem wollte er es nie mehr verlassen. Es gab zu viele Gründe hierzubleiben: die Erinnerungen, die dieser Ort in ihm wachrief, die verzweifelte Hoffnung, dass seine verlorenen Kinder eines Tages doch noch durch die Pforte treten würden, und die Furcht, die ihm die unterirdischen Gänge einflößten. Sie waren der einzige Ausweg aus dem Tal, aber Nol weigerte sich, sie zu betreten; er wagte sich nicht einmal ein paar Schritte hinein. Die Ähnlichkeit dieser finsteren Gänge mit dem Karu war einfach zu offensichtlich.

Die Jahre vergingen, und das Leben als Einsiedler machte dem Hüter mehr zu schaffen, als er gedacht hatte. Manchmal bereute er sogar, dass er in der Welt der Sterblichen geblieben war. Hatte er die entsetzlichen Ereignisse nur überlebt, um hier am Rande der Welt nutzlos vor sich hinzudämmern?

Nach zehn Jahren Einsamkeit dachte er immer öfter daran, seinen Leiden ein Ende zu setzen. Und vielleicht hätte er diesen Gedanken irgendwann auch in die Tat umgesetzt, wäre nicht eines Tages ein Kind aus einem der unterirdischen Gänge gekommen und hätte in seinen Armen Schutz gesucht.

In der nächsten Zeit erreichten viele weitere Kinder das Tal, und Nol der Seltsame begrüßte jedes wie ein kleines Wunder. In ihnen erkannte er seine Schützlinge wieder: Zwar waren sie im Körper von Sterblichen wiedergeboren worden, aber es handelte sich eindeutig um die Kinder des Dara.

Nol konnte sich gut vorstellen, wie beschwerlich es für sie gewesen war, ihn zu finden. Auf dem Weg hatten die Kinder viele Entbehrungen, Verletzungen und Leiden auf sich nehmen müssen, denn sie kamen geschunden, erschöpft und ausgehungert aus dem Tunnel gestolpert. Und diejenigen, die zu ihm gelangten, hatten vermutlich noch Glück gehabt – viele andere mussten bei dem Versuch ums Leben gekommen sein.

Der Hüter wusste nicht genau, warum das Tal sie anzog, und auch die Kinder selbst hatten keine Erklärung dafür, aber nach ihrer Ankunft nahmen sie ihr Leben wieder auf, wie sie es aus dem Dara kannten. Allerdings waren sie nun Sterbliche ohne übermenschliche Kräfte: Sie mussten essen und schlafen und wurden älter.

Nol konnte seine Freude über ihre Rückkehr nicht verhehlen, auch wenn das eigentlich nicht hätte geschehen dürfen. Es war unnatürlich, dass sich die Kinder an ihr früheres Leben erinnerten. Offenbar hatten Bilder aus einer anderen Zeit sie seit frühester Kindheit verfolgt und sie dazu gebracht, ihre Familien und ihr Zuhause zu verlassen, um nach dem blassen Abbild ihres verlorenen

Paradieses zu suchen. Dies war der Beweis, dass sich der einstige Hüter des Dara nicht getäuscht hatte: Irgendetwas störte den Lauf des Universums. Das Zeitalter von Ys, das gerade erst angebrochen war und sein Gleichgewicht erst noch finden musste, war bereits im Ansatz verdorben.

Bald bestätigten weitere Anzeichen diesen Verdacht: Die Lebensumstände im Tal veränderten sich. Während die Kinder des Dara in Scharen zu ihrem alten Beschützer strömten, ließen sich andere Wiedergeborene in den unterirdischen Höhlen nieder, die das Tal umgaben. Die Kreaturen verließen die feuchten Gänge nur bei Nacht, um im Tal auf die Jagd nach Wildtieren zu gehen und ihre Beute roh zu verschlingen. Alle Versuche Nols, die Unglückseligen ans Licht zu locken, waren vergeblich. Und was noch schlimmer war: Je größer und stärker sie wurden, desto aggressiver wurden sie auch. Bald begannen sie, den Hüter und seine Schützlinge zu bedrohen, und diese waren fortan gezwungen, nach Sonnenuntergang Schutz in den Bäumen zu suchen.

Nol ahnte, dass es sich um wiedergeborene Kinder des Karu handelte. Aber warum kamen sie zu ihm in die Berge und suchten nicht die Nähe seiner Schwester in Romin? Dazu konnte er ebenfalls nur Vermutungen anstellen: Vielleicht trieb sie ihr Hass auf die Kinder des Dara hierher. Oder sie wollten in die unterirdischen Höhlen unter dem Rideau zurückkehren. Oder sie trachteten Nol nach dem Leben, um sich bei der einstigen Königin der Unterwelt einzuschmeicheln.

Die Zeit verging, und beide Lager entwickelten sich unabhängig voneinander. Die Bewohner der unterirdischen Gänge wurden immer zahlreicher und gewalttätiger. Bald gelang es immer weniger Kindern des Dara, das Tal zu erreichen, und schließlich kamen überhaupt keine mehr. Die kleine Gemeinde um den Ewigen Hüter überlebte mehr schlecht als recht, indem sie sich den widrigen Umständen anpasste. Wenn einer von ihnen einem besonders blutrünstigen Verdammten zum Opfer fiel, weinten sie tagelang.

Nach einigen Jahren bestätigte sich Nols Vermutung, dass das Universum in Unordnung geraten war, aufs Neue. Er hatte Träume, in denen junge Leute grausam ermordet wurden, und diese Träume waren nur allzu lebensecht. Nol wusste nicht, was er davon halten sollte, bis ihn die Visionen auch am helllichten Tag heimsuchten. In anderen Tagträumen wurde er Zeuge des Alltags junger Männer und Frauen, die er nicht kannte. So kam er zu dem Schluss, dass wider alle Erwartungen ein Teil seiner Kräfte zurückkehrte. Die einstigen Götter könnten sich wieder in Gedanken miteinander verständigen.

Zwar war dieses Phänomen nichts im Vergleich zu seinen ursprünglichen Kräften, aber Nol nutzte es mit Geduld und Geschick, um seine Wissenslücken zu füllen und zu erfahren, wie es zur Vernichtung des Jal gekommen war. Zu diesem Zweck öffnete er seinen Geist allen wiedergeborenen Unsterblichen, die er in der Umgebung des Gebirges ausmachen konnte. Tagelang erforschte er die Gedanken der einstigen Götter und Dämonen und erfuhr so nach und nach, was in der Welt der Menschen geschehen war. Die meisten Wiedergeborenen merkten gar nicht, dass er in ihre Gedanken eindrang. Auch waren sie sich ihrer vergangenen Existenz nicht bewusst, denn ihre Wiedergeburt war vollständig gelungen. Die Verdammten in den Höhlen reagierten hingegen mit rasender Wut, sodass er sie bald in Ruhe ließ. Die einstigen Götterkinder, die er bei sich aufgenommen hatte, teilten ihre Gedanken bereitwillig mit ihrem Beschützer; nur leider hatten sie nicht allzu viel zu berichten.

Als Nol eines Tages Usuls Geist aufspürte, gewann er zahlreiche neue Erkenntnisse.

Die Königin des Karu, Nol selbst und Usul waren offenbar die Einzigen, die einen Großteil ihrer einstigen Macht bewahrt oder zurückerlangt hatten. Waren sie eine Ausnahme? Oder würde dies früher oder später mit allen Kindern des Jal geschehen? Nur die Zukunft würde Gewissheit bringen. Die kurze Verbindung zu dem Wissenden, der bald darauf seinen Geist vor Eindringlingen verschloss, brachte Nol jedenfalls Antworten, auf die er lange gewartet hatte.

Nach diesen letzten Worten verstummte er. Maara nickte eifrig, bevor sie merkte, dass der Greis nicht weitersprach. Angespannte Stille trat ein, und das konnte die Kriegerin nur schwer ertragen.

»Und?«, drängte sie. »Ich habe zugehört, ohne Euch zu unterbrechen. Jetzt habe ich doch wohl auch das Recht, den Schluss zu hören.«

»Es liegt an Saat«, erklärte der Greis. »Eurem Großvater. Er ist das Sandkorn im Getriebe des Universums.«

»Das ist ja ganz was Neues«, befand die Wallattin sarkastisch.

»Aber ja«, beharrte Nol. »Saat ist nicht einfach nur euer Feind oder ein gewöhnlicher Sterblicher, der davon besessen ist, die Welt zu erobern. *Er dürfte gar nicht da sein.* Seine Existenz verhindert, dass das Zeitalter von Ys anbricht.

Er ist ein Fehler im Gepräge der Welt, ein Makel in ihrem Gewebe, und das kann weitreichende Folgen haben …«

»Wie weitreichend?«, fragte Damián.

»Alle einstigen Dämonen, die auf der Welt umherirren, könnten ihr Gedächtnis und ihre Macht wiedererlangen. Es hat bereits begonnen. Die Frage ist nur, ob es wieder aufhört. Irgendwann könnten sich sogar die Toten aus ihren Gräbern erheben, so wie Saat es getan hat. Und schließlich könnte das ganze Universum vernichtet werden.«

Maara starrte Nol herausfordernd an, um den Unglückspropheten dazu zu bringen, seine düsteren Worte zurückzunehmen. Aber stattdessen brachte der todernste Blick des Hüters *sie* aus der Fassung.

Guederic hatte Nols Erzählung gelauscht, ohne ihn zu unterbrechen. Erst schwieg er nur aus Respekt, aber dann fesselte ihn die Geschichte so sehr, dass er alles um sich herum vergaß. Außerdem war er so aufgewühlt, dass statt Worten sicher nur Schluchzen aus seiner Kehle gekommen wäre.

Guederic konnte sich nicht erklären, warum ihn die Schilderung des Hüters derart erschütterte. Vielleicht ging ihm das Schicksal der Götterkinder so nah, weil es ihn an die Waisen erinnerte, um die er sich in Lorelia gekümmert hatte. Vielleicht war er aber auch nur erschöpft. Nach über zwölf Dekanten ohne Schlaf konnte man schon ein wenig empfindlich sein.

Seit einer Dezille war es mit der Gefühlsduselei jedoch vorbei. Seit der Hüter Saat erwähnt hatte und das

Übel, für das der Hexer verantwortlich war, pulsierte Zorn durch seine Adern. Nun beteiligte er sich aus einem ganz anderen Grund nicht an dem Gespräch: aus Angst, seinem alles verzehrenden Hass ungezügelt Luft zu machen.

»Das ganze Universum vernichten?«, wiederholte Damián tonlos. »Hat Saat dazu denn die Macht?«

Nol dachte einen Augenblick nach, während die Gefährten ihn bang anstarrten. »Nein«, sagte er schließlich. »Jedenfalls *noch* nicht. Aber was der Hexer beabsichtigt, ist nebensächlich. Wenn die Welt untergeht, ist das eine Folge des Bruchs, den Saats Existenz verursacht. Ich glaube kaum, dass er auf die Vernichtung des Universums aus ist. Dazu hängt er viel zu sehr am Leben.«

»Das verstehe ich nicht«, sagte Josion. »Wie kann er gegen seinen Willen den Untergang der Welt herbeiführen? Und warum lebt er überhaupt noch, wo ihn Léti doch vor fast fünfzig Jahren getötet hat?«

»Das ist ja genau das Problem«, antwortete der Greis mit einem Seufzer und fuhr sich mit der Hand über die Stirn.

Nols sorgenzerfurchtes Gesicht verstärkte Guederics Empörung noch. Der Hexer würde für seine Untaten büßen; das schwor sich der junge Mann bei seinem Leben.

»Saat war zu lange dem Einfluss des Karu ausgesetzt«, erklärte Nol. »Selbst seine Seele ist vom Gwel durchdrungen, dem schwarzen, übel riechenden Schlamm der Unterwelt. Als der Hexer das Karu zum ersten Mal verließ, war er bereits tot. Aber er nutzte Sombres Kraft, um das Band zwischen seinem Körper und seinem Geist aufrechtzuerhalten. Als Léti ihm das Schwert ins Herz stieß und seine Seele befreite, hätte diese eigentlich mit einem der

Dämonen im Karu verschmelzen müssen. Doch Saat fand die Kraft, sich dem zu widersetzen. Wenn das Jal nicht zerstört worden wäre, hätte das keine schlimmen Folgen gehabt. Dann würde Saat heute noch durch die Gänge des Karu irren. Aber leider hat das Schicksal anders entschieden.«

»Ich verstehe immer noch nicht, wo der Hund begraben liegt«, sagte Maara ungehalten.

»Nach der Vernichtung des Jal wurden alle Seelen, die sich im Jal mit den Untersterblichen vereint hatten, entweder im Körper eines Menschen wiedergeboren oder lösten sich in nichts auf. Die Götter und Dämonen, die nur aufgrund des Glaubens der Sterblichen existiert hatten, verschwanden. Usul, Eurydis und Sombre, die von menschlichen Eltern abstammten, starben und wurden im Körper eines Sterblichen wiedergeboren. Und mindestens drei von uns verloren zwar ihre Unsterblichkeit, nicht aber ihre Persönlichkeit: die Wächterin des Karu, Eryne und ich.«

Nol legte eine Pause ein, damit die Erben diese Neuigkeiten verarbeiten konnten. Guederic saß wie versteinert da. Als der Hüter Sombre erwähnte, hatte er Guederic zugenickt, und als er Eurydis' Namen aussprach, hatte er Souanne angesehen. Wann würde er endlich mit diesen ständigen Anspielungen aufhören? Er war kein blutrünstiger Dämon und war es nie gewesen! Sein Name war Guederic von Kercyan, und er war Erynes und Amanóns Sohn!

Eine mörderische Wut brodelte in seinen Adern, und er ballte die Fäuste so fest, dass sich seine Fingernägel in die Handflächen bohrten.

»Wir alle haben nach dem Verschwinden des Jal Veränderungen durchgemacht«, fuhr Nol fort, »wenn auch in unterschiedlichem Maße. Damit meine ich alle Unsterblichen und die Seelen der Verstorbenen, die mit ihnen verschmolzen waren. Alle außer Saat. Seine Seele hat sich nicht mehr verändert, seit er die Unterwelt betreten hat. Er ist niemals mit einem Dämon verschmolzen und konnte sich daher weder im Nichts auflösen noch wiedergeboren werden. Mit anderen Worten: Er dürfte gar nicht da sein. Jedenfalls nicht in seiner derzeitigen Gestalt. Er ist das Sandkorn im Getriebe. Er verhindert, dass das Zeitalter von Ys anbricht.«

»Aber ist er nicht nur ein Geist?«, wandte Najel ein. »Ein körperloses Gespenst?«

»Er hat sich einen neuen Körper erschaffen«, erklärte Nol. »Und er ist kein Gefangener des Karu mehr. Er ist ein Geschöpf aus Gwel, das sprechen und sich fortbewegen kann.«

Zejabel stieß einen leisen Pfiff aus. Selbst Guederic kamen erste Zweifel, ob ein so mächtiger Gegner überhaupt zu besiegen war.

»Also verfügt Saat jetzt sowohl über die Kräfte eines Hexers als auch über die Macht eines Gottes«, fasste Damián zusammen. »Was können wir gegen einen Gegner ausrichten, dem selbst der Tod nichts anhaben kann?«

Hilflos zuckte Nol die Schultern und machte damit jede Hoffnung der Erben zunichte. Mit solchen Schreckensnachrichten hatten sie bei ihrer Ankunft im Tal nicht gerechnet.

»Was will Saat eigentlich?«, ereiferte sich Maara. »Reicht es ihm nicht, einen halben Kontinent verwüstet und unsere Familien ins Unglück gestürzt zu haben? Wann wird er endlich Ruhe geben?«

»Wenn er jeden wiedergeborenen Unsterblichen auf der Welt getötet hat«, sagte Nol. »Jeder einstige Gott oder Dämon, den er vernichtet, verleiht ihm mehr Macht. Anschließend wird er sich zum Herrscher über alle Sterblichen aufschwingen. Für alle Ewigkeit. Es sei denn, die Welt geht irgendwann unter.«

»Er will der Bezwinger werden«, sagte Guederic unvermittelt.

Acht Augenpaare richteten sich auf ihn und forderten ihn auf, weiterzureden. Der junge Mann hatte bloß laut gedacht, aber jetzt war es zu spät, um das Gesagte zurückzunehmen.

»Das hat er schon immer gewollt«, fuhr er fort. »Nicht umsonst hat er Sombre den Bezwinger genannt. Saat hat den Dämon nach seinem Ebenbild geformt, damit er für ihn die Welt erobert. Hinter dem Dämon steht eindeutig der Hexer. Saat ist an allem schuld.«

Guederic verstummte abrupt, weil er fürchtete, seine Erklärungen könnten als Rechtfertigungsversuch missverstanden werden. Doch den anderen gingen offenbar ähnliche Gedanken durch den Kopf.

»Aber vielleicht hat auch Saat einen wunden Punkt«, sagte Damián nachdenklich. »Es muss irgendeinen Weg geben, ihn zu schlagen. Vielleicht eine Prophezeiung, so wie die des Erzfeinds … Ich kann nicht glauben, dass er unbesiegbar ist. Ich will mich nicht damit abfinden.«

»Falls es etwas Derartiges gibt, würde das zumindest erklären, warum Saat es auf uns abgesehen hat«, meinte Josion. »Zumindest, wenn die Prophezeiung mit uns zusammenhängt.«

»Mit unseren Eltern hängt sie auf jeden Fall zusammen«, warf Lorilis ein. »Sonst wären sie ja wohl kaum verschwunden.« Sofort hielt sie sich die Hand vor den Mund – ein vergeblicher Versuch, das Gesagte zurückzunehmen. Die Worte waren ihr einfach so herausgerutscht.

Nol betrachtete sie mit besorgtem Stirnrunzeln. Nun blieb den Erben nichts anderes übrig, als ihr Geheimnis mit dem Hüter zu teilen. Guederic sah Damián an, und als dieser zustimmend nickte, stellte er endlich die Frage, die ihm schon so lange auf der Seele brannte.

»Usul behauptet, unsere Eltern seien im Jal«, sagte er. »Wie ist das möglich?«

Fassungslos starrte der Greis ihn an. Während seiner Erzählung war er wieder zum Hüter des Dara geworden, zu Nol dem Lehrenden, der auf fast alle Fragen der Welt eine Antwort wusste. Doch jetzt war er nur noch ein ratloser alter Mann. Guederic erzählte kurz, unter welchen Umständen sie davon erfahren hatten, aber das schien Nol nur noch mehr zu verwirren.

»Im Jal?«, stotterte er. »Wie kann das …? Usul hat …? Aber das würde ja bedeuten …«

Seine letzten Worte waren nur noch ein Flüstern, und das anschließende Gestammel des Alten war gar nicht mehr zu verstehen. Guederic dachte schon, er müsse seine Frage wiederholen, als sich Nol plötzlich erhob und entschlossenen Schrittes fortging.

Als sie begriffen, was er vorhatte, sprangen die Erben fast gleichzeitig auf.

Der Hüter marschierte geradewegs auf die Pforte zu.

Anfangs machte sich Lorilis große Vorwürfe, weil sie sich verplappert hatte, aber angesichts der Wendung der Ereignisse bereute sie es nicht mehr. Wollte Nol wirklich versuchen, was sie vermutete? Würde der Hüter einen Durchgang zum Jal öffnen, obwohl es den Ort eigentlich gar nicht mehr gab? Würde ihre Reise in wenigen Dezillen ein glückliches Ende finden? Könnte sie endlich ihren Eltern in die Arme fallen und eine Antwort auf alle noch offenen Fragen bekommen?

Als der Greis ein paar Schritte vor dem gewaltigen Steinbogen stehen blieb, war Lorilis fest davon überzeugt, dass nun alles gut würde. Sie konnte nicht mehr stillstehen und trat aufgeregt von einem Fuß auf den anderen. Jeden Moment würde sie ihre Eltern wiedersehen! Bei diesem Gedanken ließ sie sich abermals von der Magie des Ortes mitreißen. Als Najel neben sie trat, griff sie nach seiner Hand und drückte ihm spontan einen Kuss auf die Lippen. Der Junge lächelte sie an, aber sein Blick war besorgt.

»Es wird vielleicht nicht funktionieren«, mahnte er. »Wir müssen uns auf eine Enttäuschung gefasst machen.«

Das junge Mädchen schüttelte den Kopf, aber ihre Begeisterung hatte einen Dämpfer bekommen. Najel hatte recht. Noch nie zuvor hatten die Erben etwas erreicht, ohne vorher schwere Prüfungen bestehen zu müssen. Wieso sollte es diesmal anders sein?

Ernüchtert beobachtete Lorilis die Szene nun ebenso zurückhaltend wie ihre Gefährten. Obwohl alle beinahe vor Ungeduld platzten, rissen sie sich zusammen, um Nols Konzentration nicht zu stören.

Lorilis hatte keine Vorstellung davon, wie lange es dauerte, die Pforte zu öffnen. Sie hatte angenommen, dass es ganz schnell gehen würde. Aber vielleicht musste der Hüter erst die wenigen Kräfte sammeln, die ihm noch zur Verfügung standen.

Es verging eine Dezille, dann zwei und schließlich fünf, ohne dass sich der Greis regte oder die Augen öffnete. Allmählich zeichnete sich auf den Gesichtern der Erben Enttäuschung ab. Also hatte Najel recht gehabt. Maara und Guederic konnten sich nicht mehr beherrschen und seufzten und schnaubten ungeduldig. Vielleicht hatte Nol die Macht verloren, einen Durchgang zu öffnen. Vielleicht war er aber auch nur zur Pforte gegangen, um zu beten, sich zu sammeln oder im Stillen sein Los zu beklagen.

Als Nol schließlich die Augen öffnete und sich zu den Erben umwandte, begriff Lorilis, dass kein Wunder geschehen würde. Sie ließ Najels Hand los. Nicht, um ihn für seine Zweifel zu bestrafen, sondern weil sie sich Tränen der Enttäuschung von den Wangen wischen musste.

»Ich schaffe es nicht«, murmelte Nol. »Ich hatte gehofft, eine Verbindung herstellen zu können, aber es geht nicht. Die Gärten des Dara existieren nicht mehr.« Er war am Boden zerstört.

Plötzlich schämte sich Lorilis ihrer Selbstsucht. Sie hatte nicht bedacht, dass Nol alles dafür gegeben hätte, zu seinen Schützlingen zurückzukehren.

»Vielleicht sind unsere Eltern ja auch im Karu«, brachte Josion vorsichtig an. »Usul hat nur vom Jal gesprochen …«

»Die Unterwelt hat sich ebenso aufgelöst wie die Gärten«, sagte der Hüter kopfschüttelnd. »Keine Pforte der Welt kann uns mehr dorthin bringen.«

»Aber vielleicht kann uns diese Pforte ja woanders hinbringen ...«

Alle wandten sich zu Souanne um, die seit dem Morgengrauen kaum gesprochen hatte. Die Legionärin schien sich in dem Tal nicht besonders wohlzufühlen, was Lorilis nur verständlich fand: Nol hatte mehrmals angedeutet, Souanne sei Eurydis' Wiedergeburt.

»Ich möchte bloß wissen, welche Möglichkeiten wir haben«, fuhr die Legionärin fort. »Irgendwann müssen wir hier weg, und ich habe nicht die geringste Lust, noch einmal durch die unterirdischen Gänge zu laufen. So viel Glück wie auf dem Hinweg haben wir sicher kein zweites Mal.«

Die anderen nickten beifällig und blickten Nol erwartungsvoll an.

»Seit meine Kräfte zurückgekehrt sind, habe ich nicht mehr versucht, einen Durchgang zu öffnen«, erklärte er. »Aber vermutlich könntet ihr die Pforte tatsächlich durchschreiten. Wohin ihr gelangt, hängt allerdings vom Zufall ab – deshalb ist es sehr gefährlich.«

Die Erben wechselten furchtsame Blicke. Keiner von ihnen hatte vergessen, wie sie mitten in der arkarischen Eiswüste herausgekommen waren, nachdem sie eine ethekische Pforte durchschritten hatten.

»Aber Sombre hat doch fast alle Ewigen Wächter getötet«, wandte Damián ein.

»Sie waren nur für die Verbindung zwischen dem Jal und der Welt der Sterblichen zuständig. Ihre Aufgabe bestand darin zu verhindern, dass Götter oder Menschen von einer Welt in die andere überwechselten. Von einer Pforte, die sich in der bekannten Welt befindet, zu einer anderen zu gelangen, müsste auch ohne Wächter möglich sein.«

»Immerhin etwas«, knurrte Guederic.

Auf seine abfällige Bemerkung folgte verlegenes Schweigen. Lorilis wurde immer trauriger. War ihr Besuch in dem Tal, auf das die Erben so große Hoffnungen gesetzt hatten, tatsächlich schon wieder vorbei? Und das, obwohl niemand wusste, wohin die Reise als Nächstes gehen sollte? Die einzige Gewissheit, die sie hatten, war die, dass jenseits des Tals ein allmächtiger Saat auf sie wartete. Das war nicht gerecht! Das wollte sie einfach nicht hinnehmen!

»Hat Usul denn gelogen?«, fragte sie. »Oder hat er sich geirrt?«

»Gelogen hat er sicher nicht«, erklärte Nol. »Ob er sich geirrt hat ... Als er seine Macht wiedererlangte, könnte er dem Wahnsinn verfallen sein. Das übermenschliche Wissen war vielleicht einfach zu viel für seinen Verstand. Oder für den des Sterblichen, in dem er wiedergeboren wurde, was auf dasselbe hinausläuft. Aber da er immer noch in der Lage ist, sein grausames Spiel zu spielen, muss wenigstens ein Teil von dem, was er euch verraten hat, wahr sein.«

»Dann sind unsere Eltern vielleicht wirklich im Jal?«, rief Lorilis. »Wie kann das sein?«

Nol zuckte abermals die Achseln, um seine Ohnmacht zu bekunden. Die Ereignisse, die seine Welt erschüttert hatten, überstiegen offenbar sein Verständnis. Er war nicht mehr als ein ratloser, erschöpfter alter Mann, dessen Lebensflamme langsam erlosch.

Wütend starrte Lorilis auf die Pforte, die sich weigerte, sie zu Niss und Cael zu lassen. Einer plötzlichen Eingebung folgend konzentrierte sie sich und erweiterte ihre Wahrnehmung, wie sie es mittlerweile schon oft getan hatte. Nun konnte sie die vielen Energieströme sehen, die unter dem Bauwerk verschwanden. Es war, als würden sie von einem blinden Spiegel verschluckt. Was hatte das zu bedeuten? Was geschah mit all dieser gebündelten Kraft? Wohin strömte die Energie?

Und wenn …

Die Idee war so fantastisch, dass Lorilis sie sofort aussprechen musste – etwas so Gewaltiges konnte sie nicht für sich behalten.

»Was, wenn sich unsere Eltern in einem *anderen* Jal befinden?«, rief sie aus. »In einem *neuen* Jal?«

Lorilis' Worte wirkten auf Josion wie ein Schlag vor den Kopf. Warum waren sie nicht schon früher darauf gekommen? Von Anfang an hatten sie über eine Welt nachgedacht, die nicht mehr existierte, über Gesetze einer anderen Epoche. Dabei war längst ein neues Zeitalter angebrochen, in dem die alten Regeln nicht mehr galten.

Die Erben und Nol der Seltsame waren von Lorilis' unerhörter Idee wie betäubt. Damián fasste sich als Erster wieder: »Wäre das denkbar?«, fragte er den Hüter. »Könnte es tatsächlich ein neues Jal geben?«

»Ich weiß nicht … Ich weiß es wirklich nicht«, sagte Nol stockend. »Das wäre eine … beunruhigende Vorstellung … Wie sollte das …« Er blickte ins Leere, überwältigt von der Tragweite dieses Gedankens.

»Das würde vieles erklären«, befand Josion. »Zum Beispiel Usuls Prophezeiung. Und auch, warum es Nol nicht gelingt, einen Durchgang zu diesem neuen Jal zu öffnen. Wahrscheinlich gehorcht es anderen Gesetzen, einer anderen Magie. Deshalb können unsere Eltern es auch nicht verlassen. Sie sind darin gefangen.«

»So wie die Seelen der Verstorbenen im alten Jal«, ergänzte Guederic bitter. »Oder unsere Eltern können das neue Jal nicht verlassen, weil sie tot sind.«

Auch wenn er sich mit aller Kraft gegen diesen Gedanken wehrte, durften sie nichts unberücksichtigt lassen.

»Nein, sie sind nicht tot«, sagte Souanne fest. »Zumindest lebten sie vor ein paar Dekaden noch. Ich habe es … gespürt.«

Die Legionärin senkte den Kopf, weil sie ihre hellseherischen Fähigkeiten nicht an die große Glocke hängen wollte.

»Und wie sollen unsere Eltern in dieses neue Jal gelangt sein?«, fragte Maara in die Runde. »Und wo befindet es sich?«

»Wir können nur Vermutungen anstellen«, antwortete Damián. »Aber damit verlieren wir kostbare Zeit. Erst einmal müssen wir das Wichtigste überhaupt klären: Ist die Existenz eines neuen Jal möglich oder nicht?«

Seine Frage richtete sich selbstverständlich an Nol, der immer noch gedankenverloren dastand. Als er merkte, dass die Erben ihn anstarrten, hob er langsam den Kopf.

»Ich muss … darüber nachdenken«, murmelte er

schließlich. »Das alles kommt so … plötzlich. Es ist … beunruhigend. Ich muss in mich gehen und mich mit meinen Schülern beraten. Wir werden unsere Wahrnehmung erweitern. Vielleicht können wir …«

Er entfernte sich, ohne den Satz zu beenden. Die Erben sahen einander verwundert an. Dann wandte Nol sich noch einmal um und sprach erst Souanne und dann Guederic an.

»Willst du mitkommen? Nein? Und du auch nicht? Ich verstehe«, sagte er. »Dann ziehe ich mich jetzt zurück. Ein neues Jal …«

In Gedanken versunken ging er davon, während die Reisenden ratlos zurückblieben. Guederic und Souanne hatten das Angebot des Alten mit einem knappen Kopfschütteln abgelehnt; trotzdem wirkten sie verlegen.

Josion beschloss, ihnen aus der Klemme zu helfen: »Was machen wir, solange er fort ist? Wer weiß, wann er zurückkommt. Wir haben noch einen halben Tag vor uns, bis die Nacht hereinbricht.«

»Ich werde die Inschrift auf dem Bogen untersuchen«, erklärte Damián, »und sie mit den Notizen meines Vaters vergleichen.«

»Und ich werde mich in der Gegend umsehen«, sagte Zejabel.

Sie nickte ihrem Sohn unauffällig zu, legte ihr Bündel ab und nahm den Speer zur Hand. Das reichte Josion als Aufforderung, ihr zu folgen.

»Ich komme mit euch«, sagte Guederic kurz entschlossen.

Josion und seine Mutter wechselten einen raschen Blick, aber es gab keinen vernünftigen Grund, ihm den

Wunsch abzuschlagen. Also setzten sich die drei in Bewegung, um den bisher unerforschten Teil des Tals zu erkunden.

Josion lief ein Schauer über den Rücken, als ihm klar wurde, wohin Zejabel sie führte. Sie gingen in die Richtung, aus der in der vergangenen Nacht das grauenvolle Geheul gekommen war. Ihr Ziel war die Höhle, in der Zuïas Wiedergeburt hauste.

Bereits nach einer knappen Dezime hielt Souanne die Warterei nicht mehr aus. Sie hätte sich gern von Damián ablenken lassen, aber der war mit seinen Aufzeichnungen und den ethekischen Symbolen beschäftigt, und sie wusste, wie wichtig diese Arbeit war. Auf keinen Fall wollte sie den Ritter stören, bloß weil sie diese innere Leere verspürte.

Doch ihr Unbehagen wuchs von Dezille zu Dezille, und die junge Frau kam nicht dagegen an. Schließlich fand sie eine Erklärung: Es musste an der Nähe der Pforte liegen. Von dem imposanten Bauwerk gingen Schwingungen aus, die auf ihren Geist einwirkten und ihn in Stücke zu reißen drohten. Anders konnte sie das Gefühl nicht beschreiben. Es war, als ob sich ihre Persönlichkeit unter der Wirkung langsam auflöste. Alles in diesem Tal verwirrte sie: die seltsam vertraute Landschaft, seine Bewohner, denen sie sich merkwürdig nahe fühlte, Nols wiederholte Anspielungen, sie könnte die Wiedergeburt einer Göttin sein, und vor allem die Pforte, deren Macht sie schon aus weiter Entfernung gespürt hatte.

Nachdem Souanne eine Weile im Gras gesessen hatte, hielt sie es nicht mehr aus, stand auf und lief aufs Geratewohl los. Sie hatte keine Ahnung, wohin sie wollte.

Hauptsache, weg von der ethekischen Pforte. Da wurde ihr klar, dass sie zum ersten Mal seit langer Zeit auf eigenen Entschluss handelte, ohne sich dem Wohl der Gemeinschaft zu unterwerfen. Zur Abwechslung genoss sie diese Freiheit sehr.

Deshalb verzog sie unwillkürlich das Gesicht, als sie Maaras Schritte hinter sich hörte. »Was willst du?«, fragte sie unwirsch. »Ist was passiert?«

Sie hatte gar nicht so patzig sein wollen, aber nun konnte sie ihre Worte nicht mehr zurücknehmen, und die Wallattin zahlte es ihr mit gleicher Münze heim.

»Ich wollte dir bloß Begleitschutz geben, aber wenn du keine Angst davor hast, dich von einer Horde Verdammter zerfleischen zu lassen – bitte …«

Sie warf Souanne einen herablassenden Blick zu, drehte sich um und stapfte davon. Nun bereute Souanne ihr abweisendes Verhalten. Maara und sie waren nie die besten Freundinnen gewesen, aber sie hatten viele Gefahren gemeinsam durchgestanden und einander mehrmals das Leben gerettet. Und gerade eben hatte die Kriegerin erneut ihre Loyalität bewiesen. Da konnte Souanne sie nicht einfach so wegschicken.

»Maara! Bitte bleib«, rief sie ihr hinterher.

Als sich die Kriegerin widerwillig umdrehte, fügte sie hinzu: »Lass uns ein bisschen reden. Das wird mir guttun.«

Maara verdrehte der Form halber die Augen, kam aber dann doch zurück, und die beiden Frauen gingen Seite an Seite weiter. Zunächst herrschte verlegenes Schweigen, was aber dank der notorischen Ungeduld der Wallattin nicht lange anhielt.

»Du bist also jetzt eine Göttin«, sagte sie unvermittelt. »Und wie ist das so?«

Souanne verschlug es die Sprache. Die Kriegerin hatte ein besonderes Geschick dafür, Dinge, über die ihr Gegenüber nicht reden wollte, anzusprechen. Zunächst antwortete die Legionärin nicht, aber dann sah sie ein, dass sie dieses Gespräch nicht ewig aufschieben konnte. Und Maaras Freimütigkeit würde ihr vielleicht helfen, sich über ihre Gefühle klar zu werden.

»Ich bin verwirrt«, gestand sie. »Die meiste Zeit denke ich, dass es Unsinn ist. Ich bin niemand anders als ich selbst, Souanne, eine Graue Legionärin aus Lorelia. Aber wenn ich an all die merkwürdigen Zufälle der letzten Zeit denke, zum Beispiel, wie leicht ich die ethekischen Pforten gefunden habe und wie vertraut mir hier alles erscheint, kommen mir Zweifel. Vielleicht bin ich wirklich Eurydis' Wiedergeburt.

»Es gibt Schlimmeres«, wiegelte Maara ab. »Für solch eine Herkunft musst du dich wenigstens nicht schämen …«

»Aber es geht um *Eurydis!* In Wallos mag sie keine große Bedeutung haben, aber in den Oberen Königreichen wird sie als die wichtigste Gottheit verehrt.«

»Umso besser«, sagte Maara lapidar.

Souanne war bass erstaunt. Sie hatte mit allem Möglichen gerechnet, aber nicht mit solch einer Reaktion. Ob die anderen Erben die Sache auch so leicht nahmen? Das wäre eine große Erleichterung.

»Außerdem bist du ja nicht Eurydis selbst, sondern nur ihre Wiedergeburt«, fuhr Maara fort. »Ihr Geist hat jetzt einen neuen Körper und trägt einen neuen Namen: deinen. Ihre Erinnerungen sind verblasst, und du hast deine eigenen. Es ist *dein* Leben, Souanne, *dein* Körper, es sind *deine* Erfahrungen. Wer du in einem früheren Leben warst, spielt keine Rolle mehr.«

Maaras Worte bewegten Souanne tief. Plötzlich sah sie die Kriegerin in einem ganz neuen Licht. Die anderen mochten es längst bemerkt haben, aber ihr war bisher nicht aufgefallen, dass die Wallattin nicht nur jähzornig und starrsinnig sein konnte, sondern auch erstaunlich weise war und über einen ausgeprägten Gerechtigkeitssinn verfügte.

»Wenn das so einfach wäre«, erwiderte Souanne. »Die seltsamen Kräfte, die ich seit einer Weile in mir spüre und die jeden Tag größer werden, stammen nicht aus meinem jetzigen Leben, sondern aus einem früheren.«

»Sieh es doch als Vermächtnis«, schlug Maara vor. »Du bist schließlich nicht grundlos zu uns Erben gestoßen.«

»Aber ich habe das Gefühl, als lauerten Eurydis' Erinnerungen dicht unter der Oberfläche meines Selbst«, gestand Souanne. »Ich fürchte ständig, dass mich eine unbekannte Vergangenheit überwältigt und mir den Verstand raubt.«

Darauf wusste Maara keine Antwort. Sie blickte in die Richtung, in die Zejabel, Guederic und Josion gegangen waren, und schwieg eine ganze Weile. Da begriff Souanne, worum es hier ging. Wie hatte sie nur so naiv sein können! Indem Maara versuchte, Souanne zu beruhigen, wollte sie vor allem ihre eigenen Befürchtungen zerstreuen, dass sich Guederic in einen Dämon verwandelte.

»Du wirst nicht den Verstand verlieren«, versicherte die

Wallattin nach einer Weile. »Bevor Eurydis Tausende Seelen in sich aufnahm, war sie ein von sterblichen Eltern gezeugtes Kind mit einer einzigen Seele. Das ist die Seele, die in dir wohnt. Vielleicht macht sie dich einfach nur weiser als wir anderen zusammen.«

Sie sahen sich an und lachten angespannt. Doch beiden war klar, dass Maaras Worte reines Wunschdenken waren.

»Eines werde ich jedenfalls nicht so schnell vergessen«, fuhr Maara fort. »Saat ist an dem ganzen Mist schuld. Wenn wir ihm endlich den Garaus gemacht haben, nimmt die Welt wieder ihren gewohnten Lauf.«

»Wer weiß«, sagte Souanne nachdenklich, »Wenn wir ihm eines Tages gegenübertreten, habe ich vielleicht eine besondere Rolle zu spielen. Oder vielmehr Eurydis. Schließlich trage ich Saats Schwert …«

Angesichts von Maaras spöttischer Miene verstummte sie.

»Du denkst zu viel nach«, sagte die Kriegerin. »Du schleppst eine uralte Waffe aus Gwel mit dir herum … Na und? Seit der Vernichtung des Jal hat das Schwert keine Macht mehr. Also hör auf, dir Sorgen zu machen.«

»Ich weiß nicht … Sollte ich tatsächlich Eurydis sein, kommt mir bestimmt eine Aufgabe zu … Eine Pflicht, die ich erfüllen muss. Aber das kannst du nicht verstehen.«

»Wie auch? Ich bin ja nur die künftige Königin von Wallos«, sagte Maara ironisch. »Willst du einen Rat? Tu deine Pflicht, wenn es so weit ist. Das hat mir mein Vater beigebracht. Bis dahin nimm die Dinge, wie sie kommen, leb dein Leben und zerbrich dir nicht unnötig den Kopf! Und tu mir den Gefallen und sieh zu, dass Damián ein wenig lockerer wird! Er ist immer so furchtbar pedantisch.«

Souanne riss verblüfft die Augen auf, worüber sich Maara noch mehr amüsierte.

»Jetzt tu bloß nicht so«, sagte die Kriegerin mit einem Augenzwinkern. »Seit Tagen schleicht ihr umeinander herum. Das kann man ja nicht mehr mit ansehen! Küsst euch endlich, dann hat sich die Sache!«

Angesichts dieser Dreistigkeit blieb Souanne der Mund offen stehen, aber die Fröhlichkeit der Wallattin war ansteckend. Die beiden sahen sich an und lachten befreit los. Das tat so gut! Die Magie des Tals war sicher nicht ganz unschuldig an ihrem Heiterkeitsausbruch, aber das spielte im Augenblick keine Rolle. Ganz gleich, welche Ursache ihre Fröhlichkeit hatte – nach all der Anspannung war es eine Erleichterung. Souanne fragte sich, wann sie das letzte Mal so unbeschwert gelacht hatte.

Da kam ihr ein merkwürdiger Gedanke, und sie wurde schlagartig ernst. Souanne erinnerte sich plötzlich an eine Zeit, als sie viel gelacht hatte, an eine längst vergangene Zeit, in der sie mit anderen unschuldigen Kindern in Gärten gespielt hatte, die so herrlich waren, dass es ihr fast unwirklich vorkam.

Seit sie losmarschiert waren, hatten Zejabel und Josion kaum ein Wort gewechselt. Anfangs störte Guederic ihr Schweigen nicht, da er ganz damit beschäftigt war, seinen Zorn zu zügeln und sich von der Enttäuschung zu erholen. Sie hatten so kurz davor gestanden, ins Dara zu gelangen! Er hatte fest daran geglaubt, dass er endlich seine

Eltern wiedersehen würde. Aber jetzt … Nol hatte offenkundig keine Ahnung, wie er ihnen helfen konnte. Statt sie ins Jal zu bringen, würde er sie wohl nur zu einem unbekannten Ort irgendwo auf der Welt schicken.

Guederic hatte seinen Vetter und dessen Mutter begleiten wollen, um die Zeit totzuschlagen und seinen quälenden Gedanken zu entfliehen. Dabei war ihr langes Schweigen allerdings nicht besonders hilfreich.

»Wo wollt ihr eigentlich hin?«, fragte er.

Mutter und Sohn fuhren zu ihm herum, als hätte er sie auf frischer Tat ertappt. Also hatte sich Guederic nicht getäuscht. Die beiden machten keinen Spaziergang, und sie liefen nicht grundlos an den steil aufragenden Felsen entlang, die den Talkessel säumten. Sie waren auf der Jagd!

Nachdem sich Josion vergewissert hatte, dass in einer nahe gelegenen Höhle kein Verdammter lauerte, wechselte er einen kurzen Blick mit seiner Mutter. Erst dann antwortete er: »Wir suchen nach der Kreatur, die letzte Nacht geheult hat. Lauter als alle anderen. Zejabel glaubt, dass es Zuïa ist.«

»Ich weiß, dass sie es ist«, sagte die Zü mit Nachdruck.

Ihre Stimme ließ keinen Zweifel offen. Im ersten Moment war Guederic verblüfft, aber dann freute er sich über die Enthüllung, da sie ihn von seinen Nöten ablenkte. Als sie weitergingen, spähte er in jede Spalte, Nische oder Höhle, die er in der Felswand entdeckte. Guederic versuchte, im Dunkeln eine Bewegung auszumachen, und lauschte auf jedes noch so leise Knurren. Doch alle Höhlen, an denen sie vorbeikamen, waren leer.

»Die Gegend scheint ihr nicht zu gefallen«, scherzte Guederic.

»Mag sein«, sagte Zejabel kurz.

Guederic wusste nicht, ob sie ihm tatsächlich recht gab oder ihn aufforderte zu schweigen. Vorsichtshalber sagte er erst einmal nichts – ganze vier Dezillen lang.

»Und was machen wir, wenn wir sie finden?«, begann er schließlich von Neuem. »Wollt ihr sie töten?«

»Sie verdient es nicht anders«, sagte die Zü.

Diese Antwort war für Guederic ein Schlag ins Gesicht. Wie versteinert blieb er stehen und zwang die beiden so, sich überrascht zu ihm umzuwenden.

»Aber diese Kreatur ist doch nicht wirklich Zuïa«, rief er verärgert. »Sie ist bloß ihre Wiedergeburt. Eine gewöhnliche Sterbliche mit der Seele einer einstigen Dämonin. Sie kann nichts dafür, was mit ihr geschehen ist.«

»Das gilt auch für die anderen Verdammten«,gab seine Tante zurück, »was dich aber nicht davon abgehalten hat, sie niederzumetzeln.«

Sie hatte nicht einmal die Stimme gehoben, aber das musste sie auch nicht. Wenn Zejabel jemanden mit Worten verletzen wollte, schlug sie ebenso flink und präzise zu wie mit dem Dolch. Und sie hatte Guederic mitten ins Herz getroffen.

»Aber … das ist doch etwas ganz anderes! Sie ist eine echte Göttin, wenn auch aus dem Karu. Während die anderen nur die Wiedergeburten elender Lemuren sind …«

Er unterbrach sich selbst, als er merkte, wie wenig überzeugend seine Worte klangen. Solche Gedanken behielt er besser für sich. Wie sollte er rechtfertigen, dass er einerseits für die niederen Dämonen tiefe Verachtung empfand, für ein Ungeheuer vom Schlage Zuïas aber einen gewissen Respekt? Ein abscheulicher Gedanke, wenn man es recht bedachte!

Zum Glück verlangte Zejabel keine Erklärung von ihm.

»Die Kreatur, die sich jetzt vermutlich im hintersten Winkel ihrer Höhle verkriecht, ist weit mehr als eine besessene Sterbliche«, stellte die Zü klar. »Du hast doch heute Nacht auch ihre Schreie gehört. Sie hatten nichts Menschliches mehr an sich. Wenn ich nichts gegen Zuïa unternehme, wird sie alle Kräfte, die sie einst als Dämonin hatte, zurückerlangen, und dann ist es zu spät.«

»Und was ist mit mir?«

Guederic erkannte seine eigene Stimme nicht wieder, so klagend und flehentlich klang sie. Aber er konnte nicht länger schweigen.

Josion wandte sich verlegen ab.

»Was ist mit mir?«, wiederholte Guederic. »Steht mir das auch bevor? Wahnsinn? Verrat? Haben meine Eltern dich davor gewarnt? Was verbirgst du noch für Geheimnisse, Tante? Gibt es noch Hoffnung für mich?«

Eine Weile starrte Zejabel ihren Neffen ungerührt an, ganz so, wie man es von ihr gewohnt war. Dann stieß sie einen langen Seufzer aus. Mit solch einer Reaktion hatte Guederic nicht gerechnet. Noch überraschter war er, als sich die Zü auf einem Felsen niederließ und ihm bedeutete, sich neben sie zu setzen.

»Ich hatte nicht vor, Geheimnisse für mich zu behalten, Guederic«, sagte sie. »Es hat sich einfach so ergeben.«

Sie seufzte erneut und vergewisserte sich, dass Josion die Umgebung überwachte. Dann fuhr sie fort: »Du warst zwei oder drei Jahre alt, als deine Eltern zum ersten Mal etwas Auffälliges bemerkten. Du sprachst von

Dingen und maltest Szenen, die dem ähnelten, was wir erlebt hatten. Und du warst nicht der Einzige. Erynes Waisenhäuser waren voll von Kindern mit seltsamen Fähigkeiten. Viele von ihnen waren missgestaltet und starben jung, aber du hast überlebt. Und jeden Tag gab es neue Beweise dafür, dass du Sombres Wiedergeburt sein könntest.«

Guederic schluckte geräuschvoll. Er konnte es langsam nicht mehr hören.

»Es war nur eine Möglichkeit, keine Gewissheit«, stellte Zejabel klar. »Jedenfalls taten deine Eltern alles, um das Schicksal zu beeinflussen und dich von den Visionen abzulenken. In deiner Gegenwart sprachen sie nie mehr von der Vergangenheit, und sie baten uns, es ebenfalls nicht zu tun. Sie nahmen dir das Gwelom ab, das sie dir bei deiner Geburt umgehängt hatten. Es hatte ja ohnehin seine Macht verloren und war nur noch ein gewöhnlicher schwarzer Stein. Sicherheitshalber nahmen sie Damián sein Gwelom ebenfalls ab. Und so konnten sie dich retten, Guederic. Du bist zu einem jungen Mann herangewachsen, der nichts mit den Verdammten gemein hat, die hier im Tal in den Höhlen hausen.«

»Aber du bist der Meinung, ich sei Sombre«, murmelte Guederic traurig. »Oder vielmehr, dass ich es *war.* Du bist davon überzeugt.«

»Nol hat dich erkannt«, erklärte die Zü. »Daher gibt es nun keinen Zweifel mehr. Aber der Hüter hat dich mit offenen Armen empfangen. Du bist kein Dämon mehr. Und wenn doch, bin ich auch nicht besser als du.«

Trotz ihres ernsten Gesichts gelang es ihr, Guederic ein flüchtiges Lächeln zu entlocken.

»Und warum kam ich ausgerechnet zu meinen Eltern?«, fragte Guederic. »Wenn all das wahr ist, warum wurde ich dann nicht in den Unteren Königreichen geboren oder in Arkarien oder irgendwo anders auf der bekannten Welt?«

Eine Weile saß Zejabel mit undurchdringlichem Gesicht da. »Offenbar hat das Schicksal die einst verfeindeten Seelen zusammengeführt«, sagte sie schließlich.

»Und was ist mit Souanne?«

»Ihre Geschichte ähnelt deiner. Deine Eltern erfuhren recht früh, dass es bei ihr Anzeichen für eine besondere Herkunft gab. Da sie in einer liebevollen Familie in Lorelia aufwuchs, begnügte sich Amanón damit, aus der Ferne über sie zu wachen. Als sie alt genug war, sorgte er dafür, dass sie in die Graue Legion aufgenommen wurde, und machte sie schließlich zu seiner Leibwächterin. So konnte er sie im Auge behalten.«

»Und ihr habt es die ganze Zeit gewusst? Ihr seid unzählige Male an ihr vorbeigelaufen, während sie das Haus meiner Eltern bewachte, und wusstet die ganze Zeit über, dass sie Eurydis war?«

»Es bestand die Möglichkeit«, wiederholte die Zü. »Und bis zum letzten Mond wussten wir nicht, dass noch weitere Kinder eurer Generation mit diesen – sagen wir, *einzigartigen* – Merkmalen überlebt hatten. Bis dahin dachten wir, es gäbe nur euch beide. Du und Souanne, ihr seid gewissermaßen Bruder und Schwester … im Geiste.«

»Aha«, brummte Guederic.

Er wusste nicht, ob er wütend werden oder sich bei Zejabel bedanken sollte, weil sie ihm endlich reinen Wein eingeschenkt hatte. Im Augenblick konnte er nur daran denken, wie er sich im Laderaum des Schiffs auf Souanne gestürzt hatte und was passiert wäre, wenn sie ihn nicht so entschlossen abgewehrt hätte. Die Legionärin hatte das alles schon lange vor ihm geahnt. Sie durften sich nicht vereinigen. Sie beide waren aus dem Jal hervorgegangen, sie als gesegnetes Kind der Gärten, er als verwünschtes Ungeheuer aus der Unterwelt.

Ein Schauer überlief ihn, und er verjagte die düsteren Gedanken. Auf keinen Fall durfte er seiner Fantasie freien Lauf lassen. Er wandte sich an Josion. »Und du? Wusstest du auch Bescheid?«

»Nein. Ich kannte die Geschichte der Erben nur bis zur Vernichtung des Jal. Das musst du mir glauben, Guederic.«

»Ich gab deinen Eltern mein Wort«, sagte Zejabel. »Ich musste schwören, niemals darüber zu sprechen, dass du in einem früheren Leben jemand anders gewesen sein könntest. Wir hofften, dass die Anzeichen mit der Zeit verschwinden würden. Schließlich hatten Souanne und du länger überlebt als alle anderen Kinder, die von den Pforten und dem Jal sprachen. Außerdem wart ihr seelisch und körperlich unversehrt. Deshalb gingen wir davon aus, dass eure Wiedergeburt vollkommen war.«

»Und so war es ja wohl auch«, sagte Josion.

»Aber so wird es nicht bleiben«, entgegnete Guederic, »und das haben wir Saat zu verdanken. Er hat die Welt ins Chaos gestürzt und holt meine schlimmsten Eigenschaften ans Licht.«

Bei dem Gedanken an den Hexer wallte Hass in ihm auf. Und wie immer, wenn sich solche Gefühle seiner bemächtigten, schärften sich seine Sinne. Er schloss die Augen und konnte die Gegenwart der Talbewohner spüren, ohne sie zu sehen. Leider galt dies nicht für die Verdammten, die in den Höhlen lauerten. *Noch* nicht. Er hätte seine Wut nur zu gern an ihnen ausgelassen.

Als er die Augen wieder öffnete, kam ihm die Landschaft finsterer vor als zuvor. Es war, als hätte sich ein Schatten über das Tal gelegt. Guederic glaubte zunächst, der Zorn trübe seine Sinne, doch dann sah er die schwarzen Wolken, die sich am Himmel zusammengebraut hatten. Er war so sehr in das Gespräch vertieft gewesen, dass er den Wetterumschwung gar nicht bemerkt hatte.

»Wir sollten lieber zur Pforte zurückgehen«, meinte Josion. »Wir sind schon seit über einem Dekant fort, und für den Rückweg brauchen wir mindestens einen halben Dekant. Außerdem zieht ein Unwetter auf …«

Guederic sah Zejabel an, weil er ihr Urteil abwarten wollte. Nachdem sie so offen über alles gesprochen hatte, würde er sich vorbehaltlos ihrer Entscheidung anschließen. Niemals zuvor hatte er sich ihr so nah gefühlt. Einst hatte sie einer rachsüchtigen Dämonin gedient, dem Bösen dann aber abgeschworen. Die Zü war ein Vorbild für sie alle, ganz besonders aber für ihn.

Zejabel ließ sich mit ihrer Entscheidung Zeit. Sie ließ den Blick über die Felswand schweifen, sah stirnrunzelnd zu den Gewitterwolken empor und stimmte ihrem Sohn dann mit einem knappen Kopfnicken zu. Alsdann machten sich die drei auf den Rückweg zur ethekischen Pforte.

In einer Höhle etwa dreißig Schritte entfernt, deren Eingang von außen kaum zu sehen war, entfaltete eine Kreatur mit weiblichen Formen ihre langen Glieder und rieb unruhig ihre Krallen aneinander. Bisher hatte sie sich nicht in das Tal hinausgewagt. Irgendetwas schien sie davon abzuhalten, ihr den Zugang zu verwehren. Schon seit Jahren musste sie deshalb in den finsteren Gängen nach Nahrung suchen. Und von Zeit zu Zeit kroch sie bis zum Höhlenausgang vor und brüllte ihre Wut in die Nacht hinaus.

Aber heute würde sie ihren Schlupfwinkel verlassen, sobald die Dunkelheit hereingebrochen war. Diesmal würde sie das unsichtbare Hindernis überwinden. Sie wusste nicht, warum sie diese Sterbliche im roten Gewand so hasste, aber sie wusste, dass sie sie bestrafen musste. Zum Beispiel, indem sie ihr Kopf und Glieder ausriss. Der Gerechtigkeit musste Genüge getan werden.

Und die Kreatur würde Richterin und Vollstreckerin des Urteils zugleich sein.

Najel langweilte sich schrecklich und suchte verzweifelt nach einem Zeitvertreib. Zunächst hatte er vorgehabt, einen kleinen Ausflug in die Umgebung zu unternehmen, doch die Erinnerung an den zerfleischten Kadaver, den die Erben am Morgen gefunden hatten, war noch frisch, und er hatte keine Lust, abermals eine so grausige Entdeckung zu machen. Er war nicht einmal sicher, ob der Leichnam schon weggebracht worden war, denn er hatte die Talbewohner nicht mit einer Bahre vorbeikommen sehen. Andererseits erregten sie aber auch nie viel Aufsehen.

Als sich Maara Souanne an die Fersen heftete, zog er kurz in Erwägung, sich den beiden anzuschließen. Doch er überlegte es sich rasch wieder anders – wer wusste schon, was die beiden Frauen zu besprechen hatten, und er wollte sich ihnen nicht aufdrängen. Vielleicht würde ihr Spaziergang auch mit einer Rauferei enden, schließlich konnten sich die beiden nicht besonders gut leiden. Jedenfalls wollte er sich da lieber heraushalten. Falls es eine Prügelei geben sollte, würde er ohnehin früh genug davon erfahren. Seine Schwester würde ihm alles brühwarm erzählen und keine Einzelheit auslassen. Vor allem, wenn sie als Siegerin aus dem Streit hervorginge, woran er keinen Augenblick zweifelte.

Blieben nur noch Damián und Lorilis. Najel hatte gehofft, sich mit den beiden über die neuesten Erkenntnisse unterhalten zu können, über Saat und die Möglichkeit, dass ein neues Jal existierte. Doch der Ritter stürzte sich sofort auf die Inschriften, die in die ethekische Pforte gemeißelt waren. Er holte ein Manuskript nach dem anderen aus seiner Tasche, verglich die Symbole mit den Aufzeichnungen seines Vaters und lief nachdenklich um die Säulen herum. Dabei verlor er kein Wort. Najel brannte vor Neugier, aber er wagte nicht, den Lorelier anzusprechen. Früher oder später würde Damián ihnen ohnehin ausführlich von seinen Entdeckungen berichten, und bis dahin musste er sich eben in Geduld üben.

Najel hätte auch nichts dagegen gehabt, Lorilis Gesellschaft zu leisten, aber sie war ganz in Gedanken versunken. Reglos saß das Mädchen im Gras und sah mit starrem Blick auf die Pforte. Er beschloss, sie nicht zu stören, auch wenn ihm das nicht leichtfiel. Innerhalb weniger Dekanten hatten die Erben so viel Neues erfahren, dass Najel das unstillbare Verlangen hatte, sich mit jemandem darüber auszutauschen. Und wer wäre besser dafür in Frage gekommen als Lorilis, der er sich mittlerweile sehr nah fühlte?

Nach vier oder fünf Dezimen hielt er es nicht mehr aus und nutzte Lorilis' Gähnen als Vorwand, um sich neben sie zu setzen. »Müde? Oder hast du vielleicht Hunger?«, fragte er. »Wir könnten uns ein Stück Fluffbrot teilen, wenn du magst …«

»Nein, danke. Ich muss mich nur furchtbar konzentrieren, um die Energieströme zu sehen. Anfangs ist es ganz leicht, aber mit der Zeit wird es immer anstrengender.«

»Ach so«, sagte Najel interessiert. »Und was siehst du genau?«

Er wusste nur wenig über Lorilis' Fähigkeit und wollte gern mehr darüber erfahren, auch, um der schönen Lorelierin noch näher zu kommen.

»Wenn ich mich konzentriere, kann ich die Energieströme sehen, die zwischen allen Pflanzen, Tieren, Steinen, Gegenständen und Menschen hin und her fließen. Man könnte sie mit Sonnenstrahlen vergleichen, allerdings sind sie leicht gebogen. Es gibt unendlich viele davon, und ich kann selbst bestimmen, welche ich wahrnehme. Zum Beispiel kann ich mich nur auf die Energieströme in der nächsten Umgebung konzentrieren, oder nur auf die hellsten. Und mit meinen magischen Kräften kann ich diese Energieströme manipulieren und so auf meine Umgebung einwirken. Aber hier ist alles anders …«

»Verstehe«, sagte Najel. »Und was ist hier anders?«

Bei Lorilis' ernster Miene lief Najel ein Schauer über den Rücken. Da war er einen halben Dekant lang davon ausgegangen, dass sie friedlich ihren Gedanken nachhing, dabei hatte sie offenbar nur darauf gewartet, sich jemandem anzuvertrauen.

»Es ist völlig verrückt«, sagte sie. »Hier im Tal werden alle Energieströme von einer geheimnisvollen Kraft umgelenkt. Sie sind zum Zerreißen gespannt. Wenn ich mich auf die Energieströme konzentriere, die von jenseits des Gebirges kommen, ist es da genau dasselbe. Es ist, als wäre die Energie der ganzen Welt straff gespannt, wie die Sehne eines Bogens.«

Der Junge nickte. Dann runzelte er die Stirn. »Das verstehe ich nicht«, gestand er. »Wie muss ich mir das vorstellen? Und warum findest du das beunruhigend?«

Lorilis seufzte leise, aber Najel nahm es ihr nicht übel. Er wusste, dass es nicht abschätzig gemeint war. Nachdem Lorilis kurz nachgedacht hatte, pflückte sie einen Grashalm und hielt dem Jungen das eine Ende hin. Sie selbst behielt das andere in der Hand, sodass der Halm eine Verbindung zwischen ihnen herstellte. »Ich zeige es dir«, sagte sie.

Sie griff in die Mitte des Halms und zog ihn in Richtung Pforte.

»Es ist, als würde die Pforte alle Energie, aus der die Welt besteht, aufsaugen. Noch widerstehen die Ströme, aber wer weiß, wie lange noch …«

Ruckartig zog sie an dem Halm, und er zerriss. Najel starrte auf den halben Stängel in seiner Hand und fühlte sich auf einmal ganz klein und unbedeutend. Ihm wurde angst und bange.

»Aber warum?«

»Vielleicht liegt es an Saat«, sagte Lorilis. »Nol hat uns ja erklärt, dass sein Überleben den Lauf der Welt stört.

Und hier in diesem Tal kann ich das mit bloßem Auge sehen.«

»Das ist ja schrecklich!«

Najels Blick wanderte von dem abgerissenen Halm in seiner Hand zu dem ethekischen Bauwerk und zurück. Wäre Saat selbst in dem Augenblick durch die Pforte getreten, hätte ihn das nicht stärker erschüttern können.

»Ich glaube, die Pforten haben sich nicht vollständig geschlossen«, fuhr Lorilis fort. »Genauso wenig wie die Götter oder das Jal völlig verschwunden sind. Irgendwo besteht immer noch ein geisterhaftes Abbild des Jal, wie eine Erinnerung. Oder irgendwo sind ein neues Dara und ein neues Karu entstanden. Zu dem Schluss bin ich jedenfalls gekommen. Und die Welt steuert langsam ihrem Untergang zu. Sie droht sich aufzulösen!«

»Aber das müssen wir verhindern! Vielleicht können wir ja etwas dagegen tun! Ich weiß nicht … Wir könnten versuchen, die Pforte zu zerstören. Das ist einen Versuch wert.«

»Das müssten wir erst mal schaffen«, sagte Lorilis mit einem Seufzer. »Sie steht schon seit Tausenden von Jahren hier und wird von einer starken Magie beschützt, das spüre ich. Sie wird wahrscheinlich als Allerletztes vom Nichts verschlungen werden.«

»Wir müssen es wenigstens versuchen. Und wir müssen den anderen Bescheid geben.«

»Ich weiß«, sagte Lorilis. »Ich versuche schon seit drei Dezimen, meinen Mut zusammenzunehmen und mit Damián zu sprechen. Ich bin ungern die Überbringerin schlechter Nachrichten. Außerdem sehen die anderen mich dann wieder seltsam an …«

Tröstend legte Najel ihr einen Arm um die Schultern, um ihr zu beweisen, dass niemand sie für seltsam hielt. Das junge Mädchen schmiegte sich an ihn wie ein Kind – und eigentlich war sie das ja auch noch. Wie konnte das Schicksal so grausam sein, einem so jungen Mädchen eine derart schwere Verantwortung aufzubürden? Selbst für einen Erwachsenen wäre dies eine harte Prüfung gewesen.

Najel ging Lorilis' Unglück sehr nahe. Doch seine eigene Lage war auch nicht viel beneidenswerter. Ihm hatte Usul vorhergesagt, dass einer der Erben einen Mord an einem Freund begehen würde und dass sie eine Entscheidung zu treffen hätten, von der das Schicksal der Welt abhinge. Es verging kein Tag, an dem sich Najel nicht über die Prophezeiung den Kopf zerbrach. Alles, was er tat, alles, was er sagte, konnte die Zukunft verändern oder ein Unglück heraufbeschwören.

»Wir müssen den anderen Bescheid sagen«, drängte er. »Es führt kein Weg daran vorbei.«

Das Mädchen nickte, ließ den Kopf aber an Najels Schulter. Keiner der beiden machte Anstalten aufzustehen. In diesem Augenblick waren sie bloß zwei junge Menschen in einem vergessenen Tal – vor einer gewaltigen Pforte, die die Welt zu zerstören drohte.

Najel fragte sich, welcher Teil seiner eigenen Energie wohl von der Pforte angezogen wurde. Er konnte nichts spüren, aber hieß das auch, dass er sich keine Sorgen zu machen brauchte? Woher sollte er wissen, ob nicht auch die Vergangenheit und die Zukunft von der Magie der Pforte beeinflusst wurden? Wenn das ethekische Bauwerk tatsächlich alle Energieströme umlenken konnte, stand dem Universum ein unbeschreibliches Chaos bevor.

Najel seufzte, drückte Lorilis einen Kuss auf die Stirn, stand auf und ging zu Damián hinüber. Der Ritter hockte am Fuße der rechten Säule, das Schreibheft auf den Knien, und musterte die in den Stein gemeißelten Schriftzeichen aus der Nähe. Um ihn herum waren mehrere Manuskripte auf dem Boden verteilt. Soeben vermaß er den Abstand zwischen den Schenkeln eines Symbols. Najel ließ ihn seine Arbeit beenden und starrte fasziniert auf das gebogene Zeichen …

Da schoss ihm eine verrückte Idee durch den Kopf, und er bekam eine Gänsehaut. *Gebogen.*

Er lief zu Lorilis zurück, um ihr von seiner Entdeckung zu erzählen. Das Mädchen riss verdutzt die Augen auf und rannte zur linken Säule. Nach einem kurzen Augenblick der Konzentration wandte sie sich zu Najel um und nickte. Er hatte recht, obwohl er sich mit Magie überhaupt nicht auskannte.

Rasch liefen beide zu Damián hinüber, der überrascht den Blick hob und sich gewiss fragte, was die Aufregung zu bedeuten hatte.

»Die Schriftzeichen verbiegen die Energieströme!«, erklärte Lorilis. »Ich habe sie mir gerade genauer angesehen, und es ist ganz offensichtlich. Die Etheker haben das Alphabet erfunden, um die Energieströme in ganz bestimmte, genau berechnete Bahnen zu lenken, ohne Magie einsetzen zu müssen!«

»Vor der Vernichtung des Jal haben unsere Eltern das Phänomen nicht bemerkt«, setzte Najel hinzu. »Niemand wusste, wie die Pforten funktionierten und welche Bedeutung die ethekischen Schriftzeichen hatten. Natürlich unterlag die Magie damals auch ganz anderen Regeln. Aber jetzt ist es, als ob die Symbole erwacht wären. Die ethekischen Schriftzeichen haben ihre Macht zurückerlangt.«

Damián starrte die beiden Kinder verblüfft an. Dann wanderte sein Blick zu den Manuskripten, die um ihn herumlagen. Er nickte langsam, und ein Lächeln erhellte sein Gesicht.

»Ihr habt mir soeben den Schlüssel geliefert, der mir noch fehlte«, rief er aufgeregt. »Das, wonach mein Vater zwanzig Jahre lang gesucht hat.«

Damián hatte nicht übertrieben. Dank Najels und Lorilis' Entdeckung fügten sich unzählige Puzzleteile zusammen. Seine Gedanken überschlugen sich, während Lorilis ihm weitere Erklärungen lieferte. Doch als das Mädchen ihm anvertraute, dass die Welt vom Untergang bedroht war, bekam seine Begeisterung einen Dämpfer. Zwar hatte Nol diese Möglichkeit bereits erwähnt, aber es war etwas ganz anderes, den Beweis dafür zu erhalten.

»Die Pforte oder die Schriftzeichen zu zerstören, wird nichts nützen«, sagte Damián nachdenklich. »Um Erfolg zu haben, müssten wir alle Pforten der bekannten Welt zerstören, und das ist unmöglich.«

»Aber diese Pforte ist die einzige, bei der ich das Phänomen festgestellt habe«, wandte Lorilis ein.

»Wahrscheinlich, weil sie die älteste von allen ist«, sagte Damián. »Selbst die Pforte auf dem Blumenberg wurde nach ihr errichtet. Womöglich zeigen sich die Kräfte, die heute von der Pforte hier im Tal ausgehen, in fünf, zehn oder dreißig Jahren auch bei den anderen. Ein paar Jahrzehnte sind nichts im Vergleich zum Alter des Universums, und das Chaos, das Saat verursacht, wird sicher noch eine ganze Weile brauchen, bis es sich voll und ganz entfaltet. Schließlich dauerte es auch zwanzig Jahre, bis die ersten Dämonen anfingen, sich an ihr früheres Leben zu erinnern.«

Bei den letzten Worten biss er sich auf die Lippen. Er hatte sich vorgenommen, dieses Thema aus Rücksicht auf seinen jüngeren Bruder zu meiden.

»Außerdem sind die Pforten nicht unser Hauptproblem«, fuhr er fort. »Das größte Problem ist Saat. Ich fürchte, selbst wenn es uns gelingen würde, alle Pforten zu zerstören, würde sich das Chaos, das er in die Welt gebracht hat, auf andere Weise offenbaren.«

Er verstummte, um den beiden Kindern nicht unnötig Angst zu machen. Im Augenblick kam es ohnehin nicht in Frage, einem unsterblichen und ebenso mächtigen wie grausamen Gegner die Stirn zu bieten.

»Aber was heißt das?«, wollte Najel wissen. »Dass wir *gar* nichts tun?«

Damián tätschelte das Manuskript neben sich, als wäre es ein kostbarer Schatz.

»Wir werden weiter nach Antworten suchen«, antwortete er. »Wenn wir die Vergangenheit unter die Lupe nehmen, finden wir vielleicht einen Ausweg. Würdet ihr mir dabei helfen, die Manuskripte nach Hinweisen zu durchsuchen?«

Er sah die beiden erwartungsvoll an. Lorilis würde ihm mit ihren magischen Fähigkeiten eine Hilfe sein, und

Najel hatte schon mehr als einmal bewiesen, wie scharfsinnig er war. Als die Kinder nickten, begann Damián, ihnen von den Forschungen seines Vaters zu erzählen. In den letzten zwanzig Jahren hatte Amanón sämtliche Manuskripte über die Etheker gesammelt, die er finden konnte. Leider war die Geschichte des ältesten Volks der bekannten Welt nur lückenhaft überliefert. Der Kommandant der Grauen Legion hatte seinen Einfluss geltend gemacht, um kostbare Manuskripte in seinen Besitz zu bringen und sie falls nötig wieder instand setzen zu lassen. Außerdem hatte er Ausgrabungen unter der Heiligen Stadt Ith durchgeführt, um jahrtausendealte Wandinschriften abzuschreiben. So hatte er nach und nach das vergessene Alphabet entschlüsselt und die Geschichte des ethekischen Volks rekonstruiert.

Das alles war höchst interessant, aber eine wichtige Frage blieb unbeantwortet: Wie war es den Ethekern gelungen, das Jal zu erschaffen?

Dem Kommandanten der Grauen Legion war es gelungen, das Rätsel teilweise zu lösen. In den Manuskripten, die er in Zuïas Bibliothek entdeckt hatte, konnte er nachlesen, dass die ethekischen Pforten Teil uralter Begräbnisriten gewesen waren. Die Etheker, die sich rings um den Blumenberg niedergelassen hatten, bahrten ihre Verstorbenen auf einem Felsvorsprung am Berghang auf. Nach einiger Zeit errichteten sie den Toten zu Ehren einen mit Schriftzeichen verzierten Steinbogen, durch den sie die Leichen während der Begräbniszeremonie trugen. Die Leichen verschwanden, weil sie entweder vom Wind fortgetragen oder von Aasgeiern gefressen wurden. Doch die Etheker glaubten, dass die Toten in eine bessere Welt eingingen – oder in die Hölle, wenn es sich um Verbrecher handelte.

So ging es viele Jahre, vielleicht sogar Jahrhunderte, und das zunächst nur in der Vorstellung existierende Jenseits nahm immer mehr Gestalt an. So bestatteten die Etheker, die die Pforte durchquerten, ihre Verstorbenen irgendwann tatsächlich in den prachtvollen Gärten des Dara oder warfen sie in die Höhlen, die ins Karu führten. Später wurden dann die ersten Kinder in jener seltsamen Zwischenwelt geboren. Damals gingen Menschen im Jal ein und aus. Irgendwann wurden die Ewigen Wächter erschaffen, um die Pforten zu schützen. Im Laufe der Zeit veränderten sich die Bestattungsrituale, und die ethekischen Pforten gerieten in Vergessenheit. Und das, obwohl Nol den Sterblichen alle zehn Generationen einen Besuch abstattete.

»Als die Etheker dann ausstarben, war zwar ihr Volk vom Angesicht der Erde verschwunden, aber das Jal, das sie erschaffen hatten, bestand nach wie vor und nahm weiterhin die Seelen der Verstorbenen auf. Sie stärkten fortan die Macht der Götterkinder. Wie die Sache ausging, wissen wir. Aber die wichtige Frage lautet: Wie hat alles angefangen? Zu welchem Zeitpunkt hat dieser allein in der Vorstellung existierende Ort tatsächlich Gestalt angenommen, und warum?«

»Ich dachte immer, durch die Kraft des Glaubens«, meinte Lorilis.

»Das dachten wir alle. Aber nach eurer Entdeckung bin ich überzeugt, dass das Jal durch Magie entstanden ist. Durch ein fehlgeschlagenes Experiment.«

Najel und Lorilis sahen sich verblüfft an und baten Damián um eine Erklärung. Doch der Ritter musste erst einmal seine Gedanken ordnen. Das Wissen, das die Grundlage für seine Vermutung bildete, hatte er aus vielen verschiedenen Quellen zusammengetragen: den ethekischen Manuskripten, Amanóns Tagebüchern und der Abschrift der Symbole, auf die sein Vater in den Höhlen unter dem Blumenberg gestoßen war. Auch die Inschrift der Pforte auf der Insel Ji und die Schriftzeichen auf der Pforte im Dara, die nicht von Menschenhand gemeißelt, sondern allein durch den Glauben und die Vorstellungskraft der Etheker entstanden waren, hatte Damián studiert. Sie enthielten Wahrheiten, derer sich die Sterblichen vielleicht gar nicht bewusst waren. All diese Quellen hatten Amanón bereits erste Antworten geliefert und ihn auf die richtige Fährte gebracht. Doch sie waren zu rätselhaft gewesen, um daraus Gewissheiten oder auch nur eine schlüssige Theorie abzuleiten.

Aber nachdem Damián die Schriftzeichen auf dem vergessenen Steinbogen hoch oben im Rideau-Gebirge studiert hatte und Lorilis den Beweis erbracht hatte, dass sie über magische Kräfte verfügten, hatte er endlich genug Hinweise, um die Aufgabe seines Vaters zu Ende zu bringen. Er musste nur sorgfältig und gewissenhaft vorgehen.

Nach kurzem Nachdenken wählte er mehrere Schriften aus und gab sie Najel und Lorilis zu lesen. Er selbst machte dort weiter, wo er aufgehört hatte, als die beiden Kinder ihn unterbrochen hatten: Er übersetzte die Schriftzeichen auf der ältesten ethekischen Pforte, um mehr über ihre Geschichte zu erfahren. Nach einem halben Dekant kehrten sowohl Maara und Souanne als auch Guederic, Josion und Zejabel zur Pforte zurück. Da sie ahnten, dass ihre drei Gefährten an etwas Wichtigem arbeiteten, ließen sie sie in Ruhe.

Ihre Geduld wurde belohnt. Nach einer Weile setzte sich Damián zu ihnen ins Gras und begann zu erzählen, was vor Tausenden von Jahren geschehen war. Hin und wieder ergänzten Lorilis und Najel seinen Bericht. Währenddessen bezog sich der Himmel über dem Tal, und die Wolken wurden immer dunkler und bedrohlicher. Es war, als wollte die Natur verhindern, dass die Sterblichen die Erinnerung an jene tragischen Tage wachriefen, als die Ordnung der Welt auf den Kopf gestellt worden war.

Doch das kümmerte Damián wenig; er war viel zu gefesselt von seiner Entdeckung. Er berichtete den anderen, dass die Etheker, kurz bevor sie die Pforte auf dem Blumenberg errichteten, ein goldenes Zeitalter erlebt hatten. Ihre Zivilisation war so weit entwickelt gewesen, dass sie die ersten Magier in der Geschichte der Menschheit hervorgebracht hatten. Diese Männer und Frauen, die die Ehrwürdigen genannt wurden, dienten allein dem Wohle des Volks. Wenn man den Schriften glauben konnte, lebte bei jedem Stamm und in jedem Dorf mindestens ein Ehrwürdiger. Einmal im Jahr kamen sie zusammen, um sich über ihre Kunst auszutauschen – in ebendiesem Tal, im Schatten der höchsten Gipfel des Rideau.

Die Taten, die sie bei diesen Versammlungen vollbrachten, wurden zu Legenden, obwohl kaum ein Außenstehender dabei anwesend sein durfte. Während ihrer Zusammenkünfte führten die Magier alle möglichen Versuche durch, denn jeder wollte eine Kostprobe seines Könnens geben, Neues lernen oder anderen etwas beibringen. Nachdem die Felsen und Bäume des Tals jahrelang magischen Experimenten ausgesetzt gewesen waren, wurde die Landschaft irgendwann empfänglich für die Kräfte der Ehrwürdigen. Sie ließ sich immer leichter manipulieren – so wie später das Gwel.

Eines Tages kamen die Ehrwürdigen auf die Idee, die Besonderheit des Steins zu nutzen und in der Mitte ihres Versammlungsorts eine gewaltige Pforte zu errichten. Das Bauwerk sollte ein Denkmal ihrer Macht und Größe sein, gleichzeitig aber auch ihre magischen Kräfte verstärken. Sie meißelten Zeichen eines eigens erfundenen Alphabets in den Stein, die ihre Geschichte erzählten und zugleich die Macht hatten, die Lebenskräfte des Tals unter dem Bogen zu bündeln.

Unglücklicherweise konnten sie diese geballte Energie nicht beherrschen. Beim ersten Versuch, sie für magische Zwecke einzusetzen, ertönte ein ohrenbetäubender Donnerschlag, und ein Erbeben erschütterte das Tal. Der Boden riss auf, und ein ganzes Jahr lang wüteten Unwetter über dem Gebirge. Die Etheker glaubten schon, sie würden nie wieder abziehen.

Als endlich wieder Ruhe einkehrte, war die Zivilisation der Etheker dem Untergang geweiht. Die Überlebenden, die in den Grotten des Blumenbergs Zuflucht gesucht hatten, beschlossen, dort zu bleiben und eine neue Gesellschaft aufzubauen. Von ihnen sind einige Relikte erhalten, während die alten Etheker in Vergessenheit gerieten.

Von den Ehrwürdigen sprach keiner mehr. Alle gingen davon aus, dass die Magier, die sich im Tal versammelt hatten, bei der Katastrophe ums Leben gekommen waren. Die wenigen anderen Ehrwürdigen, die noch lebten, stellten voller Schrecken fest, dass sich das Gefüge der

Welt verändert hatte. Die Energieströme, die unsichtbaren Strahlen, die einst alle Dinge und Wesen miteinander verbunden hatten, gab es nicht mehr. Sie waren bei der Katastrophe zu vier Elementen verdichtet worden: Feuer, Wind, Wasser und Erde. Damit war die alte Magie verschwunden, und wie man auf die vier neuen Elemente einwirken konnte, musste erst noch erforscht werden. Bis sich eine neue Magie herausbildete, vergingen Jahrhunderte. So konnten die Etheker bei ihrem Neubeginn auf keinerlei übernatürliche Kräfte zurückgreifen. Selbst ihr Alphabet hatte seine Macht verloren: Die Schriftzeichen konnten die Energie in ihrer neuen Form weder einfangen noch umlenken.

Von nun an stieg niemand mehr in das verfluchte Tal hinauf. Die Menschen vergaßen es, und es wurde zu einem mythischen Ort. Wenn die Alten abends am Feuer davon erzählten, beschrieben sie ein unzugängliches Tal von übernatürlicher Schönheit mit einem imposanten Steinbogen in der Mitte. Die Etheker stellten sich vor, dass hier die Geister der Ehrwürdigen und all jener ruhten, die ein verdienstvolles Leben geführt hatten. Später beschlossen die Bewohner des Blumenbergs, die Pforte aus dem legendären Tal nachzubauen, damit ihre Toten in die Gärten des Dara eingehen konnten.

»Das bedeutet, dass diese Pforte die allererste ist«, sagte Damián abschließend. »Die Ehrwürdigen spielten mit einer Magie herum, die mächtiger war als sie selbst und die sie nicht beherrschen konnten. So schufen sie eine Welt, die nicht wirklich existierte. Diese Welt war formbar wie Ton und vom ethekischen Glauben beeinflusst. Sie war ein Jenseits für ihre Toten. Das Jal.«

Als er endete, war sein Mund vom vielen Reden ganz trocken. Damián erwartete einen Ansturm von Fragen oder Einwänden, aber seine Gefährten, die um ihn herum im Gras saßen, schwiegen nachdenklich. War sein Bericht so wenig überzeugend gewesen? Oder zerbrachen sie sich den Kopf über die Folgen? Hauptsache, sie ließen sich von der tragischen Geschichte nicht entmutigen. Die dunklen Wolken, die immer näher kamen, trugen jedenfalls nicht dazu bei, ihre Stimmung aufzuhellen.

In diesem Moment grollte in der Ferne Donner, und Damián erschauerte. Er zog sich seinen Umhang enger um die Schultern und kniete sich hin, um seine kostbaren Manuskripte einzusammeln und sie vor dem Regen in Sicherheit zu bringen. Das heraufziehende Gewitter riss die anderen aus ihrer Starre.

»Diese Geschichte, die du uns erzählt hast …«, begann Maara. »Was heißt das für uns? Was sollen wir mit diesem Wissen anfangen?«

Alle sahen ihn erwartungsvoll an, sodass Damián nicht umhin konnte, ihnen die Wahrheit zu sagen.

»Ich weiß es nicht. Darüber muss ich erst noch nachdenken. Ich kenne die Geschichte ja auch erst seit Kurzem. Jedenfalls kann sie uns helfen, gewisse Fehler zu vermeiden.«

»Aber keiner von uns hat magische Fähigkeiten«, wandte die Kriegerin ein. »Außer Lorilis … Aber ob uns das hilft?«

»Ich weiß es nicht«, wiederholte Damián betreten.

Da sprang ihm Josion bei: »Wenn das Jal tatsächlich durch Magie und nicht durch den Glauben erschaffen wurde, ist das von großer Bedeutung«, sagte er. »Das verschafft uns Saat gegenüber einen entscheidenden Vorteil.«

»Welchen denn?«, fragte Maara.

»Das wissen sie auch nicht«, antwortete Guederic an Josions Stelle.

Man hätte seine Worte als freundlichen Spott verstehen können, aber dazu war Guederics Tonfall zu verächtlich. Je dunkler der Himmel wurde, desto mehr schien sich auch sein Gemüt zu umwölken. Oder war die einbrechende Dämmerung schuld an seiner düsteren Stimmung?

Die Erben einigten sich darauf, das Gespräch später fortzusetzen. Angesichts des drohenden Regens zogen alle ihre Umhänge enger um die Schultern und liefen zu der Baumgruppe hinüber, wo sich bereits einige von Nols Schützlingen versammelt hatten. Der Hüter selbst war nirgends zu sehen, also beschlossen sie, am Fuße seines Baums auf ihn zu warten. Sie wollten seinen Unterschlupf nicht ungebeten besteigen.

Zwei Dezillen später setzte der Regen ein. Im Nu verschwanden das Tal und die Felswände hinter einem grauen Schleier. Nun hatte der Ort erst recht nicht mehr viel gemein mit der Vorstellung, die sich Damián von den Gärten des Dara machte. Direkt über ihren Köpfen tobte ein heftiger Sturm, und jeden Moment konnte ein Blitz vom Himmel zucken. Damián fühlte sich unweigerlich an die übernatürlichen Unwetter erinnert, von denen er gerade erzählt hatte. Ein paar Jahrhunderte zuvor hatte eine Handvoll größenwahnsinniger Magier die Grundfesten des Universums erschüttert. Zum Glück hatte sich die Welt den Veränderungen angepasst, und die Menschheit hatte überlebt. Aber würde ihr das angesichts des Chaos, das Saat verursachte, abermals gelingen?

Als Damián nach Nol Ausschau hielt, fiel sein Blick auf ein junges Paar. Die wiedergeborenen Götter hatten unter einem Felsvorsprung Schutz gesucht. Sie klammerten sich aneinander und zuckten bei jedem neuen Donnerschlag zusammen, als würde der Himmel jeden Augenblick eine Heerschar von Dämonen über ihnen freilassen. Die Frau drückte ein kleines Kind an ihre Brust, und der Anblick versetzte Damián einen Stich ins Herz. Wie lange würde das Kleine in solch einer Umgebung überleben? Würden die Verdammten eines Tages in das Tal einfallen und Herren über diese Berge werden? Womöglich waren er und seine Gefährten die letzten Erben von Ji …

Als Nol der Seltsame mit mehreren seiner Schützlinge unter den Bäumen Zuflucht suchte, wurde Damián aus seinen Überlegungen gerissen. Die Kinder des Dara huschten beim Anblick der Erben davon, aber Nol kam geradewegs auf sie zu und warf sich Souanne regelrecht in die Arme.

»Es ist meine Schuld!«, murmelte der alte Mann todunglücklich. »Jetzt wissen sie von dem neuen Jal. Sie wollen es vernichten, noch heute Nacht, damit wir niemals dorthin gelangen können.«

Wie zur Bestätigung begannen Dutzende von Verdammten in den Höhlen rings um das Tal zu heulen. Damián legte beunruhigt den Kopf in den Nacken. Die Nacht war noch nicht angebrochen, aber der Himmel war schon jetzt pechschwarz.

Lorilis erklomm hastig den Baum, auf dem sie auch schon die vorige Nacht verbracht hatten. Jedes Mal, wenn die verlorenen Seelen in den Höhlen ihre Wut herausbrüllten, zuckte sie zusammen. Das hasserfüllte Geschrei übertönte sogar das Rauschen des Regens. Bereiteten die Kreaturen einen Angriff auf das Tal vor? Konnten sich die Verdammten miteinander verständigen? Hatten sie ebenso wie die Kinder des Dara eine eigene Sprache entwickelt? Nein, vermutlich nicht, denn sonst hätten sie längst einen Weg gefunden, ihre Feinde von den Bäumen herunterzuholen. Aber das Geheul, das in regelmäßigen Abständen durchs Tal hallte, klang tatsächlich, als sprächen sich die Kreaturen ab. Es zeugte von einer gewissen Intelligenz. Einer *dämonischen* Intelligenz.

Als die Gefährten die Plattform erreichten, bestürmten Damián, Maara und die anderen Nol mit Fragen, aber der Greis war völlig außer Atem. Nachdem er sich mühsam die Leiter hinaufgequält hatte, war er blass wie ein Geist. Trotz ihrer Ungeduld ließen die Erben den Alten erst einmal ein wenig verschnaufen. Als er jedoch vor Schmerz das Gesicht verzog und sich ans Herz fasste, scharten sich alle besorgt um ihn.

Da schlug der erste Blitz ins Tal ein, und Nol und die Erben zuckten zusammen. Gleich darauf krachte Donner los und hallte von den Felswänden wider. Das Grollen schien gar nicht mehr aufhören zu wollen.

»Das gefällt mir überhaupt nicht«, murmelte Zejabel.

Lorilis pflichtete ihr insgeheim bei. Die Worte der Zü verstärkten ihr Unbehagen noch. Wenn eine erfahrene Kriegerin gestand, Angst zu haben, gab es tatsächlich allen Grund zur Sorge.

Die Erben hatten sich auf der Plattform niedergelassen und starrten in die Dunkelheit hinaus. Ab und zu wischten sie sich den Regen, der von den Ästen herablief, vom Gesicht. Sie ahnten, dass die Verdammten diesmal nicht auf die Dunkelheit warten würden, um ins Tal einzufallen, und dass sie sich wilder gebärden würden denn je. Alle bereiteten sich darauf vor, einen Angriff abzuwehren. Zejabel nahm ihren Bogen zur Hand, und Najel griff nach seiner Schleuder, auch wenn sein Vorrat an Stahlkugeln angesichts der Scharen von Verdammten recht klein wirkte. Die anderen zogen ebenfalls ihre Waffen. Nur Lorilis saß mit leeren Händen da. Sie konnte sich einfach nicht mit dem Dolch anfreunden, den Damián ihr gegeben hatte.

Wieder schlug der Blitz ein, diesmal ganz in der Nähe, und das Mädchen erstarrte. Angesichts der entfesselten Naturgewalten fühlte sie sich klein und hilflos. Würde so das Ende der Welt aussehen, wenn das Chaos, das Saat stiftete, seinen Höhepunkt erreichte? Würde die Welt von Unwettern, Sintfluten und Erdbeben heimgesucht werden, bis sie sich schließlich auflöste?

Neben ihr wurde Nol von einem heftigen Hustenanfall geschüttelt. Lorilis war selbst völlig durchgefroren. Sie rückte näher an den Greis heran und wischte ihm über die feuchte Stirn. Es war eine freundliche, wenn auch nutzlose Geste, da der Alte von Kopf bis Fuß durchnässt war. Er wirkte elender als je zuvor – ganz so, als hätte er jeden Widerstand aufgegeben und wartete nur noch darauf, von seiner viel zu langen Existenz erlöst zu werden. Mitleidig strich das junge Mädchen ihm übers Gesicht, wie der Hüter es am Morgen bei dem Leichnam des Verdammten getan hatte. Nach einer Weile schlug Nol die Augen auf. Zwar war sein Blick noch verschleiert, aber zu ihrer Überraschung lächelte er schwach.

»Du wirst es schaffen«, murmelte er kaum hörbar.

Was meinte er damit? Waren seine Worte überhaupt an sie gerichtet? Lorilis bat ihn zu wiederholen, was er gesagt hatte, doch in diesem Augenblick schlug der Blitz ein drittes Mal ein, und der nachfolgende Donner übertönte ihre Frage. Der Hüter schreckte aus seiner Benommenheit auf und erhob sich.

Die Erben umringten seine abgezehrte Gestalt, und Lorilis hätte ihre Frage gern noch einmal wiederholt, aber als sie den verwirrten Gesichtsausdruck des alten Mannes sah, überlegte sie es sich anders. Offenbar hatte er im Fieberwahn gesprochen.

»Geht es Euch besser?«, fragte Damián besorgt.

Der Hüter nickte schwach, und Maara konnte ihre Ungeduld nicht länger bändigen.

»Was wisst Ihr über das neue Jal?«, drängte sie. »Gibt es diesen Ort tatsächlich? Und könnten unsere Eltern dort sein?«

Nol sah durch sie hindurch und tippte sich mit zitternden Fingern an die Schläfe, als wäre die Antwort dort zu finden.

»Ja … Sie sind dort«, sagte er schließlich stockend. »Sie waren diejenigen, die es erschaffen haben. Sie haben das Jal erschaffen …«

Wieder zuckte ein Blitz vom Himmel und schlug ganz in der Nähe ein. Für einen Moment erleuchtete er die verblüfften Gesichter der Erben. Lorilis traute ihren Ohren kaum. Zwar war es ihre eigene Idee gewesen, dass es ein neues Jal geben könnte, und dass ihre Eltern und Großeltern den Schiffbruch überlebt hatten, war eine wunderbare Nachricht. Aber der Gedanke, dass die ältere Generation diesen Ort *erschaffen* hatte, überstieg ihre Vorstellungskraft.

»Woher wisst Ihr das?«, fragte Josion. »Konntet Ihr mit ihnen in Verbindung treten? In Gedanken zu ihnen sprechen?«

Das ohrenbetäubende Geheul der Verdammten hinderte den Hüter daran zu antworten. Es war so weit. Die Kreaturen hatten ihre Höhlen verlassen und waren ins Tal eingefallen. Sie schlichen an den Felswänden entlang, nahmen Witterung auf und gierten nach Beute, die sie zerfleischen konnten.

»Nein, ich kann nicht mit ihnen sprechen …«, murmelte Nol schließlich. »Ich bin auch nicht ganz sicher, dass sie noch leben. Es ist ein völlig neues Jal, versteht ihr? Es kann tausend verschiedene Gesichter haben, die alle weder dem Dara noch dem Karu gleichen. Deshalb können wir auch nicht durch die Pforte hingelangen. Ich hätte es wissen müssen …«

»Aber wie habt Ihr es dann entdeckt?«, fragte Josion. »Oder könntet Ihr Euch geirrt haben?«

»Mich geirrt …«,wiederholte der Hüter traurig.

Da heulte kaum hundert Schritte von ihnen entfernt ein Verdammter. Lorilis bekam eine Gänsehaut. Die Kreaturen hatten ihre Baumgruppe erreicht.

»Auf jeden Fall habe ich einen Fehler gemacht«, sagte der Greis. »Ich konnte nur auf eine Weise Gewissheit erlangen: Ich musste meinen Geist allen einstigen Göttern und Dämonen in der Umgebung öffnen. Ich schöpfte aus unserer gemeinsamen Kraft, um in das Labyrinth der Vergangenheit vorzudringen. Ich erforschte die Grundfesten der Welt und suchte nach ihren Bruchstellen. So wie ich es immer getan hatte, als ich noch Nol der Lehrende war. Doch diesmal ging ich ein Risiko ein. Weil ich es eilig hatte herauszufinden, ob es tatsächlich ein neues Jal geben könnte, öffnete ich mich auch den Geistern des Karu. Und jetzt wissen sie Bescheid …«

In diesem Moment ertönte direkt unter ihnen ein bestialisches Knurren. Lorilis wagte nicht, sich zu rühren. Zejabel und Guederic krochen zum Rand der Plattform und spähten nach unten. Guederic zeigte in die Tiefe, und die Zü nahm einen Pfeil aus ihrem Köcher, spannte die Sehne und zielte … Doch als sie dem barmherzigen Blick des Hüters begegnete, senkte sie den Bogen. Von Nässe triefend kehrte sie in den Kreis der Erben zurück. Guederic hingegen blieb, wo er war, und starrte mit zusammengebissenen Zähnen und geballten Fäusten nach unten.

»Was habt Ihr denn genau herausgefunden?«, fragte Damián. »Wie konnten unsere Eltern ein neues Jal erschaffen? So etwas ist doch unvorstellbar …«

»Die Welt ist aus den Fugen geraten, und da ist alles möglich«, erwiderte Nol der Seltsame. »Auf diesen Gedanken hätte ich schon früher kommen müssen. Wir haben so viel Zeit verloren …«

»Erzählt uns endlich, was Ihr wisst«, rief Maara ungeduldig.

Ein zweiter Verdammter begann wild knurrend an ihrem Baum zu kratzen, während abermals ein Blitz vom Himmel herabzuckte. Im nächsten Moment zerriss der

Donner den Gefährten beinahe das Trommelfell. Das Unwetter schien seinen Höhepunkt erreicht zu haben – zumindest hoffte Lorilis das. Anderenfalls würden die Naturgewalten wohl früher oder später alle Seelen dieses Tals auslöschen.

»Ich weiß immer noch nicht, wie eure Eltern dieses Wunder vollbracht haben«, erklärte Nol. »Ich hatte nicht genug Zeit … Aber sie haben es geschafft, daran besteht kein Zweifel. Dieses neue Jal, ganz gleich, wie es auch aussehen mag, trägt ihren Stempel. Sie haben einen Teil des Universums neu erschaffen.«

»Sie sind die neuen Ehrwürdigen …«, murmelte Damián.

Seine Stimme war nur ein Flüstern gewesen, aber die anderen begriffen sofort, was er meinte.

»Warum hätten sie so etwas tun sollen?«, ereiferte sich Maara. »Das ist doch viel zu gefährlich! Als hätte der Hexer nicht schon genug Unordnung in die Welt gebracht …«

»Richtig …«, murmelte der Hüter. »Saat war dabei. Das neue Jal trägt auch seinen Stempel.«

Das ganze Tal schien den Atem anzuhalten, während die Erben Nol fassungslos anstarrten. Selbst der Regen wurde für einen Moment schwächer. Doch dann brach das Unwetter wieder mit voller Kraft los – und mit ihm der Zorn der Barbarenprinzessin.

»Du wagst es, meinen Vater des Verrats zu bezichtigen?«, tobte sie. »Nach allem, was er getan hat, um die Dämonen zu bekämpfen, die aus deinem ach so großartigen Jal hervorgegangen sind? Nimm das sofort zurück, oder ich schwöre dir, ich werde dich den Baum hinunterstoßen, und wenn du zehnmal der Hüter des Dara bist!«

Josion und Damián stellten sich zwischen Maara und Nol, da sie nicht sicher waren, wie ernst sie ihre Drohung meinte. Zum Glück klärte der Greis das Missverständnis sofort auf.

»Ich habe niemals an der Loyalität eurer Familien gezweifelt«, versicherte er Maara. »Ich weiß selbst nicht, wie es dazu kommen konnte. Es ist so … wider die Natur.«

Langes Schweigen folgte. Nach den rätselhaften Enthüllungen des Greises war die Anspannung der Erben groß. Schließlich ergriff Guederic, der immer noch abseits der anderen am Rand der Plattform saß, das Wort.

»Und wo versteckt sich der Hexer im Moment?«, fragte er dumpf. »Ist er auch im Jal?«

»Nein«, sagte Nol seufzend. »Das wäre zu einfach. Er …«

Das Ende des Satzes hörte Lorilis nicht mehr, ebenso wenig wie die anderen. Plötzlich sah und hörte sie gar nichts mehr und spürte nur noch, wie sie in die Tiefe stürzte.

Sie schlug hart auf den Waldboden auf und verlor die Besinnung. Als sie wieder zu sich kam, griffen fremde Hände nach ihr. Sie schrie auf und wehrte sich verzweifelt, überzeugt, die Verdammten würden sich an ihr zu schaffen machen. Dann erkannte sie Guederics Stimme und beruhigte sich.

Nun sah sie auch, was sich um sie herum abspielte. Die Bäume, auf denen die Kinder des Dara Schutz gesucht hatten, standen in Flammen. Im lodernden Feuerschein waren die Erben für alle Verdammten weithin sichtbar.

In jenem schicksalhaften Augenblick hatte Maara Glück im Unglück. Sie saß mit dem Rücken zu der gewaltigen Tanne, in die der Blitz einschlug, und wurde deshalb anders als ihre Gefährten nicht geblendet. Der Baum zerbarst mit lautem Krachen, und ein Feuerball fuhr fauchend über sie hinweg. Die Druckwelle schleuderte Maara nach vorne, und sie klammerte sich unwillkürlich an die Äste, auf denen sie landete, noch bevor sie überhaupt begriff, was passierte.

Doch schon im nächsten Moment hatte sie sich wieder gefasst.

Zwar dröhnten ihr die Ohren, und das Haar stand ihr zu Berge, doch sie zögerte keinen Augenblick und begann mit dem Abstieg. Dank der lodernden Flammen um sie herum war es taghell. Während sie zu Boden kletterte, begegnete sie Damián, der ebenfalls auf dem Weg nach unten war. Doch im Gegensatz zu ihr war er verwundet. Ein zersplitterter Ast hatte sich ihm in die Schulter gebohrt, und zwar ausgerechnet an der Stelle, wo er schon in Benelia verwundet worden war. Der junge Mann stöhnte, während er sich einarmig von Ast zu Ast hangelte.

Maara hatte keine Möglichkeit, zu ihm zu gelangen und ihm zu helfen, und so erreichte sie den Waldboden als Erste. Da erst sah sie das ganze Ausmaß der Zerstörung. Von dem Baum, in den der Blitz eingeschlagen hatte, war nur noch ein kahler, zersplitterter und von Flammen geschwärzter Stamm übrig. Das Feuer hatte auf Nols Baum sowie auf zwei weitere Tannen in der Nähe übergegriffen, obwohl es weiterhin in Strömen regnete.

»Najel!«, brüllte Maara aus vollem Hals.

Sie scherte sich nicht um die Folgen ihres Geschreis, denn alles, was sie wollte, war, ihren kleinen Bruder wiederzufinden. Plötzlich kam ein Verdammter auf allen vieren auf sie zugaloppiert, und sie verpasste ihm mit der Lowa einen kräftigen Schlag ins Gesicht. Zum Glück hatte die Lederschlaufe verhindert, dass sie ihre Waffe beim Abstieg verlor.

»Najel!«

Hinter ihr sprang Damián vom untersten Ast der Tanne und stieß einen lauten Schmerzensschrei aus, als er auf dem Boden landete. Maara lief zu ihm, um ihm auf die Füße zu helfen, aber er schaffte es allein. Sobald er sich aufgerappelt hatte, zog Damián sein Rapier.

»Er … er ist dort drüben. Mit Souanne. Ich habe die beiden fallen sehen …«, keuchte er und wies in eine Richtung.

Ohne sich auch nur zu bedanken, rannte die Kriegerin los. Als sie Najel fand, war sie hin- und hergerissen zwischen Erleichterung und rasender Wut: Zwar lebte ihr Bruder, doch er schwebte in höchster Gefahr.

Vier Verdammte hatten Najel umzingelt, und der Junge versuchte verzweifelt, sie mit einem brennenden Ast auf Abstand zu halten. Doch die Kreaturen zogen den Kreis immer enger. *Bei allen Göttern … War er von seinem Sturz so benommen, dass er nicht merkte, wie sie näher kamen? Warum versuchte er nicht, aus dem Kreis auszubrechen?*

Maara begriff erst, was los war, als sie wie eine Furie zwischen die Angreifer sprang: Najel beschützte Souanne, die leblos am Boden lag. Offenbar hatten es die einstigen Dämonen auf die Legionärin abgesehen. Angewidert von der Abscheulichkeit der Kreaturen ließ die Barbarenprinzessin ihren Instinkten freien Lauf. Die Hiebe, die sie verteilte, vereinten die Kraft ihres Vaters Keb, die Gerissenheit ihrer Großmutter Che'b'ree und die Kampferfahrung aller B'ree seit den Anfängen des wallattischen Herrschergeschlechts.

Als Damián und Guederic, der Lorilis trug, zu Maara stießen, wälzte sich der letzte der vier Verdammten sterbend am Boden. Die Kriegerin selbst hatte bloß zwei Risse am Oberschenkel davongetragen, wobei sie nicht wusste, ob diese von dem Blitzschlag herrührten oder von den Krallen der Kreaturen.

»Seid ihr wohlauf?«, rief Damián, der totenbleich war. »Was ist mit Josion und Zejabel? Hat jemand sie gesehen?«

Die Kriegerin hatte noch keine Gelegenheit gehabt, sich darum zu kümmern. Rasch vergewisserte sie sich, dass ihr Bruder unverletzt war, und ließ dann den Blick schweifen.

Ganz in der Nähe entdeckte sie ein halbes Dutzend verstümmelter und verbrannter Leichen – Kinder des Dara, die vom Blitz erschlagen worden waren.

Doch konnte sie sicher sein, dass ihre Freunde nicht unter den Toten waren?

Abermals riss der Schmerz Josion aus der Besinnungslosigkeit. Doch anders als am Vortag lag er nicht in einem harmlosen Dornenbusch. Seine Füße taten höllisch weh, und als er die Augen aufschlug, entdeckte er, dass seine Stiefel in Flammen standen.

Verzweifelt versuchte er, das Feuer zu ersticken, indem er auf die Überreste von Nols Plattform eintrat. Als das nichts nützte, entledigte er sich hastig seiner Stiefel, wobei er sich weitere Verbrennungen an den Händen zuzog. Erleichtert stellte er fest, dass der Schmerz schnell nachließ. Allerdings war er damit noch lange nicht außer Gefahr.

Josion hing in den Ästen von Nols Baum, und rings um ihn schlugen Flammen empor. Der Rauch trieb ihm Tränen in die Augen, und seine Lungen brannten bei jedem Atemzug. Die Hitze war unerträglich. Rasch sah sich Josion nach den anderen Gefährten um, auch wenn sein Selbsterhaltungstrieb ihn drängte, so schnell wie möglich den Baum hinunterzuklettern.

Das Feuer behinderte seine Sicht. Was der Student zunächst für eine menschliche Gestalt hielt, war in Wirklichkeit das Gepäck der Gefährten, das sich in einem Ast verfangen hatte. Josion nahm die Kette an sich, die Dolch und Hammer seines Zarratt verband, und stieß das Bündel dann nach unten. Damián wäre sicher froh, wenn die Aufzeichnungen seines Vaters gerettet würden. Das hieß, falls sein Vetter noch lebte.

Ringsherum schlugen die Flammen immer höher, und Josion musste allen Mut zusammennehmen, um von der zerstörten Plattform auf einen brennenden Ast unter ihm zu springen. Bei der Landung wäre er fast abgestürzt, aber er konnte sich gerade noch fangen. Zum Glück war er ein geschickter Kletterer, denn er hatte jahrelang die Dächer Lorelias erklommen. Als er das Gleichgewicht wiedergefunden hatte und sich aufrichtete, entdeckte er ganz in der Nähe seine Mutter.

Zejabel war bei dem Blitzeinschlag von der Plattform geschleudert worden und hing nun ohnmächtig in einer

Astgabel. Hastig kletterte Josion zu ihr. Flammen leckten an seinen nackten Füßen, und immer wieder rutschte er auf der regennassen Rinde aus. Als er zu ihr gelangte und eine tiefe Wunde an ihrer Hüfte entdeckte, stockte ihm der Atem; doch abgesehen davon schien sie unverletzt. Zumindest hoffte er das.

»Mutter!«, rief er.

Plötzlich kam ihm jene Nacht einen Mond zuvor in den Sinn, als Zejabel ihm im Innenhof der Familienburg das Leben gerettet hatte. Sie durfte nicht sterben! Nicht nach allem, was sie vollbracht hatten. Nicht wegen eines verdammten Gewitters. Es gab noch so viel zu tun.

»Mutter!«, rief er wieder.

Doch es war der Baum, der ihm antwortete. Das Holz ächzte und stöhnte, als drohe es jeden Moment zu bersten. Es folgte ein lautes Knacken, das sogar das Fauchen des Feuers übertönte. Josion reagierte blitzschnell, packte Zejabel und hielt sich mit dem anderen Arm an einem dicken Ast fest. Als der Stamm auseinanderbrach, bog sich eine Hälfte der Krone nach unten. Auf halbem Weg zum Boden blieb der Teil des Baums, in dem sich Josion und Zejabel befanden, in der Luft hängen, während sich die Flammen rasend schnell ausbreiteten.

Josion befand sich in einer schwierigen Lage. Er hatte seiner Mutter den freien Arm um die Taille geschlungen, aber wegen ihrer durchnässten Kleider drohte sie ihm zu entgleiten. Zum Glück begann Zejabel in diesem Moment zu blinzeln, und bald hatte sie sich so weit gefasst, dass sie sich an einen Ast klammern konnte. Nun konnten sie beide zu Boden klettern.

»Was … Wo sind die anderen?«, fragte Zejabel mit zusammengebissenen Zähnen, als sie unten angekommen waren.

»Ich weiß es nicht.«

Josion lief zu der Stelle, wo das Gepäck gelandet war, und zog Bündel und Taschen außer Reichweite des Feuers. Zejabel folgte ihm und hob ihren Speer auf, den heiligen Zaya'nat, der einst Zuïa gehört hatte. Der Schaft war in der Mitte gebrochen. Mutter und Sohn wechselten einen raschen Blick. Der Speer hatte zwar keine besonderen Kräfte, aber für Zejabel war er stets das Sinnbild ihres Siegs über die Dämonin gewesen. Dass ihre Trophäe nun unbrauchbar war, empfand sie als böses Omen.

Doch sie hatten keine Zeit, weiter darüber nachzudenken. Plötzlich drang von der anderen Seite des brennenden Baums erregtes Knurren an ihre Ohren. Ohne sich absprechen zu müssen, rannten Josion und Zejabel los. Jeder Augenblick konnte entscheidend sein. Als sie den Baum umrundeten, fand Josion seine schlimmsten Befürchtungen bestätigt.

Ihm bot sich eine grauenvolle Szene. Zwischen rauchenden Ästen und brennenden Zweigen lagen zehn Leichen im Schlamm. Ein halbes Dutzend Verdammte machte sich über die sterblichen Überreste der Kinder des Dara her, während sechs weitere knurrend versuchten, eine menschliche Gestalt zu erhaschen, die über ihnen hing wie ein Leckerbissen, den sie sich erst verdienen mussten.

Josion ließ die Kette seines Zarratt durch die Luft sausen und lenkte mit dem Geräusch die Aufmerksamkeit der Ungeheuer auf sich. Als er drei Schritte näher trat, erkannte er, nach wem die Kreaturen schnappten: Es war

Nol der Seltsame. Der Hüter des Tals hing mit einem Fuß in einer Astgabel fest und schaukelte in der Luft wie ein zum Trocknen aufgehängter Schinken.

Angesichts dieses Frevels empfand Josion blankes Entsetzen. Als sich die Verdammten auf ihn stürzten wie ausgehungerte Köter, zögerte er keinen Augenblick, abwechselnd mit dem Dolch, dem Hammer und der Kette zuzuschlagen, die beide Waffen verband. Kein einziger wiedergeborener Dämon kam nah genug an ihn heran, um ihn zu verletzen, während Josion die Zahl seiner Angreifer mit jedem Hieb dezimierte.

Zwischendurch vergewisserte er sich, dass seine Mutter außer Gefahr war, aber da brauchte er sich keine Sorgen zu machen: Zejabel erwies sich als ebenso furchterregender Gegner wie er selbst. Den Hati in der einen und den abgebrochenen Speer in der anderen Hand, stach sie links zu und wich rechts aus, machte blitzschnell einen Ausfallschritt und kämpfte mit solchem Geschick, dass die Kreaturen vor Wut rasten. Mutter und Sohn hüteten sich davor, sich zu sehr auf ihre Überlegenheit zu verlassen, und kämpften konzentriert, bis sich der letzte Verdammte selbst auf Zejabels halbem Speer aufgespießt hatte.

Dann warf Josion seine Kette über den Ast, an dem der Hüter hing, während Zejabel wachsam den Blick schweifen ließ. Doch Josion brauchte ihre Hilfe, um den Ast weit genug herunterziehen und den Greis befreien zu können. Obwohl sie sich bemühten, Nols Sturz abzufangen, schlug er hart am nassen Boden auf.

Seit einer Weile hatte der Regen immer mehr nachgelassen, nun verzogen sich auch die letzten Wolken. Die

Nacht hatte sich über das Tal gesenkt, aber im Licht der brennenden Bäume sah Josion sofort, in welch schlechtem Zustand der Hüter war. Nol hatte schwere Verbrennungen erlitten, und seine Hände und Unterarme waren von Bisswunden übersät. Die verrenkten Glieder zeugten außerdem von mehreren Knochenbrüchen.

Als er seine Mutter ansah, erriet Josion sofort, welcher Gedanke ihr durch den Kopf ging. Zejabel hatte ihre Herkunft nicht vollständig vergessen, und einige Tugenden der Zü-Priester waren ihr in Fleisch und Blut übergegangen. Zwar waren Zuïas Diener abscheuliche Mörder gewesen und hatten mithilfe ihrer vergifteten Dolche unzählige Leben ausgelöscht, aber niemals hatten sie sich der Folter verschrieben. Sie hatten kein Interesse daran, ihre Opfer leiden zu sehen, sondern zogen es vor, sie blitzschnell zu töten.

Josion brachte es nicht über sich, dem Alten den Gnadenstoß zu geben. Immerhin war er Nol der Seltsame, der Ewige Gott. Vielleicht hätte er den Blick abgewandt und Zejabel die traurige Aufgabe überlassen, oder er hätte im letzten Moment den Speer seiner Mutter gepackt und sie daran gehindert, dem Hüter die Waffe ins Herz zu bohren. Doch zum Glück blieb ihm die Entscheidung erspart, denn in diesem Augenblick stießen die sechs anderen Erben, angeführt von Maara, zu ihnen.

Nachdem sie sich kurz vergewissert hatten, dass keiner von ihnen lebensgefährlich verletzt war, versammelten sich die Gefährten um Nol. Lorilis kniete sich neben den Alten und träufelte ihm ein wenig Wasser auf die Lippen. Gleich darauf flatterten seine Augenlider, und er wachte auf.

»Ich … sterbe …«, stieß er röchelnd hervor.

Die Erben widersprachen nicht. Es grenzte an ein Wunder, dass nur Nol lebensgefährlich verletzt war und sie selbst mit einigermaßen harmlosen Wunden, Prellungen und Verbrennungen davongekommen waren.

»Bringt … mich zur Pforte«, flehte er. »Ein letztes Mal …«

Sie sahen einander ratlos an. Wie sollten sie es schaffen, den Hüter zur Pforte zu tragen, ohne dass er auf dem Weg starb? Außerdem würde er schreckliche Schmerzen leiden, sobald sie ihn bewegten.

»Rasch … ich bitte euch …«, stöhnte er. »Ich muss euch die Pforte öffnen … Ich sterbe und … kann das Tal nicht mehr beschützen … Die Verdammten werden hier einfallen … Alle einstigen Dämonen … Und auch sie wird ihre Höhle verlassen … die Straf…«

Vor Erschöpfung verlor er abermals die Besinnung. Aber Josion, Zejabel und Guederic wussten genau, von wem er gesprochen hatte, und auch die anderen ahnten, in welcher Gefahr sie schwebten.

Hastig befestigten sie einen Umhang aus festem Stoff an zwei starken Ästen. Behutsam betteten sie den Hüter auf die behelfsmäßige Trage und brachten ihn zu der ethekischen Pforte, die dunkel in den Himmel ragte.

Josion wandte sich noch einmal um und betrachtete das Bild aus Tod und Zerstörung, das sich ihm bot. Nun war auch die irdische Ausführung des Dara dem Untergang geweiht.

Souanne war so erschüttert, dass sie die Verzweiflung wie eine körperliche Verletzung empfand. Sie fühlte sich, als hätte man ihr ein Messer in den Bauch gestoßen und ihr die Eingeweide aufgeschlitzt. Natürlich war das alles nur Einbildung, denn wundersamerweise hatte sie sich bei dem Sturz von dem Baum nur ein paar Prellungen zugezogen. Trotzdem machte sie ein wahres Martyrium durch. Die Zerstörung des Tals ging ihr so nahe, als würde ihr eigener Körper zerschunden.

Die Erben liefen so schnell auf die Pforte zu, wie es die Rücksicht auf den schwer verletzten Nol erlaubte. Souanne trieb die anderen zur Eile an, denn sie wollte diesen albtraumhaften Ort so rasch wie möglich verlassen. Aus allen Richtungen ertönte das aufgeregte Knurren und Heulen der Verdammten, manchmal mischten sich die grauenvollen Todesschreie ihrer Opfer darunter. Die junge Frau versuchte, nicht daran zu denken, welche Qualen die unschuldigen Kinder des Dara litten, wenn sie von den Kreaturen erwischt wurden. Doch sie konnte das bittere Gefühl des Verlassenseins, mit dem sie in den Tod gingen, buchstäblich fühlen. Souanne teilte die Verzweiflung jedes einzelnen Schützlings von Nol, die ihren Angreifern nun elendig ausgeliefert waren.

Jedes Mal, wenn Souanne zu Nol hinübersah, schossen ihr Tränen in die Augen. Dabei kannte sie den Hüter doch erst seit einem Tag, und bis vor einem Mond hatte sie nicht einmal von seiner Existenz gewusst. Warum ging ihr das Schicksal des Alten dann so nahe?

Um nicht weiter über diese Frage nachdenken zu müssen, konzentrierte sie sich darauf, die Umgebung im Auge zu behalten. Josion und Najel trugen Nol, während die anderen einen schützenden Kreis um die Trage bildeten. Zum Glück hatten sie noch ein paar Fackeln, sodass sie nicht durch völlige Finsternis laufen mussten. Maara und Zejabel führten den Marsch an. Die Zü hatte ihren Bogen und Köcher wiedergefunden und schoss alle dämonischen Wiedergeburten nieder, die sich auf sie stürzen wollten. Rechts und links der Trage liefen die Brüder von Kercyan, während Lorilis und Souanne die Nachhut bildeten.

Bisher hatten sie sich die Kreaturen einigermaßen vom Leib halten können, aber die Lage wurde immer brenzliger. Die Verdammten wagten sich immer näher an die Erben heran, und es wurden von Dezille zu Dezille mehr. Sie führten einen wahnsinnigen Tanz auf: Erst rasten sie wie die Wilden auf die Erben zu, sprangen dann plötzlich zurück und galoppierten eine Zeit lang am Rande des Lichtkreises, den die Fackeln warfen, neben ihnen her, nur um gleich darauf mit lautem Geheul wieder in der Dunkelheit zu verschwinden. Immer mehr Verdammte schlossen sich ihren Artgenossen an, bis eine ganze Schar um sie herumsprang.

Je näher die Erben der Pforte kamen, desto bösartiger wurden die Wesen. Selbst wenn Zejabel drohend ihren Bogen hob, wichen sie nur kurzzeitig in den Schatten zurück.

Wenige Dezillen später stellte Souanne mit Schrecken fest, dass sich nun eine neue Art von Dämonen an der Jagd beteiligte. Diese Kreaturen waren sehr viel vorsichtiger und blieben auf Abstand. Sie hörte nur ihr Knurren in der Dunkelheit und ihre dumpfen Schritte auf dem regennassen Boden des Tals. Als sich eines der Wesen für den Bruchteil einer Dezille im Lichtschein der Fackeln zeigte, schrie Lorilis vor Schreck auf. Souanne lief es bei dem Anblick kalt den Rücken herunter.

Bisher hatten ihre Gegner noch menschenähnliche Gestalt gehabt. Zwar bewegten sie sich auf allen vieren fort, knurrten wie wilde Tiere, und ihre Gesichter waren von Wahnsinn und Hass verzerrt, aber die Tatsache, dass sie die Wiedergeburt von Dämonen waren, hatte keine körperlichen Veränderungen mit sich gebracht. Das Ungeheuer, das Souanne für einen kurzen Moment gesehen hatte, unterschied sich jedoch grundlegend von den niederen Dämonen, mit denen die Gefährten es bisher zu tun gehabt hatten.

Das Wesen ähnelte einem Wolf. Einem großen, kräftigen Wolf, der sich durchaus mit den Raubtieren messen konnte, die in den Unteren Königreichen heimisch waren. Souanne fröstelte, als sie sich vorstellte, wie das Vieh seine Beute überwältigte und mit dem riesigen Kiefer zubiss, während bestialischer Gestank aus seinem Rachen strömte.

Die Erben wurden immer nervöser; alle hatten die Gefahr erkannt. Vermutlich wagten sich die Ungeheuer in dieser Nacht zum ersten Mal ins Tal vor. Jahrelang hatten sie am Eingang ihrer Höhlen gekauert und ihren Hass in die Finsternis hinausgebrüllt, aber jetzt waren sie ins Gebiet ihrer Feinde vorgedrungen. Sie nutzten Nols Schwäche und folgten dem Ruf des Feuers, wild entschlossen, alle Kinder des Dara zu töten.

Die Erben waren nur noch fünfzig Schritte von der ethekischen Pforte entfernt, als die Bestien zum Angriff übergingen. Ob die Verdammten ahnten, dass ihre Beute kurz davor war, ihnen zu entwischen? Auf einmal schienen sie jede

Angst vor den Pfeilen und Klingen der Sterblichen verloren zu haben. Einer der Verdammten stürzte sich auf Damián, aber bevor er dem Legionär etwas anhaben konnte, durchbohrte ihm ein Pfeil den Schädel. Zwei weitere versuchten, Guederic anzufallen, aber das bekam ihnen schlecht. Blitzschnell schlitzte der junge Mann ihnen Bauch und Kehle auf. Sein höhnisches Gelächter erschreckte nicht nur die in der Dunkelheit lauernden Kreaturen, sondern drang auch seinen Freunden durch Mark und Bein.

Doch die Verdammten ließen sich nicht entmutigen. Das vergossene Blut schien die Wut der Kreaturen nur noch weiter anzustacheln. Zwei warfen sich auf Maara und Damián und wurden von ihnen niedergestreckt. Währenddessen marschierte Souanne tapfer weiterhin ihrem Ziel entgegen. Die Pforte war so nah und zugleich noch so weit entfernt …

Nur noch fünfzehn Schritte, zehn, fünf …

Plötzlich erlebte Souanne einen Moment überwältigender geistiger Klarheit, und eine Stimme in ihrem Kopf befahl ihr, sich umzudrehen. Sie spürte förmlich den heißen, übel riechenden Atem im Nacken!

Souanne fuhr herum und hatte gerade noch Zeit, ihre Klinge dem Dämon entgegenzustrecken, der sich auf sie stürzte. Der Zusammenstoß jagte ihr einen Schmerz bis in die Schulter, und das Gewicht des Tiers warf sie um, sodass ihr Hinterkopf hart auf den Boden prallte. Souanne wehrte sich verzweifelt. Jeden Augenblick konnten sich zwei gierige Fangzähne in ihren Hals bohren. Doch dann tat das Ungeheuer seinen letzten stinkenden Atemzug. Ihr Schwert hatte sein Herz durchbohrt.

Die Brüder von Kercyan kamen der Legionärin zu Hilfe

und zogen die tote Bestie von ihr herunter, während Souanne um Fassung rang. Jedes Mal, wenn sie einen Feind im Kampf tötete, wurde sie von einer Welle der Euphorie erfasst. Ein unbeherrschbares Gefühl der Allmacht breitete sich in ihr aus. *Nein, nicht schon wieder!* Sie weigerte sich, das Gefühl zuzulassen. Nun, da sie Nol gefunden hatte und sich wieder an die Gärten des Dara erinnerte, wollte sie nicht, dass diese durch und durch verdorbene Seele mit ihrer eigenen verschmolz. Allein die Vorstellung war ihr zuwider. Souanne wollte *überhaupt* keine Seele mehr in sich aufnehmen.

Mit übermenschlicher Willenskraft lehnte sie die Gabe ab. Sie stieß die Seele des Toten von sich, hinaus ins Nichts. Nachdem ihr das gelungen war, empfand Souanne ein ungeahntes Gefühl der Erfüllung – kein Vergleich zu dem krankhaften Siegestaumel, der sie überkam, wenn sie einen Kampf für sich entschied. Sie hatte die Seele der Kreatur nicht vereinnahmt, sondern sie freigesetzt, und es kam ihr vor, als wäre sie daran gewachsen; sie fühlte sich gefestigter und selbstbewusster als nach allen Kämpfen, die sie in der Vergangenheit bestritten hatte. Endlich hatte sie herausgefunden, was sie mit ihrem Vermächtnis anfangen konnte.

Doch leider hielt das gute Gefühl nicht lange an. Die Erben hatten die Pforte erreicht, aber die Verdammten zogen den Kreis immer enger. Wenn nur die Hälfte von ihnen sich zusammenschließen und gleichzeitig angreifen würde, hätten die Erben keine Chance.

»Er wacht nicht auf«, rief Damián plötzlich mit Panik in der Stimme. »Nol wacht nicht auf! Wir können die Pforte nicht öffnen!«

Souanne schluckte schwer, dann umfasste sie den Griff ihres Schwerts noch fester. Sie gelobte, so viele verirrte Seelen wie möglich zu befreien, bevor sie selbst den Tod fand und eine von ihnen wurde.

Vermutlich stand es irgendwo in den Marmorblöcken oder im Gestein einer ethekischen Pforte geschrieben, und insgeheim hatte Guederic es schon immer gewusst: Er musste dem Heer der Verdammten entgegentreten, bevor er das irdische Jal verlassen konnte.

Während sich sein Bruder verzweifelt bemühte, Nol wach zu bekommen, bildeten Guederic und seine Gefährten einen Kreis um die Pforte. Josion, Zejabel und Souanne reihten sich auf der einen Seite schützend vor Lorilis auf; Maara, Najel und Guederic bezogen auf der anderen Seite Stellung. Sie mussten die abscheulichen Kreaturen unbedingt von Nol fernhalten, sonst waren sie verloren. Oder war ihr Schicksal ohnehin längst besiegelt?

Guederic war bereit für den Kampf. Sämtliche Ereignisse der letzten Dekaden schienen nur einem einzigen Zweck gedient zu haben: ihn auf diesen Moment vorzubereiten. Beim Anblick der Bestien, die ihn und seine Gefährten umzingelten, fühlte er sich ganz und gar in seinem Element. Er würde sie in die Flucht schlagen oder töten. Seite an Seite mit seinem Bruder, seiner Angebeteten, seinen Freunden und zwei Kindern, die unter seinem Schutz standen. Sie waren Sterbliche, so wie er, und an diesen Gedanken klammerte er sich mit aller Kraft.

Doch als die ersten Kreaturen zum Angriff übergingen, hatte Guederic nur noch eins im Kopf: seine Allmacht zu beweisen. Er würde das Ungeziefer, das es wagte, ihn herauszufordern, zerquetschen. Er würde diese Wahnsinnigen, die seine Überlegenheit nicht anerkannten, niedermetzeln. Wenn er ihnen erst einmal einen Arm oder ein Bein abgeschlagen hätte, würden sich einige von ihnen vielleicht eines Besseren besinnen und die Flucht ergreifen, aber er würde sie gnadenlos verfolgen und ihnen den Rest geben. Darüber vergaß er völlig, in welcher Gefahr seine Gefährten schwebten.

Guederic bekam kaum mit, dass sich die anderen Erben tapfer verteidigten. Wie üblich ließen Josion und Zejabel ihre Waffen in atemberaubender Geschwindigkeit durch die Luft wirbeln. Maara und Najel gaben sich gegenseitig Deckung und schlugen alle Angreifer zurück, die es schafften, an Guederic vorbeizukommen, und auch Souanne führte ihr Schwert mit Entschlossenheit und Präzision. Selbst Lorilis trug ihren Teil bei, indem sie Gebrauch von ihren magischen Kräften machte. Sie schleuderte mehreren Verdammten einen tödlichen Blitz entgegen und traf einen, der sich auf Nol stürzen wollte, mitten im Sprung.

Während um ihn herum der Kampf tobte, blieb Damián bemerkenswert ruhig. Ohne die tiefe Wunde an seiner Schulter hätte er sicher Najels oder Lorilis' Platz eingenommen, doch angesichts seiner Verletzung konnte er nichts tun, als sich um Nol zu kümmern. Trotzdem verzog Guederic die Mundwinkel zu einem höhnischen Grinsen, wenn er einen Blick über die Schulter warf und sah, wie sein Bruder Nol die Wange tätschelte.

Nach wenigen Dezillen war der Boden rings um die Pforte von Blut besudelt und mit Leichen übersät. Als die Gefährten die erste Welle der Angreifer zurückgeschlagen hatten, kehrte für einen Moment Ruhe ein. Doch die Atempause war nur von kurzer Dauer. Als weitere Kreaturen angaloppiert kamen und sich auf sie stürzten, stieß Guederic einen Jubelschrei aus. Zumal diese Angreifer weitaus gefährlicher aussahen. Sie waren kräftiger, von oben bis unten behaart wie Raubtiere, und ihre Augen glühten wie Feuer; das Glimmen erinnerte Guederic an das Flammenmeer in den Tiefen des Karu. *Diese Bestien sind wenigstens würdige Gegner,* dachte er.

Rasch wurde ihm klar, dass sie zudem sehr viel gerissener waren. So versuchten sie nicht, Guederic anzufallen und in den Hals zu beißen, sondern konzentrierten sich auf seine Hand, die das Rapier führte. Dann wieder lenkten zwei Kreaturen Guederic ab, während eine dritte ihn von hinten anfiel.

Aber was kümmerte ihn das! Mit jedem Gegner, den er tötete, wurde Guederic mächtiger, und sein Drang, weitere Seelen zu rauben, wurde immer stärker. Diese Würmer aus den Tiefen der Erde waren ihm hoffnungslos unterlegen. Er war der Herr über das Tal, der Herr über das ganze Gebirge!

In seinem mörderischen Wahn entging ihm, dass seine Freunde in immer größere Bedrängnis gerieten. Die erste Horde Wahnsinniger, die als Waffen nur ihre Zähne und Fingernägel gehabt hatten, war noch recht leicht zu schlagen gewesen, aber diese Bestien, die flink wie Hunde und stark wie Bären waren, brachten sie in eine brenzlige Lage.

Souanne, Najel und Josion bluteten bereits aus mehreren tiefen Wunden. Bisher hatten die Bestien zum Glück nur ihre Krallen eingesetzt; doch beim ersten Biss ihrer riesigen Fangzähne wäre es um die Gefährten geschehen. Maara und Zejabel, die wie durch ein Wunder unverletzt geblieben waren, schienen kaum noch Kraft zu haben, und auch Lorilis schwankte bereits vor Erschöpfung. Das Mädchen hatte wiederholt von seiner Magie Gebrauch gemacht und sich dabei völlig verausgabt, sodass sie nun mit einer Fackel vorliebnehmen musste, um sich zu verteidigen. Damián wiederum konnte nichts tun, als machtlos auf Nol den Seltsamen herabzusehen. Vielleicht überlegte er gar, ob er den Alten nicht von seinem Leid erlösen sollte.

Guederic bekam von alldem jedoch kaum etwas mit. Und er scherte sich auch nicht darum, denn endlich konnte er seiner Wut freien Lauf lassen. Gewiss, irgendwo in seinem Geist stellte er noch eine Verbindung her zwischen seinem Kampf und der Suche nach seinen Eltern. Flüchtig ging ihm durch den Kopf, dass ihn jeder Sieg über seine Gegner dem Wiedersehen mit Eryne und Amanón näher brachte. Doch dieser vage Gedanke war nebensächlich im Vergleich zu der Euphorie, die er beim Töten empfand. Und so tötete er immer und immer weiter.

Irgendwann holte ihn ein dämonischer Schrei, der durch das Tal gellte, in die Wirklichkeit zurück. Es war eine weibliche Stimme, und Guederic hatte sie in der vergangenen Nacht schon einmal gehört.

Zuïa.

Der Schrei wirkte auf Guederic wie ein Schwall kaltes Wasser und riss ihn aus seinem Rausch. Plötzlich kam ihm das Gespräch mit Zejabel in den Sinn. Seine Tante hatte sich bemüht, ihm den Unterschied zwischen der Dämonin und ihm selbst, dem jüngsten Spross der Familie von Kercyan, zu erklären. Aber was, wenn Zejabel irrte?

Verwirrt blickte sich Guederic um; ihm war, als sähe er die Szene zum ersten Mal. Der Kampf war vorbei, die Verdammten waren in den Schatten zurückgewichen. Sie mieden den Lichtschein der Fackeln, lauerten aber immer noch ganz in der Nähe. Die Gefahr war also nicht gebannt. Rings um die Pforte lagen zahlreiche Leichen, dort, wo die Gefährten vor kaum einem Dekant im Gras gesessen hatten, als Damián ihnen von den Ehrwürdigen erzählt hatte.

Abermals gellte der dämonische Schrei durch das Tal. Schaudernd begriff Guederic, dass die Kreatur ganz in der Nähe war. Als die Bestien, die in der Dunkelheit lauerten, jäh davonstoben wie die Hasen, bekam er es mit der Angst zu tun.

Plötzlich waren die Gefährten allein, und nach dem Kampfgetümmel dröhnte ihnen die Stille in den Ohren. Keuchend standen sie da und musterten sich gegenseitig. Sie waren verletzt und entkräftet, die Gesichter rußschwarz, das Haar versengt, die Kleider zerrissen und verschmiert, die Waffen blutverkrustet. Wortlos rückten sie enger zusammen und bildeten ein Bollwerk gegen die Kreatur, die sich jeden Moment auf sie stürzen konnte. Nur Damián, der Nol über die Stirn strich und ihm etwas ins Ohr flüsterte, hielt sich im Hintergrund. Hatte er es etwa geschafft, den Greis zum Leben zu erwecken? Und hatte der Verwundete noch genug Kraft in sich, um ein Wunder zu vollbringen?

Im nächsten Moment verlor die Frage an Bedeutung: Zuïa brach aus der Dunkelheit hervor.

Instinktiv wichen die Erben zurück. Selbst Zejabel machte einen Schritt nach hinten, dabei wussten alle, wie sehr sie ihre einstige Herrin hasste. Aber die Kreatur war einfach zu abscheulich. Von allen Wiedergeburten des Karu war sie am höchsten entwickelt – und damit am grauenvollsten.

Zuïa überragte die Sterblichen um mindestens fünf Fuß, und nur der Torso erinnerte noch an die einst menschliche Gestalt der Dämonin. Der Rest des monströsen Leibs entstammte dem Tierreich: Zuïa hatte den Kopf und die Beine einer Riesenspinne.

Acht gepanzerte Gliedmaßen trugen den weiblichen Rumpf und mündeten am unteren Ende jeweils in einen Stachel von der Größe eines Dolchs. Das kleinste Paar wuchs aus den Schultern und erinnerte entfernt an menschliche Arme. Nun richtete sich Zuïa auf die Hinterbeine auf und reckte den Erben bedrohlich ihre Stacheln entgegen.

Die Riesenspinne würde jeden Moment zum Angriff übergehen. Guederic musste handeln, und wenn er nur versuchte, sich in Sicherheit zu bringen – doch er konnte nichts anderes tun, als das albtraumhafte Wesen fasziniert anzustarren. Er war von dem Anblick wie hypnotisiert, als hätte die Dämonin ihn in ihren Bann geschlagen. Seine Gefährten rührten sich ebenfalls nicht. Alle starrten wie gelähmt auf die Facettenaugen, die mahlenden Mundwerkzeuge und den rötlichen Panzer, unter dem sich die Reste von menschlichen Gliedmaßen verbargen. War diese Bestie tatsächlich einst ein kleines Mädchen gewesen?

Ein Menschenkind, das sich im Lauf der Zeit in diese abscheuliche Kreatur verwandelt hatte? Erwartete dieses Schicksal etwa auch Guederic?

Bei diesem Gedanken schüttelte er sich vor Abscheu und kam wieder etwas zu Sinnen. Als Zuïa zum Angriff überging und zwei messerscharfe Stacheln auf Zejabel zuschnellten, überließ sich Guederic ganz und gar seinen Reflexen. Er schlug mit voller Kraft zu und trennte eins der gepanzerten Beine ab, bevor es sein Opfer erreichte. Das Ungeheuer zuckte zurück, aber nicht weit genug: Der zweite Stachel durchbohrte Zejabel direkt unter dem Schlüsselbein.

Die böse Verletzung, die Zuïa dem ältesten Mitglied ihrer kleinen Schar zugefügt hatte, riss die Erben aus ihrer Erstarrung. Josion packte seine Mutter, zog sie ein Stück zurück und befreite sie unsanft von dem gewaltigen Stachel. Maara hieb mit ihrer Lowa auf die gepanzerten Hinterbeine der Riesenspinne ein, während sich Souanne schützend zwischen Zuïa und deren einstiger Dienerin aufbaute. Najel wiederum nahm all seinen Mut zusammen und versuchte der Spinne mit seinem Stock, der längsten Waffe, über die sie verfügten, die Augen auszustechen.

Guederic geriet immer mehr in Rage und hackte wie wild auf die Beine ein, die zwischen den Leichen der Verdammten am Boden hin und her staksten. Er legte all seine Kraft in die Hiebe und führte das Rapier, als wollte er mit einem einzigen Schlag einen Baum fällen. Doch der Panzer war einfach zu hart.

Als er so nicht weiterkam, hatte Guederic einen Geistesblitz: Er musste versuchen, die Brust oder den Bauch der

Kreatur zu treffen. Sie waren die einzigen ungepanzerten Körperteile, der Schwachpunkt der Dämonin. Guederic stürzte sich in einen Nahkampf, der nur mit dem Tod eines der beiden Beteiligten enden konnte. Sobald sich die Gelegenheit bot, sprang er zwischen die Beine der Spinne, machte im nächsten Moment einen Satz zurück, damit er nicht zu Boden geschleudert wurde, versuchte sein Glück erneut, stolperte und wäre fast hingefallen. Mehrmals wich er den tödlichen Stacheln im letzten Moment aus. Er musste nur ein einziges Mal Glück haben: Ein Stich mit seiner Klinge würde genügen, um der Bestie das Herz zu durchbohren. Dann wäre der Kampf vorbei.

Seine Gefährten begriffen rasch, was er vorhatte, und begannen, ihn zu unterstützen oder es ihm gleichzutun. Bald musste sich die Kreatur nach allen Seiten verteidigen und sich gleichzeitig auf Souanne, Josion, Maara und Guederic konzentrieren. Najel und Lorilis stützten indes Zejabel, die sich kaum noch auf den Beinen halten konnte. Trotzdem verpasste sie keine Dezille des fürchterlichen Kampfs, der um sie herum tobte.

Jetzt waren die Erben im Vorteil, und es gelang ihnen, der Kreatur ihren Rhythmus aufzuzwingen. Zwar schafften sie es immer noch nicht, die Brust der Dämonin zu treffen, aber sie setzten ihr heftig zu. Die Gefährten parierten jeden Vorstoß eines Stachels und attackierten von allen Seiten gleichzeitig. Souanne trat sogar mehrmals zur Seite, damit die Kreatur die Flucht ergreifen konnte, aber Zuïa war von blinder Wut gepackt und wollte nicht von ihren Gegnern ablassen.

Der Kampf konnte nur auf eine Art enden. Schließlich war es Josion, der Zuïa den entscheidenden Schlag versetzte: Er schleuderte seinen Zarratt und traf sie mitten in die Brust. Als sich die Klinge ihr ins Fleisch bohrte, schrie die Dämonin auf, fuchtelte ein letztes Mal mit ihren Stacheln durch die Luft und kippte zur Seite. Dann lag sie am Boden und atmete stoßweise. Ihr Keuchen klang halb wie das Röcheln eines verendenden Tiers, halb wie ein menschlicher Klagelaut.

Als wollte die Pforte der Etheker die Erben für ihren Sieg belohnen, blitzte unter dem Bogen plötzlich ein grelles Licht auf und blendete sie für einen Moment. Dann erschien eine in Finsternis getauchte Landschaft vor ihren Augen. Es war unmöglich zu erkennen, wo sich diese Landschaft befand.

Josion, Maara, Souanne, Najel und Lorilis rannten zu Damián und Nol, der kurz vorher die Augen aufgeschlagen hatte. Guederic und Zejabel würden ihnen jeden Moment folgen, und dann würden sie sich die Hand reichen und gleichzeitig durch die magische Pforte treten, damit sie am selben Ort herauskämen. Doch zuvor gab es noch etwas zu erledigen.

Guederic und Zejabel standen vor der sterbenden Riesenspinne. Der junge Mann hielt sein Rapier in der Hand, während seine Tante die vordere Hälfte ihres zerbrochenen Speers umklammerte.

»Willst du?«, fragte sie ruhig.

Guederic antwortete nicht gleich. Er überlegte, wie viel Macht es ihm wohl verleihen würde, wenn er sich Zuïas Seele einverleibte. Es musste eine überwältigende, regelrecht dämonische Erfahrung sein. Hätte er dann genug Macht, um Saat zu stürzen? War dies ein Geschenk des Schicksals?

Doch als er in die erlöschenden Insektenaugen sah, überlegte er, welche Farbe sie wohl gehabt hatten, bevor sie sich derart verändert hatten. Ob das junge Mädchen, das die unfreiwillige Wiedergeburt einer Dämonin war, unter der Verwandlung gelitten hatte?

»Nein«, murmelte er schließlich. »Tu du es.«

Er wandte sich ab, um die Szene nicht mit ansehen zu müssen. Gleich darauf verstummte das Röcheln der Kreatur.

Guederic war zutiefst aufgewühlt. Zejabel hatte ihm zu verstehen gegeben, dass Souanne seine geistige Schwester war. Aber galt das nicht auch für das Wesen, das soeben durch ihre Hand den Tod gefunden hatte?

ZWEITES BUCH

SCHWESTERN IM ROTEN GEWAND

Saat las gerade in einem recht langweiligen ethekischen Manuskript, als sich kurz nacheinander zwei gegensätzliche Eindrücke einstellten. Der erste war erfreulich: Er verriet ihm, dass sich Nol der Seltsame in Bewegung gesetzt hatte. Endlich kam der senile Alte aus seinem Versteck gekrochen! Endlich suchte er einen Ort auf, an dem Saat ihn wahrnehmen konnte. Und es kam noch besser: Der Hüter war ganz in der Nähe. Viel näher, als Saat je zu hoffen gewagt hatte.

Doch sein Triumph war nur von kurzer Dauer. Nach kaum einer Dezille erlosch Nols Lebensfunke. Der Hüter des Dara, der Ewige Gott, war tot. Und die Welt nahm ihren Lauf, als hätte es ihn nie gegeben.

Der Hexer nahm die Nachricht mit wenig Gelassenheit auf. Er saß eine Weile verdattert da. Welch himmelschreiende Ungerechtigkeit! Ihm wurde das kostbarste Geschenk der Welt in Aussicht gestellt, nur um ihm gleich darauf wieder entrissen zu werden. Wie konnte das Schicksal so grausam sein?

Dann schlug seine Fassungslosigkeit in Wut um. Er knallte das Buch zu, in dem er gelesen hatte, und schleuderte es quer durch den Raum. Doch das reichte ihm nicht, um sich abzureagieren, und so schnippte er mit den Fingern und setzte das arglose Werk in Brand. Eine jahrtausendealte Schrift ging in Flammen auf – dabei hatte er zehn Unschuldige getötet, um sie in seinen Besitz zu bringen. Was für eine Verschwendung! Genauso wie Nols Tod! Aber wie hätte er auch ruhig bleiben können? Sämtliche Lebenskraft des ältesten Gottes hatte sich in Nichts aufgelöst und war für immer verloren! Sie hatte sich nutzlos im ganzen Universum verteilt, dabei hätte sie seine Macht mehren und ihm dabei helfen können, Großes zu vollbringen!

Je länger Saat darüber nachdachte, desto gewaltiger wurde sein Zorn. Vor allem, da seine Kräfte nun schon seit mehreren Monden nicht mehr stärker wurden. Gewiss, er gebot über den Blitz und das Feuer und konnte mit einem bloßen Fingerzucken das Herz eines Sterblichen bersten lassen. Aber er hätte gern noch so viel mehr vollbracht! Er wollte durch Wände gehen können! Unsichtbar sein! Die Meere teilen! Die Zukunft vorhersagen! All das, was die einstigen Götter gekonnt hatten …

Der Hexer verabscheute die Vorstellung, ihnen unterlegen zu sein. Im Grunde verabscheute er es, *irgendjemandem* unterlegen zu sein.

Rasend vor Wut manipulierte er die Energieströme in seiner Umgebung und ließ sechs Bücher von seinem Schreibtisch in die Höhe steigen. Er entflammte sie mit einer einzigen Bewegung und beobachtete grimmig, wie sie sich in der Luft zusammenkrümmten, als wären sie lebendige Wesen, bevor sie zu Asche zerfielen. Mit einem ungehaltenen Handwedeln zerstreute er die Staubwolke. Da sein Ärger nicht kleiner geworden war, wiederholte er den Vorgang noch zweimal, und jedes Mal setzte er eine größere Anzahl Bücher in Brand. So gingen in weniger als einer Dezime zahlreiche historische Schätze in Flammen auf, aber das ließ den Hexer kalt. Für ihn war ohnehin höchstens ein Hundertstel der Schriften von Bedeutung. Ihn interessierten nur Abschnitte, die in irgendeiner Form von den magischen Kräften des ethekischen Alphabets handelten. Passagen, die die untergegangene Zivilisation selbst beschrieben, langweilten ihn zu Tode. Das heißt, sie hätten ihn zu Tode gelangweilt, wenn er nicht unsterblich gewesen wäre.

Irgendwann war er das Spiel leid. Verbittert entfesselte er seinen Zorn ein letztes Mal und verstreute mit einer kurzen Handbewegung einen Stapel Papiere im ganzen Raum. Er streckte den Arm aus, um sie in Brand zu setzen, besann sich jedoch im letzten Moment eines Besseren. Er musste sich zusammenreißen. Diese Papiere zu verbrennen, wäre ein schwerer Fehler. Sie waren eine Abschrift der Forschungsergebnisse, die der Kommandant der Grauen Legion zu Papier gebracht hatte, und bisher war es Saat nicht gelungen, sie zu entschlüsseln. Wäre nur dieser vermaledeite Code nicht gewesen! Er musste unbedingt herausfinden, was es mit dem jüngsten Sohn des Kommandanten auf sich hatte …

Ungeduldig trat er zum Fenster, sah auf die Bucht hinaus und versuchte, seine Wut zu zügeln. Nichts von alldem stellte seine Pläne infrage. Seine Feinde konnten untereinander verschlüsselte Botschaften austauschen, so viel sie wollten. Ihre Geheimniskrämerei würde Saat nicht daran hindern, sich die Welt untertan zu machen. Und wenn Nol und seinesgleichen ihre Lebensenergie derart verschwenden wollten – bitte schön! Das änderte nichts daran, dass Saat der letzte wahrhaft Unsterbliche war.

Nun, da er sich etwas beruhigt hatte, konzentrierte er

sich auf die Insel, auf der Nol seinen letzten Atemzug getan hatte. Warum ausgerechnet dort? War es ein Zufall, oder gab es eine interessantere Erklärung?

Saat konzentrierte sich und stellte überrascht fest, dass er dort noch zwei weitere Wesen mit außergewöhnlichen Fähigkeiten wahrnahm. Zuvor hatte Nols Aura die ihre überdeckt, aber jetzt spürte Saat ihre Anwesenheit deutlich. Wer konnte das sein? Schützlinge des Alten, die ihn auf seiner letzten Reise begleitet hatten? Aber im Grunde spielte das keine Rolle. Was er wahrgenommen hatte, reichte ihm. Er würde einen Trupp Männer losschicken.

Kaum einen Dekant später legte ein Kriegsschiff von der Insel Raturuu ab und glitt in die dunkle Nacht hinaus. Es nahm Kurs auf Westen.

Damián ging als Erster durch die ethekische Pforte, weil er sich vergewissern wollte, dass sie auf der anderen Seite keine tödliche Falle erwartete. Nol auf seiner Trage war der Zweite, dann kamen Najel, Souanne und schließlich alle anderen. Zejabel war die Letzte. Die Gefährten bildeten eine Kette, bei der jeder seinen Vorder- und Hintermann berührte. Doch zum Glück war dieser magische Übergang wesentlich stabiler als die Pforte in der Bibliothek von Romin. War das Anlass zur Sorge? Vielleicht. Er würde es bald erfahren.

Als Damián in die neue Landschaft hinübertrat, erlebte er eine böse Überraschung: Sein Fuß landete in einer Art Tümpel, in stehendem, schlammigem Wasser, das ihm bis knapp unters Knie reichte. Da ihnen jedoch keine unmittelbare Gefahr zu drohen schien, kehrte er nicht um, und so standen bald alle acht Gefährten in dem flachen Gewässer. Lorilis, Souanne und Maara hielten Fackeln in der Hand, sodass sie sich ein wenig umsehen konnten.

»O nein«, entfuhr es Zejabel.

Damián wandte sich zu der Zü um. Beim Anblick ihres angstverzerrten Gesichts lief es ihm kalt den Rücken hinunter. Er hatte keine Ahnung, was sie derart in Schrecken versetzte. Sicher, sie waren mitten in einem Sumpf gelandet, aber auf den ersten Blick wirkte das Gebiet verlassen.

»Das Lus'an«, murmelte seine Tante. »Wir sind in den Sümpfen des Lus'an gelandet. Auf Zuïas Insel!«

Ihre bebenden Lippen und der panische Blick nahmen Damián den letzten Zweifel. Ihm brach der kalte Schweiß aus. Was hatte sie hierhergeführt? Warum waren sie in einer der gefährlichsten Gegenden der bekannten Welt gelandet, im einstigen Reich der Dämonin, die sie soeben besiegt hatten? Hingen diese beiden Ereignisse zusammen?

»Wir müssen zurück ins Tal«, rief Zejabel entschieden, »und uns einen anderen Bestimmungsort suchen!«

Damián kam nicht dazu, über ihren Vorschlag nachzudenken, denn plötzlich umklammerte Nol, der immer noch auf der Bahre lag, sein Handgelenk.

»Ich … Es tut mir leid … Ich …«

Dann war es vorbei. Nol der Seltsame schloss die Augen und glitt sanft vom Leben in den Tod hinüber wie das letzte Blatt eines Baums, das in der Jahreszeit des Winds zu Boden sinkt. Obwohl Damián damit gerechnet hatte, dass der Alte seinen schweren Verletzungen erliegen würde, war er dennoch zutiefst erschüttert. Während seine Freunde gegen die Wiedergeburt der Dämonen gekämpft hatten, hatte er an Nols Seite gewacht. Er hatte seine Hand gehalten, ihm über die Stirn gestrichen und seinen letzten Worten gelauscht. Trauer überwältigte ihn, und er bedeutete Najel, die Trage am Ufer abzusetzen. Dann ließ er seinen Tränen freien Lauf. Souanne trat zu ihm und schloss ihn in die Arme, doch auch sie weinte. Es war, als hätten die Erben einen der Ihren im Kampf verloren. Zum ersten Mal seit Generationen.

Die Trauer über den Verlust war groß, und keiner blieb von Nols Ableben unberührt. Er war der Lehrende gewesen, der Ewige Gott, Hüter des Dara, und ihre Familien waren ihm seit ewigen Zeiten verbunden gewesen. Ihm verdankten sie einen Großteil ihres Wissens über die Geheimnisse des Universums, und nun war er von ihnen gegangen. Im Angesicht seines Todes überkam sie ein tiefes Gefühl der Verlassenheit und Hilflosigkeit. Vor allem, als ihr Blick auf die ethekische Pforte fiel, deren Magie im selben Moment wie der Geist des Ewigen Gotts erloschen war. Zweifellos für immer.

Nachdem sie eine Weile geweint und stille Andacht gehalten hatten, beschloss Damián, dass es an der Zeit war, nach vorne zu blicken. Er musste sich zusammenreißen und seinen Gefährten neuen Mut machen. Auch wenn er sich dazu einer frommen Lüge bedienen musste.

»Nol wird gewiss wiedergeboren werden«, sagte er und wischte sich die Tränen vom Gesicht. »Wenn es in dieser Welt noch Gerechtigkeit gibt, wird er in einer Familie aufwachsen, die ihn liebt. Ebenso sehr, wie er die Kinder des Jal geliebt hat.«

Die Erben nickten, obwohl ihnen seine Worte das grausame Schicksal von Nols Schützlingen in Erinnerung riefen. Doch vielleicht hatten nicht alle in dieser blutigen Nacht den Tod gefunden. Vermutlich waren einige auf den Bäumen geblieben, wo sie vor den Dämonen in Sicherheit waren. Zwar mussten sie Todesängste ausgestanden haben, aber zumindest hatten sie überlebt. Auch wenn niemand wusste, was die kommende Nacht bringen würde.

Damián wollte diesen Gedanken gleich wieder aus seinem Kopf verbannen, und so richtete er seine Aufmerksamkeit auf den Bogen, den sie durchschritten hatten. Er wirkte ein wenig kleiner als die Pforten, die sie bereits kannten, schien aber mindestens genauso alt zu sein. Er war von dichtem Gestrüpp überwuchert: So weit der Fackelschein reichte, verschwanden die Pfeiler ganz und gar unter Efeu und anderen Kletterpflanzen. Man hätte sie leicht mit zwei Baumstämmen verwechseln können. Selbst bei genauerem Hinsehen war nur schwer zu erkennen, dass es sich um ein Bauwerk von Menschenhand handelte.

»Diese Pforte steht nicht auf der Liste meines Vaters«, sagte Damián. »Und du hast auch noch nie von ihr gehört, nehme ich an?«

Zejabel stand mit gesenkten Schultern da und schüttelte den Kopf. »Der Legende nach kam die erste Göttin Zuïa eines Tages aus den Sümpfen. Wahrscheinlich hatte sie das Karu verlassen und war aus dieser Pforte getreten …«

Damián nickte ernst. Vor dem Verschwinden des Jal hatte jeder Unsterbliche über eigene Kräfte und eine eigene Gestalt verfügt. Anders als ihre Brüder und Schwestern hatte Zuïa nicht für alle Ewigkeit ein und denselben Körper gehabt. Nur der Geist der Rachegöttin war unsterblich gewesen, sodass sie zwei- oder dreimal in einem Jahrhundert gezwungen gewesen war, den Körper einer Sterblichen in Besitz zu nehmen. Aber natürlich musste die Dämonin bei ihrem Wechsel in die Welt der Menschen einen *ursprünglichen* Leib gehabt haben.

»Wieso wusstest du nichts von der Pforte? Ich dachte, du kennst die Insel wie deine Westentasche?«, fragte Guederic verwundert.

»Nur die Gebiete, in denen unser Überlebenstraining stattfand. Andere Teile der Insel standen in dem Ruf, zu gefährlich zu sein, weshalb selbst die Judikatoren davor zurückschreckten, uns dorthin zu schicken. Wegen der Morocas. Der Giftschlangen.«

Damián sah auf das dunkle Wasser hinunter und watete hastig zum Ufer. Seine plötzliche Panik vermittelte ihm einen Eindruck davon, was für eine schreckliche Kindheit und Jugend Zejabel an diesem Ort verbracht hatte. Ein Leben in Angst, geprägt von unerbittlichen Prüfungen und einer gnadenlosen Rivalität zwischen ihr und den anderen Mädchen, die von den Judikatoren zu Mörderinnen ausgebildet wurden. Der ständige Kampf auf Leben und Tod. Dazu der religiöse Unterricht, eine Art Gehirnwäsche, damit Zejabel der Göttin irgendwann vorbehaltlos ihren Körper schenkte. Josions Mutter war die Beste in allen Disziplinen gewesen, und so war sie zur Kahati ernannt worden, Zuïas persönlicher Dienerin. Bis sie eines Tages erkannte, dass sie in Wahrheit keiner Göttin, sondern einer Dämonin diente.

»Eins verstehe ich nicht«, sagte Josion. »Warum benutzte Zuïa vor zwanzig Jahren nicht diese Pforte, um auf die Insel Ji zu gelangen?«

Damián zuckte mit den Schultern. »Wir wissen nur von drei Unsterblichen, die die Pforten auf diese Weise gebrauchen konnten. Nol, die Undinen – und Sombre. Sie alle waren Wächter ihrer eigenen Pforte. Zuïa stand dieser Weg vermutlich nicht offen.«

Bei seinen Worten ließen die anderen unwillkürlich die Blicke schweifen. Sie überlegten, welch grauenvolles Ungeheuer vor gut zwei Jahrzehnten, bevor Sombre die Ewigen Wächter tötete, wohl an dieser ethekischen Pforte gelauert hatte. Welche Gestalt mochte eine Kreatur in einem Land gehabt haben, in dem Insekten, Reptilien und Gliederfüßler die unumstrittenen Herrscher waren? Nach dem Kampf gegen Zuïa war die Antwort naheliegend: Der Ewige Wächter war eine Riesenspinne mit dem Rumpf einer Frau und dolchartigen Stacheln am Ende der Gliedmaßen gewesen.

Da kam Damián ein erschreckender Gedanke. Wie hätte sich Zuïas Wiedergeburt weiterentwickelt, wenn die Dämonin den Kampf überlebt hätte? Hätte sie sich immer weiter verändert? Hätte sich Zuïa irgendwann an ihr altes Leben erinnert und ihre Kräfte zurückerlangt? Wäre sie irgendwann wieder in ihren Palast im Lus'an gezogen? War das eine weitere Folge des Chaos, das Saat in die Welt gebracht hatte?

»Meine Mutter spürte die Nähe einer Pforte«, warf Guederic ein. »So wie … Souanne. Aber als sie vor über zwanzig Jahren auf Zuïas Insel war, nahm sie keine Pforte wahr.«

»Vermutlich kam sie nicht nah genug an sie heran«, erwiderte Damián. »Wenn ich es richtig verstanden habe, erstrecken sich die Sümpfe über ein riesiges Gebiet. Sie bedecken den gesamten Norden und damit ein gutes Drittel der Insel.«

Zejabel nickte matt. Mittlerweile war sie kreidebleich. Die Zü musste viel Blut verloren haben: An ihrer Seite klaffte eine tiefe Wunde und unter dem Schlüsselbein ein hässliches Loch. Damián selbst erging es kaum besser. Die Stelle, wo sich ihm der Ast in die Schulter gebohrt hatte, schmerzte heftig. Die Erben mussten dringend rasten und ihre Wunden versorgen. Es war ohnehin eine schlechte Idee, mitten in der Nacht durch die Sümpfe zu waten.

»Warum mussten wir auch unbedingt hier herauskommen?«, rief Maara plötzlich ungehalten. »Warum nicht in der Umgebung von Sol oder in der Nähe von Wallos?«

»Ich glaube, ich weiß, warum«, verkündete Damián.

Die anderen starrten ihn verblüfft an. Er wählte seine Worte mit Bedacht, um seinen Gefährten keinen Schrecken einzujagen.

»Ich bin überzeugt, dass Nol dieses Ziel für uns ausgewählt hat. Er behauptete zwar, das nicht zu können, aber es kann kein Zufall sein. Bevor wir die Pforte durchschritten, vertraute er mir nämlich an, wo sich Saat versteckt hält.«

Er hielt kurz inne und setzte dann hinzu: »Der Hexer ist ganz in der Nähe. Er befindet sich auf einer Nachbarinsel. Nol der Seltsame hat uns in die Nähe des Hexers geführt.«

Im ersten Moment hoffte Najel, sich verhört zu haben, aber leider waren Damiáns Worte ziemlich eindeutig.

Dem Jungen rieselte es eiskalt den Rücken hinunter. Nach einem Moment fassungslosen Schweigens machten die Erben ihrer Erregung Luft.

»Wie konnte er so was nur tun?«, empörte sich Maara. »Uns geradewegs in die Höhle des Löwen zu schicken?«

»Vielleicht hat er das ja gar nicht«, wandte Lorilis ein. »Vielleicht hat uns die Energie, die in die Pforte hineinströmt, hergebracht.«

»Oder Saat höchstpersönlich. Immerhin ist er schuld an dem Chaos, das unsere Welt bedroht. Vielleicht sind wir seinetwegen hier«, sagte Josion. »Vermutlich, ohne dass er etwas davon weiß«, setzte er hastig hinzu.

Doch es war zu spät. Der Gedanke, dass der Hexer ihnen eine heimtückische Falle gestellt haben könnte, hatte sich in Najels Kopf festgesetzt.

»Ist doch egal, wer es war!«, rief Guederic. »Hier sind wir, und daran können wir erst einmal nichts ändern. Anstatt herumzujammern, sollten wir uns lieber überlegen, was wir als Nächstes tun.«

Der finstere Gesichtsausdruck des jungen Manns sprach Bände: Seine Entscheidung stand fest. Vermutlich wollte er Saats Insel stürmen und sich den Hexer vorknöpfen, um ihm seine Untaten heimzuzahlen.

»Als Erstes sollten wir uns einen Platz für die Nacht suchen«, sagte Damián. »Außerdem müssen wir uns … um Nols Leiche kümmern.«

Keiner von ihnen hatte den Ewigen Gott vergessen, der ganz in der Nähe auf der notdürftig zusammengebastelten Trage ruhte. Unzählige Insekten krabbelten bereits auf dem Toten herum. Najel verzog das Gesicht und begann, sie mit bloßen Händen zu verscheuchen, bis Zejabel ihm zurief: »Benutze lieber einen Ast. Ein Biss oder Stich kann dich krank machen. Oder Schlimmeres …«

Najel schluckte und dankte ihr mit einem Nicken. Mittlerweile glühte das Gesicht der Zü vor Fieber. Sie wankte zu einem knorrigen Baum, sank zu Boden und lehnte sich an den Stamm, während die jungen Leute das Nachtlager errichteten. Sie hatte nicht mehr die Kraft, ihnen zu helfen, konnte aber immerhin wertvolle Ratschläge beisteuern. Schließlich hatte sie jahrelang in dieser menschenfeindlichen Umgebung gelebt. So empfahl sie ihnen, mit dem Fuß aufzustampfen oder mit einem Stock auf den Boden zu schlagen, bevor sie einen toten Ast aufhoben oder die Blätter einer Pflanze beiseitebogen. Sie wies sie an, einen flachen Graben um das Stück trockenen Boden zu ziehen, auf dem sie übernachten wollten, und etwas Lampenöl in die Mulde zu gießen, um giftige Käfer fernzuhalten. Dann erklärte sie ihnen, in welchem Abstand sie die Fackeln in den Boden stecken mussten, um genug Licht zu haben, aber nicht übermäßig von Mücken und Nachtschmetterlingen belästigt zu werden, die von dem Schein angezogen wurden. Schließlich zeigte sie ihnen eine übel riechende Pflanze und befahl ihnen, sich mit dem Saft der Blätter großzügig die Haut einzureiben. Der Gestank würde zumindest ein paar der Blutsauger fernhalten, die das Lu'san bevölkerten.

Anschließend scharten sich alle um Nols Leiche. Der Umstände wegen war ein richtiges Begräbnis unmöglich, aber sie taten ihr Bestes. Sie opferten zwei ihrer Decken und wickelten den Toten fest hinein. Dann zurrten sie ein Seil um diesen improvisierten Sarg, um alle Öffnungen fest zu verschließen. Najel hatte eine Idee gehabt, mit der sich alle einverstanden erklärt hatten: Sie spannten mehrere Lianen zwischen den Pfeilern der Pforte und legten Nols Leiche in dieses Netz. Zumindest war sie so vor einem Teil der Insekten geschützt. Als sie fertig waren, sah es aus, als schliefe der Ewige Gott in einer Hängematte. Oder als wartete er darauf, dass sich der Durchgang zu den Gärten des Dara öffnete, die er so sehr geliebt hatte.

Nachdem sie diese traurige Pflicht erfüllt hatten, wandten sich die Erben ihren Blessuren zu. Lorilis machte sich gleich an die Arbeit und nähte die tiefsten Wunden. Diese Fertigkeit hatte sie sich während der dramatischen Ereignisse der vergangenen Dekaden angeeignet. Anschließend trug Josion verschiedene Heilsalben aus dem Gepäck seiner Mutter auf die verletzten Stellen auf. Ihr Vorrat neigte sich gefährlich dem Ende zu. Zejabel sagte ihm, welche Salbe er verwenden und wie er sie dosieren sollte, aber ihre Stimme wurde immer schwächer. Die Erben machten sich große Sorge um sie.

Die Ereignisse der vergangenen Dekanten hatten alle zutiefst erschüttert, und niemand wusste, was sie am nächsten Tag erwartete. So versorgten alle ihre Wunden in beklommenem Schweigen. Nur das Quaken der Frösche und das Zirpen der Insekten durchbrachen die nächtliche Stille. Die Erben suchten in den Gepäckstücken, die sie vor dem Feuer hatten retten können, nach sauberen Kleidern oder zumindest solchen, die nicht völlig blutverschmiert waren. Josion rang sich schließlich dazu durch, Nols Holzschuhe überzustreifen. Barfuß durch die Sümpfe zu waten, wäre Selbstmord gewesen.

Als sie sich den Ruß und das Blut ihrer Gegner von Gesicht und Händen gewaschen hatten und wieder einigermaßen menschlich aussahen, setzten sie sich in die Mitte des Kreises, den die Fackeln um ihr Nachtlager bildeten, und teilten die wenigen Vorräte, die ihnen noch blieben. Najel bemerkte, dass alle wie schon am Abend zuvor die Nähe eines geliebten Menschen suchten. Er selbst hatte Lorilis den Arm um die Schultern gelegt, Maara und Guederic saßen so dicht beieinander, dass sich ihre Köpfe berührten, und selbst Souanne und Damián verbargen ihre Zuneigung nicht länger und rückten näher zusammen. Josion wiederum hatte Zejabels Kopf auf seinen Schoß gebettet, auch wenn das nicht ganz dasselbe war. Ihr Fieber schien von Dezille zu Dezille zu steigen.

Natürlich hielt dieser friedliche Moment nicht lange an. Nicht in Gegenwart einer Kriegerprinzessin.

»Und was machen wir jetzt?«, fragte Maara unvermittelt. »Sollen wir etwa warten, bis Saat uns in diesem Schlammloch aufspürt?«

Niemand ging auf die Provokation ein. Mittlerweile kannten sie Maara einfach zu gut. Nach längerem Schweigen räusperte sich Damián, um seiner Rolle als Anführer gerecht zu werden.

»Wir haben in kurzer Zeit sehr viel Neues erfahren und müssen unsere Schlüsse daraus ziehen. Am besten erzählt jeder von uns, was ihm durch den Kopf geht oder auf dem Herzen liegt. So ist die Gefahr geringer, dass wir etwas Wichtiges vergessen.«

Alle waren einverstanden. Damián ging mit gutem Beispiel voran und fasste zusammen, was sie über die Ehrwürdigen, die Entstehung des Jal und die Pforten erfahren hatten. Lorilis wiederum erzählte, was sie über ihre magischen Kräfte herausgefunden hatte, die sie bisher für eine neue Form der Magie gehalten hatte, obwohl sie in Wahrheit uralt waren. Außerdem beschrieb sie ein weiteres Mal die Energieströme, die in der Pforte verschwanden – ein Zeichen dafür, wie sehr die Welt aus den Fugen geraten war. Josion wies darauf hin, welch große Fortschritte sie gemacht hatten. Sie wussten jetzt, dass ihre Eltern ein neues Jal erschaffen hatten und sich dort befanden. Maara rief allen in Erinnerung, dass auch Saat an der Schöpfung dieses neuen Jal beteiligt gewesen war, ein Gedanke, den sie nur schwer ertrug. Guederic war noch direkter: Seiner Meinung nach war der Hexer an allem Unheil dieser Welt schuld, und es gab nur einen Weg, ihn aufzuhalten. Souanne hingegen riet zur Besonnenheit und wies auf die übernatürlichen Kräfte ihres Feinds hin. Außerdem verfügte er über Heerscharen von Männern, die sein Zeichen auf der Stirn trugen, und war allem Anschein nach unsterblich.

Zejabel beteiligte sich nicht an dem Gespräch. Ihr Blick war immer glasiger geworden, und irgendwann war sie in einen unruhigen Schlaf gefallen. So war Najel der Letzte, der das Wort ergriff. Er nutzte die Gelegenheit, um von dem zu sprechen, was ihn neben dem Verschwinden seines Vaters am meisten zusetzte: Usuls Prophezeiungen. *»Einer deiner Gefährten wird einen anderen töten!«*, hatte der Gott gesagt. Und: *»Einer von euch wird eine Entscheidung zu treffen haben. Entscheidet er falsch, ist die Welt der Sterblichen dem Untergang geweiht!«* Diese wenigen Worte waren dem Jungen eine schwere Bürde, zumal er spürte, dass ihn mindestens eine der Prophezeiungen unmittelbar betraf. Nur wie? Würde er über das Schicksal der Welt zu entscheiden haben? Würde einer seiner Gefährten ihn töten? Oder würde er selbst zum Mörder werden? Und wenn ja, wer würde sein Opfer sein?

Natürlich konnten ihm die anderen diese Fragen nicht beantworten. Sie warfen ihm lediglich mitfühlende Blicke zu. Allerdings hatte Najel den Eindruck, dass sie seine Sorgen weniger ernst nahmen als ihre eigenen. Irgendwie konnte er sie verstehen: Schließlich hatten sie die düsteren Prophezeiungen des schuppigen Dämons nicht mit eigenen Ohren gehört. Diese Last musste Najel allein tragen.

Nach kurzem Nachdenken sagte Damián: »Immerhin wissen wir jetzt, wo wir stehen. Auf folgende Fragen müssen wir eine Antwort finden: Wie ist es unseren Eltern gelungen, ein neues Jal zu erschaffen? Warum sind sie nicht in unsere Welt zurückgekehrt? Und wie können wir zu ihnen gelangen oder ihnen dabei helfen, das Jal wieder zu verlassen?«

»Auf welche Weise hat Saat seine dreckigen Finger im Spiel?«, ergänzte Maara.

»Wie können wir den Hexer besiegen?«, fügte Guederic hinzu.

»Und wie können wir uns vor seinen Kräften schützen?«, fragte Souanne.

Najel zögerte auszusprechen, was ihm auf der Zunge lag. Er wollte den anderen nicht den Mut nehmen, aber schließlich murmelte er trotzdem: »Und wie finden wir Antworten auf all diese Fragen?«

Seine Worte verfehlten ihre Wirkung nicht. Alle verstummten und wechselten ratlose Blicke. Sie saßen mitten in einem lebensgefährlichen Sumpf fest, und kein Gott wies ihnen mehr den Weg. Nur ein Wunder konnte sie jetzt noch retten.

Irgendetwas kitzelte Lorilis im Schlaf an der Nase, und sie verzog das Gesicht. Als sie gleich darauf das Krabbeln dünner Beine auf der Haut spürte, schreckte sie hoch. Heftig strich sie sich mit den Händen übers Gesicht und konnte nur mühsam einen Aufschrei unterdrücken. Sie bekam das Insekt, das sie geweckt hatte, nicht mehr zu Gesicht, und hörte nur noch das Sirren dünner Flügel, die im Morgennebel auf der Suche nach einem neuen Opfer davonschwirrten. Für Lorilis war die Nacht vorbei. Aber richtig fest geschlafen hatte sie ohnehin nicht.

Die Sümpfe des Lus'an waren menschenfeindlicher, als Lorilis sich das Jal'karu vorstellte. Die Luft war feucht und schwer, aber eiskalt. Überall gab es Wasser, aber es war ungenießbar. Im Umkreis von Meilen lebte keine Menschenseele, doch die ganze Nacht hielt sie ein lautstarkes Quaken und Zirpen wach. Am schlimmsten jedoch waren die Insektenwolken, die einen auf Schritt und Tritt verfolgten. Die Insekten waren überall: unter Wasser, auf der Oberfläche, auf sämtlichen Pflanzen, in den Bäumen, in der Luft, auf dem Boden und unter der Erde. Zejabel hatte ihnen am Vorabend mehrere Arten gezeigt, die für Menschen lebensgefährlich waren, aber von den Warnungen der Zü war Lorilis nur eine im Gedächtnis geblieben: Im Zweifelsfall hielt sie sich besser von allen Krabbel- und Fliegetieren fern. Als sie sich schlafen legte, wickelte sie sich die Kleider eng um den Körper. Trotzdem war sie in der Nacht immer wieder hochgeschreckt, weil sich ein Insekt auf ihrem Gesicht niedergelassen hatte. Außerdem wurde sie von schlimmen Albträumen geplagt. Sie wagte sich gar nicht vorzustellen, wie die Nacht ohne Zejabels Ratschläge verlaufen wäre.

Jetzt sah Lorilis zu der im Fieberschlaf dahindämmernden Zü hinüber. Auch die anderen schliefen noch – bis auf Josion. Er saß mit tiefen Ringen unter den Augen neben seiner Mutter. Offenbar hatte er die ganze Nacht an ihrer Seite gewacht, statt einen der anderen zu wecken und sich wenigstens für eine Weile ablösen zu lassen. Aber sicher würde niemand es wagen, ihm deswegen Vorwürfe zu machen – schließlich litt er schon genug.

Einem Impuls folgend stand Lorilis auf und ging zu Josion hinüber. Er begrüßte sie mit einem gezwungenen Lächeln, das offensichtlich nicht von Herzen kam. Lorilis verstand auf Anhieb, warum. Zejabels Gesicht war geschwollen, und mehrere rote Linien verliefen unter ihrer Haut wie Flüsse auf einer Landkarte. Der Rest ihres Körpers sah vermutlich nicht besser aus.

»Eine Vergiftung«, erklärte Josion leise. »Von der Riesenspinne, schätze ich. Besser gesagt, von ihren Stacheln.«

Lorilis riss erschrocken die Augen auf. Gewiss, Zejabel hatte eine tiefe Wunde davongetragen, aber mit so etwas hatte sie nicht gerechnet.

»Wird sie … Meinst du, sie …«

Josion zuckte leicht mit den Schultern. »Ich weiß es nicht. Dadurch, dass meine Mutter ihre Kindheit und Jugend in diesen Sümpfen verbracht hat, ist sie schon mehrmals mit dem Gift der Moroca in Berührung gekommen und bis zu einem gewissen Grad immun dagegen. Aber Zuïas Gift ist offenbar viel stärker als das der Schlangen. Immerhin leidet sie nicht an Atemnot, das ist ein gutes Zeichen. Vielleicht geht es ihr in ein paar Dekanten ja schon wieder besser.«

»Hast sie kein Gegenmittel in ihrem …«

Lorilis hatte den Satz noch nicht beendet, da schüttelte Josion schon den Kopf.

»Ich habe alles Mögliche ausprobiert. Außerdem sind die meisten ihrer Fläschchen leer.«

Das Eingeständnis seiner Hilflosigkeit kostete ihn offensichtlich große Überwindung. Josion hätte mit bloßen Händen gegen zehn Raubtiere gekämpft, um das Leben seiner Mutter zu retten, er hätte ein ganzes Gebirge bezwungen oder einen Ozean durchschwommen, aber gegen die Heimtücke des Gifts war er machtlos.

»Wir müssen sie in eine Stadt bringen«, sagte Lorilis. »Zu einem Heiler.«

Josion nickte widerstrebend. »Die nächste menschliche Siedlung liegt mitten in den Sümpfen«, erklärte er. »Es ist das Dorf in der Nähe von Zuïas ehemaligem Palast.«

Diesmal war es an Lorilis, grimmig zu nicken. Jetzt verstand sie auch, warum Josion so unglücklich aussah. Wenn seine Mutter nicht von selbst gesund wurde, würde er sie an einen Ort bringen müssen, wo sie als Hochverräterin galt. Es stand nicht gut um ihre Überlebenschancen.

Angesichts der Ausweglosigkeit ihrer Lage wurde Lorilis schwer ums Herz. Die Ereignisse der vergangenen Tage waren schlimm genug gewesen. Warum musste noch ein weiteres Unglück hinzukommen? Bei dem Gedanken, welches Opfer Zejabel gebracht hatte, um ihr altes Leben hinter sich zu lassen, und auf welch grausame Weise das Schicksal sie zurück ins Lus'an geführt hatte, nur um sie hier abermals leiden zu lassen, schnürte sich Lorilis die Kehle zu. Sie verzog entschuldigend das Gesicht und ging davon, um nicht vor Josions Augen in Tränen auszubrechen. Sie wollte ihn nicht noch mehr belasten.

Besonders weit kam sie allerdings nicht. Ihr Nachtlager war ringsum von Sümpfen umgeben, in denen die berüchtigte Moroca-Schlange heimisch war. So blieb Lorilis in der Nähe, schlenderte hierhin und dorthin und kämpfte gegen den Kloß in ihrem Hals an. Irgendwann stand sie vor der ethekischen Pforte. Im Morgennebel war das überwucherte Bauwerk kaum besser zu sehen als in der Nacht. Ohne Nols Leiche, die in der Hängematte aus Lianen zwischen den beiden Pfeilern ruhte, wäre die Pforte mit ihrer Umgebung verschmolzen.

Um auf andere Gedanken zu kommen, begann Lorilis, das rätselhafte Bauwerk näher zu erkunden. Mit ihrem Dolch löste sie mehrere Efeuranken vom Stein und legte zwei Reihen ethekischer Schriftzeichen frei. Sie betrachtete die Symbole ausgiebig. Es grenzte fast an ein Wunder, dass sie die Jahrhunderte überdauert hatten. Nach einer Weile konnte Lorilis der Versuchung, ihre magischen Kräfte auszuprobieren, nicht mehr widerstehen.

Sie konzentrierte sich und öffnete ihre Wahrnehmung, so wie sie es mittlerweile gewohnt war. Fast konnte sie spüren, wie sich ihre Augenfarbe veränderte. Nun ja, zumindest konnte sie es sich vorstellen. Es war kein unangenehmes Gefühl: Es war nicht anders, als ein Fernglas scharf zu stellen. Zejabel hatte erzählt, dass ihr Großvater Yan das Phänomen erst vor Kurzem entdeckt hatte. Deshalb hatte die Zü es bei Lorilis auch auf Anhieb erkannt.

Wenig später sah das Mädchen sämtliche Energieströme, die das Universum zusammenhielten und für sein Gleichgewicht sorgten. Auf der Insel wimmelte es nur so von winzigen Lebewesen, und so nahm sie ein wildes Gewirr aus gleißend hellen Strahlen wahr. Lorilis wurde von dem Licht geblendet und schwächte ihre magische Sehkraft ab, bis sie ein erträgliches Maß erreichte. Dann wandte sie sich den Schriftzeichen zu, die in die Pforte eingemeißelt waren.

Die Anomalie stach ihr sogleich ins Auge. Die Schriftzeichen verhielten sich genauso wie die der Pforte, die von den Ehrwürdigen in dem Tal hoch oben im Gebirge errichtet worden war: Sie zogen die Energieströme an, bündelten sie und schienen sie zu verschlucken. Offenbar leiteten sie die gesamte Kraft der Umgebung an einen unbekannten Ort um. Noch waren wesentlich weniger Lichtstrahlen betroffen als im Tal, woraus Lorilis schloss, dass das Phänomen hier auf der Insel erst vor Kurzem begonnen hatte. Doch obgleich die Anziehungskraft schwach war, war sie nicht zu übersehen. Also traf Damiáns Vermutung zu. Bald würden sich alle Pforten auf diese Weise verhalten und das Universum aus dem Gleichgewicht bringen.

Die Gefährten wussten seit einiger Zeit, dass die Welt immer mehr aus den Fugen geriet. Doch jedes Mal, wenn sie auf einen weiteren Beweis stießen, schien ihre Aufgabe schwerer zu bewältigen. Zu den Fragen, die Damián am Abend zuvor aufgezählt hatte, kam also noch folgende hinzu: Konnten sie den Untergang der Welt verhindern? Selbst wenn die Erben Saat besiegten, was ohnehin höchst unwahrscheinlich war, hieß das noch lange nicht, dass sie dadurch die natürliche Ordnung der Welt wiederherstellen würden.

Um nicht abermals in Schwermut zu versinken, konzentrierte sich Lorilis rasch wieder auf die magischen Schriftzeichen. Sie wusste selbst nicht genau, was sie sich davon erhoffte, aber es war immer noch besser, als düsteren Gedanken nachzuhängen. Warum versuchte sie nicht, den Sinn des ethekischen Alphabets zu entschlüsseln? Nicht, dass sie es übersetzen wollte. Die Wissenschaft von der Sprache gehörte nicht zu ihren Stärken, das war Damiáns und vor allem Amanóns Gebiet. Aber vielleicht konnte Lorilis etwas Interessantes herausfinden, wenn sie untersuchte, wie die Schriftzeichen die Energiestrahlen bündelten, in welchem Zusammenhang sie zueinander standen und wie sie ihre Kräfte gegenseitig verstärkten.

Zu ihrer großen Überraschung hatte sie bald Erfolg. Sie musste sich eingestehen, dass ihr Noviziat im Matriarchat von Kaul daran nicht ganz unschuldig war. Bei den Ratsfrauen hatte sie das nötige Rüstzeug erlernt: Sie war in den Wissenschaften und im Handwerk unterrichtet worden, und so erschloss sich ihr die Logik der Schriftzeichen recht schnell, zumindest in groben Zügen. Ohne ihre magischen Kräfte hätte sie das Rätsel der Schriftzeichen niemals lösen können, aber dank ihrer Wahrnehmung der Energieströme gelang es Lorilis, ihrem Zusammenspiel auf die Spur zu kommen.

Lorilis war beeindruckt von der Wirkung des ethekischen Alphabets, und jetzt verstand sie nur zu gut, warum die Ehrwürdigen der Versuchung erlegen waren, von den Schriftzeichen Gebrauch zu machen. Die Symbole verstärkten die magischen Kräfte um ein Vielfaches und konnten so viel Energie zusammenballen, dass ein Magier mit ihrer Hilfe Unvorstellbares vollbringen konnte. Die erste ethekische Pforte war demnach nicht als Tor zu einer anderen Welt errichtet worden, sondern als gigantisches Brennglas, das die Energiestrahlen der Umgebung bündelte.

Lorilis spielte mit dem Gedanken, die Wirkung der Schriftzeichen auszuprobieren und sich so das verlorene Wissen der Ehrwürdigen anzueignen. Jeder mit einem gewissen Forschungsdrang wäre neugierig auf ihre Kraft gewesen. Lorilis nahm sich vor, irgendwann einen solchen Versuch zu unternehmen, aber nicht jetzt gleich. Sie würde warten, bis die Umstände besser waren, und natürlich würde sie äußerst vorsichtig sein. Auf keinen Fall durfte sie den Fehler der Ehrwürdigen wiederholen, denn diese hatten die Welt in ihrem Größenwahn fast zerstört.

Lorilis beschloss, ihre Vermutung nur kurz zu überprüfen. Sie konzentrierte sich auf einen Lichtstrahl, der von den Schriftzeichen angezogen wurde, und versuchte behutsam, ihn umzulenken. Um kein unnötiges Risiko einzugehen, gebrauchte sie dabei nur einen Bruchteil ihrer magischen Kraft. Abermals war sie erstaunt, wie einfach ihr die Sache von der Hand ging. Diese Schriftzeichen waren wirklich unglaublich … Ein wahres Wunder! Sie verstärkten die magischen Kräfte nicht nur um ein Vielfaches, sondern erleichterten auch noch ihre Handhabung.

Begeistert fuhr Lorilis mit ihrem Experiment fort. Sie war jetzt wie im Rausch. Um kein Risiko einzugehen, verzichtete sie darauf, ihre magischen Kräfte auf ihre Umgebung zu richten. Sie spielte lediglich ein bisschen mit den auf die Pforte zuströmenden Strahlen herum und lenkte sie anschließend wieder in ihre ursprüngliche Bahn. Sie wünschte, sie könnte die Energie dazu verwenden, Zejabel zu heilen oder ihren Freunden auf andere Weise zu helfen. Vielleicht könnte die Pforte ihnen den Weg zu ihren Eltern weisen? Vielleicht würden dann endlich wieder alle Generationen vereint sein, ihre Urgroßeltern, ihre Großeltern, ihre Eltern und sie selbst. Lorilis sehnte sich so sehr danach, Niss und Cael wiederzusehen, ihren Urgroßvater Bowbaq, Yan, Léti und alle anderen, die sich auf dem untergegangenen Schiff befunden hatten. Würde es jemals dazu kommen? Oder waren ihre Familien für immer auseinandergerissen?

Plötzlich wurde Lorilis in einen Strudel der Gefühle hineingezogen, und ihr wurde schwarz vor Augen. Sogleich beschloss sie, das Experiment abzubrechen, doch es war zu spät. Ein kurzer Moment der Unaufmerksamkeit hatte genügt, um die Magie der ethekischen Schriftzeichen zu entfesseln.

Voller Entsetzen spürte Lorilis, wie sie ihrerseits von den Schriftzeichen der Pforte angezogen wurde. Sie hatte keine Kontrolle mehr über ihren Geist. Sie tauchte in die Sümpfe des Lus'an ein und folgte einem Energiestrom, dessen Ursprung und Ziel ihr unbekannt waren. Gleich darauf tauchte sie wieder aus dem Wasser auf und schwebte über einem finsteren Meer. Über ihr funkelte der Sternenhimmel, und neben ihr dümpelte ein kleiner lorelischer Kutter auf den Wellen. Lorilis erkannte das Boot auf Anhieb. Sie hatte es schon einmal in einer Vision gesehen. Es war der Kutter, mit dem Amanón und die anderen Ehrwürdigen zur Insel Ji gefahren waren.

Der gellende Schrei, den Lorilis ausstieß, riss alle Erben bis auf Zejabel aus dem Schlaf. Sie kamen herbeigestürzt und suchten mit dem Blick nach der Schlange oder dem Insekt, das Lorilis gebissen hatte. Ihr Zustand versetzte sie in Angst und Schrecken. Das Mädchen war in Trance gefallen oder schwer krank. Sie hielt sich zwar noch auf den Beinen, zitterte aber am ganzen Körper. Ihre Pupillen waren unter die Lider gerutscht, und ein Speichelfaden rann ihr aus dem Mund. Die Erben wechselten hilflose Blicke. Was sollten sie tun? Das Delirium des Mädchens konnte von einem Insektenstich, einem plötzlichen Anfall geistiger Umnachtung oder etwas anderem herrühren. Um ihr helfen zu können, mussten sie wissen, was passiert war.

Als Lorilis zu Boden sank, dachten ihre Gefährten schon, sie hätten zu lange gezögert. Doch zum Glück atmete das Mädchen noch. Souanne rief mehrmals ihren Namen, und plötzlich schlug Lorilis die Augen auf. Sie war immer noch völlig außer sich.

»Ich … Ich habe sie gesehen!«, rief sie. »Unsere Eltern, vor dem Schiffbruch. Ich habe gesehen, was auf dem Schiff passiert ist. Ich weiß jetzt, auf welche Weise sie das neue Jal erschaffen haben.«

Sie konnte es selbst kaum glauben. Doch leider hatte sie keine gute Nachricht für die anderen. Was sie erlebt hatte, bestätigte ihre schlimmsten Befürchtungen.

Obwohl alle vor Neugier brannten, insbesondere Maara, kamen sie überein, dass Lorilis erst einmal etwas Wasser trinken und sich kurz ausruhen musste. Als sie zu ihrem Nachtlager zurückkehrten, entdeckten die Erben, wie sehr sich Zejabels Zustand verschlechtert hatte. Die Zü glühte vor Fieber, und es gelang ihnen nicht mehr, sie zu wecken. Also beschlossen sie, Zejabel schlafen zu lassen, bis sie eine Entscheidung getroffen hätten. So versammelte sich nur die junge Generation Erben um Lorilis. Mittlerweile hatte sie sich so weit erholt, dass sie den anderen erzählen konnte, was passiert war.

»Ich habe es nicht mit Absicht getan«, versicherte sie als Erstes. »Ich hatte euch versprochen, Vergangenheit und Zukunft nicht mehr zu erforschen. Ich weiß, dass das viel zu gefährlich ist. Ich wollte kein Risiko eingehen, wollte euch nicht in Gefahr bringen. Es tut mir so leid.«

»Das muss es nicht«, beruhigte sie Damián. »Schließlich hast du keinen Feuersturm entfesselt wie beim letzten Mal, und es wurde auch niemand verletzt. Und wenn du tatsächlich wichtige Neuigkeiten von deiner … äh … Reise mit zurückgebracht hast, dann war es die Sache wert.«

Maara nickte heftig, um ihr Einverständnis zu bekunden, vor allem aber, damit das Mädchen endlich mit der Sprache herausrückte. »Was hast du denn genau gesehen?«, fragte sie. »Waren es klare Bilder oder eher unzusammenhängende Bruchstücke wie in einem Traum? Von außen wirkte es, als wärst du im Delirium …«

Was sie damit unterstellte, war klar, aber die Kriegerin wollte sich einfach keinen falschen Hoffnungen hingeben. Wenn es um ihren Vater ging, brauchte sie Gewissheit!

»Die Vision war sehr lebensecht«, versicherte Lorilis. »Wie beim letzten Mal hatte ich das Gefühl, mit unseren Eltern auf dem Schiff zu sein. Aber nicht körperlich, nur im Geiste. Kurz bevor es passierte, dachte ich an den Schiffbruch unserer Eltern. Ich glaube, das war der Auslöser. Die magische Kraft der Pforte brachte mich zu den Menschen, nach denen ich mich sehnte. Ich war gerade dabei, ganz vorsichtig einen schwachen Energiestrahl zu manipulieren, als plötzlich die Schriftzeichen ihre Kraft entfesselten.«

»Wir haben doch schon gesagt, dass uns das egal ist«, unterbrach sie Maara. »Niemand macht dir einen Vorwurf, Lorilis! Erzähl lieber, wie es weiterging.«

Rasch lächelte sie dem Mädchen zu, um ihre Worte abzumildern. Die Kriegerin hatte nicht so unfreundlich klingen wollen.

Lorilis seufzte und begann endlich mit ihrem Bericht. Sie bemühte sich, jede Einzelheit möglichst genau zu schildern und ruhig zu sprechen, so wie sie es im Noviziat gelernt hatte, doch hin und wieder, wenn sie von ihren Gefühlen überwältigt wurde, zitterte ihre Stimme. Maara schloss die Augen, um sich ganz auf Lorilis' Erzählung zu konzentrieren, und bald hatte sie das Gefühl, sich ebenfalls auf dem Kutter zu befinden, der bald untergehen sollte. Sie ließ sich in die Geschichte hineinziehen wie in ein spannendes Buch …

Ich stieß in dem Moment zu der Szene, als Zejabel von Bord gegangen war und das einzige Beiboot bestiegen hatte. Die anderen sahen mit gemischten Gefühlen zu, wie sie davonruderte, vor allem Nolan, der nicht oft von seiner Frau getrennt war. Amanón trat zu ihm und legte ihm verständnisvoll eine Hand auf die Schulter.

»Sie setzt aufs Festland über, um unsere Kinder zu beschützen«, erinnerte er den Freund. »Und ich muss gestehen, dass mich diese Aussicht beruhigt. Ich wüsste niemanden, der besser über ihr Wohlergehen wachen könnte.«

»Ich auch nicht«, gestand Nolan. »Ich frage mich nur, ob ich sie nicht hätte begleiten sollen. Ihr könnt Sombres Grab schließlich auch ohne mich öffnen.«

»Das wissen wir nicht«, erwiderte Amanón. »Du bist immer noch der Erzfeind, vielleicht hast du eine bestimmte Aufgabe zu erfüllen. Im Übrigen war unsere Einigkeit immer unsere Stärke.«

Er lächelte seinem Vetter ermutigend zu und wandte sich dann zu den anderen Männern und Frauen an Bord um. Die jüngste war Niss mit ihren sechsunddreißig Jahren. Auch sie stand am Heck und sah Zejabel hinterher, vielleicht, um die Szene später auf einem ihrer Gemälde festzuhalten. Etwas weiter vorne lehnte der Älteste ihrer kleinen Schar an der Reling und starrte mit Adleraugen in die Nacht hinaus: Grigán, Amanóns Vater, trug trotz seiner achtundachtzig Jahre immer noch die ramgrithische Lederkluft und führte das Krummschwert mit unverminderter Stärke.

Drei Generationen Erben waren auf dem Boot versammelt, und alle warteten ungeduldig darauf, dass Ji in Sicht kam. Manche hingen ihren Gedanken nach, andere waren in ein Gespräch vertieft. Da waren Corenn, die weise Ratsfrau aus dem Matriarchat, Bowbaq, der trotz seines hohen Alters nichts von seiner stattlichen Größe eingebüßt hatte, Herzog Reyan, der ewige Spaßvogel, Emaz Lana, die nach Jahren immer noch über jeden Scherz ihres Mannes lächeln musste, und Yan und Léti, die nun schon seit fünfzig Jahren gemeinsam durchs Leben gingen.

Die folgende Generation stand ihren Eltern in Sachen Liebe in nichts nach: Jedes Mal, wenn Amanón Erynes Blick begegnete, dachte er, dass er der glücklichste Mann auf Erden war. Cael hütete Niss wie den kostbarsten Schatz der Welt, und Nolan hatte unzählige Male bewiesen, wie innig er Zejabel liebte, während König Ke'b'rees Herz nur seiner Frau Lyn'a'min gehörte, die leider viel zu früh verstorben war.

»Ich weiß immer noch nicht, was es uns bringen soll, Sombres Grab zu öffnen. Es wird leer sein«, rief der Wallatte. »Ich habe es schon hundertmal gesagt, aber keiner hört mir zu. Sombre ist von den Toten auferstanden, das wissen wir doch längst. Deshalb wolltet ihr eure Kinder auch nicht zu der Insel mitnehmen. Damit sie dem Dämon nicht begegnen.«

»Darüber haben wir doch schon lang und breit gesprochen«, entgegnete Amanón. »Es bringt doch jetzt nichts, wieder damit anzufangen.«

»Eure Kinder«, warf Corenn beschwichtigend ein, »haben nichts mit den Ereignissen vor dem Verschwinden des Jal zu tun. Wenn wir sie in die Sache mit hineinziehen, bringen wir sie nur unnötig in Gefahr. Ihr habt recht, Ke'b'ree, aus diesem Grund haben wir sie nicht mitgenommen. Ihr habt Maara und Najel doch auch auf dem Festland gelassen.«

»Wir sind dir unendlich dankbar«, fügte Amanón hinzu, »dass du die weite Reise von Wallos auf dich genommen hast, um uns zu warnen. Aber wenn der Verrückte, dem du begegnet bist, Usul ist, müssen wir uns vergewissern, ob er tatsächlich von Sombre sprach oder nicht.«

»Von wem denn sonst? ›Er ist zurück. Er kommt näher. Er wird uns alle töten.‹ Deutlicher geht es ja wohl kaum.«

»Vielleicht sprach er von einem eifersüchtigen Ehemann?«, scherzte Reyan.

»Ich werde jedenfalls besser schlafen«, brummte Bowbaq, »wenn ich mit eigenen Augen gesehen habe, dass der Dämon in seinem Grab liegt. Ich kann an nichts anderes mehr denken.«

»Wir vergeuden nur unsere Zeit«, knurrte Ke'b'ree.

Als plötzlich ein Pfiff ertönte, verstummten alle. Grigán, der immer noch an der Reling Wache hielt, winkte sie zu sich.

»Ein Schiff«, sagte er leise. »Groß. Mindestens ein Dreimaster.«

Die Gefährten starrten in die Dunkelheit hinaus. Keiner bezweifelte Grigáns Worte, denn er hatte bessere Augen als sie alle und konnte als Einziger in der finsteren Nacht etwas erkennen. Da hob sich plötzlich ein schwarzer Umriss vor dem dunklen Himmel ab. Das verhieß nichts Gutes.

Das Schiff war in der Tat riesig, zweifellos ein Großsegler. Wie ein Geisterschiff glitt es langsam durch die dunklen Fluten. An Bord brannte kein einziges Licht. Die Gefährten hatten ebenfalls darauf verzichtet, ihre Laternen zu entzünden, um niemanden auf ihren Kutter aufmerksam zu machen. Eine ganze Weile hielten beide Schiffe aufeinander zu, gespenstische Silhouetten in der Finsternis. Die Erben gaben keinen Mucks von sich und hofften inständig, dass das rätselhafte Schiff nicht mit ihnen zusammenstieß, sondern einfach vorbeitrieb. Anfangs dachten sie, noch einmal mit dem Schrecken davongekommen zu sein, doch dann hallte ein sarkastisches Lachen durch die Dunkelheit.

Die Erben zuckten zusammen.

»Licht«, rief der Fremde.

Auf seinen Befehl flammten gut zwanzig Laternen auf. Plötzlich war das Deck des Großseglers in gleißendes Licht getaucht. Für einen Moment schlossen die Erben geblendet die Augen, dann gewöhnten sich ihre Augen an die Helligkeit. Als die Besatzung aus ihren Verstecken hervorsprang, sahen sie, wer sie auf diese Weise überrascht hatte: Männer in Piratenkleidung, die ein wohlbekanntes Zeichen auf der Stirn trugen. Außer einem. Auf der Kommandobrücke stand der Kapitän des Schiffs und spreizte sich trotz seines abscheulichen Aussehens wie ein Pfau. Die älteren Erben erkannten den Greis und starrten ihn fassungslos an.

»Saat«, stieß Reyan zwischen den Zähnen hervor. »Habe ich's mir doch gedacht. Deinen fauligen Atem riecht man sieben Meilen gegen den Wind. Also wollte selbst der Tod dich nicht haben?«

Der Hexer lachte meckernd. Im selben Moment schnalzte die Sehne von Grigáns Bogen, und ein Pfeil bohrte sich Saat mit einer solchen Wucht in die Brust, dass er ein paar Schritte zurückstolperte. Doch der Alte legte nur den Kopf in den Nacken und lachte schallend. In gespieltem Entsetzen verzog er das Gesicht und schauspielerte mit übertriebenen Gesten seinen eigenen Tod. Dann zog er sich unter den entsetzten Blicken der Erben den Pfeil aus dem Herzen. Schwarzes, schlammiges Blut ergoss sich aus der Wunde, doch das schien Saat überhaupt nicht zu stören. Flüchtig strich er sich mit der Hand über die runzelige Haut, und die Wunde schloss sich unverzüglich. Verächtlich grinste Saat auf Grigán hinunter.

»Daneben. Jetzt bin ich dran!«

Im nächsten Augenblick flammte ein grelles Licht auf, und ein Blitz fuhr vom Himmel auf den Ramgrith herab. Seine Glieder zuckten krampfartig, und er wurde rückwärts auf die Planken geschleudert, wo er mit schmerzverzerrtem Gesicht liegen blieb. Mit letzter Kraft hob er den Kopf und schleuderte dem Hexer entgegen: »Das wirst du mir büßen, Dämon!«

»Aber sicher«, rief Saat höhnisch. »Und wo wir gerade beim Thema Rache sind ...«

Er machte eine nachlässige Bewegung in Létis Richtung, und ein zweiter Blitz traf sie mitten in die Stirn und warf sie zu Boden. Jetzt zogen alle Erben ihre Waffen und richteten sie drohend auf den Hexer, aber dieser lachte sie nur aus. Er begann einen Abzählreim herunterzuleiern und überließ es dem Zufall, sein nächstes Opfer auszuwählen. Erst traf es Reyan, dann seinen Sohn Nolan. Beide wanden sich unter furchtbaren Schmerzen auf dem Boden des Kutters, während sich die anderen kampfbereit entlang der Reling aufbauten. Als Eryne Saat das Gwelom entgegenstreckte, das sie als Anhänger um den Hals trug, konnte dieser sich vor Lachen kaum halten.

»Habt ihr es immer noch nicht kapiert? Die Steine haben ihre Kraft verloren. Sie schützen euch nicht mehr vor meiner Magie. Im Gegenteil, dank ihnen habe ich euch überhaupt erst finden können.«

Wie um seine Übermacht unter Beweis zu stellen, streckte er einen arthritischen Finger aus und zeigte auf Yan, der seinem Blick entschlossen standhielt und keinen Zoll zurückwich. Als der Kaulaner vom Blitz getroffen wurde, geschah etwas Unerwartetes: Zwar wurde auch er zu Boden geschleudert, doch schon im nächsten Moment sprang er wieder auf. Seine Augen leuchteten, und er schien von neuer Kraft erfüllt. Dann richtete er seinerseits die Hand auf den Hexer, der ihn verblüfft anstarrte.

Abermals zuckte ein Blitz aus den Wolken herab. Die Erben verfolgten seine Bahn, während er auf Saat niederfuhr. Im letzten Moment änderte er jedoch die Richtung und traf einen Seemann mitten in die Stirn. Der Mann sackte halb tot zu Boden.

Tiefes Schweigen senkte sich über die Szene. Nur noch das Klatschen der Wellen gegen den Rumpf der Schiffe war zu hören. Die Erben wappneten sich für den bevorstehenden Kampf, und auch die Piraten bezogen Stellung. Sie konnten es offensichtlich kaum erwarten, endlich die Waffen sprechen zu lassen. Beide Seiten waren erstaunt, als Saat langsam zu applaudieren begann.

»Beeindruckend«, rief er. »Keiner meiner Lehrlinge hat so

schnell erfasst, wie man die Energieströme manipuliert. Selbst dann nicht, wenn ich ihnen auf die Sprünge geholfen habe. Aber das reicht natürlich nicht, um …«

Rasch sprang er zur Seite, als ein weiterer Blitz auf ihn herabfuhr. Doch wieder traf er im letzten Moment einen Seemann ganz in der Nähe. Den Erben stand die Enttäuschung ins Gesicht geschrieben, während sich der Hexer köstlich amüsierte. Allerdings wirkte sein Grinsen mittlerweile etwas gezwungen.

»Sehr schön«, stieß er hervor. »Leider können wir dieses Spiel nicht die ganze Nacht spielen. Wollt ihr mir nicht verraten, was ihr in Sombres Grab zu finden hofft?«

Die Erben wechselten verblüffte Blicke.

»Oh, ja«, rief Saat. »Ich weiß natürlich, was ihr vorhabt. Und nicht nur das. Zum Beispiel kenne ich die Adresse des Hauses in Benelia, in dem sich eure Brut versammeln wird. Verratet mir, was ich wissen will, und ich verspreche euch, dass eure Kinder nicht leiden werden.«

»Und jeder weiß ja, wie vertrauenswürdig du bist«, schnaubte Reyan.

»Wenn du ihnen auch nur ein Haar krümmst, reichen dir auch zehn Leben nicht, um meiner Rache zu entgehen«, sagte Ke'b'ree drohend.

»Oh!«, rief der Hexer hämisch. »Ich bin entsetzt! Spricht man so mit seinem Erzeuger? Was für ein schlechtes Benehmen! Du bist wirklich nichts als ein ungewaschener Barbar, genau wie deine Hure von einer Mutter.«

»Dann nimm dich bloß in Acht vor dem ungewaschenen Barbar!«, brüllte der Wallatte. »Und eins sei dir gesagt: Ich habe keinen Vater.«

»Wenn Ihr ohnehin schon alles wisst, was können wir euch

dann noch verraten?«, fragte Corenn herausfordernd. »Und warum öffnet Ihr Sombres Grab nicht selbst?«

»Das werde ich auch tun. Ich wollte mich nur vergewissern, dass ihr nicht wieder eine dieser verfluchten Prophezeiungen im Gepäck habt. Ehrlich gesagt habe ich mich richtig auf diese Begegnung gefreut. Seit ewigen Zeiten träume ich von Rache. Von einem ehrlichen Kampf, ohne Verrat diesmal. Aber ihr enttäuscht mich! Selbst eure Magie steckt noch in den Kinderschuhen.«

»Ich werde dich töten!«, schwor Léti. »Wieder und wieder, bis nichts mehr von dir übrig ist.«

»Da bin ich aber gespannt«, erwiderte der Hexer gelangweilt. »Wer zuletzt lacht, lacht am besten.«

Er schnippte mit dem Finger, und plötzlich fingen die Planken des Kutters Feuer. Aus allen Ritzen schlugen Flammen. Die Gefährten warfen sich panische Blicke zu.

»Seht erst mal zu, wie ihr damit fertigwerdet«, rief ihnen der Hexer zum Abschied zu. »Ich wünsche euch eine gute Reise!«

Er ergötzte sich noch einen Moment lang an dem Anblick seiner Feinde, die in einer tödlichen Falle gefangen waren. Dann glitt der Großsegler in die Nacht hinaus, und die Erben blieben allein in der Finsternis zurück, mitten auf hoher See, umgeben von Rauch und Flammen. Wie bekämpfte man eine Feuersbrunst, die keine natürliche Ursache hatte? Bald war klar, dass sie keine Chance hatten: Der Kutter würde untergehen und sie mit in die Tiefe ziehen.

»Zejabel wird die Flammen sehen!«, rief Nolan. »Sie wird kehrtmachen und uns retten. Wir müssen nur lange genug durchhalten.«

»Sie ist schon zu weit weg«, widersprach Grigán. »Wir dürfen uns nichts vormachen.«

»Außerdem trägt sie ein Gwelom«, fügte Amanón hinzu. »Wahrscheinlich macht Saat als Nächstes auf sie Jagd. Sie kann ihm nur entkommen, wenn er die Verfolgung nicht selbst aufnimmt, sondern seine Männer auf sie ansetzt.«

»Hoffentlich schafft sie es bis zu den Kindern!«, murmelte Eryne.

Ihr standen Tränen in den Augen, und so manch anderem erging es nicht anders. Sie waren dem Tod nah und konnten nicht einmal mehr ihre Kinder umarmen, um sich von ihnen zu verabschieden. Am Ende ihres von Abenteuern erfüllten Lebens war das Letzte, was die Erben hören würden, das Fauchen der Flammen, das Gluckern des untergehenden Boots und die Schreie der Menschen, die sie liebten.

»Vielleicht haben wir noch eine letzte Chance«, rief Yan plötzlich. »Aber es ist genauso gefährlich, wie auf dem brennenden Boot zu bleiben. Und vermutlich gibt es von dort, wo ich uns hinschicken will, kein Zurück.«

»Ich bin dabei«, sagte Reyan. »Welchen Gott willst du um Hilfe bitten? Ach nein, wie dumm von mir: Wir haben sie ja alle vernichtet.«

»Was geschehen ist, kann auch wieder ungeschehen gemacht werden«, entgegnete der Magier. »Bildet einen Kreis und nehmt euch bei den Händen.«

Lorilis verstummte. Die plötzliche Stille war gespenstisch. Die Stimme des Mädchens hatte Maara vollkommen in den Bann gezogen. Nun öffnete sie ungehalten die Augen. Warum hörte Lorilis im entscheidenden Moment auf zu erzählen? Doch dann sah die Wallattin, wie die anderen besorgt die Umgebung musterten, und ihr Ärger verflog auf der Stelle. Ihre Gefährten spitzten die Ohren und ließen die Blicke schweifen. Josion zog sogar unauffällig seinen Dolch. Ohne lange nach dem Grund zu suchen, schob die Kriegerin die Hand in die Lederschlaufe ihrer Lowa. Auch wenn sie nicht mitbekommen hatte, was die anderen in Unruhe versetzte, war sie sofort bereit, auf jedwede Gefahr zu reagieren.

In diesem Moment brachen acht ganz in Rot gekleideten Frauen mit olivfarbener Haut aus dem Gebüsch hervor und bedrohten die Erben mit Dolchen, Speeren und Pfeilen. Es waren Zü-Kriegerinnen, die Wächterinnen der Sümpfe.

Im ersten Moment schämte sich Josion vor allem für seine Unachtsamkeit. Er hatte nicht gehört, wie sich die Frauen angeschlichen und die Erben umzingelt hatten – dabei mussten sie sogar durch das Wasser gewatet sein, das sie von allen Seiten umgab. Dass er müde war, weil er die ganze Nacht neben seiner kranken Mutter gewacht hatte, und dass Lorilis' Erzählung ihn zutiefst erschüttert hatte, war keine Entschuldigung für solch eine Nachlässigkeit. Du liebe Güte, die Frauen trugen knallrote Kleidung, und im Sumpf war weit und breit alles dunkelgrün oder braun. Doch Josion hatte nichts gesehen oder gehört, bis sie in der Falle saßen.

Er war noch aufgesprungen, genauso wie Maara und Guederic, aber es war zu spät. Bogenschützinnen, Speerträgerinnen und mit Dolchen bewaffnete Kriegerinnen hielten die Erben in Schach. Josions Gedanken überschlugen sich, aber ihm fiel nicht ein, wie sie dieser misslichen Lage entkommen konnten. Als sich Guederic blind ins Gefecht stürzen wollte, legte er ihm eine Hand auf die Schulter und hielt ihn zurück. Mit einem Nicken wies er auf die nadeldünnen Dolche der Zü. Die Klingen der Hatis, der traditionellen Waffe der Boten Zuïas, waren in das stärkste Gift getaucht, das es auf der bekannten Welt gab. Zum Glück verstand Guederic die Geste auf Anhieb. Doch damit war die Lage noch lange nicht entschärft.

Damián, Souanne und die beiden Kinder standen nun ebenfalls langsam auf. Die Zü-Kriegerinnen machten keine Anstalten, sie anzugreifen, und schwiegen beharrlich. Ihre Blicke wanderten immer wieder zu der bewusstlosen Zejabel, was keinen der Gefährten wunderte: Wäre seine Mutter fünfzehn Jahre jünger gewesen, hätte man sie für eine der Kriegerinnen halten können.

Schließlich wechselten die Zü ein paar knappe Worte in einer Josion unverständlichen Sprache. Es musste Ramzü sein, das er leider nicht beherrschte. Jetzt ärgerte er sich, dass Zejabel ihn neben der Kampfkunst nicht auch ihre Muttersprache gelehrt hatte! Als sich zwei Zü auf Zejabel zubewegten, konnte Josion nicht länger an sich halten.

»Fasst sie nicht an«, sagte er drohend, »oder ihr werdet es bereuen.«

Sofort richteten sich mehrere Dolchspitzen auf seinen Hals, wenn auch mit einigem Abstand. Eine der Zü zeigte auf den Zarratt, den Josion in der Hand hielt. Den Frauen dürfte nicht entgangen sein, dass die Waffe von der Insel stammte. Als sie den entzweigebrochenen heiligen Speer neben Zejabel entdeckte, entstand eine gewisse Unruhe. Die Zü diskutierten eine Weile hitzig und wirkten unschlüssig, während die Erben besorgte Blicke wechselten.

Schließlich wandte sich eine der Frauen direkt an Josion, und ihr Tonfall war alles andere als freundlich.

»He, du! Sag mir, was ihr hier zu suchen habt! Und warum ihr mit *ihr* zusammen seid.«

Bei diesen Worten wies sie mit dem Dolch auf Zejabel. Josion fiel es nicht im Traum ein, ihnen eine Lüge aufzutischen. Er hatte nicht vor, seine Mutter zu verleugnen, selbst wenn ihn die Wahrheit das Leben kosten sollte.

»Wir sind zusammen unterwegs«, antwortete er hart. »Und wenn ihr noch einmal einen Dolch auf sie richtet, schlitze ich euch die Kehle auf.«

Die Zü verzog wütend das Gesicht, und ihr Körper versteifte sich, aber sie zügelte ihre Wut auf der Stelle und setzte eine stoische Miene auf. Sie holte tief Luft und richtete ein paar Worte an ihre Kameradinnen. Zur Überraschung der Erben senkten diese daraufhin die Waffen, behielten sie allerdings in der Hand.

»Wir wussten erst nicht, was wir von euch halten sollten«, erklärte sie. »Die Ältesten haben nicht erwähnt, dass die Göttin von einer Eskorte begleitet wird.«

Josion wandte sich unwillkürlich zu Souanne um, doch dann begriff er, wen sie meinten, und ihm blieb vor Überraschung der Mund offen stehen. Die Zü hielten seine Mutter für Zuïa. Damián bedeutete seinen Gefährten mit verstohlenen Gesten, das Missverständnis nicht aufzuklären, aber seine Mühe war überflüssig: Alle hatten sofort begriffen, was für ein Glück es war.

»Dass die Göttin von einer Eskorte begleitet wird?«, wiederholte Josion. »Ihr wusstet, dass … äh … die Göttin kommen würde?«

»Die Ältesten wusste es. Gestern sahen sie das Zeichen.

Sie spürten die Anwesenheit von Zuïas Geist, und sie nannten uns den Ort, an dem wir die Göttin finden würden. Wir wurden ausgesandt, weil wir die verdienstvollsten Kriegerinnen sind. Das ist eine große Ehre«, sagte die Zü mit Nachdruck.

Josion schenkte ihr ein gezwungenes Lächeln, war aber mit den Gedanken ganz woanders. Was für einen bösen Streich spielte das Schicksal den Erben nun schon wieder? Wie konnten diese Ältesten wissen, was geschehen würde? Und warum hielten sie Zejabel für Zuïa? Hatten sie gespürt, dass jemand einen Übergang zwischen Nols Tal und ihrer Welt geöffnet hatte? Oder hatte sie im Geiste mit Zuïas Wiedergeburt in Verbindung gestanden? War es etwa wieder möglich, sich in den Zustand der Entsinnung zu versetzten, von dem seine Mutter ihm so viel erzählt hatte? Obwohl er eigentlich mit dem Jal aus der Welt verschwunden war?

»Was ist euch zugestoßen?«, fragte die Zü.

Josion starrte sie verständnislos an, bevor er begriff, dass sie auf ihre Verletzungen anspielte – vor allem auf Zejabels. Er musste sich rasch etwas ausdenken.

»Es … war eine beschwerliche Reise«, sagte er. »Wir beschützten die Göttin, so gut wir konnten, aber unsere Feinde lockten uns in eine Falle, und sie wurde im Kampf verwundet.«

»Natürlich haben sie dieses Verbrechen mit dem Leben bezahlt«, fügte Damián hinzu. »Anschließend blieben wir im Lus'an, um unsere Wunden zu verbinden und auf eure Ankunft zu warten.«

Mit undurchdringlichem Gesichtsausdruck sah die Zü erst von Josion zu Damián. Dann wanderte ihr Blick weiter zu Maara und Guederic, denen es sichtlich schwerfiel, ruhig zu bleiben, und schließlich zu Najel und Lorilis, die in ihrer Rolle als Beschützer einer Göttin eher unglaubwürdig waren. Am Ende musterte sie Nols Leiche, die zwischen den beiden überwucherten Säulen der Pforte hing.

»Und wer ist das?«

»Einer von uns«, log Damián. »Seine Verletzungen waren zu schwer, er hat die Nacht nicht überlebt.«

»Wir haben fast kein Verbandszeug mehr«, fügte Josion hinzu.

Entweder verstand die Zü die Andeutung nicht, oder sie überhörte sie geflissentlich. Seit dem Beginn des Gesprächs hatte sich keine der Kriegerinnen von der Stelle gerührt. Zwar hatten sie ihre Waffen gesenkt, aber sie konnten sie jederzeit wieder heben. Als die Zü, die ihnen die Fragen gestellt hatte, zu der ethekischen Pforte hinüberging, blickte ihr Josion nervös nach. Sie blieb vor den Symbolen stehen, die Lorilis freigelegt hatte, sah zum Bogen der Pforte hoch und strich mit der Spitze ihres Dolchs über die Schriftzeichen. Eine andere Zü rief ihr etwas in ihrer Sprache zu, und wieder fand ein aufgeregter Wortwechsel statt. Schließlich kehrte diejenige, die die Anführerin zu sein schien, zu Josion zurück, und dieser wappnete sich innerlich für einen Kampf auf Leben und Tod.

»Die Ältesten werden über euer Schicksal entscheiden«, verkündete sie mit finsterer Miene. »Wir kehren zum Palast zurück. Und ihr kommt mit.«

Es war deutlich, dass dies kein Vorschlag, sondern ein Befehl war. Die Erben wechselten stumme Blicke. Sollten sie gehorchen oder sich weigern und einen Kampf riskieren? Guederic und Maara sahen aus, als hätten sie sich am liebsten mit gezogenen Waffen auf die Zü gestürzt. Souanne und die beiden Kinder würden Josion und Damián folgen, ganz gleich, wie die beiden entschieden. Die Vettern verständigten sich mit einem unmerklichen Kopfschütteln.

»Die Göttin ist zu schwach, sie kann nicht laufen«, sagte Damián. »Sie muss sich erst noch ausruhen.«

Argwöhnisch runzelte die Zü die Stirn und ging neben Zejabel in die Knie. Josion musste all seine Willenskraft aufbieten, um sich nicht auf sie zu stürzen, während sie die roten Linien auf Zejabels Haut untersuchte. Als die Zü ein Augenlid anhob, packte Zejabel urplötzlich ihr Handgelenk, und Josion hätte am liebsten vor Freude gejubelt. Doch leider war seine Mutter zu schwach, um den Griff aufrechtzuerhalten. Ihre Hand erschlaffte, und sie verlor wieder das Bewusstsein.

»Wenn wir hierbleiben, wird sie noch vor dem Abend sterben«, verkündete die Zü. »Nur im Palast können wir ihr die Pflege zukommen lassen, die sie braucht.«

Nachdem sie diese vernichtenden Worte ausgesprochen hatte, erteilte sie ihren Kameradinnen ein paar knappe Befehle, und diese begannen, aus Ästen eine stabile Trage zu bauen. Josion warf seinen Gefährten einen kurzen Blick zu, steckte seinen Dolch weg und half den Zü. Wenn er seine Mutter retten wollte, blieb ihm nichts anderes übrig, als ihnen zu folgen.

Der Marsch durch das Lus'an war sehr viel mühsamer, als Souanne gedacht hatte. Jeder Schrift kostete sie Kraft, und bald war sie völlig erschöpft. Sie musste höllisch aufpassen, um auf dem schlüpfrigen Untergrund nicht auszurutschen, und ihr Fuß blieb andauernd in wadentiefem Schlamm stecken. Überall lauerten Gefahren, und die allgegenwärtigen Insekten machten sie ganz verrückt. In regelmäßigen Abständen drohten die Viecher, die ihren Kopf umschwirrten, in Ohren und Nase einzudringen, und jedes Mal hätte Souanne um ein Haar wild gestikulierend die Flucht ergriffen. Aber eine solche Reaktion konnte sie das Leben kosten, denn die Zü wiesen sie immer wieder auf Moroca-Schlangen hin.

Obwohl sie den Kriegerinnen keine Sympathie entgegenbrachte, war sie froh, dass sie sie durch die Sümpfe führten. Die Zü kannten alle Schleichwege und wussten, an welchen Stellen man im Morast zu versinken drohte und in welchen Bäumen gefährliche Reptilien lauerten. Sie schienen sich in dieser grünen Hölle so heimisch zu fühlen wie Souanne in den Straßen von Lorelia. Sie waren ganz in ihrem Element, schlugen sich durch dichtes Dornengestrüpp, wateten durch schlammige Tümpel und gaben Giftschlangen Fußtritte, als wären es streunende Hunde. Es war unglaublich: Sie hatten den Weg in der vergangenen Nacht schon einmal in entgegengesetzter Richtung zurückgelegt und ließen trotzdem kein Anzeichen von Erschöpfung erkennen. Souanne hingegen fand nach nur einem Dekant, dass dieser Gewaltmarsch der schlimmste war, den die Erben je unternommen hatten.

Dennoch kam ihr keine Klage über die Lippen, und auch ihre Gefährten schwiegen tapfer. Für Josion und Guederic, die Zejabel trugen, war der Weg noch beschwerlicher. Sie mussten besonders gut aufpassen, wohin sie ihre Füße setzten, und da sie die Hände nicht frei hatten, um die Insekten zu verscheuchen, blieb ihnen nichts übrig, als deren Attacken mit bewundernswertem Gleichmut zu ertragen. Wenn eine Stechmücke oder Bremse zu groß oder zu dreist war, verjagten sie sie, indem sie ruckartig den Kopf bewegten oder sie wegpusteten.

Seit ihrem Aufbruch hatten die Erben und die Zü kaum ein Wort gesprochen. Beide Seiten hatten ihre Geheimnisse, die sie für sich behalten wollten, und die Gefährten fürchteten, schon zu viel gesagt zu haben. Sie wussten nicht, wie lange die Zü sie belauscht hatten, bevor sie sich zeigten. Hatten sie mit angehört, wie Lorilis die Begegnung zwischen Saat und ihren Eltern geschildert hatte? Leider war das Mädchen nicht mehr dazu gekommen, das Ende der Geschichte zu erzählen. Auch hatten die Erben keine Zeit gehabt, ihre Eindrücke und Gedanken auszutauschen. Dieses Gespräch würden sie wohl verschieben müssen, und wer wusste schon, wann sie wieder unter sich sein würden …

Irgendwann bereitete das beharrliche Schweigen Souanne Beklemmungen. Sie beschloss, die erste Frage zu stellen, die ihr durch den Kopf ging. »Wie weit ist es noch bis zum Palast?«

Eine der Zü wandte sich stirnrunzelnd zu ihr um und ließ sich dann zu einer Antwort herab.

»Etwa einen Dekant. Bald werden wir schneller vorankommen. Die Wege werden besser.«

»Ich sage das nicht, um mich zu beschweren.«

»Umso besser. Dann schweig.«

Souanne warf ihr einen finsteren Blick zu, aber als sie Maaras belustigtes Grinsen sah, verflog ihr Groll auf der Stelle. Durch ihre Unterhaltung am Abend zuvor waren sich die beiden Frauen nähergekommen, und angesichts der Feindseligkeit der Zü war Souanne die Freundschaft der Wallattin umso kostbarer.

So verging Dezime um Dezime in argwöhnischem Schweigen und ohne viel Abwechslung. Selbst zum Mit-Tag legten die Zü keine Pause ein, sondern kauten nur auf ein paar Pflanzenhalmen herum, die sie im Gehen pflückten. Die Erben beschwerten sich nicht, schließlich stand Zejabels Leben auf dem Spiel. Ihr Zustand hatte sich weiter verschlechtert: Mittlerweile hatten ihre Lippen eine unnatürlich violette Farbe angenommen.

Wie angekündigt wurde das Gelände mit der Zeit weniger unwegsam, und irgendwann gelangten sie auf einen Pfad, der breit genug war, dass Najel und Damián an zwei Enden der Trage mit anpacken konnten. Nun trugen sie Zejabel zu viert. Souanne fand es seltsam, dass die Zü keine Anstalten machten, derjenigen zu helfen, die sie als ihre Göttin bezeichneten. Hatten sie immer noch Zweifel? Das würde sie nicht wundern. Oder sie überließen den Transport den Erben, weil sie sich darauf konzentrieren wollten, ihnen den Weg durch die Sümpfe zu weisen.

Bald war der angekündigte Dekant verstrichen, und die Anspannung der Erben wuchs mit jeder Dezille. Sie hatten keine Ahnung, was sie am Ende des Marschs erwartete. Weitere Feinde? Ein Bett und ein wundersames Heilmittel für Zejabel? Ein Heer von Zü-Kriegern, die Zuïa nach wie vor blind ergeben waren? Oder ein paar frömmelnde alte Frauen, die einer längst untergegangenen Religion anhingen? Soweit Souanne wusste, hatten sich die Inselbewohner vor zwanzig Jahren gegen die Zü-Priester aufgelehnt, die sie grausam unterjocht hatten. Wie kam es dann, dass immer noch Zü-Kriegerinnen in den Sümpfen lebten? War das Lu'san seiner blutigen Tradition doch treu geblieben?

Gleich darauf wurden zumindest einige ihrer Fragen beantwortet. Die ersten Lehmhäuser eines Dorfs kamen in Sicht, und davor erwarteten sie etwa dreihundert Frauen in roten Gewändern.

Als die Expedition aus den Sümpfen hervorkam, erhob sich gellendes Geschrei. Bei diesem Triumphgeheul lief es den Erben kalt den Rücken hinunter. Die acht Zü-Kriegerinnen, die sie zum Dorf eskortiert hatten, zogen den Kreis um die Erben enger, sodass ein Entkommen unmöglich war. Souanne wandte sich in regelmäßigen Abständen zu Damián und Josion um und suchte nach einem Zeichen dafür, dass sie ihr Schwert ziehen oder die Flucht ergreifen sollte. Doch die beiden Männer blickten nur starr geradeaus und trugen die Bahre mit Zejabel immer weiter. Was blieb ihnen auch anderes übrig? Zejabel zurückzulassen, war undenkbar, und ihre Waffen zu ziehen, kam einem Selbstmord gleich. Ihre einzige Chance war es, das Missverständnis aufrechtzuerhalten.

Umzingelt von ihrer Eskorte bewegten sich die Erben auf die Ansammlung Zü-Kriegerinnen zu. Beim Näherkommen fiel Souanne auf, dass keine von ihnen jünger als dreißig war. Manche waren alt und grau, aber die meisten standen in der Blüte ihrer Jahre. In der Mitte der Menschenmenge saßen drei uralte Frauen auf einer kleinen Bank, und vor ihnen kam die kleine Schar zum Stehen. Souanne hielt den Atem an, als die drei aufstanden und sich über Zejabel beugten. Im nächsten Moment verzogen sie hasserfüllt das Gesicht, und Souanne wurde es angst und bange.

»Das ist nicht die Göttin!«, rief eine der Frauen, deren Rücken vom Alter gebeugt war. »Das ist die Zejabel, die einstige Kahati – verflucht sei ihr Name. Diese Verräterin hat uns unsere Mutter genommen.«

Die Menge brüllte vor Wut auf. Dann legte sich furchterregendes Schweigen über das Dorf. Souanne wandte sich abermals zu Damián um – vielleicht zum letzten Mal.

Guederic hatte sich gehörig zusammenreißen müssen, um sich nicht auf die Zü-Kriegerinnen zu stürzen. In seinen Augen hatte er eine geradezu übermenschliche Leistung vollbracht: Er hatte zugelassen, dass ihn diese Furien wie ein Stück Vieh in ihr Dorf trieben, während er die ganze Zeit danach lechzte, ihnen die Kehle durchzuschneiden. Doch jetzt war er mit seiner Geduld am Ende. Ohne sich länger um die Folgen zu scheren und ohne über einen Blick das Einverständnis seines Bruders einzuholen, zog er sein Rapier und baute sich breitbeinig vor Zejabels Trage auf. Seine Körperhaltung ließ keinen Zweifel an seinen Absichten.

Als Maara seinem Beispiel folgte, grinste er breit. Najel tat es seiner Schwester gleich, und auch Josion ließ seinen Zarratt aus dem Ärmel seines Gewands gleiten. Er würde seine Mutter bis aufs Blut verteidigen. Nun zog auch Souanne ihr Schwert, und sei es nur, um Lorilis zu beschützen. Schließlich stand nur noch Damián mit leeren

Händen da, während sich ihnen ein Wald aus Dolchen, Speeren und Pfeilen entgegenreckte.

»Ja, das ist Zejabel«, sagte Damián feierlich. »Ihr habt sie erkannt. Aber ihr wisst auch, dass niemand Zuïa treuer ergeben ist.«

»Sie ist eine dreckige Verräterin!«, fauchte die Älteste der drei Frauen. »Sie verdient hundertmal den Tod, genau wie ihre Begleiter. Wir werden euch im Namen der Göttin richten.«

»Das wäre ein großer Fehler«, erwiderte Damián. »Denn die Kahati überbringt euch eine Botschaft von der Göttin. Sie hat ihr Leben für euch aufs Spiel gesetzt. Wenn sie tatsächlich eine Verräterin ist, warum hätte sie dann ins Lus'an zurückkehren sollen? In all den Jahren war sie eine von euch, mehr noch, sie war die treueste Dienerin der Göttin. Wenn ihr sie sterben lasst, ohne sie anzuhören, seid *ihr* die wahren Verräterinnen.«

Wieder zeigten die umstehenden Zü-Kriegerinnen ihre Wut, indem sie in wildes Geschrei ausbrachen und drohend ihre Waffen reckten. Nur die Ältesten wirkten nachdenklich. Sie steckten die Köpfe zusammen und tuschelten, und Guederic hoffte inständig auf ein Wunder. Er bewunderte die Kaltblütigkeit und das selbstsichere Auftreten seines Bruders. Wann hatte sich Damián diese Lügengeschichte ausgedacht? Hatte er sie aus dem Stegreif erfunden oder auf dem langen Marsch durch die Sümpfe daran getüftelt?

Trotzdem senkte Guederic sein Rapier nicht. Als die alten Frauen die Menge mit einer knappen Handbewegung zum Schweigen brachten, wappnete er sich für den Kampf.

»Nun gut«, verkündete die Alte mit dem krummen Rücken. »Wir werden sie gesund pflegen. Dann hören wir uns ihre Lügen an. Und anschließend werden wir über sie richten.«

»Aber ihr könnt sie nicht mitnehmen«, sagte Josion mit Nachdruck. »Wir bleiben zusammen.«

Zu Guederics Erstaunen begann die Alte hämisch zu lachen. Sie warf ihm einen Blick zu, aus dem Verachtung und Grausamkeit sprachen.

»Wie ihr wünscht. Ihr könnt ohnehin nicht weg von hier. Das Lus'an ist das sicherste Gefängnis der Welt, und sollte euch doch eine Flucht gelingen, wird es unseren Schwestern eine wahre Freude sein, euch zu jagen.«

Abermals ertönte wildes Siegesgeheul aus dreihundert Kehlen.

Guederic bekam eine Gänsehaut, doch zugleich war er unendlich erleichtert, dass die Gefahr fürs Erste gebannt war. Während die meisten Zü-Kriegerinnen in den umliegenden Häusern verschwanden, trat Guederic zu seinem Bruder und beglückwünschte ihn mit einem Schulterklopfen. Als er jedoch Damiáns Gesichtsausdruck sah, verflog seine gute Laune im Nu. Damián war leichenblass.

»Wir haben nur ein bisschen Zeit gewonnen«, flüsterte er mit zittriger Stimme. »Sie werden uns niemals lebend gehen lassen.«

Guederics Miene verfinsterte sich. Als fünf Zü auf sie zukamen und sie auf Befehl der Ältesten in eines der Häuser führten, musste er all seine Selbstbeherrschung aufbieten, um ihnen nicht den Speer aus der Hand zu reißen und ihnen die eigene Waffe ins Herz zu rammen. Früher oder später würde es ohnehin zum Kampf kommen, das war unvermeidlich.

Alles Weitere nahm er wie durch einen finsteren Schleier wahr. Die Erben wurden in einen Schlafsaal geführt, der schon lange nicht mehr benutzt wurde. Am Boden lagen in mehreren Reihen kleine Strohsäcke. Früher mussten hier die kleinen Mädchen geschlafen haben, die von den Judikatoren entführt worden waren. Doch diese Zeit war lange vorbei. Zwei der Kriegerinnen, die sie eskortiert hatten, bezogen vor der Tür Stellung. Wenig später betraten drei ältere Zü den Schlafsaal. Sie brachten eine Schatulle mit, die an die dreißig Phiolen enthielt. Die Heilerinnen untersuchten Zejabel eine halbe Ewigkeit, debattierten anschließend noch einmal doppelt so lange in ihrer Sprache und einigten sich schließlich darauf, welche Mittel sie Zejabel verabreichen wollten. Zumindest kam Guederic zu diesem Schluss, als sie sechs Phiolen aus der Schatulle holten und von jeder Flüssigkeit ein paar Tropfen in ein Glasröhrchen gaben. Zuletzt schüttelten sie das Elixier kräftig und träufelten es Zejabel erst in das eine, dann in das andere Auge. Guederic traute ihnen nicht über den Weg, aber da Josion keine Anstalten machte, sie daran zu hindern, hielt er sich im Hintergrund. Falls die Frauen Zejabel ein Gift verabreichten, war alles umsonst gewesen …

Als die Erben endlich allein waren und ihnen kein fremdes Ohr mehr zuhörte, war es Abend geworden. Nachdem die Heilerinnen Zejabel behandelt hatten, waren sie noch eine ganze Weile bei ihnen geblieben. Sie hatten den Schlafsaal erst verlassen, als sich Zejabels Zustand zu bessern begann. Natürlich freuten sich die Erben über diese Entwicklung, aber wahrscheinlich erstatteten die Heilerinnen schon in diesem Moment den drei Dorfältesten Bericht. Wer wusste schon, welches Schicksal die Zü ihren Gefangenen zudachten?

»Wir müssen so schnell wie möglich von hier verschwinden«, sagte Guederic zu den anderen. »Unseren Eltern ist das schließlich auch gelungen!«

»Aber sie haben Zuïa als Geisel genommen«, rief ihm Josion in Erinnerung. »Und sie hatten ein Ruderboot, um von der Insel fortzukommen.«

»Wir könnten die drei Ältesten gefangen nehmen«, schlug Guederic vor. »Wenn wir ihnen eine Klinge an den Hals legen, dürfte das die anderen auf Abstand halten.«

»Dazu müssten wir erst einmal an sie herankommen«, entgegnete Souanne.

»Ich glaube nicht, dass das klappen würde«, setzte Damián hinzu. »Die Zü sind für ihre Opferbereitschaft bekannt. Vermutlich würden ihre Ältesten lieber in den Tod gehen, als uns entkommen zu lassen.«

»Und was heißt das?«, empörte sich Maara. »Sollen wir etwa tatenlos hier herumsitzen? Nicht einmal einen Fluchtversuch unternehmen? Ich bin zu allem bereit, aber ich werde sicher nicht Däumchen drehend auf den Tod warten.«

Damián wandte sich Lorilis zu. Das Mädchen wurde blass, als ahnte sie, worum er sie bitten wollte. Guederic hingegen hatte keinen blassen Schimmer. Er fiel aus allen Wolken, als sein Bruder seinen Plan enthüllte.

»Wir könnten versuchen, auf dieselbe Weise von hier zu entkommen wie unsere Eltern von dem brennenden Schiff«, sagte er. »Indem wir ebenfalls ein neues Jal erschaffen.«

Die letzten Worte kamen Damián nur schwer über die Lippen. Mit einem Mal war seine Kehle wie ausgedörrt, als würde ihm die bloße Erwähnung eines derartigen Frevels ewige Verdammnis bringen. Wenn er kurz innehielt und nachdachte, kam ihm sein eigener Vorschlag abwegig, gefährlich und vor allem undurchführbar vor. Andererseits gab es genug Gründe, die dafür sprachen, es wenigstens zu versuchen. Jetzt musste er nur noch die anderen davon überzeugen, dass dieser Weg der beste war – oder vielmehr der einzige.

»Was redest du?«, rief Maara. »Lorilis hat ihren Bericht nicht einmal beendet, und du weißt, wie man ein solches Wunder vollbringt? Seit wann?«

»Seit heute Nach-Mit-Tag«, antwortete Damián. »Seit ich die entsprechende Stelle in Amanóns Tagebuch gelesen habe.«

Er wies auf die Hefte und Notizen, die rings um seinen viel zu kleinen Strohsack verstreut waren. Während die Heilerinnen Zejabel die Medizin verabreicht und gewartet hatten, bis es ihr besser ging, hatte Damián mithilfe des Codes, den Amanón ihm hinterlassen hatte, weitere Seiten aus dem Tagebuch seines Vaters entschlüsselt. Mehr noch als die anderen hatte er ungeduldig darauf gewartet, dass die Zü endlich verschwanden, damit er seinen Freunden von seiner Entdeckung berichten konnte.

»Den ganzen Tag«, erklärte er, »habe ich über den Satz nachgedacht, den Yan auf dem brennenden Boot ausgesprochen hat. ›Was geschehen ist, kann auch wieder ungeschehen gemacht werden.‹ Das hat er nicht nur so dahingesagt. Außerdem hatte ich den Eindruck, diese Worte schon einmal irgendwo gelesen zu haben.«

»Im Tagebuch deines Vaters«, vermutete Josion.

»Genau. Auf dem Weg nach Romin hatte ich begonnen, die entsprechende Passage zu entschlüsseln, aber dann wandte ich mich den ethekischen Manuskripten zu, weil ich dachte, dass sie uns von größerem Nutzen sein würden. Was ja in gewisser Hinsicht auch stimmte. Aber ich hätte Amanóns Tagebücher nicht vernachlässigen dürfen.«

»Und was hast du nun entdeckt?«, drängte Maara.

»Die Tagebücher meines Vaters füllen mehrere Hefte. In den meisten hat er festgehalten, was er über die Etheker und ihr Alphabet herausgefunden hat. In einigen erzählt er von den Ereignissen, die zur Vernichtung des Jal geführt haben, und wieder andere enthalten grundsätzliche Überlegungen und Theorien, die er niemals überprüfen konnte. Leider haben Saats Männer gehörig Unordnung in seinen Aufzeichnungen gestiftet. Kurz vor Romin hatte ich begonnen, eine Passage zu entschlüsseln, in der mein Vater von einem Gespräch mit Yan erzählt. Dort zitiert er die Worte: ›Was geschehen ist, kann auch wieder ungeschehen gemacht werden.‹«

Er warf den anderen einen verlegenen Blick zu und fuhr fort: »Ich hätte diesem Satz mehr Bedeutung beimessen müssen, aber damals war es nur ein Hinweis unter vielen. Außerdem waren wir mit Wichtigerem beschäftigt. Doch nachdem Lorilis von ihrer Vision erzählt hatte, bekam der Satz eine ganz neue Bedeutung. Deshalb habe ich heute Nach-Mit-Tag Ordnung in die Aufzeichnungen meines Vaters gebracht und die entsprechende Stelle bis zum Ende entschlüsselt.«

»Jetzt sag nicht, Vater beschreibt, wie man das Jal wiedererschafft?«, fiel ihm Guederic ins Wort. »Dann hätten wir die Lösung ja die ganze Zeit vor der Nase gehabt!«

»So einfach ist das nicht«, versicherte Damián. »Vater erzählt nur von dem Gespräch mit Yan. Sie unterhielten sich über die Vernichtung des ursprünglichen Jal. Dieses Ereignis wirft schließlich genug Fragen auf. Wie konnten ein Stück des Universums und alles Leben, das aus ihm hervorgegangen ist, allein dadurch verschwinden, dass vierzehn Sterbliche es verleugneten? Wie können Worte eine solche Macht haben?«

Natürlich wusste darauf niemand eine Antwort.

»Yan glaubte, der Wahrheit zumindest ansatzweise auf die Spur gekommen zu sein. Als nach der Vernichtung des Jal überall auf der Welt obskure Sekten entstanden, deren Anhänger Dämonen anbeteten, begann er, die neue Form von Magie zu studieren, die im Zuge der Umwälzung entstanden war. Allerdings machte er niemals Gebrauch davon. Er begnügte sich damit, die Energieströme zu erforschen, die Lorilis ebenfalls wahrnimmt. Er verfolgte sie im Geist und versuchte sie zu verstehen. Dabei fiel ihm etwas Interessantes auf: Einer der Lichtstrahlen, die ihn selbst mit seiner Umgebung verbanden, war unterbrochen. Es war der Einzige von Tausenden, der plötzlich im Nichts endete. Und bei Léti, Cael und Niss nahm er dasselbe Phänomen wahr. Nie jedoch bei jemandem, der nicht zu den Erben gehörte.«

»Unterbrochen?«, fragte Lorilis neugierig. »Wie sieht das aus?«

»Ich habe keine Ahnung«, antwortete Damián. »Ich stelle es mir wie ein durchgeschnittenes Seil vor, dessen Ende lose herabhängt. Jedenfalls kamen Yan und mein

Vater nach langem Nachdenken zu dem Schluss, dass diese unterbrochenen Strahlen diejenigen waren, die sie zuvor mit dem Jal verbunden hatten. Eurydis hatte ihnen erklärt, dass sie die einzigen Sterblichen waren, die sowohl das Dara als auch das Karu besucht hatten. Das verlieh den Vierzehn Macht über diesen Ort, der seine Existenz nur der Magie verdankte.«

»Also reichte es, das Jal zu verleugnen, um die Verbindung zu kappen?«, fragte Josion.

»Als sich alle vierzehn darauf einigten, dass das Jal nicht existierte, verband es nichts mehr mit der Wirklichkeit. Deshalb löste es sich auf.«

»Aber warum verschwand es nicht schon hundert oder tausend Jahre früher? Zu einer Zeit, als sich kein Sterblicher mehr an seine Existenz erinnerte?«, fragte Souanne nachdenklich.

Damián nahm ein paar Seiten seiner Notizen zur Hand, als würde die Berührung des Papiers seinem Gedächtnis auf die Sprünge helfen.

»Mein Vater stellte sich dieselbe Frage. In seinen Aufzeichnungen spricht er die Vermutung aus, dass die Seelen der Verstorbenen in den Gärten des Dara und der Unterwelt des Karu verhinderten, dass sich das Jal auflöste. Bevor es verschwinden konnte, mussten erst alle Seelen befreit werden, und dazu brauchte es eine unmissverständliche Erklärung. Jemand musste die Existenz des Jal in vollem Bewusstsein seines Tuns verleugnen. Nichts anderes haben die Vierzehn getan.«

Für eine Weile trat Schweigen ein. Alle brauchten etwas Zeit, um diese Vermutung zu durchdenken und zu überlegen, welche Folgen sie hatte.

»Und was ist jetzt mit diesem neuen Jal?«, wollte Maara schließlich wissen.

»Das fragten sich Yan und mein Vater auch. Sie dachten über ein Prinzip der ethekischen Philosophie nach, demzufolge alles, was geschehen ist, auch wieder ungeschehen gemacht werden kann. Sie überlegten, was wohl passieren würde, wenn sie ihre Erklärung zurücknähmen. Was würde geschehen, wenn sie schwüren, dass das Jal existierte? Würden die unterbrochenen Energieströme den Weg zum Jal zurückfinden, auch wenn es diesen Ort gar nicht mehr gab?«

»Aber Zejabel war nicht mehr an Bord des brennenden Boots, als sie das Jal neu erschufen«, sagte Najel, »und sie war eine der Vierzehn.«

»Es ist unklar, ob die Anwesenheit aller vierzehn nötig war. Vielleicht hätte es gereicht, wenn ein Einziger seine Worte zurückgenommen hätte. Unsere Eltern hatten es nie ausprobiert. Sie hatte immer nur über diese Fragen nachgedacht und sich nächtelang die Köpfe heißgeredet. Dabei blieb es. Bis zu jener Nacht, als sie im Meer zu versinken drohten. In ihrer Verzweiflung blieb ihnen nichts anderes übrig, als einen Versuch zu wagen. Die Vernichtung des Jal rückgängig zu machen, war ihr letzter Ausweg.«

Er sah Lorilis in die Augen und konnte ihre Antwort kaum erwarten. »So war es doch, oder?«

Das Mädchen nickte mit ernstem Gesicht.

Seit die Zü ihr Nachtlager umzingelt und ihren Bericht unterbrochen hatten, wartete Lorilis auf diesen Moment.

Den ganzen Tag hatte sie sich innerlich darauf vorbereitet, das Ende der Geschichte zu erzählen, und sich immer wieder alle Einzelheiten in Erinnerung gerufen. Schwer war ihr das nicht gefallen. Die Vision, die ihr die Pforte beschert hatte, war so eindringlich gewesen, dass Lorilis sie bis zu ihrem Lebensende nicht vergessen würde.

Im vergangenen Dekant, während Damián über Amanóns Aufzeichnungen brütete, hatte sie in ihrem Notizbuch ein paar Zeichnungen angefertigt, die Szenen aus ihrer Vision wiedergaben. Saats Dreimaster mit geblähten Segeln … Die an der Reling aufgereihten Piraten … Der vom Alter gezeichnete, abscheuliche Körper des Hexers, gehüllt in einen Mantel, der mit ethekischen Schriftzeichen bestickt war … Vor allem dieses letzte Bild ging ihr nicht mehr aus dem Kopf. Nun musste sie ihren Gefährten nur noch das Ende der Geschichte erzählen.

Zum Glück hatten Damiáns Erklärungen die anderen bereits auf die Auflösung vorbereitet. Anderenfalls hätten sie Lorilis sicher mit Fragen bestürmt, auf die sie keine Antwort gehabt hätte. Und auch sie selbst verstand die Ereignisse, die zum Verschwinden ihrer Eltern geführt hatten, nun besser.

Für das Ende ihres Berichts brauchte sie nicht mehr als eine knappe Dezille: *»Bildet einen Kreis, und nehmt euch bei den Händen«*, hatte ihr Großvater Yan gesagt. Seine Gefährten taten sofort, was er von ihnen verlangte. Was hatten sie schon zu verlieren? Der Magier konzentrierte sich eine ganze Weile, während die Flammen immer höher schlugen und die Hitze schier unerträglich wurde. Schließlich rief er aus: *»Das Jal existiert, und ich schlage den Weg dorthin ein!«*

Eine gleißend helle Lichtkugel erschien in ihrer Mitte. Sie vergrößerte sich mit rasender Geschwindigkeit, bis sie alle Erben umhüllte. Das Ganze dauerte nur einen Wimpernschlag lang. Als die Lichtkugel wieder schrumpfte und verschwand, war das Deck des Kutters leer, und Lorilis wurde aus der Vision herausgerissen. Sie hatte geglaubt, den Tod ihrer Familie miterleben zu müssen, und die Momente, in denen sie bei ihren Eltern auf dem Schiff gewesen war, hatten sie schwer erschüttert. Deshalb war sie völlig verblüfft, als sich auf den Gesichtern ihrer Gefährten ein Lächeln abzeichnete.

»Aliandra die Sonnige«, rief Josion mit Verschwörermiene.

»Genau mein Gedanke«, pflichtete ihm Damián bei. »Sie hat Yan dazu inspiriert, ebenfalls eine Lichtkugel zu erschaffen, um sich und seine Freunde ins Jal zu bringen.«

»Wovon redet ihr?«, fragte Maara ungehalten. »Wer ist diese Aliandra?«

»Die Göttin, die einst unsere Großeltern in Sicherheit gebracht hat«, erklärte Damián. »Grigán, Corenn, Léti und die anderen. Als Sombre kurz vor unserer Geburt in die Welt der Sterblichen zurückgekehrt war, wollten Nol und Aliandra die Erben von Ji an einen sicheren Ort bringen, um den Erzfeind zu schützen, aber sie konnten nur die älteste Generation finden. Dann hielten sie unsere Großeltern für eine Weile im Jal gefangen, während unsere Eltern verzweifelt nach ihnen suchten. Aliandra war die einzige Göttin, die zwischen den Gärten des Dara und der wirklichen Welt hin und her wechseln konnte, ohne die Pforten zu benutzten. Sie hatte die Gestalt einer Lichtkugel und konnte auch Sterbliche transportieren. Yan muss sich daran erinnert und es auf demselben Weg versucht haben.«

»Aber *wie?*«, beharrte die Kriegerin.

Damián zuckte hilflos mit den Achseln, und alle Blicke wandten sich Lorilis zu, die hilflos mit den Achseln zuckte.

»Ich … Ich nehme an, durch Magie. Aber wie genau, weiß ich auch nicht.«

»Es gibt nur einen Weg, es herauszufinden«, sagte Guederic entschlossen. »Du musst dich auf den unterbrochenen Energiestrom konzentrieren. Den von Zejabel.«

Das Mädchen sah zu der Kranken, die auf zwei zusammengeschobenen Strohsäcken lag. Zejabel hatte nichts von ihrem Gespräch mitbekommen. Zwar besserte sich ihr Zustand von Dezime zu Dezime, aber sie war immer noch nicht wieder bei Bewusstsein.

»Ich will nichts unternehmen, bis sie gesund ist«, erklärte Lorilis. »Sie muss dem Experiment zustimmen.«

»Selbstverständlich«, sagte Guederic, auch wenn er dabei nicht ganz aufrichtig klang. »Ich hoffe nur, dass es dann nicht zu spät ist. Die Zü können jederzeit beschließen, uns einem weiteren Verhör zu unterziehen. Oder gleich ein Hinrichtungskommando schicken. Vielleicht noch in dieser Nacht.«

Er wies auf die schmalen Luken hoch oben in der Wand, hinter denen es pechschwarz geworden war. Sie waren nun schon so lange in dem Schlafsaal eingesperrt, dass Lorilis gar nicht bemerkt hatte, wie die Sonne untergegangen war. Zumal sie im Licht einer Lampe an ihren Zeichnungen gearbeitet hatte.

»Irgendetwas stimmt nicht«, sagte Souanne plötzlich.

»Nol sagte doch, das neue Jal trage auch Saats Stempel. Wie kann das sein?«

»Vielleicht ist das eine Folge des Chaos, das er in die Welt gebracht hat«, überlegte Damián.

»Nein, ich glaube, Saat war irgendwie an der Neuerschaffung des Jal beteiligt«, entgegnete Josion. »Meiner Meinung nach …«

Er verstummte und hob die Hand, damit die anderen schwiegen. Lorilis zuckte zusammen. Was war jetzt schon wieder? Hatten die Zü doch beschlossen, sie hinzurichten? Würde im nächsten Moment die Tür aufspringen und sich ihnen ein Wald aus Speeren und vergifteten Dolchen entgegenrecken, sodass sie keine Chance hätten, mit dem Leben davonzukommen?

Hektisch wandte sich Lorilis Zejabel zu. Die roten Linien waren verblasst, das Fieber gesunken, und die Zü hatte wieder eine einigermaßen gesunde Gesichtsfarbe. Sie schien friedlich zu schlafen. Durfte Lorilis ihre Energieströme erforschen, ohne Zejabel um Erlaubnis zu fragen? Rechtfertigte die drohende Gefahr einen solchen Akt der Verzweiflung? Sie vermuteten, dass ihr Großvater in höchster Not etwas Ähnliches getan hatte, aber Lorilis war die Sache einfach nicht geheuer.

Von draußen drangen aufgeregte Stimmen herein. Verwirrt spitzte Lorilis die Ohren. Im Dorf der Zü herrschte offenbar Panik. Aufgeregte Rufe und schnelle Schritte hallten durch die Gassen. Josion stand lautlos auf, schlich zur Tür und öffnete sie mit der Behutsamkeit eines Uhrmachers.

»Die Wachen sind verschwunden«, flüsterte er.

Er warf den anderen einen bedeutsamen Blick zu. Was

auch immer im Dorf der Kriegerinnen vor sich ging, sie mussten die Gelegenheit zur Flucht nutzen! Mit der Zügigkeit einer eingespielten Truppe bereiteten die Erben ihren Aufbruch vor. Souanne rüttelte Zejabel wach und ließ nicht locker, als der Zü immer wieder die Augen zufielen. Damián schob die kostbaren Tagebücher vorsichtig in seinen Rucksack. Maara und Guederic zogen ihre Waffen und bauten sich an der Tür auf, bereit, sich eine Schneise durch ihre Feinde zu schlagen und mit ihren Freunden in den Sümpfen zu verschwinden. Najel wiederum half Lorilis, ihre Sachen, die sie ausgepackt hatte, als sie Papier und Stifte hervorgeholt hatte, wieder in den Rucksack zu räumen. Ihnen blieb keine Zeit, alles ordentlich zu verstauen, sodass sich Lorilis irgendwann einfach den Rucksack über die Schulter warf und das Holzkästchen mit dem Schreibzeug in der Hand behielt.

Nun waren alle bereit. Zejabel war noch sehr unsicher auf den Beinen und blickte sich verwirrt um. Trotzdem schaffte sie es, eine kleine Phiole mit einem scharf riechenden Trank aus ihrer Tasche zu holen und daran zu riechen. Als sie den Schlafsaal erkannte, in dem sie ihre Kindheit verbracht hatte, zeichnete sich Entsetzen auf ihrem Gesicht ab. Doch die anderen ließen ihr keine Zeit, sich an vergangenes Leid zu erinnern. Nun, da Zejabel wieder laufen konnte, gab es keinen Grund mehr, den Aufbruch hinauszuzögern.

Josion schlüpfte als Erster durch die Tür. Mit einem leisen Pfiff signalisierte er, dass die Luft rein war, und die anderen folgten ihm lautlos. Sie schlichen hinter ihrem Anführer her, huschten zwischen den Häusern hindurch und drückten sich in den Schatten von Lehmwänden.

Lorilis' Herz pochte so heftig, dass sie fürchtete, es wäre noch am anderen Ende des Lus'an zu hören.

Im Dorf herrschte völliges Chaos. Kriegerinnen liefen wild durcheinander und riefen sich unverständliche Worte zu. Vom anderen Ende des Dorfs drang Kampfgetümmel an ihre Ohren. Bekämpften sich die Zü etwa gegenseitig? Das war eher unwahrscheinlich. Aber gegen wen kämpften sie dann?

Lorilis ahnte, dass sie recht bald eine Antwort auf ihre Frage bekommen würde. Josion bewegte sich vorsichtig auf den Tumult zu. Offenbar fragte er sich ebenfalls, wer die Angreifer waren. Oder wollte er etwa mögliche Verfolgerinnen in die Irre führen? Wie auch immer: Josion steckte den Kopf um eine Ecke und spähte auf den Dorfplatz, auf dem der Kampf tobte. Was er sah, musste ihm einen gehörigen Schrecken einjagen, denn er vergaß ganz, dass er allgemeines Schweigen verordnet hatte.

»Saats Männer«, flüsterte er. »Es sind mindestens dreißig.«

Lorilis wurde es angst und bange. Als hätten sie nicht schon genug Ärger! Es gab keinen Zweifel daran, dass Saats Männer nach ihnen suchten.

Josion blieb keine Zeit mehr, sie aus dem Dorf zu führen. Plötzlich hörten sie hinter sich hastige Schritte. Jemand kam den Pfad aus gestampftem Lehm entlanggerannt, der zwischen den Häusern hindurchführte. Hastig bogen die Erben in eine Seitengasse ein und drückten sich in den Schatten einer Mauer. Dann spielte sich vor ihren Augen eine schier unglaubliche Szene ab: Eine jüngere Zü, vielleicht sogar eine derjenigen, die sie aus den Sümpfen eskortiert hatten, lief an ihnen vorbei. Sie floh vor einem unsichtbaren Angreifer und fürchtete offenbar um ihr Leben. Im nächsten Moment grollte über ihren Köpfen Donner, ein Blitz fuhr vom Himmel herab, und die Frau im roten Gewand wurde durch die Luft geschleudert. Mit einem dumpfen Aufprall landete sie auf dem Boden und blieb mit dem Gesicht nach unten liegen. Sie war tot.

Die Erben waren wie erstarrt und wagten kaum zu atmen. Gleich darauf kamen zwei Männer, die Saats Zeichen auf der Stirn trugen, um die Ecke getrabt. Als sie ihr Opfer am Boden liegen sahen, brachen sie in dreckiges Gelächter aus. Einer von ihnen versetzte der Leiche einen Fußtritt, während der andere den Hati der Zü aufhob und die Waffe in einem Beutel verstaute.

In diesem Moment drehte sich einer der Männer um und entdeckte die Erben in der Nebengasse. Aufgeregt rief er nach Verstärkung, während der zweite Mann die Hand hob. Donner grollte über ihren Köpfen, und Lorilis riss instinktiv ihren Schreibkasten vors Gesicht, um sich zu schützen.

Der Donnerschlag, den der Magier entfesselte, dröhnte Najel in den Ohren, und als gleichzeitig ein Blitz vom Himmel zuckte, rechnete er mit dem Schlimmsten.

Im nächsten Moment stellte er verblüfft fest, dass er unverletzt war. Er öffnete die Augen und ließ den Blick schweifen, um festzustellen, wen es getroffen hatte – doch zu seinem Erstaunen waren alle unverletzt. Nur Lorilis rieb sich mit schmerzverzerrtem Gesicht die Handgelenke. Zu ihren Füßen lag ihr Schreibkasten. Er war entzweigebrochen, Rauch stieg von dem Holz auf. Und was noch seltsamer war: Einer von Saats Männern lag am Boden. Der andere Magier starrte völlig entgeistert auf seinen Kumpan. Er hatte offenbar ebenfalls mit einem anderen Ausgang gerechnet.

Dem Mann blieb keine Zeit, sich von dem Schreck zu erholen. Josion schleuderte seinen Dolch, und als die Klinge dem Magier den Hals durchbohrte, sackte dieser mit einem widerlichen Röcheln in sich zusammen. Blitzschnell zog Josion an der Kette, um seinen Zarratt zurückzuholen. Schon tauchten weitere Männer am Ende der Gasse auf, alarmiert von den Rufen ihrer Kumpane.

»Wir haben keine Wahl«, rief Guederic. »Los geht's!«

Er stürmte los und warf sich den Männern entgegen. Najel fand die Entscheidung überstürzt, aber früher oder später hätten Saats Männer sie ohnehin entdeckt. Josion, Damián, Maara und Souanne liefen Guederic hinterher, während Najel und Lorilis Zejabel stützten und ihren Gefährten in einigem Abstand folgten.

Sechs Männer mit Saats Zeichen auf der Stirn rannten auf sie zu. Der Zusammenprall der beiden Gruppen war heftig, aber von kurzer Dauer. Mit einem gewaltigen Hieb seines Rapiers mähte Guederic zwei Piraten gleichzeitig nieder, bevor sie überhaupt die Waffen heben konnten. Seine Gefährten verteilten sich auf die übrigen Männer, und alle gewannen ihren Zweikampf mühelos. Besser hätte die Sache für die Erben nicht ausgehen können. Für einen Moment sah es so aus, als hätten sie Glück im Unglück gehabt, doch dann schnappte sich Guederic ein herumliegendes Schwert und rannte in Richtung Dorfplatz, auf dem der Kampf zwischen Zü und Piraten tobte. Er hielt nun in jeder Hand eine Waffe.

Damián brüllte ihm hinterher, um ihn zur Vernunft zu bringen, aber Guederic war taub für seine Rufe. Er stürmte weiter auf den Platz zu, von dem Waffengeklirr und Kampfgeschrei ertönten. Mittlerweile brannten auch einige umstehende Häuser.

»Ich hole ihn zurück. Wartet hier«, befahl Damián und nahm die Verfolgung seines Bruders auf.

Statt auf ihn zu hören, heftete sich Maara an seine Fersen. Nach einem kurzen Blickwechsel schlossen sich Josion und Souanne ihr an. Zejabel bedeutete den beiden Jüngsten, die sie immer noch stützten, den anderen zu folgen.

»Wir ... dürfen ... uns ... nicht ... trennen«, stieß sie mühsam hervor.

Najel war ganz ihrer Meinung, doch es war gar nicht so leicht, den Anschluss zu halten, denn Zejabel versagten immer wieder die Beine. Allerdings bewies die Zü außergewöhnliche Willensstärke und humpelte mit Lorilis' und Najels Hilfe tapfer voran.

Die drei hielten sich im Hintergrund, und so konnte Najel beobachten, was sich auf dem Dorfplatz abspielte. Dort tobte ein unbarmherziger Kampf zwischen Zü und Piraten. Einige von Saats Männern drangen bereits in die umliegenden Häuser ein. Der Unterschied zwischen den beiden Lagern stach sogleich ins Auge. Die Zü kämpften in ihren leichten, scharlachroten Gewändern und führten ihre raffinierten Waffen mit geschmeidigen, präzisen Bewegungen. Die Piraten hingegen, ein wilder Haufen Rohlinge mit zerzausten Bärten, gingen mit unerbittlicher Brutalität vor.

In einem gerechten Kampf wären die Piraten zweifellos unterlegen gewesen, aber in diesem Fall standen zwei Söldner gegen eine Zü, und Saats Männer schreckten vor nichts zurück, während die Frauen im Schlaf überrascht worden waren. Außerdem wurden die Piraten von sechs Hexern unterstützt, die mit ihren Blitzen Panik unter den Zü säten. Die Magier schlugen wahllos zu, verfehlten ihre Opfer niemals und töteten feige erfahrene Kriegerinnen, die sich jahrzehntelang in der Kunst des Kampfs geübt hatten.

In den Gassen des Dorfs lagen bereits überall Leichen, und die Flammen, die aus den brennenden Häusern schlugen, spiegelten sich im blutgetränkten Lehm. Zwei Drittel der Toten trugen scharlachrote Gewänder.

Guederic zögerte keinen Moment, auf welche Seite er sich schlagen sollte. Er stürzte sich auf Saats Männer, als ginge es darum, sein eigenes Hab und Gut zu verteidigen. Die anderen ließen sich von ihm mitreißen und wurden so schnell in den Kampf verwickelt, dass ihnen keine Zeit zum Nachdenken blieb. Als sich die Erben einmischten, waren die Zü zunächst misstrauisch, aber recht schnell waren sie dankbar für die unverhoffte Verstärkung. Bald kämpften Zü und Erben Seite an Seite.

Es war ein gnadenloses Gefecht. In dieser Nacht würden keine Gefangenen gemacht, und die Besiegten durften nicht mit Gnade rechnen. Das hatte Guederic offenbar auf Anhieb begriffen, und auch Souanne, Damián, Josion und Maara verstanden es schnell: Sie mussten ihre Gegner töten, um sich ihrer zu entledigen. Unweigerlich zogen sie nach kurzer Zeit die Aufmerksamkeit der Magier auf sich, die sich bisher auf die Zü-Kriegerinnen konzentriert hatte. Zum Glück erkannte Damián die drohende Gefahr rechtzeitig und warnte die anderen.

Jetzt gerieten die Erben noch mehr in Bedrängnis. Während sie ihre Duelle austrugen, mussten sie sich hinter ihren Gegnern verschanzen, um nicht von einem der Blitze getroffen zu werden, die Saats Lehrlinge heraufbeschworen. Fortan beschränkten sich die Erben darauf, die Schwerthiebe ihrer Feinde zu parieren, denn wenn sie die Piraten töteten, standen sie schutzlos da.

In diesem Moment wurde Najel klar, warum die Zü keine Chance gegen die Piraten hatten: Sobald eine Kriegerin im Kampf die Oberhand gewann und mit ihrem vergifteten Dolch zustach, wurde sie von übernatürlichen Kräften niedergestreckt, von deren Existenz sie nicht einmal gewusst hatte.

»Besorgt mir … Pfeile«, stieß Zejabel hervor.

Sie sah Najel auffordernd an, und bei ihrem eindringlichen Blick bekam er eine Gänsehaut. Mit Lorilis' Hilfe brachte er die geschwächte Zü in eine Seitengasse, wo sie außer Gefahr war. Dann rannte er geduckt zurück zu dem Platz, auf dem der Kampf tobte. Während er um die am Boden liegenden Leichen herumlief, hoffte er inständig, kein Donnergrollen über seinem Kopf zu hören. Zum Glück fand er recht schnell, was er suchte: einen Köcher voller Pfeile. Die Schäfte waren mit blutroten Federn gespickt und die Spitzen vermutlich vergiftet. Najel löste den Gurt, der den Köcher mit seiner Besitzerin verband, und vermied es, der Toten ins Gesicht zu sehen. Dann machte er sich auf den Rückweg zu Zejabel und Lorilis. Beim Laufen blickte er sich immer wieder ängstlich um.

Zejabel dankte ihm mit einem knappen Nicken, hängte

sich den Köcher um und rückte ihn zwischen den Schulterblättern zurecht. Diese Geste allein schien ihr neue Kräfte zu verleihen und eine heilsamere Wirkung zu haben als jeder Trunk. Sie nahm Lorilis den Bogen ab, den das Mädchen für sie getragen hatte, zielte konzentriert und schoss den ersten Pfeil ab.

Fünfzig Schritte entfernt erstarrte ein Hexer mitten in der Bewegung und brach zusammen. Der Pfeil hatte seinen Hals glatt durchschlagen.

Die verbliebenen fünf Magier sahen sich panisch um und versuchten festzustellen, woher der Pfeil gekommen war. Zu Beginn der Schlacht hatten mehrere Zü versucht, sie mit ihren Pfeilen zu treffen, doch die Magier hatten die Bogenschützinnen als Erste außer Gefecht gesetzt.

Zejabel ließ sie eine Weile schmoren und wartete auf eine günstige Gelegenheit. Dann war es so weit: Alle fünf Hexer wandten ihr gleichzeitig den Rücken zu, und sie ließ einen zweiten Pfeil von der Sehne schnellen.

Das Geschoss rammte sich einem der Männer ins Ohr und durchschlug seinen Schädelknochen. Er ging lautlos zu Boden und kippte seinen Kumpanen vor die Füße.

Fassungslos starrten die vier Überlebenden auf die Leiche und verständigten sich dann darauf, dass jeder eine Himmelsrichtung im Auge behielt. So standen sie mit ausgestreckten Händen da, bereit, den unsichtbaren Angreifer mit einem Blitz zu töten.

Najel befürchtete, Zejabel könnte vorschnell handeln, aber sie war klug genug, so lange in ihrem Versteck auszuharren, bis die Wachsamkeit ihrer Feinde nachließ. Ohnehin war sie ihren Gefährten bereits eine große Hilfe gewesen, denn nun waren die Hexer nur noch damit beschäftigt, sich gegenseitig Deckung zu geben, und griffen nicht mehr in den Kampf ein. So konnten die Zü mit tatkräftiger Unterstützung der Erben langsam aber sicher verlorenes Gebiet zurückerobern.

Schon bald waren sie deutlich im Vorteil. Vergiftete Hatis, ein durch die Luft wirbelnder Zarratt und ein angriffslustiges lorelisches Rapier drängten die Piraten zurück. Guederics Gesicht verzog sich zu einem grausamen Grinsen, und aus den Augen der Zü blitzte blanker Hass. Bei diesem Anblick ergriffen mehrere Söldner Hals über Kopf die Flucht. Schließlich hoben einige Kriegerinnen Köcher und Bogen ihrer toten Kameradinnen auf und schossen Pfeile auf die vier Magier ab, während sich andere auf die Männer stürzten und mit ihren vergifteten Dolchen zustachen, auch wenn sie diesen Wagemut mit dem Leben bezahlten.

Der Junge konnte den Anblick nicht länger ertragen und wandte sich ab. So viele Tote, so viel Leid. Und weswegen das alles? Weil ein einziger Mann dem Größenwahn verfallen war! Dieser verfluchte Saat, sein eigener Großvater, der längst in einem Grab hätte vermodern sollen!

»Da rüber«, sagte Zejabel unvermittelt.

Najel stellte keine Fragen; gemeinsam mit Lorilis half er der Zü auf. Geduckt liefen sie an dem Haus entlang, hinter dem sie sich versteckt hatten, huschten dann zum nächsten Haus, zum übernächsten und immer so weiter. Auf diese Weise umrundeten sie den halben Platz. Was hatte Zejabel nur vor? Wo sie doch zuvor darauf bestanden hatte, dass sie in der Nähe ihrer Gefährten blieben …

Schließlich erreichten sie das größte Gebäude des

Dorfs. Es musste sich um einen Tempel handeln, denn Zuïas Palast stand außerhalb des Dorfs. Zu Najels Überraschung erklomm Zejabel mühsam die Stufen der Vortreppe und zog sie hinter sich her, und für einen Moment waren sie vollkommen schutzlos. Dem Jungen schlug das Herz bis zum Hals. Im nächsten Moment schlüpften die drei durch die halb offen stehende Flügeltür und waren wieder in Sicherheit. Zumindest fürs Erste …

Zejabel blieb jedoch nicht stehen. Sie nahm Lorilis ihren Bogen ab, spannte einen Pfeil ein und hinkte durch den Vorraum, der zum Herz des Tempels führte. Najel und Lorilis folgten ihr durch eine Tür und standen gleich darauf in einem kleinen Saal, der offenkundig der Anbetung Zuïas diente. Unter einem hohen Gewölbe waren die Wände mit scharlachroten Tüchern verhängt, und in regelmäßigen Abständen hingen Lampen, aus denen Weihrauchschwaden aufstiegen. Für die Einwohner des Lus'an musste dies ein heiliger Ort sein, und nun hatten Saats Männer ihn geschändet.

Auch hier hatte der Kampf gewütet. Sechs Leichen lagen zwischen den Bänken und im Mittelgang. Vor dem Altar standen die vier Überlebenden des Gefechts: Zwei von Saats Männern hatten zwei Mitglieder des Ältestenrats in ihre Gewalt gebracht und drückten ihnen Messer an den Hals. Sie hatten wohl erkannt, dass sich der Wind zu ihren Ungunsten gedreht hatte, und wollten mit dieser Geiselnahme ihre Haut retten.

»Zejabel«, rief eine der Alten. »Dreckige Verräterin! Ich wusste, dass du nichts als Unglück und Tod über uns bringen würdest. Jetzt hast du endlich bekommen, was du wolltest! Bring es zu Ende! Töte mich!«

»Halt die Klappe!«, knurrte der Rohling, der sie festhielt, und starrte die Neuankömmlinge verwirrt an.

Zejabel stand reglos da und sagte kein Wort. Sie hielt die Sehne ihres Bogens straff gespannt, den Pfeil im Anschlag, und atmete ruhig. Für jemanden, der sich noch wenige Dezillen zuvor kaum auf den Beinen halten konnte, bewies sie eine unglaubliche Selbstbeherrschung. Dann überstürzten sich die Ereignisse. Der Bogen vibrierte, Zejabels Pfeil schoss durch den Tempel, bohrte sich dem Piraten ins Auge, und der Mann kippte hintenüber. Sein Komplize starrte entgeistert auf die Leiche, und die beiden Alten reagierten blitzschnell. Eine versetzte ihm einen Tritt in den Unterleib, während die andere die Messer an sich brachte. Sie reichte ihrer Schwester eine der Waffen, und beide stachen auf den Mann ein. Die Zü schienen genau zu wissen, wo sie ihr Opfer treffen mussten.

Als sie von ihrem Opfer abließen, waren Gesicht und Hände der Zü mit Blutspritzern besudelt. Nun richteten sie ihre Aufmerksamkeit auf Zejabel, die mit gesenktem Bogen auf sie zuging. Najel stand Todesängste aus. Nachdem er gesehen hatte, wozu die beiden Alten fähig waren, fragte er sich, ob sie überhaupt ganz richtig im Kopf waren.

»Ich bin keine Verräterin«, sagte die einstige Kahati ruhig. »Ja, ich habe mich von der Dämonin abgewandt, die behauptete, unsere Mutter zu sein. Aber *niemals* habe ich meine Schwestern verleugnet.«

Die Alten wechselten einen stummen Blick. Das Ganze dauerte nur einen Moment, aber Najel kam es wie eine Ewigkeit vor.

Dann senkten die beiden Alten ihre Waffen.

Obwohl der Kampf seit einem halben Dekant vorbei war, steckte das Gemetzel Josion noch in den Gliedern. Jeder Muskel seines Körpers schmerzte, und sein Geist war in Aufruhr. Die Erben hatten bereits viele Kämpfe gefochten, aber ein solches Blutbad hatten sie bisher nicht erlebt. Und Josion ahnte, dass es nur ein Vorgeschmack gewesen war.

Doch zumindest für diese Nacht ruhten die Waffen. Die Zü hatten schließlich den Sieg davongetragen, auch wenn es viele Tote zu beklagen gab. Die Kriegerinnen betrachteten die Erben nun nicht mehr als ihre Gefangenen, vor allem nicht, nachdem die beiden Alten erzählt hatten, wie Zejabel ihnen zu Hilfe gekommen war. Niemand erwähnte mehr den angeblichen Verrat der einstigen Kahati. Im Moment gab es ohnehin Dringenderes. Verletzte mussten versorgt, Brände gelöscht und sterbenden Feinden der Gnadenstoß versetzt werden. Einige Piraten waren in die Sümpfe geflüchtet, weil sie hofften, so dem Todesurteil der Zü zu entkommen, und es wurden Trupps losgeschickt, um die Ahnungslosen einzufangen.

Die Erben halfen dabei, alle Verwundeten in ein Haus zu tragen, in dem die Heilerinnen ein Lazarett eingerichtet hatten. Dann kehrten sie in den Schlafsaal zurück, in dem sie zuvor gefangen gehalten worden waren, und versorgten ihre eigenen Wunden, die zum Glück nicht besonders schwer waren. Außerdem erzählten sie Zejabel, was seit ihrer Vergiftung durch Zuïas Wiedergeburt passiert war. Als erst Lorilis ihre Vision schilderte und dann Damián von seiner Vermutung berichtete, sie könnten einen Weg in das neu erschaffene Jal finden, geriet die Zü in helle Aufregung.

»Wir müssen es unbedingt versuchen«, sagte sie entschlossen. »Am besten jetzt gleich.«

»Mutter«, erwiderte Josion mit einem Seufzer, »du musst dich ausruhen.«

Er war selbst nicht ganz überzeugt von seinen Worten, aber nachdem Zejabel so lange zwischen Leben und Tod geschwebt hatte, wollte er nicht, dass sie sich schon wieder in Gefahr brachte.

»Mir geht es gut«, kanzelte ihn Zejabel ab. »Du kannst anfangen, meine Energieströme zu erforschen, Lorilis.«

»Äh … Ich …«

Damián kam dem Mädchen zu Hilfe. »Es gibt einen Grund zur Eile«, sagte er beschwichtigend. »Ich bin überzeugt, dass wir von den Zü nichts mehr zu befürchten haben. Im schlimmsten Fall werden sie uns bitten, aus dem Lus'an zu verschwinden. Wir können in Ruhe über unseren nächsten Schritt nachdenken.«

»Im Grunde haben wir drei Möglichkeiten«, sagte Maara. »Wir können nach Wallos zurückkehren, aber das hilft meinem Vater nicht. Wir können Saat die Kehle durchschneiden, aber das ist leider unmöglich. Oder wir lassen uns von dieser magischen Lichtkugel verschlucken. Nur dass wir dabei vielleicht in tausend Stücke gerissen werden. Keine leichte Entscheidung …«

»Falls Lorilis den magischen Übergang ins Jal nicht öffnen kann, bleibt uns nichts übrig, als Saat gegenüberzutreten«, sagte Guederic. »Wir sollten zumindest herausfinden, ob wir ins Jal gelangen könnten. Selbst wenn wir es dann nicht tun.«

Josion suchte verzweifelt nach einem Gegenargument, aber ihm fiel nichts ein. Nach zwei erbitterten Kämpfen innerhalb weniger Dekanten, einer schlaflosen Nacht und einem endlosen Marsch durch die Sümpfe war sein Kopf einfach nur leer. Einen Moment lang schwiegen alle betreten, dann nickte Lorilis entschlossen und begann sich zu konzentrieren.

Alle warteten angespannt auf das Ergebnis ihres Versuchs. Unruhig suchte Josion Lorilis' und Zejabels Gesicht nach Anzeichen dafür ab, dass etwas schieflief. Nach einer Weile nahmen Lorilis' Augen wieder ihre natürliche Farbe an. Das Mädchen blinzelte mehrmals und rieb sich die Schläfen. Ihre Gefährten platzten fast vor Neugier. Als Lorilis bedauernd den Kopf schüttelte, war die Enttäuschung groß.

»Ich konnte den unterbrochenen Energiestrom sehen. Es ist wirklich seltsam. Aber ich habe keine Ahnung, was ich damit anfangen soll. Sonst kann ich die Energieströme verbiegen, umlenken oder miteinander verknüpfen. Aber in diesem Fall wäre das so, als würde ich versuchen, mit einem Bogen ohne Sehne zu schießen. Es tut mir leid …«

Selbstverständlich machte ihr niemand einen Vorwurf. Einige der Gefährten versuchten sogar, sie mit einem kleinen Lächeln aufzumuntern. Schließlich lastete eine ungeheure Verantwortung auf Lorilis.

»Wie hat Yan das nur angestellt?«, fragte Zejabel. »Es ist zum Verrücktwerden! Womöglich ist die Lösung ganz einfach. Ich sehne mich so sehr danach, Nolan wiederzusehen …«

Zornig wischte sie sich eine Träne aus dem Auge, ganz wie es ihre Art war. Plötzlich schämte sich Josion für seine Selbstsucht. Wie konnte er zur Vorsicht mahnen, wo sich seine Mutter nichts sehnlicher wünschte, als ihren Mann in die Arme zu schließen? Außerdem war Nolan auch sein Vater … Im Grunde gab es nichts Dringlicheres, als einen Weg in dieses neue Jal zu finden! Schon grübelte Josion über die Frage nach.

»Du hast gesagt, normalerweise könntest du verschiedene Energieströme miteinander verknüpfen«, sagte er nach einer Weile. »Ist das vielleicht die Lösung? Vielleicht braucht es mehrere dieser unterbrochenen Lichtstrahlen, um einen neuen zu erschaffen. Unsere Eltern und Großeltern waren immerhin dreizehn …«

»Ich glaube kaum, dass das ausreichen würde«, entgegnete Lorilis. »Wenn ich sie miteinander verknüpfen würde, würde die Energie zwar zu einem einzigen Strahl verschmelzen, aber er würde immer noch im Nichts enden. Selbst wenn ich ihn in die Länge ziehen würde, hätte er immer noch ein lose herabhängendes Ende. Das würde mir nicht weiterhelfen. Ich bräuchte ein Ziel, auf das ich den Strahl richten kann. Etwas, das mir den Weg weist. Oder jemanden, der ihn entgegennimmt. Aber so etwas habe ich nicht.«

Josion nickte langsam. Das Rätsel war umso schwerer zu lösen, weil er keine Ahnung hatte, wie diese Energieströme, die Lorilis wahrnahm, aussahen. Zum Glück benutzte das Mädchen recht anschauliche Bilder, um sie zu beschreiben. Ihr fehlte also ein Ziel, auf das sie den Strahl richten konnte. Etwas, das das Jal noch mit der bekannten Welt verband, obwohl es eigentlich gar nicht mehr existierte …

»Saat«, murmelte er plötzlich.

Er sprach den Namen nicht zum ersten Mal aus, aber

noch nie zuvor hatten ihm diese vier Buchstaben einen solchen Schauer über den Rücken gejagt.

»Was?«, fragte Maara.

»Saat«, wiederholte Josion. *»Er* ist das Ziel. Er ist derjenige, der verhindert, dass sich das Jal auflöst. Das Sandkorn im Getriebe des Universums! Ohne ihn hätten unsere Eltern das Jal niemals wiedererschaffen können.«

»Ohne ihn hätten sie das auch nicht nötig gehabt«, erwiderte Guederic trocken.

Trotz seiner spöttischen Bemerkung verfiel er in nachdenkliches Schweigen. Auch die anderen starrten gedankenverloren ins Leere. Alle überlegten offenbar, ob Josion recht haben könnte.

»Das würde jedenfalls erklären, warum Saat seine Spur in dem neuen Jal hinterlassen hat«, murmelte Damián schließlich.

»Aber Saat war doch auf dem Schiff gar nicht dabei«, sagte Souanne verwundert. »Hat Yan seinen ... äh, Lichtstrahl etwa aus der Entfernung manipuliert?«

Die Frage richtete sich selbstverständlich an Lorilis, aber das Mädchen zuckte mit den Schultern.

»So etwas habe ich noch nie ausprobiert ... Aber warum nicht? Großvater hatte kurz zuvor von seinen magischen Kräften Gebrauch gemacht. Vielleicht ist ihm im Muster von Saats Energieströmen etwas aufgefallen, und das hat ihn auf die Idee gebracht, aus der Ferne darauf zuzugreifen.«

»Das wäre typisch für Yan. Er ist ein schlauer Kopf«, sagte Zejabel. Ihre Augen leuchteten hoffnungsvoll.

»Habe ich das richtig verstanden?«, fragte Maara. »Yan hat versucht, den Hexer mit seinem eigenen Blitz zu treffen. Dabei fällt ihm irgendetwas auf. Saat segelt davon und lässt unsere Eltern auf dem brennenden Schiff zurück. Yan verwendet die unterbrochenen Lichtstrahlen seiner Gefährten, um einen Übergang ins Jal zu schaffen, und greift dabei auch auf Saats Energieströme zu. Und das alles, ohne dass der Hexer etwas davon mitbekommt?«

»Das hat niemand behauptet«, warf Damián ein.

»Es ist aber gut möglich«, erklärte Lorilis. »Großvater hat schließlich Saats Energieströme nicht *verändert*. Er ist ihnen nur gefolgt, um den Weg ins Jal zu finden. Zumindest gehe ich davon aus … Es kann schon sein, dass der Hexer davon nichts mitbekommen hat.«

»Das sind doch alles nur Spekulationen«, sagte Guederic seufzend. »Und selbst wenn es stimmt, bringt uns dieses Wissen nicht weiter. Wir haben immer noch keine Ahnung, wie man einen Übergang ins Jal öffnet.«

Die Erben nickten betrübt. Josion war besonders niedergeschlagen. Er hatte schon geglaubt, das Rätsel gelöst zu haben.

»Alles hängt irgendwie mit Saat zusammen«, murmelte Damián.

»Er ist der Weg, der zu unseren Eltern führt«, ergänzte Maara.

»Wenn man es recht betrachtet, ist er sogar der Kerkermeister unserer Eltern«, ergänzte Najel.

Josion nickte anerkennend. Natürlich! Warum konnten ihre Eltern das neu erschaffene Jal nicht verlassen? Weil ihnen der Schlüssel fehlte, der sie dorthin geführt hatte! Und dieser Schlüssel war Saat.

Beklemmendes Schweigen trat ein. Sie standen vor einer schweren Entscheidung, und alle waren sich der Bedeutung dieses Moments bewusst. Nun war es so weit: Tief in der Nacht und mitten in den legendären Sümpfen des Lus'an mussten die Erben ein Schicksal annehmen, vor dem sie lange Zeit geflohen waren.

Damián sprach es als Erster aus: »Wir haben keine Wahl. Wir müssen dem Hexer gegenübertreten.«

»Und ihm den Kopf abschlagen«, setzte Guederic nach.

»Nicht unbedingt«, wiegelte sein Bruder ab. »Wir werden versuchen, nah genug an ihn heranzukommen, um einen Übergang ins Jal zu öffnen. In der Hoffnung, dass unsere Eltern dann von dort fliehen können.«

Mit bedauernder Miene wandte er sich an Lorilis: »Ich wollte, jeder von uns könnte frei entscheiden, aber …«

»Ich komme mit«, unterbrach ihn das Mädchen.

Trotz ihrer kühnen Worte war sie erbleicht. Ihre Gefährten nickten reihum und gaben damit zu verstehen, dass auch sie die Sache zu Ende bringen wollten.

Josion mahnte jedoch noch einmal zur Vorsicht: »Wenn Saat uns erwischt, ist alles aus. Ihm kann keine Waffe etwas anhaben, aber er kann uns mit einem Wimpernschlag vernichten. Das dürfen wir keinen Augenblick vergessen. Der kleinste Fehler kann tödlich sein. Besonnenheit ist das oberste Gebot.«

Diese Worte waren vor allem an Guederic gerichtet, da dieser oft Schwierigkeiten hatte, seine Wut zu zügeln und sich zu beherrschen. Was Josion im Blick seines Vetters las, gefiel ihm ganz und gar nicht. In den Augen des jüngsten Sohns der Familie von Kercyan funkelte Mordlust. Gerade wollte er ihn darauf ansprechen, als Lorilis verkündete: »Was Saats magische Kräfte angeht … Da habe ich eine Idee. Ich glaube, ich weiß, wie wir uns davor schützen können.«

Sie klopfte auf den verkohlten Schreibkasten, der neben ihr lag.

Den Rest der Nacht machte Maara kein Auge zu. Wie hätte sie auch schlafen können? Sie war noch immer aufgewühlt vom Kampf, und bei der Aussicht, bald ihrem schlimmsten Feind gegenüberzutreten, sah sie rot. Das allein war schon unangenehm genug, aber dazu kam noch ein Gefühl tiefer Hilflosigkeit. An Schlaf war jedenfalls nicht zu denken.

Ihren Gefährten erging es offenbar nicht besser. Alle waren spät zu Bett gegangen, weil sie bis tief in die Nacht über Lorilis' Idee diskutiert hatten. Das Mädchen hatte die ethekischen Symbole, die sie in ihrer Vision auf Saats Mantel gesehen hatte, aus dem Gedächtnis in ihr Notizbuch gezeichnet, und sie war fest überzeugt, dass die Schriftzeichen sie vor dem Blitz geschützt hatten, den Saats Lehrling in der Gasse auf sie geschleudert hatte. Als Yan von dem Kutter aus Blitze auf Saat niedersausen ließ, überstand dieser den Angriff schließlich auch zweimal unversehrt. Offenbar bildeten die Schriftzeichen eine Art unsichtbaren Schild, der auf ihn einstürzende Energieströme abwehrte und auf ein anderes Ziel umlenkte. Wenn das stimmte, hatten die Erben einen Weg gefunden, sich vor den Angriffen des Hexers zu schützen! Leider war Lorilis viel zu erschöpft, um gleich die Probe aufs Exempel zu machen. Ihre Gefährten reagierten verständnisvoll und erklärten sich bereit, bis zum Morgen zu warten. Allerdings zerbrachen sie sich dann die halbe Nacht lang den Kopf über die Frage, ob Lorilis sie tatsächlich vor den Blitzen schützen konnte.

Maara, die Magie eher misstrauisch gegenüberstand, wälzte sich schlaflos auf ihren zusammengeschobenen Strohsäcken herum und ließ die Ereignisse des Abends Revue passieren. Sie musste zugeben, dass Saats Lehrlinge ihr gehörig Angst eingejagt hatten. Seit sie ihnen zum ersten Mal begegnet waren, hatten sie unglaubliche Fortschritte gemacht! In Lorelia hatten sie ihre Opfer noch berühren müssen, um sie mit ihren magischen Kräften zu verletzen. Mittlerweile brauchten sie nur auf jemanden zu zeigen, um ihn zu töten! Die Kriegerin war angewidert von so viel Feigheit. Was würde wohl als Nächstes kommen? Würden die Hexer ihre Feinde auf große Entfernungen mit einem einfachen Gedanken niederstrecken können? Wie lange würde es dauern, bis sie zu so einer abscheulichen Tat imstande sein würden? Und wie viele Lehrlinge hatte Saat mittlerweile wohl um sich geschart?

Nachdem die Wallattin eine ganze Weile über diese Fragen nachgedacht hatte, wurde ihr klar, wie wichtig Lorilis' Entdeckung war. Als der Morgen dämmerte, riss Maara der Geduldsfaden. Sie stand auf und rüttelte die kleine Magierin wach. Souanne, die gerade Wache hielt, warf ihr einen strafenden Blick zu.

»Ich will endlich Gewissheit«, erklärte Maara ernst. »Je eher, desto besser.«

Zum Glück protestierte Lorilis nicht und ersparte Maara so eine peinliche Szene. Wortlos stand das Mädchen auf, rieb sich die Augen und folgte Maara nach draußen. Zweifellos konnte auch sie es kaum erwarten, endlich Klarheit zu bekommen. Die Ungewissheit musste schwer auf ihr lasten.

Die kühle Morgenluft des Lus'an weckte sie mit einem Schlag. Im Dorf herrschte tiefe Stille, die Gassen waren wie ausgestorben. Nach dem Kampfgetümmel der vergangenen Nacht war das ein ungewohnter Anblick. Fast hatte es den Anschein, als hätten die Zü das Dorf verlassen …

Aber im Grunde scherte es Maara herzlich wenig, was die Zü trieben. Schließlich hatten sie nichts mit den Plänen der Erben zu tun. Von Lorilis' Gelingen oder Scheitern hingegen hing ihr Schicksal ab! Die kleine Magierin war sich ihrer Verantwortung offenbar bewusst. Sie hatte längst erraten, was die Kriegerin von ihr wollte. Ihr fehlte nur noch ein Gegenstand, an dem sie ihre Theorie ausprobieren konnte. Vergeblich sah sie sich nach etwas Passendem um.

»Nimm meinen Schild«, schlug Maara vor. »Der dürfte sich gut eignen.«

Lorilis nickte und begann, mit dem letzten Rest Tinte aus ihrem Schreibkasten die Schutzsymbole auf den Schild zu malen. Die Wallattin sah ihr schweigend zu, und ihre Anspannung und Skepsis wuchsen von Dezille zu Dezille. Wie sollten ein paar handgemalte Punkte und Kringel vor Blitz oder Feuer schützen? Wie konnte dieses Gekritzel einen bösartigen Hexer abschrecken? Da konnten sie ja gleich einen Drachenkopf auf den Schild pinseln, in der Hoffnung, ihren Feinden Angst einzujagen!

Doch als sie beobachtete, mit welcher Sorgfalt Lorilis zu Werke ging, fasste der Kriegerin neuen Mut. Das Mädchen wusste offenbar genau, was sie tat. Als der erste Entwurf fertig war, konzentrierte sie sich eine ganze Weile und nahm anschließend einige Verbesserungen vor. Sie korrigierte hier einen Querstrich und zog da einen Bogen neu. Selbst wenn ihr Versuch scheitern sollte, war ihre Gewissenhaftigkeit bewundernswert, und Maara staunte über ihr gutes Gedächtnis. Schließlich hatte Lorilis die Schriftzeichen nur ein einziges Mal auf Saats Mantel gesehen. Und wie sicher sie die Feder führte! Man merkte, dass sie von begabten Magiern abstammte.

Die Arbeit nahm eine gute Dezime in Anspruch. Nach einer Weile gesellten sich Souanne und Najel zu ihnen, und kurz darauf stießen auch die anderen hinzu. Sie mussten gespürt haben, dass etwas Wichtiges vor sich ging. Schließlich reichte Lorilis Maara den Schild. Die Kriegerin betrachtete ihn einen Moment lang skeptisch und wusste nicht, was überwog: ihre Vorfreude auf das Experiment oder ihre Befürchtung, dass es misslingen würde. Sie gab sich einen Ruck, schob die Hand durch die Lederschlaufe ihres Schilds und entfernte sich etwa zehn Schritte von Lorilis. Dann drehte sie sich um.

»Na los«, rief sie, »schleuder einen deiner … Zauber auf mich oder wie du das nennst!«

Zu ihrer Überraschung stieß der Vorschlag bei den anderen nicht gerade auf Begeisterung.

»Das ist viel zu gefährlich!«, begehrte Damián auf. »Es muss einen anderen Weg geben …«

»Es ist der *beste* Weg!«, entgegnete Maara. »In Wallos üben wir uns auch nicht im Kampf, indem wir auf Holzpuppen eindreschen. Wir benutzen richtige Waffen, teilen Schwerthiebe aus und stecken welche ein. Schließlich muss man echte Erfahrungen sammeln. Wir können nicht erst ausprobieren, ob die Schriftzeichen uns vor den Blitzen schützen, wenn wir Saat gegenüberstehen!«

Keiner widersprach, aber es gab ihr auch niemand recht. Die Kriegerin platzte fast vor Ungeduld. Verstanden die anderen denn nicht, was auf dem Spiel stand?

»Komm schon, Lorilis! Du sollst ja nicht gleich Blitz und Donner auf mich herabfahren lassen. Versuch es mit einem leichten Stoß. Kannst du das?«

Lorilis nickte langsam und warf Damián einen fragenden Blick zu. Als er mit einer Handbewegung sein Einverständnis gab, richtete sie ihre ganze Aufmerksamkeit auf Maara. Gleich darauf veränderte sich Lorilis' Augenfarbe, und die Kriegerin fragte sich, ob sie nicht einen furchtbaren Fehler gemacht hatte.

Instinktiv schloss sie die Augen und duckte sich hinter ihren Schild. Ein Knall ertönte, sie spürte eine Druckwelle und hörte einen dumpfen Aufprall. Aber sie war unverletzt. Maara spähte über den Rand des Schilds und fragte sich, ob das schon alles gewesen war.

Was sie sah, verschlug ihr für einen Moment den Atem. Guederic lag fünf Schritte hinter seinen Gefährten am Boden. Seine Kleider waren zerwühlt, das Haar stand ihm zu Berge, und er war von Kopf bis Fuß mit Staub bedeckt. Der Stoß, den Lorilis auf das Schild gerichtet hatte, war abgeprallt, hatte ihn getroffen und ihn wie eine Stoffpuppe durch die Luft geschleudert. Dann legte er den Kopf in den Nacken und begann aus vollem Hals zu lachen. Er freute sich wie ein kleines Kind.

Maara war die Erste, die sich von seiner Heiterkeit anstecken ließ. Sie rannte zu ihm, schlang ihm die Arme um den Hals und drückte ihm einen Kuss auf die Lippen.

Nun machten auch die anderen ihrer Erleichterung Luft: Sie umringten Lorilis und klopften ihr anerkennend auf die Schulter. Das Mädchen war ihre Rettung! Endlich hatten sie eine Möglichkeit, sich vor Saat zu schützen. Endlich konnten sie hoffen, die Begegnung mit ihm länger als eine Dezille zu überleben!

Natürlich bedeutete das noch lange nicht, dass sie ihn besiegen konnten. Aber daran wollte Maara jetzt nicht denken.

Knapp drei Dezimen später näherten sich zwei bewaffnete Zü dem Schlafsaal, in den sich die Erben zurückgezogen hatten. Souanne, die vor der Tür Wache hielt, stieß einen leisen Pfiff aus, und Josion und Guederic bezogen neben ihr Stellung. Vermutlich war diese Maßnahme überflüssig, denn Erben und Zü waren nach dem Kampf in Frieden auseinandergegangen, und die Kriegerinnen sahen nicht aus, als hätten sie feindliche Absichten. Aber man konnte nie vorsichtig genug sein: Wer wusste schon, mit welcher Laune die Herrinnen des Lus'an heute Morgen aufgewacht waren? Als die beiden Frauen sie mit einem höflichen Nicken begrüßten, ließ die Anspannung der Erben nach.

»Der Ältestenrat möchte mit der Kahati sprechen«, sagte die Größere der beiden. »Und zwar sofort.«

»Aus welchem Grund?«, fragte Josion.

Die Zü ignorierten seine Frage, was für Souanne keine große Überraschung war. Schon am Vorabend hatte die Anwesenheit der Männer die Zü nervös gemacht, und der Angriff der Piraten hatte sie noch argwöhnischer werden lassen. Offenkundig verhandelten die Kriegerinnen lieber mit Frauen.

»Ich komme mit«, sagte Zejabel gelassen.

Ihr Sohn und Neffe protestierten lautstark, aber Zejabel brachte sie mit einer knappen Handbewegung zum Schweigen.

»Es ist alles in Ordnung«, versicherte sie. »Ich bin nicht in Gefahr. Sonst wären sie mit dreißig Kriegerinnen hier aufgetaucht. Macht ihr einfach … weiter.«

Nach dem erfolgreichen Versuch mit Maaras Schild hatte Lorilis damit begonnen, die ethekischen Schutzsymbole auf ihre Waffen und Ausrüstungsgegenstände zu malen. Sie konnte die Schriftzeichen nur selbst anbringen, aber ihre Gefährten halfen ihr, indem sie das Gepäck der Piraten nach Tintenfässchen durchsuchten und ihr die zu beschriftenden Sachen brachten.

»Souanne wird mich begleiten«, fügte Zejabel hinzu.

Die Legionärin riss überrascht die Augen auf, woraufhin ihr Zejabel zuraunte: »Man weiß ja nie. Wir kennen ihre Absichten nicht. Vielleicht komme ich in die Verlegenheit, ihnen eine echte Göttin vorführen zu müssen.«

Das sollte vermutlich ein Kompliment sein, aber Souanne fühlte sich plötzlich sehr klein und schwach. Zum Protestieren blieb ihr jedoch keine Zeit mehr, denn die Zü marschierten mit Zejabel in ihrer Mitte davon.

Souanne wandte sich zu den Erben um, schenkte Damián ein schüchternes Lächeln und rannte dann den drei Frauen in den roten Gewändern hinterher.

Während sie durch die Gassen gingen, fiel Souanne auf, in welch schlechtem Zustand die Häuser waren.

Über dem ganzen Dorf hing eine düstere Atmosphäre. Die glorreichen Zeiten der Siedlung im Lus'an gehörten offensichtlich der Vergangenheit an. Im hellen Morgenlicht sprang einem der Verfall noch mehr ins Auge als am Abend zuvor. Die Sümpfe schienen sich das verlorene Gebiet zurückerobern zu wollen, und die Schlacht der vergangenen Nacht hatte tiefe Wunden in die ohnehin schon heruntergekommenen Häuser gerissen. Die Zivilisation der Zü war eindeutig dem Untergang geweiht. Ohne genau zu wissen, warum, machte dieser Gedanke Souanne traurig.

Zejabel und die beiden Zü, die sie eskortierten, sprachen kein einziges Wort, und Souanne wagte nicht, das Schweigen zu brechen. Dabei brannte sie darauf zu erfahren, was in der Nacht noch alles passiert war. Hatten die Verletzten überlebt? Hatten die Zü die geflohenen Piraten einfangen können? Wusste man, warum die Männer das Dorf überfallen und die Zü angegriffen hatten?

Je länger Souanne über diese Fragen nachdachte, desto unruhiger wurde sie. Vielleicht hatten die Kriegerinnen mittlerweile begriffen, dass Saats Männer hinter den Erben her gewesen waren, und wollten sie nun zur Rechenschaft ziehen.

Zum Glück musste sich Souanne nicht lange den Kopf zerbrechen. Anders als die Legionärin angenommen hatte, führten die Zü sie nicht zu dem Tempel oder einem anderen öffentlichen Gebäude, sondern zu einem kleinen, unscheinbaren Lehmhaus. Die Zü bauten sich zu beiden Seiten der Tür auf und bedeuteten Zejabel und Souanne einzutreten.

Zejabel schob ohne zu zögern den Perlenvorhang beiseite, der verhindern sollte, dass Insekten ins Haus gelangten, und Souanne blieb nichts anderes übrig, als ihr zu folgen. Im nächsten Moment standen sie in einer bescheidenen Stube, in der die Möbel beiseitegerückt worden waren. Hier fand eine Totenwache statt: In der Mitte des Raums war eine Leiche aufgebahrt, bedeckt von einem fast durchsichtigen roten Tuch, unter dem sich das Gesicht abzeichnete. Um den Hals trug die Tote einen dunkelroten Schal, der die hässliche Wunde verbergen sollte.

Zwei Frauen saßen rechts und links von der Toten und hielten ihre Hand. Souanne erkannte die beiden Mitglieder des Ältestenrats, die den Kampf gegen die Piraten überlebt hatten. Die Alten begrüßten die Neuankömmlinge mit einem Nicken, woraufhin Zejabel vor der Toten auf die Knie ging und den Kopf senkte. Da Souanne nicht wusste, was sie sonst tun sollte, folgte sie ihrem Beispiel. So vergingen einige Dezillen in stiller Andacht, bis die jüngere der beiden Frauen das Wort ergriff.

»Sie wäre froh, dich hier zu sehen, Zejabel«, sagte sie leise. »Schade, dass sie nicht mehr bei uns ist.«

»Ja«, sagte Zejabel schlicht.

Abermals trat Schweigen ein, und nach einer Weile fügte die Alte hinzu: »Wir haben mehrere Angreifer, die in die Sümpfe geflohen waren, gefangen genommen und Zuïas Urteil an ihnen vollstreckt. Aber vor der Hinrichtung haben einige geredet.«

Souanne zuckte zusammen, und die Alte hob die Hand, damit sie sie ausreden ließ.

»Ihr schuldet uns eine Erklärung. Aber vorher möchte ich dir eine Geschichte erzählen, Zejabel. Ich will dir erzählen, was passiert ist, seit du die Göttin gewaltsam aus dem Palast verschleppt hast.«

Die Legionärin spannte jeden Muskel an. Am liebsten wäre sie aus dem Haus gerannt und zu den anderen zurückgekehrt.

Indes fuhr die Alte mit ihrer Geschichte fort: »Du hast Zuïa getötet, woraufhin sie den Körper deiner Rivalin Zhira in Besitz nahm. Dann brach sie in die Oberen Königreiche auf, um dich für deinen Verrat zu bestrafen. Doch du hast sie ein zweites Mal getötet. Sie hatte noch Zeit, uns davon zu erzählen, als sie abermals im Körper einer der Unseren erwachte – doch dann erlosch ihr Geist. Für immer. Uns war unbegreiflich, warum sie nicht ein weiteres Mal wiedergeboren wurde.«

Souanne hingegen verstand es sofort. Zuïa hatte in dem Moment aufgehört, die Körper ihrer Schützlinge in Besitz zu nehmen, als die Erben das Jal verleugneten und alle Götter und Dämonen sich auflösen.

»Nach ihrem Tod verloren wir jeden Halt. Wir fühlten uns völlig verlassen. Ohne die Göttin, die unsere Begierden in geordnete Bahnen lenkte, wurde das Lus'an zu einer Schlangengrube. Mehrere Judikatoren versuchten, die Macht an sich zu reißen. Und auch einige von uns behaupteten, die Seele der Göttin in sich zu tragen, und wollten den anderen ihre Herrschaft aufzwingen. Es gab viele Kämpfe, viele Tote, viel Leid. Einige Unglückliche flohen in die Sümpfe, um diesem Wahnsinn zu entgehen, aber sie kamen nicht weit. Die Inselbewohner, unsere einstigen Sklaven, nutzten die Gunst der Stunde und massakrierten alle, die ihnen in die Hände fielen.«

Der Kummer, der sich auf Souannes Gesicht abzeichnete, war nicht gespielt. Die Zü hatten so viele Gründe, Zejabel zu hassen, dass Souanne das unheimliche Gefühl hatte, vor Gericht zu stehen und ihre Freundin verteidigen zu müssen.

»Nur die Angst vor dem Lus'an hielt die Inselbewohner davon ab, uns alle zu töten. Um wieder für Ruhe und Ordnung zu sorgen, beschlossen wir irgendwann, den letzten Judikatoren die Kehle durchzuschneiden. Seitdem leben wir unter Frauen. Wir alle wurden als kleine Mädchen unseren Familien entrissen und wuchsen in den Sümpfen auf. Nun waren wir zum ersten Mal in unserem Leben frei. Allerdings hatten wir auch die einzige Mutter verloren, an die wir uns erinnerten.«

»Ich habe einen Sohn«, sagte Zejabel plötzlich. »Ich weiß, was Muttersein bedeutet. Zuïa war uns alles andere als eine Mutter.«

»Du hast einen Sohn …«, murmelte die Alte gedankenverloren.

Sie warf ihrer Schwester einen bedeutungsvollen Blick zu, den Souanne nicht recht deuten konnte. Unruhig rutschte die Legionärin auf ihren Knien herum. Zejabel hingegen wirkte völlig gelassen. Allerdings war die Zü auch Meisterin darin, ihre Gefühle zu verbergen.

»Keine von uns hat jemals einem Kind das Leben geschenkt«, fuhr die Alte fort. »Das hatte natürlich seine Gründe … Aber wir werden immer älter, und es folgt uns niemand nach. Die jüngsten Mitglieder unserer Gemeinschaft sind in ihrem dreißigsten Jahr. Sie erinnern sich kaum noch an die Göttin. Wir sind dazu verdammt auszusterben. Nur die Hoffnung auf eine Rückkehr Zuïas hielt uns am Leben.«

Bei diesen Worten strich sie der Toten zärtlich über die Hand. Die Geste zeugte von der jahrzehntelangen Freundschaft, die die Frauen verbunden hatte.

»Vor einem Jahr begannen wir den Geist der Göttin von Neuem zu spüren. Nur ganz schwach und immer nur für kurze Zeit. Seither zogen wir jeden Tag quer durch die Sümpfe zur Nordküste der Insel, um zur Göttin zu beten und sie anzuflehen, zu uns zurückzukehren. Vor zwei Tagen vernahmen wir ihren Geist schließlich hier im Lus'an. Aber als wir einen Spähtrupp ausschickten, fanden unsere Kriegerinnen nur dich.«

Souanne biss sich auf die Lippen und hoffte, dass Zejabel nicht auf die Provokation eingehen würde. Was die Zü vernommen hatten, musste der Geist der Riesenspinne gewesen sein, Zuïas dämonischer Wiedergeburt. Offenbar hatte sich die ethekische Pforte schon kurz vor ihrem Tod geöffnet.

»Wir wollten dich für deinen Verrat richten ... Doch dann tauchten plötzlich diese Männer auf und streckten unzählige unserer Schwestern mit ihrer schwarzen Magie nieder. Du hast an unserer Seite gegen diese feigen Hunde gekämpft und mir sogar das Leben gerettet. Wir sind verwirrt, Zejabel. Wer bist du wirklich? Bist du die Wiedergeburt Zuïas?«

Die Graue Legionärin hielt den Atem an und erschrak, als Zejabel den Kopf schüttelte.

»Die Dämonin ist tot. Sie wird nie wieder zurückkehren. Ich bin nur ein einfaches Mädchen aus den Sümpfen, so wie ihr.«

Die Alte sah ihr tief in die Augen und seufzte dann matt.

»Im Grunde wussten wir es. Aber mir wäre es lieber gewesen, du hättest das Gegenteil behauptet. Dann wäre alles einfacher gewesen ...«

»Was wäre einfacher gewesen?«, fragte Souanne alarmiert.

Die Alten wechselten abermals einen vielsagenden Blick und schenkten Souanne zum ersten Mal seit Beginn des Gesprächs Beachtung.

»Die Wut unserer Schwestern auf das richtige Ziel zu lenken und sie unter einem Banner zu vereinen. Nach den Ereignissen der vergangenen Nacht rufen alle nach Rache, aber sie sind sich nicht einig, welches der richtige Weg ist. Manche wollen die Leichen unserer Feinde als Mahnung rings um das Lus'an an Bäume nageln und die Insel wieder unserem Gesetz unterwerfen. Die meisten sind jedoch dafür, mit dem Schiff unserer Feinde in See zu stechen ...«

»Dem Schiff?«, wiederholte Souanne.

Die Frage war ihr einfach so herausgerutscht. Die Alte lächelte rätselhaft.

»Es waren nur noch wenige Männer an Bord. Wir hatten keine Mühe, es in unsere Gewalt zu bringen.«

»Aber ... Was habt ihr damit vor?«

»Wir wollen Zuïas Urteil an demjenigen vollstrecken, der es gewagt hat, uns anzugreifen«, verkündete die Zü. »Wir werden Saat dem Hexer den heiligen Hati ins Herz stoßen.«

Souanne und Zejabel wechselten einen verstohlenen Blick. Das Gespräch nahm eine überraschende Wendung.

»Unsere Feinde waren sehr gesprächig«, fuhr die Alte fort. »Sie hatten den Befehl, alle Fremden, auf die sie im

Lus'an stoßen, gefangen zu nehmen und auf ihr Schiff zu bringen. Also suchten die Männer nach *euch.*«

Angst schnürte Souanne die Kehle zu.

»Sagten sie auch, aus welchem Grund sie nach uns suchten?«, fragte sie gepresst.

»Nein, das wussten sie nicht. Sie sollten euch nur gefangen nehmen. Aber ich bin sicher, dass *ihr* den Grund kennt!«

Doch das tat Souanne mitnichten. Wollte sich der Hexer rächen? Wollte er sie als Geiseln nehmen, um etwas gegen die älteren Erben in der Hand zu haben, falls diese wieder auftauchten? Oder fürchtete er, die jüngste Generation könnte ihm etwas anhaben? Das wäre zu schön, um wahr zu sein …

»Saat will sich unsere Kräfte aneignen«, erklärte Zejabel. »Einige von uns verfügen über besondere Fähigkeiten, und diesen Gedanken kann der Hexer nicht ertragen. Er will sie uns rauben.«

Souanne riss überrascht die Augen auf. Zejabels Enthüllungen verschlugen ihr die Sprache.

Doch die Zü war noch nicht fertig: »Saat dürfte längst nicht mehr unter uns sein. Er starb vor fast fünfzig Jahren, aber er kehrte von den Toten zurück. Er hat beschlossen, die Herrschaft über die gesamte Welt an sich zu reißen, und mithilfe seiner magischen Kräfte könnte ihm das auch gelingen. Bisher konnte ihn niemand aufhalten. Selbst die Götter haben sich ihm unterworfen.«

Sie machte eine kurze Pause und sah den beiden Alten tief in die Augen.

»Wenn ihr ihn angreift, meine Schwestern, werdet ihr sterben. Alle, bis auf die letzte Frau.«

Die Zü hielten ihrem Blick eine Weile stand, und schließlich sagte die Ältere mit einem resignierten Seufzer: »Wir sind schon an dem Tag gestorben, als wir ins Lus'an verschleppt wurden. Ohne die Göttin sind wir nichts. In meinen Augen bist du immer noch eine Verräterin, Zejabel, aber was nützt es, Zuïas Urteil an dir zu vollstrecken, wenn alles andere seinen Sinn verloren hat.«

»Für die Jüngeren bist du eine Legende«, erklärte die andere. »Du bist die Kahati, die die Göttin zweimal besiegt hat. In der vergangenen Nacht hast du uns gerettet, und wenn sie auch noch erfahren, dass du einen Sohn hast … Sie werden anfangen, dich zu verehren.« Dann fügte sie hinzu: »Wir wissen, dass wir dem Untergang geweiht sind. Die Angreifer haben uns verraten, was der Hexer vorhat. Unsere Insel ist auf seinem Feldzug die erste Etappe. Saat wird ein Schiff nach dem anderen schicken, bis er die Insel erobert hat, und dann wird er die Bibliothek unserer Mutter zerstören. Du kannst einige unserer Schwestern vor diesem unwürdigen Schicksal bewahren. Vereine sie unter deinem Banner. Führe sie in dem Kampf. Gib ihnen die Gelegenheit, die Sümpfe erhobenen Hauptes zu verlassen.«

Souanne hielt den Atem an. Ihr war, als würde in diesem Moment über das Schicksal der Welt entschieden. Doch Zejabel zögerte und stellte ihre Geduld auf eine harte Probe.

»Ich werde nicht im Namen der Göttin kämpfen«, verkündete sie nach einer Weile. »Nie wieder. Sagt das euren Schwestern.«

Die beiden Alten seufzten gleichzeitig und bedeuteten mit einem Nicken, dass sie die Bedingung hinnahmen.

Souanne konnte es kaum fassen. Die Erben hatte in ihrem Kampf gegen Saat soeben unerwartete Verbündete gewonnen.

»Wir gehen in den sicheren Tod«, sagte Zejabel mit Nachdruck. »Das darf niemand, der sich mir anschließt, vergessen.«

Souanne nickte zustimmend. Sie hieß es gut, dass Zejabel den Zü keine falschen Hoffnungen machte. Doch dann fiel ihr ein, dass sie selbst an dem Abenteuer teilnahm.

Der Tag war wie im Flug vergangen, und das, obwohl er sehr arbeitsreich gewesen war. Die Eindrücke, die in den vergangenen Dekanten auf Guederic eingeprasselt waren, hatten ihn in eine Art Rausch versetzt. An aufregenden Ereignissen hatte es wahrlich nicht gefehlt: Lorilis hatte ihn versehentlich getroffen, als sie einen Blitz auf Maaras Schild abfeuerte, und die Gefährten waren an Bord von Saats Schiff gegangen und hatten es durchsucht. Die Zü hatten sich unverhofft ihrem Kreuzzug gegen Saat angeschlossen, und sie hatten ihren Aufbruch zur Insel des Hexers vorbereitet. Möglicherweise würde sie diese Reise in den Tod führen, aber jedes Mal, wenn Guederic den Blick über den Strand schweifen ließ, stieg wilde Freude in ihm auf. Endlich hatten die Erben ein Ziel, endlich kam ihr Abenteuer zu einem Ende. Noch eine einzige Nacht, dann wäre es vorbei. Ob Sieg oder Niederlage, Trauer oder Wiedersehensfreude, zumindest würde er sich keine Fragen mehr stellen müssen. Endlich nahmen die Erben ihr Schicksal in die Hand.

Guederic konnte es kaum erwarten, in See zu stechen. Der Wind stand günstig – es war, als wollte das Universum seinen Rettern zu Hilfe kommen. Diese Gelegenheit durften sie sich nicht entgehen lassen. Damián und Zejabel standen am Strand und waren damit beschäftigt, ihren Aufbruch vorzubereiten. Hunderte Zü-Kriegerinnen, die sich freiwillig gemeldet hatten, mussten mit ihren Waffen an Bord gebracht werden, und Damián trieb alle zur Eile an. Drei Ruderboote fuhren zwischen Saats Schiff und dem Strand hin und her, und nun legten sich die Zü noch etwas kräftiger in die Riemen. Die Erben hatten vor, am nächsten Morgen noch vor Sonnenaufgang auf der Insel Raturuu zu landen. Sie wollten Saats Männer im Schlaf überraschen; schließlich hatten diese das Dorf der Zü auch mitten in der Nacht überfallen. Guederic träumte davon, den Hexer in seiner Badewanne zu ertränken und ihm anschließend mit mehreren Dolchstößen den Rest zu geben. Jedes Mal, wenn solche Bilder in ihm aufstiegen, wuchs seine Ungeduld. Wenn es darum ging, sich Saats Tod auszumalen, kannte seine Fantasie keine Grenzen.

Die Erben waren den ganzen Tag mit Vorbereitungen beschäftigt gewesen, und vor allem Lorilis hatte alle Hände voll zu tun gehabt. Sie hatte mehrere Dekanten lang ethekische Schriftzeichen auf Schilder, Lederharnische und Armpanzer aus Metall gemalt. Gegen Mit-Tag boten ihr drei Zü mit zeichnerischem Geschick ihre Hilfe an. Dankbar zeigte Lorilis ihnen die Schriftzeichen in ihrem Notizbuch. Sie vereinbarten, dass die Zü die Zeichen auf die Waffen und Ausrüstungsgegenstände übertragen würden und Lorilis sie am Ende nur noch nachzog. Das

Wissen, dass die Schriftzeichen sie vor schwarzer Magie schützten, machte den Zü neuen Mut: Unzählige ihrer Schwestern waren von den Hexern getötet worden, ohne dass sie auch nur eine Chance gehabt hätten, sich zu wehren. Leider war absehbar, dass Lorilis bis zu ihrem Aufbruch unmöglich fertig werden würde; der Haufen aus Waffen und Rüstungen, der sich vor ihr auftürmte, war einfach zu groß. Ein Teil der Zü würde schutzlos in den Kampf ziehen müssen. Da Lorilis seit dem Morgengrauen keine Pause eingelegt hatte, war sie irgendwann völlig erschöpft, und Souanne zwang sie, sich eine Weile hinzulegen. Todmüde war die Kaulanerin auf eine der wenigen Kojen gesunken, die es auf dem Kriegsschiff gab, und sofort eingeschlafen.

Auch Souanne hatte sich nützlich gemacht. Die Legionärin vermittelte zwischen Zü und Erben. Ihre soldatische Disziplin, gepaart mit ihrer freundlichen Art, flößte den Töchtern des Lus'an Respekt ein. Souanne gelang es mehrmals, einen Streit zu schlichten, bevor es zu Handgreiflichkeiten kam. Der Anlass war jedes Mal nichtig – zum Beispiel ging es darum, in welcher Reihenfolge die Ruderboote bestiegen wurden. Die Legionärin hatte Verständnis dafür, dass angesichts des bevorstehenden Kampfs die Nerven blank lagen. Mit Geduld und Weisheit beruhigte sie die erhitzten Gemüter, damit ihre Expedition nicht schon scheiterte, bevor sie überhaupt begann. Vielleicht hatte Nol der Seltsame recht gehabt, und sie war im vorigen Leben Eurydis gewesen. Jedenfalls verkörperte Souanne mittlerweile die drei Tugenden der Göttin: Weisheit, Toleranz und Friedfertigkeit. Auch wenn sie die dritte kurzzeitig aufgeben musste, damit die ersten beiden das Chaos überdauerten, das Saat in die Welt gebracht hatte.

Josion hingegen hatte einen schweren Tag hinter sich. Nachdem ihn die Zü anfangs ignoriert hatten oder ihm sogar mit offenem Misstrauen begegnet waren, stand er, nachdem sie erfahren hatten, dass er der Sohn der Kahati war, plötzlich im Mittelpunkt der Aufmerksamkeit. Mehrere Zü hatten sich freundschaftlich mit ihm duellieren wollen, und er hatte die größte Mühe gehabt, das Angebot abzulehnen, ohne es sich mit ihnen zu verscherzen. Zu allem Überfluss begannen mehrere junge Frauen, ihm schöne Augen zu machen. Natürlich waren sie blutige Anfängerinnen auf diesem Gebiet, und so hatten sie die erstaunlichsten Strategien angewandt. Manche hatten ihm nur vielsagend zugezwinkert, während andere ihn unverblümt fragten, ob er nicht das Lager mit ihnen teilen wollte. Josion hatte all sein diplomatisches Geschick aufbieten müssen, um sich nicht in Schwierigkeiten zu bringen. Sobald er an Bord des Schiffs gegangen war, kletterte er unter dem Vorwand, die Segel überprüfen zu wollen, hastig in die Takelage. Das hatte auch den Vorteil, dass er Guederics Zoten nicht mit anhören musste.

Najel wiederum nahm den Trubel mit der für ihn typischen Gelassenheit hin. Der Junge mochte ein waschechter Wallatte sein, aber er fühlte sich überall auf der bekannten Welt auf Anhieb zu Hause. Trotzdem wurde die Miene des Jungen immer finsterer, je weiter der Tag fortschritt. Ihr Aufbruch rückte näher, und anders als Zejabel oder Guederic hatte Najel es nicht eilig, in See zu stechen. Nicht, dass er die bevorstehende Schlacht mehr als seine Gefährten fürchtete, aber Usuls Prophezeiungen ließen ihm einfach keine Ruhe. Bald würde sich zeigen, auf welche Weise sie in Erfüllung gingen. Sicher war nur, dass sie den Gefährten Unglück bringen würden, und der Junge konnte an nichts anderes mehr denken.

Guederic tat es leid zu sehen, wie sich Najel quälte, wo er selbst doch nichts als ungetrübte Vorfreude empfand. Er lag ausgestreckt am Strand, ließ sich die Sonne ins Gesicht scheinen und blickte aufs Feuermeer hinaus. Bei dem Gedanken, bald Saat gegenüberzutreten, breitete sich ein triumphierendes Grinsen auf seinem Gesicht aus.

Der junge Mann hatte natürlich nicht den ganzen Tag faul im Sand gelegen, während seine Gefährten schufteten. Vielmehr hatte er die ungewöhnliche Körperkraft, über die er seit einiger Zeit verfügte, in den Dienst der Gemeinschaft gestellt. Er war dreimal zwischen dem Dorf der Zü und der Bucht hin und her gelaufen und hatte Bogen, Köcher, Speere und Ausrüstungsgegenstände zum Strand gebracht. Dabei hatte er sich jedes Mal so viel Gepäck auf den Rücken geladen, dass jeder andere unter der Last zusammengebrochen wäre. Die Schlepperei hatte ihn den Großteil des Tages beschäftigt. Jetzt gönnte sich Guederic eine kleine, wohlverdiente Pause. Während er entspannt dalag, ließ er den Blick über Prinzessin Maaras athletischen Körper schweifen.

Die Wallattin hatte sich mit einigen Zü angefreundet, die ihre Kräfte unbedingt mit der fremden Kriegerin messen wollten. Während die Ruderboote die letzte Fracht an Bord brachten, tollten die Frauen übermütig am Strand herum und amüsierten sich mit mehr oder minder brutalen Spielen. Jede wollte beweisen, dass sie die Stärkste war. Doch während sie schmerzhafte Schläge und Tritte austeilten, lachten sie aus vollem Hals.

Nachdem die Kriegerinnen voneinander abgelassen hatten, kam Maara zu Guederic gerannt und trat ihm mit dem bloßen Fuß Sand ins Gesicht, um ihn zu necken. Er packte sie am Knöchel, zog sie zu sich herunter und küsste sie stürmisch, während sie sich lachend wehrte. Anschließend lagen sie mehrere Dezillen nebeneinander und betrachteten den Himmel, jeder in seine Gedanken versunken. Irgendwann wies Maara auf die Felsen über ihnen.

»Von dort oben ist mein Vater ins Meer gesprungen. Er schwamm zu einem Ruderboot, das zwischen zwei Felsen festklemmte, und rettete seine Freunde, indem er ihnen die Flucht von der Insel ermöglichte. Das ist zwanzig Jahre her, Guederic. Und jetzt sind wir hier und schlagen uns mit denselben Fragen herum wie unsere Eltern. Wieder ist die Welt vom Untergang bedroht. Dieser Kampf dauert schon so lange. Ist er nicht aussichtslos? Haben wir nicht längst verloren? Wann wird das alles ein Ende haben?«

Guederic antwortete nicht gleich. Er holte tief Luft und legte dann möglichst viel Überzeugungskraft in seine Stimme.

»Morgen«, versicherte er. »Morgen ist alles vorbei, das verspreche ich dir.«

Das strahlende Lächeln, das Maara ihm schenkte, war für Guederic Belohnung genug. Als sie ihn dann noch hinter einen Felsen zog und die beiden zum ersten Mal seit ihrer Begegnung in Benelia allein waren, schwor er sich, dass er alles tun würde, um die schöne Kriegerin nicht zu enttäuschen.

Als an diesem Morgen die ersten Sonnenstrahlen in Saats Arbeitszimmer eindrangen, hastete der Hexer entgegen seiner Gewohnheit nicht sofort zum Fenster, um die Läden zu schließen. Normalerweise fühlte er sich nur in der Finsternis wohl, in der er einen Großteil seines Lebens verbracht hatte. Aber heute sah er zu, wie sich das Licht langsam ausbreitete, seine Bücherregale erfasste, über den Teppich kroch und schließlich den Sessel erreichte, in dem er mit einem Manuskript auf den Knien saß.

Doch dann empfand er die Helligkeit plötzlich wieder als böses Omen, und die einfallenden Sonnenstrahlen amüsierten ihn ganz und gar nicht mehr. Mit einem nachlässigen Handwedeln ließ er einen der Fensterläden zuschlagen, ohne sich aus dem Sessel zu erheben. Endlich saß er wieder im Halbdunklen.

Saat ertrug das Licht des Tagesgestirns immer weniger. Sein Körper bestand aus Gwel aus dem Karu, und die Sonnenstrahlen brannten ihm schmerzhaft auf der Haut, denn selbst in seiner verwandelten Form scheute der Stoff das Licht. Im Übrigen trat die Hässlichkeit des Hexers im Sonnenschein noch deutlicher zutage. Er konnte sich einfach nicht an sein entstelltes Äußeres gewöhnen. Wäre er dazu in der Lage gewesen, hätte er die Tage um mindestens zwei Dekanten abgekürzt, damit die Finsternis der Nacht all ihre Schönheit entfalten konnte. Doch leider reichte seine Macht dazu nicht aus. Noch nicht.

Mit einem Seufzer warf er das Buch fort, in dem er die halbe Nacht gelesen hatte. Als es am Boden aufschlug, rissen mehrere Seiten ein. Der Hexer stand auf und trat beim Durchqueren des Zimmers absichtlich auf das Buch. Er hatte wieder einmal seine Zeit mit einer Schrift vergeudet, die öder war als der Bericht eines Buchhalters. Endlose Beschreibungen der verschiedenen ethekischen Dynastien, die samt und sonders seit Jahrtausenden ausgestorben waren. Aber wieder nichts über Magie! Allmählich kamen ihm Zweifel, ob das älteste Volk der bekannten Welt die Magie überhaupt erfunden hatte, oder ob sie nicht doch erst später entstanden war, nach dem Untergang der Zivilisation.

Allmählich verlor Saat das Interesse an dieser Frage. Seine magischen Kräfte entwickelten sich zwar seit einer ganzen Weile nicht mehr weiter, weil ihm dafür das nötige Wissen fehlte, aber dagegen konnte er etwas unternehmen: Er brauchte sich bloß etwas anderem zuzuwenden. Der große Moment war gekommen. Saat würde sich aufmachen, die Welt zu erobern und sich den Sterblichen als der einzige Gott vorzustellen, der es würdig war, gefürchtet und angebetet zu werden.

Diese Aussicht hob seine Stimmung beträchtlich. Er schlurfte zum Fenster, spähte hinaus auf die Bucht und achtete dabei penibel darauf, im Schatten des halb geschlossenen Ladens zu bleiben. Von hier aus hatte er die Hauptstraße – oder besser gesagt, die einzige Straße von Raturuu – vollständig im Blick. Sie wand sich zum Hafen hinunter, dessen Größe sich in wenigen Jahren verdreifacht hatte. Doch trotz der vielen neuen Anlegestege reichte der Platz nicht für alle Piratenschiffe, Kreuzer, Fregatten und Großsegler, die mittlerweile zu Saats Armada zählten. An die dreitausendfünfhundert Männer, die sein Zeichen auf der Stirn trugen, warteten darauf, dass er zum Angriff auf die Unteren Königreiche blies, und ihre Anzahl würde sich rasch verzehnfachen, sobald Saat der Bevölkerung eine Kostprobe seiner Macht gab.

Seine Männer, meist ehemalige Piraten, wohnten nicht auf der Insel, sondern waren an Bord der Schiffe untergebracht. Die Häuser an Land waren Saats Lehrlingen vorbehalten. Nachdem sie die früheren Bewohner getötet oder davongejagt hatten, hatte Saat die Häuser als Gunstbeweis an seine treuesten Diener verteilt. Das hatte zudem den Vorteil, dass er sie im Auge behalten konnte. Nicht, dass er einen Aufstand fürchtete. Selbst wenn sie sich alle gegen ihn verbündeten und ihn gemeinsam angriffen, war er mächtig genug, sie mit einer Handbewegung zu töten. Doch seine Lehrlinge waren dazu auserkoren, als Stellvertreter über die Königreiche zu herrschen, die er zu erobern gedachte, und Saat wollte sich vergewissern, dass sie ihm blind ergeben waren. Sie sollten nicht nach eigener Macht streben, sondern vor ihm im Staub kriechen. Er würde der Alleinherrscher über die Welt sein.

Saat ließ den Blick über das Hafenbecken schweifen. Seltsam! Das Schiff, das er zu Zuïas Insel entsandt hatte, war bereits zurück. Er hatte geglaubt, dass die Männer viel länger brauchen würden, um die Sümpfe des Lus'an zu durchsuchen. Um der Sache auf den Grund zu gehen, streckte er die Hand nach seinem Fernrohr aus. Es erhob sich von seinem Platz auf dem Regal und landete geradewegs in seiner offenen Hand. Saat zog das Fernrohr aus, richtete es auf das Schiff und blickte mit gerunzelter Stirn hindurch.

Ihm entfuhr ein Fluch, der geradewegs aus den Untiefen des Karu stammte. Dann presste er die schrumpeligen Lippen aufeinander. Zü! Die Kriegerinnen von Zuïas Insel kletterten in der Takelage *seines* Schiffs herum, sprangen auf *seinen* Anlegesteg, stürmten *seine* Insel!

Plötzlich ertönte auf dem Nebenschiff eine Explosion; trotz der Entfernung konnte er den Knall deutlich hören. Instinktiv zuckte Saat zurück und setzte das Fernrohr ab, doch schon im nächsten Moment fasste er sich und schickte seinen Geist zu dem gekaperten Schiff. Vergeblich. Es befand sich keiner seiner Männer mehr an Bord, niemand, in dessen Körper er schlüpfen konnte, um sich mit eigenen Augen ein Bild von der Lage zu machen. Oder war die Entfernung zu groß? Nein, das konnte nicht sein. Der Hexer hatte schon mehrmals die Körper von Piraten übernommen, die weit draußen auf dem Meer gewesen waren.

Verärgert begann Saat, nach den beiden höheren Wesen Ausschau zu halten, die er auf Zuïas Insel wahrgenommen hatte und deretwegen er die Expedition losgeschickt hatte. Als er sie in Gesellschaft der Zü-Kriegerinnen entdeckte, überraschte ihn das nicht. Endlich waren sie nah genug, dass er herausfinden konnte, wer sie waren … Der Schock betäubte ihn für einige Momente. Saat war so entsetzt, dass er für kurze Zeit nicht über die Folgen dieser Entdeckung nachdenken konnte.

Doch dann riss er sich zusammen. Der einzige Überlebende des Jal ließ sich nicht so schnell einschüchtern, und seine Bösartigkeit gewann wieder die Oberhand. Nach einiger Überlegung rieb er sich vergnügt die Hände. Dieser Angriff bot ihm die unverhoffte Gelegenheit, seine Macht zu stärken.

Endlich konnte er einen Nutzen aus dem ziehen, was er in Sombres Grab gefunden hatte.

Die erste Dezille war die schwierigste, zumindest für Damián. Er hatte die ganze Nacht damit zugebracht, jede Einzelheit des Angriffs in Gedanken durchzugehen, sich Schlachtpläne auszudenken und sie sogleich wieder über den Haufen zu werfen. Nachdem er viele Dekanten lang tausend Möglichkeiten durchgespielt hatte, gab er es auf. Das Problem war, dass er keine Ahnung hatte, wie die Insel Raturuu beschaffen war, welche Verteidigungsanlagen es dort gab, aus wie vielen Männern Saats Armee bestand und was die Erben und ihre Verbündeten überhaupt erwartete! Irgendwann beschloss er, die Sache einfach auf sich zukommen zu lassen und die Entscheidungen dann zu treffen, wenn sie anstanden. Sie segelten im Sternenlicht übers Meer … Näherten sich der Insel … Holten die Segel ein, als die ersten Sonnenstrahlen auf dem Feuermeer glitzerten … Fuhren in den Hafen ein …

Und nun war es so weit. Jeden Moment würde die große Schlacht beginnen.

Damián spürte, dass die anderen von ihm das Zeichen zum Angriff erwarteten. Selbst Zejabel, die sehr viel kampferprobter war, sah ihn erwartungsvoll an, obwohl sie die Zü anführen würde. Als der Ritter der Grauen Legion gerade die Hand heben wollte, befielen ihn plötzlich Zweifel. Er war doch nur ein einfacher Lorelier fernab der Heimat. Wie kam er dazu, ein Bataillon Kriegerinnen gegen eine Horde Hexer anzuführen, deren Anführer unsterblich war? Wie konnte diese Expedition anders enden als in einem Blutbad?

Trotzdem gab Damián das Signal zum Angriff. Er war nicht sicher, dass es die richtige Entscheidung war, aber für einen Rückzieher war es jetzt zu spät. So begannen

Erben und Zü, den Plan umzusetzen, den Damián sich in der letzten Dezime eilig ausgedacht hatte. Die Zü schlugen als Erste zu: Bewaffnet mit ihren Hatis erklommen sie wie rote Spinnen den Rumpf der Schiffe, an denen ihr Großsegler vorbeiglitt. Mit raubkatzenhafter Geschmeidigkeit schwangen sie sich über die Reling, schlüpften hinter die Masten und kletterten in die Takelage. Sie überfielen die Männer, die an Deck Wache hielten, von hinten, ritzten ihnen die Haut mit ihren vergifteten Klingen auf und schickten sie so ins Jenseits. Zwanzig bis dreißig von Saats Männern fanden auf diese Weise den Tod, bevor überhaupt Alarm geschlagen wurde. Als Nächstes bezogen die Zü an den Luken Stellung, die unter Deck führten, und sorgten dafür, dass die Piraten, die in ihren Kojen schliefen, nicht entkamen. Wer auch immer den Kopf durch die Luke steckte, lebte nicht lange genug, um es zu bereuen.

Als das Schiff der Erben den Kai erreichte, gab Damián den Befehl für die nächste Etappe. Bogenschützinnen, die sich bisher unter Deck versteckt hatten, entzündeten ihre Pfeile und schossen sie auf die umliegenden Schiffe ab. Lorilis kam ihnen zu Hilfe, indem sie mit ihren magischen Kräften das gesamte Oberdeck einer Fregatte in Brand setzte. Der Donnerschlag, der die Explosion begleitete, hallte durch den ganzen Hafen. Auf diese Weise wollte Lorilis Saat dafür büßen lassen, dass er den Kutter ihrer Eltern in Flammen hatte aufgehen lassen. Die Rache war süß, aber jetzt gab es im ganzen Hafen keinen einzigen Piraten, der nicht wusste, dass die Insel angegriffen wurde.

Nun gab es kein Zurück mehr.

Damián sprang an Land, gefolgt von seinem Bruder, Souanne, den anderen Erben und einer Schar rachedurstiger Zü-Kriegerinnen. Der Sturm auf Saats Insel hatte begonnen.

Damián wandte sich noch einmal kurz zu den Bogenschützinnen um. Erleichtert stellte er fest, dass sie Pfeil um Pfeil abschossen, beschützt von einer Handvoll ihrer Schwestern. Mit etwas Glück würde es ihnen gelingen, die Schiffe am Hafeneingang in Brand zu setzten. So wollten die Verbündeten verhindern, dass die Großsegler, die draußen vor der Küste ankerten, in den Hafen einfuhren und die Piraten ihren Kumpanen auf der Insel zu Hilfe kamen. Wenn eine brennende Barrikade den Hafeneingang versperrte, würden sie in Beibooten zur Insel rudern müssen und wären dem Pfeilhagel der Zü schutzlos ausgesetzt. Die Männer waren nicht gerade für ihre Loyalität bekannt, und Damián hoffte ganz einfach, dass sie sich von der Insel fernhalten würden. Oder besser noch – dass sie ihre verlauste Piratenhaut retten wollten und das Weite suchten!

Nachdem vom Meer vorerst keine Gefahr mehr drohte, konnten sich Erben und Zü auf ihre eigentliche Mission konzentrieren. So ging die erste Dezille des Kampfs vorüber, und Damián hatte keine Zeit mehr, über seine Entscheidungen nachzugrübeln. Inmitten der Zü rannte er mit seinen Gefährten den Anlegesteg entlang. Die Kriegerinnen schwiegen konzentriert. Dann stießen sie auf die ersten Piraten, jene, die am schnellsten auf den Angriff reagiert hatten, und die eiserne Disziplin der Zü schlug in wütende Raserei um. Guederic, der ganz vorne lief, hatte nicht einmal Gelegenheit, sein Rapier zu gebrauchen oder mit dem Schwert zuzuschlagen, das er im Dorf der Zü an sich genommen hatte. Die Kriegerinnen überrannten die erste Schar Piraten, ohne auch nur ihre Schritte zu verlangsamen. Ihre Opfer stießen sie kurzerhand ins Wasser, manche sogar, bevor das Gift seine Wirkung getan hatte.

Doch der Anlegesteg war nicht besonders lang, und bald standen die Verbündeten auf einem schmalen Strand. Dort warteten sie tapfer auf die Piraten, die aus zwei Richtungen auf sie zugestürmt kamen: vom Hafen und vom Dorf. Damián zählte mindestens zweihundert Feinde, vielleicht sogar noch mehr, während sein Lager höchstens achtzig Kämpferinnen umfasste. Doch wieder hatte er keine Zeit zum Nachdenken: Um ihn herum brach das Gemetzel los.

Bald war klar, dass Saats Männer ihre Insel bis zum Äußersten zu verteidigen gedachten. Das war eine böse Überraschung, denn Einschüchterung war ein wesentlicher Bestandteil von Damiáns Schlachtplan gewesen. Er hatte gehofft, dass das Moroca-Gift Saats Männer in Angst und Schrecken versetzen und für Chaos in ihren Reihen sorgen würde. Doch obwohl bereits unzählige Männer den Hatis zum Opfer gefallen waren, machten die Piraten keine Anstalten zurückzuweichen. Im Gegenteil: Sie strömten in Scharen zum Strand und zwangen die Angreifer dazu, sich in kleine Gruppen aufzuteilen, was für die zahlenmäßig unterlegenen Kriegerinnen von Nachteil war. Trotz ihrer vergifteten Klingen und obwohl die Zü die besseren Kämpfer waren, gab es bald die ersten Opfer unter den Kriegerinnen. Die meisten wurden feige von hinten erstochen, während sie gegen mehrere Piraten kämpften, oder von einer ganzen Bande massakriert, nachdem sie von ihren Kameradinnen getrennt worden waren.

Damián konnte nicht mehr viel tun, als die Schläge zu parieren, die von allen Seiten auf ihn einprasselten, vor allem, weil er gleichzeitig versuchte, seine Gefährten im Auge zu behalten. Bisher schien niemand verletzt worden zu sein, aber wie lange konnten sie dem Ansturm noch standhalten? Von dem Strand wegzukommen, war aussichtslos.

Mittlerweile kamen Damián Zweifel an seiner Entscheidung. Als vom Hafen her eine hundert Mann starke Horde Piraten angerannt kam, die den Zü auf den Schiffen entwischt war, dämmerte ihm, dass sein Plan gescheitert war.

Josion wurde wesentlich häufiger angegriffen als seine Gefährten, und er musste all seine Kraft, Schnelligkeit und Geschicklichkeit aufwenden, um der auf ihn niedersausenden Klingen Herr zu werden. Blitzschnell parierte er Schwerthieb um Schwerthieb, wich einem tödlichen Eisen aus oder wirbelte herum, weil ihn jemand von hinten anfiel. Die Erklärung war recht einfach: Er war weit und breit der einzige Mann, der das rote Gewand der Diener Zuïas trug. Josion hatte es nur widerwillig übergezogen, aber den Gefährten war im Laufe ihrer Reise fast ihr gesamtes Gepäck abhandengekommen. Einen Teil hatten sie auf der Flucht vor ihren Feinden zurücklassen müssen, einen Teil im Kampf verloren, und der Rest war dem Brand in Nols Tal zum Opfer gefallen. Deshalb hatte er mit den Kleidungsstücken, die man ihm im Lus'an angeboten hatte, vorliebnehmen müssen.

In der roten Kutte war er ein Ebenbild der Boten Zuïas, die sechsundvierzig Jahre zuvor die erste Generation Erben verfolgt hatten. Damals wurden die Judikatoren überall auf der bekannten Welt gehasst und gefürchtet, selbst von so zwielichtigen Gestalten wie den Piraten. Deshalb waren Saats Männer begierig darauf, seinen Zarratt als Trophäe zu erringen. Als die Piraten dann noch feststellten, dass seine Klinge nicht vergiftet war, glaubten sie, leichtes Spiel mit ihm zu haben. Viele bezahlten diesen Irrtum mit dem Leben, aber es stürzten sich ständig neue Männer auf Josion. Es war, als würde das Meer immer neue Horden von Piraten ausspucken.

Ihr Kampfgeist war erstaunlich – geradezu unheimlich sogar. Josion kam zu dem Schluss, dass das Mal auf ihrer Stirn offenbar mehr war als nur ein Symbol der Treue. Konnte der Hexer es nutzen, um einen Teil seiner Kräfte auf die Männer zu übertragen? Oder manipulierte er ihren Geist, sodass sie keine Angst mehr verspürten? Welche schwarze Macht erlaubte es den Piraten, noch zwei- oder dreimal zuzuschlagen, wenn das Gift der Zü sie längst hätte außer Gefecht setzen müssen? Dadurch rissen die meisten Männer im Sterben noch eine Kriegerin mit in den Tod.

Die Töchter des Lus'an vollbrachten wahre Wunder: Jede von ihnen metzelte mehrere Feinde nieder, bevor sie selbst getötet wurde. Doch die Zü waren hoffnungslos in der Unterzahl. Mindestens dreißig Frauen lagen schon tot im Sand, als sich zwei Schiffe voller Piraten der Küste näherten und versuchten, die brennenden Wracks, die den Hafeneingang blockierten, zu passieren. Und sobald Saat beschloss, sich in den Kampf einzumischen, wäre es aus. Josion musste um jeden Preis verhindern, dass es dazu kam. Ihr Abenteuer durfte nicht so enden! Nicht nach all den Gefahren, die sie überstanden hatten. Nicht so kurz vor dem Ziel.

Er stieß einen kurzen Pfiff aus, um Zejabel auf sich aufmerksam zu machen, die wie üblich ganz in seiner Nähe kämpfte. Mit dem Kinn wies er auf die Straße, die ins Dorf hinaufführte. Etwa fünfzehn hämisch grinsende Männer hatten sich dort aufgebaut und versperrten den Durchgang. Bisher hielten sie sich jedoch aus dem Kampfgeschehen heraus. Zwischen ihnen und Josion kämpften sechs Zü gegen doppelt so viele Piraten. Mit einem knappen Nicken bestätigte Zejabel, dass sie ihm folgen würde – ganz gleich, was er vorhatte. Josion rannte los und ließ dabei seine Kette kreisen, und sogleich sprang Zejabel an seine Seite. Kurz entschlossen folgten ihnen vier Zü, die sich durch besondere Tapferkeit auszeichneten.

Mit so einem geballten Vorstoß hatten die Piraten nicht gerechnet: Sie wurden von dem Trupp niedergemetzelt, noch bevor sie beiseitespringen konnten. Nun führten Josion und Zejabel eine Schar von zehn Kriegerinnen an. Sie liefen auf die fünfzehn Männer zu, die die Straße versperrten. Josion hatte keinen Zweifel, dass es sich um Saats Lehrlinge handelte, und seine Vermutung bestätigte sich, als die Männer drohend den Arm hoben.

Eine Reihe von Donnerschlägen brachte die Erde zum Beben. Es knallte so ohrenbetäubend, dass Josion an das Gewitter in Nols Tal erinnert wurde. Er widerstand der Versuchung, die Augen zu schließen, denn er wollte die

Blitze und das Feuer sehen, die die Hexer in ihre Richtung schleuderten. Auf keinen Fall wollte er verpassen, wie die Energieströme auf ein Ziel umgelenkt wurden, das nicht von Lorilis' magischen Zeichen geschützt war.

Es kam sogar noch besser. Als die Blitze vom Himmel fuhren, wurden fünfzehn Piraten durch die Luft geschleudert und fielen tot zu Boden. Ihre Gegner – seien es Zü oder Erben – brachen in Jubel aus, während die Hexer entgeistert auf die Leichen ihrer Spießgesellen starrten. Josions und Zejabels Trupp traten im Gleichschritt vor, als hätten sie die Bewegung geübt. Saats Lehrlinge gerieten in Panik und wiederholten ihren Fehler. Weitere zwölf Piraten wurden vom Blitz getroffen, und ihre Gegner konnten aufatmen. Nun sammelten sich Erben und Zü am Ende des Strands, während Saats Männer ängstlich vor ihnen zurückwichen.

Als sich Josion zu seinen Freunden umwandte, fürchtete er dennoch, einen schrecklichen Fehler begangen zu haben. Ihr Lager war nun in zwei Gruppen geteilt: Die Erben und etwa vierzig Zü standen am unteren Ende der schmalen Straße, die ins Dorf hochführte, während die Bogenschützinnen und die restlichen Kriegerinnen im Hafen zurückblieben. Sie waren gegenüber den Piraten deutlich in der Unterzahl und bemühten sich trotzdem mit dem Mut der Verzweiflung, ihre Mission zu Ende zu bringen. Überall auf der bekannten Welt wurden die Zü als grausame Kriegerinnen verachtet, aber heute kämpften sie mit Heldenmut und Tapferkeit.

Josion schüttelte sich. Das war nicht der richtige Moment für solche Gedanken. Was er jetzt brauchte, war Entschlossenheit!

Rasch wischte er den Dolch an seinem roten Gewand sauber und machte einen weiteren Schritt auf Saats Lehrlinge zu. Noch nie hatte er sich seiner Mutter und ihrer mörderischen Vergangenheit so verbunden gefühlt.

Maara war am Knie und an der Schläfe verletzt, aber anstatt sie zu schwächen oder aus dem Gleichgewicht zu bringen, stachelte der Schmerz ihre Wut nur noch mehr an. Im vergangenen Mond, während sie mit den Erben unterwegs gewesen war, hatte sie ihre Muttersprache nicht oft gebrauchen können, aber jetzt stieß sie einen wallattischen Fluch nach dem anderen aus. Die Schimpfwörter und derben Beleidigungen, mit denen sie ihre Gegner bedachte, waren ihr im Kampf von fast ebenso großem Nutzen wie ihre Lowa und das Schild.

Saats Männer bekamen ihren ganzen Zorn zu spüren. Als die erste Zü tot neben ihr zu Boden fiel, wurde die Barbarenprinzessin zur Furie. Sie verteilte Hiebe nach allen Seiten, trat wild um sich, und wenn ihr ein stinkender Pirat zu nah kam, biss sie sogar zu. Als sich irgendwann zwischen ihren Feinden eine Lücke auftat, zog sie hastig Najel, Lorilis und Souanne mit sich, während die Brüder von Kercyan aus einer anderen Richtung zu ihnen stießen. Schließlich versammelten sich Erben und Zü am Anfang der Gasse, die ins Dorf hochführte. Dort bildeten sie eine Verteidigungslinie zum Strand hin, hinter der sie etwas verschnaufen konnten.

Maara trieb die Zü immer weiter zurück, bis alle Verbündeten in die schmale Gasse vorgedrungen waren. Hier konnten höchsten vier Menschen nebeneinandergehen.

Dann befahl sie den Kriegerinnen, mit ihren Speeren einen Schutzwall gegen die Piraten zu bilden. Von Anfang an war der Wallattin aufgefallen, dass die Zü zwar außergewöhnlich geschickte Kämpferinnen waren, aber keine Ahnung hatten, wie man sich gegenseitig deckte. Verwunderlich war das nicht: In ihrer Jugend waren die Zü von den Judikatoren zu Mörderinnen ausgebildet worden und hatten sich gegenseitig bis aufs Blut bekämpft, weil nur eine von ihnen die Kahati werden konnte. So kam die Barbarenprinzessin dazu, das anzuwenden, was ihr Vater und ihre Großmutter sie gelehrt hatten. Zu ihren Lebzeiten hatte Che'b'ree das wallattische Heer mit dem strategischen Geschick eines erfahrenen Generals geführt.

Die Zü gehorchten ihr zunächst nur widerstrebend, aber als sie feststellten, wie wirksam der Wall aus vergifteten Klingen war, ordneten sie sich bereitwillig Maaras Führung unter. Einige Piraten näherten sich mit hasserfüllten Gesichtern den Speerspitzen, doch sie wagten nicht, das Hindernis zu stürmen. Als Maara dann noch drei Bogenschützinnen hinter dem Wall postierte, wichen die Männer hastig gut dreißig Schritte zurück.

Natürlich würden sie diese Stelle nicht ewig halten können. Saats Männer würden vermutlich auf ihre Schiffe zurückkehren und sich mit Armbrüsten und Bogen bewaffnen. Deshalb befahl Maara drei weiteren Zü, die umliegenden Häuser zu durchsuchen und Möbelstücke herbeizuschleppen, um eine Barrikade zu errichten.

Im Handumdrehen entstand eine notdürftige Befestigungsanlage. Die Zü mochten zwar keine Erfahrung in der Kunst des Krieges haben, aber das harte Leben in den Sümpfen hatte sie gelehrt, sich jeder Lage anzupassen. Als die Wallattin die Straße hochlief, um zurück zu ihren Gefährten zu gelangen, stellte sie erfreut fest, dass andere Zü bereits dabei waren, weitere Barrikaden zu errichten. An jedem strategischen Punkt blieben ein paar Kriegerinnen zurück, schleppten sperriges Material herbei und machten sich bereit, ihre Schwestern aufzunehmen, die weiter unten liegende Barrikaden aufgeben mussten. Wer auch immer die Gasse durchqueren wollte, würde erst mehrere dieser Bollwerke aus dem Weg räumen müssen. Zwar garantierte das noch lange nicht, dass die Erben den Sieg davontragen würden, aber zumindest gewannen sie so etwas Zeit, um das Unmögliche zu versuchen: Sie wollten Saat zwingen, seine Niederlage einzugestehen. Was, wenn man es recht bedachte, vollkommen größenwahnsinnig war!

Aber was blieb ihnen anderes übrig? In dem Moment, als sie die Hilfe der Zü angenommen hatten, hatten die Erben die Idee aufgegeben, sich heimlich an Saat anzuschleichen. Vielleicht war es sogar besser so. Gegen Hunderte von Piraten, unterstützt von mehreren Dutzend Hexern, wären sie allein nicht angekommen.

Zumindest stellten Saats Lehrlinge jetzt kein Problem mehr dar. Die fünfzehn Männer hatten geglaubt, die Zü mühelos mit ihren Blitzen erschlagen zu können, aber nun lagen sie selbst tot im Rinnstein, die Hände noch auf die Stelle gepresst, an denen die Hatis ihnen die Haut aufgeritzt hatten. Während Erben und Zü immer tiefer in das Dorf eindrangen, bogen plötzlich weitere von Saats Lehrlingen um eine Hausecke. Die Feiglinge versuchten, sie hinterrücks niederzustrecken und brüllten vor Entsetzen und Schmerz auf, als ihr Blitz von seinem Ziel abprallte und sie selbst ins Gesicht traf.

Unter anderen Umständen hätte Maara diese Szene lustig gefunden, aber sie hatte in den letzten Tagen zu viele Menschen sterben sehen: Nols Schützlinge, den Hüter des Tals selbst und Zü, unglaublich viele Zü. Menschen, die hundertmal mehr wert waren als diese feigen Hexer, Diener eines Wahnsinnigen, der sich nicht darum scherte, wenn er die ganze Welt zerstörte. Daher war der Kriegerin nicht zum Lachen zumute. Als sie an der Leiche eines Hexers vorbeikam, spuckte sie vor seinen Füßen in den Dreck und setzte ihren Weg fort.

Einen Weg, der sie zu Saat führte.

Sie ahnten, wo sie ihn finden würden. Welches Haus hatte der machtbesessene, eitle Greis nach seiner Ankunft auf der Insel wohl bezogen? Natürlich das größte, das Haus oben am Hang, von dem aus man einen guten Blick über das Dorf hatte. Vermutlich nannte Saat es seinen Palast, obwohl der Putz von den Mauern bröckelte und das Dach Löcher hatte. Maara konnte es bereits am oberen Ende der Gasse sehen.

Schweigend stiegen die Verbündeten den Hang hinauf und umklammerten angespannt ihre Waffen. Maara sah sich rasch um und zählte Köpfe. Die Zü, die die Barrikaden verteidigten, waren unverzichtbar für ihre Deckung, aber dadurch standen ihnen nicht mehr viele Kriegerinnen für den letzten Kampf zur Verfügung. Als vier weitere Zü an einer kleinen Seitengasse stehen blieben, von der aus ihnen Piraten in den Rücken fallen könnten, traf die Kriegerin eine Entscheidung. Plötzlich erschien ihr die Sache glasklar, und sie kam nicht einmal auf die Idee, ihre Gefährten zu Rate zu ziehen.

»Wir gehen allein weiter«, verkündete sie.

Damián, Zejabel und die anderen warfen ihr verwirrte Blicke zu, während die sechs Kriegerinnen, die sie begleiteten, ihre Worte für einen Scherz zu halten schienen.

»Ihr würdet nur sinnlos euer Leben opfern«, erklärte Maara den Zü. »Saat hat zugelassen, dass wir seine Männer angreifen und seine Hexer töten. Seine eigenen Gefolgsleute bedeuten ihm nichts. Ein Menschenleben ist für ihn wertlos, weil er glaubt, eine höhere Stufe der Existenz erreicht zu haben. Er wird euch töten, sobald ihr einen Fuß über die Schwelle seines Hauses setzt.«

»Und was ist mit euch?«, entgegnete eine der Zü. »Wird er euch vielleicht nicht töten?«

»Doch, vermutlich schon. Aber nicht sofort. Er hat eines seiner Schiffe ausgesandt, um uns gefangen zu nehmen; er hat irgendetwas mit uns vor. Aber euch wollte er bis auf die letzte Frau ausrotten, nur um ein paar Manuskripte aus eurer Bibliothek zu stehlen. Ich flehe euch an, haltet euch von ihm fern. Ich schwöre euch, dass ich eure Schwestern rächen werde, falls sich mir die Gelegenheit dazu bietet.«

Die Zü wechselten einen Blick und zögerten. Dann sahen sie Zejabel an. Mit einem Kopfnicken bestätigte die einstige Kahati, dass sie den Ratschlag für weise hielt. Maara setzte sich wieder in Bewegung und beendete so das Gespräch. Wenn sie den Zü die Entscheidung überlassen hätte, hätten diese darauf bestanden, für ihre Prinzipien in den Tod zu gehen. Und das widersprach dem gesunden Menschenverstand der Prinzessin!

Als sie wenig später die Tür zum Haus ihres Erbfeinds aufstieß, rief ihr derselbe gesunde Menschenverstand zu, auf der Stelle kehrtzumachen. Natürlich ignorierte sie ihn.

Die Feindseligkeit füllte Guederic ganz und gar aus. Ihm war, als wäre der Hass, den er empfand, mehr als nur ein Gefühl, als hätte er Gestalt angenommen und wäre zu einem Seelenverwandten geworden, einem treuen Begleiter, der ihm überallhin folgte und ihm im Kampf zur Seite stand. Jedes Mal, wenn er einen der Männer des Hexers tötete, wurde dieser Begleiter stärker, fordernder und mordgieriger. Aber das war Guederic nur recht. Er dachte nicht einmal mehr darüber nach. Er ließ sich einfach von diesem Hass leiten, denn er würde ihm seinen sehnlichsten Wunsch erfüllen und ihm helfen, das zu erreichen, wonach er mit jeder Faser seines Körpers strebte: Saat zu töten.

Endlich war es so weit, das spürte Guederic tief in seinem Inneren, als stünde es seit Ewigkeiten im Buch des Schicksals geschrieben. Instinktiv wusste er, wie viele Schritte ihn noch von seinem Feind trennten, wie viele Türen die Gefährten noch öffnen mussten, bis sie vor ihm standen.

Und der Hexer wusste es ebenfalls. Er erwartete sie, davon war Guederic überzeugt. Viel zu leicht waren sie in sein Haus eingedrungen; keine Wache hatte ihnen den Weg versperrt, keine Falle ihren Vormarsch verzögert, keine schwarze Magie sie bedroht. Der Weg zu Saat war frei, eine gerade, vorgezeichnete Linie. Wie der Weg, den ein zum Tode Verurteilter vom Kerker zum Schafott geht.

Als die Erben mit äußerster Wachsamkeit ins letzte Zimmer traten, stellte Guederic fest, wie recht er gehabt hatte. Saat erwartete sie tatsächlich. Im Schatten eines schweren Bücherregals saß ein abscheuliches Gerippe in einem Sessel und verzog die Lippen zu einem grausamen Grinsen. Das gruselige Aussehen des Hexers überraschte Guederic dann doch. Saat wirkte mehr tot als lebendig: Auf einem totenkopfartigen Schädel wuchsen vereinzelte Haare, die Lippen entblößten gelbliche Zähne, die Haut war verschrumpelt und dünn wie Pergament. Ohne das heimtückische Funkeln in seinen Augen hätte man ihn für eine Mumie aus dem alten Jezeba halten können. Doch die Mumie war zum Leben erwacht.

Die Erben gingen langsam auf ihn zu, ungefähr so, wie man sich einem Schlangennest nähert. Plötzlich wurde die Stille vom keckernden Gelächter des Hexers durchbrochen, und sie erstarrten. Guederic musste sich zusammenreißen, um nicht auf das Ungeheuer zuzurennen und ihm seine beiden Klingen in den schwindsüchtigen Körper zu rammen. Aber erst mussten die Erben mehr über das neu erschaffene Jal herausfinden, denn nur so konnten sie vielleicht ihre Eltern und Großeltern befreien. Guederic hoffte, dass Lorilis bereits damit angefangen hatte, Saats Energieströme zu erforschen. Lange würde er seine Wut nicht mehr zügeln können.

Alles, was Saat ausmachte, alles, wofür er stand, nährte die Abscheu, die Guederic wie ein Schatten begleitete. Selbst der Gestank des Hexers, eine Mischung aus fauligem Schlamm und Verwesung, weckte in ihm Hassgefühle, die mehr und mehr die Gestalt von Erinnerungen annahmen. Er versuchte sie abzuwehren, aber plötzlich empfand er ein so starkes Bedürfnis nach Rache, dass nichts anderes mehr zählte. Bei dem Gedanken, endlich zur Tat zu schreiten, überkam ihn eine Welle des Glücks. Was wäre es für eine Befreiung, sich auf den Hexer zu stürzen und so lange auf ihn einzuschlagen, bis das bösartige Funkeln in seinen Augen erlosch – Unsterblichkeit hin und her! Aber fürs Erste … Fürs Erste lachte Saat den Lebensmüden, die es gewagt hatten, sein Haus zu betreten, ins Gesicht. Dabei strich er unaufhörlich über eine Truhe, die neben seinem Sessel stand.

Damián hielt die Anspannung nicht länger aus: »Uns vorzustellen ist ja wohl überflüssig«, sagte er. »Ihr wisst, wer wir sind, und Ihr wisst auch, dass wir zu allem entschlossen sind. Ihr habt verloren, das Spiel ist aus. Ihr werdet Euren Männern befehlen, die Waffen niederzulegen. Und keine faulen Tricks. Eure Magie kann uns nichts mehr anhaben.«

Saat hörte ihm aufmerksam zu, nickte hin und wieder beifällig und unterdrückte ein Glucksen. Sobald Damián geendet hatte, brach er in wieherndes Gelächter aus. Die Erben machten sich keine falschen Hoffnungen mehr. Diese Begegnung konnte nur auf eine Art enden: Eine der beiden Seiten würde den Tod finden, und der Hexer zweifelte offenbar nicht an seinem Sieg.

»Ihr sprecht sicher von den Zeichen, die ihr von meinem Mantel abgeschrieben habt?«, fragte er zuckersüß. »Eure sind nur ungelenkes Gekritzel, aber bitte schön, wenn sie euch gefallen … Ach ja, was haltet ihr übrigens hiervon?«

Er zuckte kurz mit dem Zeigefinger, und ein zentnerschwerer Schreibtisch aus massivem Holz flog quer durch den Raum auf Damián zu. Der Ritter konnte im letzten Moment ausweichen, und das Möbelstück krachte mit ohrenbetäubendem Getöse gegen die Wand. Guederics Blut kochte über. Das war zu viel! Er marschierte geradewegs auf den Hexer zu, fest entschlossen, kurzen Prozess mit ihm zu machen.

Saat legte den Kopf zur Seite und sah ihn belustigt an. »Nein, nein, mein Junge, nicht so hastig!«, sagte er süffisant.

Abermals zuckte er fast unmerklich mit der Hand. Diesmal raste ein ganzes Bücherregal von der gegenüberliegenden Wand auf Guederic zu. Der junge Mann war so überrascht, dass er nicht rechtzeitig beiseitesprang und rückwärts zu Boden geschleudert wurde. Staubige Bücher und halb verschimmelte Manuskripte prasselten auf ihn nieder. Für einen Augenblick verschlug es ihm den Atem. Jeder Knochen tat ihm weh. Doch gleich darauf versetzte er den Büchern wütende Fußtritte, schob das Möbelstück von sich und sprang auf die Füße, das Gesicht vor Hass verzerrt.

»Ah!«, rief der Hexer begeistert. »So erkenne ich dich wieder.«

Plötzlich wurde seine Miene hart, und er streckte drohend die Hand in Josions Richtung aus. Während Saat mit Guederic beschäftigt gewesen war, hatte Zejabels Sohn einen Schritt auf ihn zugemacht.

»Wagt es nicht, euch mir zu nähern, oder ich lasse das Haus über euch einstürzen. Vielleicht reiße ich auch einen Abgrund vor euren Füßen auf. Oder ich durchbohre euch mit meinen Spielzeugen dort drüben. Die Schriftzeichen mögen euch vor einem direkten Angriff schützen, mehr aber auch nicht. Also verhaltet euch ruhig, damit wir reden können.«

Schwer atmend hielt Guederic nach besagten Spielzeugen Ausschau. An der Wand über den Bücherregalen entdeckte er eine ganze Sammlung von Dolchen, Äxten und Wurfmessern. Ihnen wäre sehr viel schwieriger auszuweichen als einem Schreibtisch.

»Was willst du?«, fauchte Maara. »Spuck es aus, bevor wir dir den Rest geben.«

»Ich hatte von meiner Enkelin etwas mehr Respekt erwartet«, sagte der Hexer ironisch.

»Stirb, du Hund!«, stieß Maara zwischen zusammengebissenen Zähnen hervor.

»Das habe ich bereits getan«, spottete Saat. »Und wo wir beim Thema sind …«

Er stand auf, hob die Truhe an, die er während des Gesprächs unablässig getätschelt hatte, und stellte sie auf den Sessel. Guederic wollte seine Unachtsamkeit nutzen und sich auf ihn stürzen, aber dazu bot ihm der Hexer keine Gelegenheit. Während er mit der Truhe hantierte, ließ er die Erben nicht den Bruchteil einer Dezille aus den Augen.

»Nun gut«, sagte er schließlich. »Wer von euch möchte erfahren, was sich in Sombres Grab befand?«

Die Szene schien ihm diebische Freude zu bereiten, im Gegensatz zu den Erben, die zwischen Abscheu und Angst hin und her schwankten. Guederic fühlte sich wie im Fieber. Die Truhe war zu klein, um die Leiche eines Mannes zu enthalten. Was mochte sich darin befinden? Knochen? Abgetrennte Gliedmaßen? Ein Kopf? Oder was sonst für eine Abscheulichkeit?

»Niemand?«, fragte der Hexer belustigt. »Schade. Ich werde die Truhe trotzdem öffnen. Sieh gut hin, mein Junge!«

Er ließ die Verschlüsse aufschnappen, hob mit theatralischer Geste den Deckel an und trat beiseite, damit die Erben ins Innere blicken konnten. Darin lag die Statue eines Kindes, ein etwa sieben- oder achtjähriger Junge in Fötusstellung, die Augen geschlossen.

»Sein Körper ist aus reinem Gwel«, erklärte Saat. »Das war alles, was ich im Grab des Bezwingers fand. In diesen Zustand verwandelte sich Sombre zurück, nachdem eure nichtsnutzigen Eltern seine Leiche auf Ji verscharrt hatten.«

Guederic hörte gar nicht, wie Saat seine Eltern beleidigte. Auch die verblüfften Gesichter der anderen und den stechenden Blick, mit dem ihn der Hexer musterte, nahm er nicht wahr. Er hatte nur noch Augen für die zusammengekrümmte Gestalt in der Truhe. Plötzlich stieg eine grausame Wahrheit in ihm auf, eine Wahrheit, die er gleich wieder ins Reich der Albträume verbannen wollte: Das mumifizierte Kind in der Truhe, *das war er selbst!*

Plötzlich schlug sein Hass in abgrundtiefe Traurigkeit um. Ein lang gezogenes Stöhnen, das wie der Schrei eines verwundeten Tiers klang, entwich seiner Kehle, und Tränen stiegen ihm in die Augen. Er ließ seine beiden Waffen fallen, vergrub das Gesicht in den Händen und weinte bitterlich wie ein kleines Kind. Am liebsten hätte er sich das Hirn aus dem Schädel gerissen, um nicht mehr denken zu können, um sich nicht zu erinnern, es nicht zu *wissen* …

Er war Sombre, und zwar nicht nur im vorigen, sondern auch in diesem Leben. Und als der Riegel, der seine Erinnerungen unter Verschluss gehalten hatte, erst einmal gesprengt war, stürzten auch andere, lange vergessene Bilder auf ihn ein, Bilder aus seiner Kindheit in den Gärten des Dara. Er hatte mit anderen Götterkindern gespielt … Nol der Seltsame hatte sie unterrichtet … Guederic weinte und konnte sich gar nicht mehr beruhigen. Er betrauerte den eigenen Tod, seine verlorene Unschuld und die glückliche Zeit, die für immer vergangen war …

»Ich freue mich, dass ich dir die Augen öffnen konnte«, sagte der Hexer triumphierend. »Sieh nur, wozu unsere Feinde dich gemacht haben, mein Junge! Sieh nur, welches Schicksal dich erwartet, wenn du weiterhin zu ihnen hältst und du so tust, als wärst du ihr Sohn.«

»Ich … bin … ihr … Sohn«, stieß Guederic mit verzerrtem Gesicht hervor.

Aber er war sich dessen selbst nicht mehr sicher, und die Zweifel brachten ihn fast um den Verstand. Wie lautete sein wahrer Name: Sombre oder Guederic? Was waren zwanzig Jahre in Lorelia gegen Jahrzehnte im Dara und Karu? Selbst Saats Stimme klang plötzlich so vertraut. Er erinnerte sich vage daran, wie der Hexer in der Finsternis des Karu auf ihn eingeredet hatte, während seine eigene Bestimmung noch zwischen Gott und Dämon schwankte.

»Nein, das bist du nicht«, sagte der Hexer streng. »Dass du *so* ahnungslos bist, hätte ich nicht gedacht. Du bist nicht von ihrem Blut. Usul hat mir verraten, dass du ein elternloses Gör aus dem Waisenhaus warst. Sie haben dich nur deshalb an Kindes statt angenommen, um dich besser im Auge behalten zu können. Damit sie abermals Verrat an dir begehen können.«

Auf einen Schlag fühlte sich Guederic wie ausgehöhlt. Er hatte das Gefühl, in bodenlose Leere zu stürzen. Mit leichenblassem Gesicht wandte er sich zu den Erben um, vor allem zu demjenigen, den er bisher für seinen Bruder gehalten hatte.

Damián stand da wie gelähmt. Hatte er von der Sache gewusst? Verzweifelt suchte der junge Mann Zejabels Blick. Als die Zü die Augen niederschlug, war es, als stieße sie ihm einen Dolch ins Herz. Schließlich nickte sie knapp, und in seiner Brust explodierte ein Schmerz, für den es keine Worte gab.

»Sie haben dich geliebt, Guederic«, fügte Zejabel eilig hinzu. »Sie betrachteten dich immer als ihren …«

Er wollte es nicht hören. Der junge Mann hielt sich die Ohren zu, schloss die Augen und brüllte hasserfüllt: »Schweig! Das ist nicht mein Name. Ich heiße nicht Guederic!«

Blind vor Schmerz, verstört von den Bildern und Erinnerungen, die auf ihn einstürmten, konnte er nur noch einen Gedanken fassen: Er war ganz allein auf der Welt und musste sich gegen heimtückische Angriffe von allen Seiten zur Wehr setzen. Er hob sein Rapier auf, wankte zur Truhe hinüber und schloss den Deckel. Wenn er das versteinerte Kind noch länger ansah, würde er wahnsinnig werden. Nicht den Bruchteil einer Dezille kam es ihm in den Sinn, dass Saat ihn mit einem Fingerzucken an die Wand hätte nageln können. Der Hexer schien sich jedenfalls köstlich zu amüsieren, denn sein Gesicht verzog sich zu einem siegessicheren Grinsen.

»Wir können wieder Freunde werden, mein Junge. Ich kenne deine Macht und du meine. Wir können dort weitermachen, wo wir vor fünfzig Jahren aufgehört haben. Es war und ist uns bestimmt, gemeinsam die Welt zu erobern, und das weißt du. Endlich erinnerst du dich.«

Der junge Mann antwortete nicht; er war viel zu durcheinander. Mit tränenverschleierten Augen blickte er zu den Erben hinüber. Mal sah er in ihnen Sterbliche, deren Schicksal ihn vollkommen kalt ließ, mal treue Gefährten, die darauf warteten, dass er sein Rapier hob und es dem Hexer ins Herz stieß. Und das wollte er auch tun, aber wenn er sich zu Saat umwandte, sah er plötzlich nur noch den Freund, dessen Stimme ihn durch die Finsternis des Karu geführt hatte. Der Hexer hatte ihn zu dem gemacht, der er war. Mit jeder Dezille, die verging, kehrten weitere Erinnerungen zurück. Völlig verwirrt ließ der junge Mann abermals seine Waffe fallen und gab sich dem Kummer hin. Saat trat zu ihm und ging sogar so weit, ihm tröstend einen Arm um die Schultern zu legen.

»Ich bin der einzige Vater, den du jemals gehabt hast«, säuselte er. »Der Einzige, dem du wirklich vertrauen kannst.«

Beim Sprechen wanderte seine Hand langsam zum Nacken des jungen Mannes hoch – auf eine Art, die weder Sombre noch Guederic gefiel.

Plötzlich zerriss der letzte Schleier der Vergangenheit. Guederic fuhr herum und ging dem Hexer an die Gurgel. Im nächsten Moment rollten sie am Boden, und jeder versuchte, den anderen zu erwürgen. Beide wurden von Rachsucht, Rivalität und dem brennenden Wunsch angetrieben, sich mit bloßen Händen die Seele des anderen und damit dessen Macht einzuverleiben. Seinem gebrechlichen Aussehen zum Trotz verfügte Saat über Bärenkräfte, aber in Guederic loderte ein Hass, der von seiner Erinnerung genährt wurde.

Gleich darauf saß der schwarzhaarige junge Mann rittlings auf dem Hexer und drückte ihm den Hals zu. Trotz des unerbittlichen Griffs, der ihm die Luft nahm, grinste Saat nach wie vor überheblich. Rasend vor Wut schlug Guederic seinen Kopf mehrmals gegen den Boden.

»Du … bist … der … Einzige … der … mich … jemals … verraten … hat.«

Plötzlich war er von mehreren Gestalten umringt, und jemand legte ihm eine Hand auf den Rücken. Er dachte, seine Freunde wollten ihn daran hindern, seine Rache auszukosten, und wollte sie gerade zurückstoßen, als ein grelles Licht aufblitzte und sie alle verschlang.

Gleich nachdem Lorilis Saats Arbeitszimmer betreten hatte, machte sie sich an die Arbeit. Um sich konzentrieren zu können, musste sie ihre Furcht, Erschöpfung und Angst vor dem Versagen vergessen. Sie musste die Bilder der blutigen Schlacht am Strand verdrängen, die sich in ihr Gedächtnis eingebrannt hatten. Kurz gesagt, sie musste sich vollkommen von der Außenwelt abschotten. Selbst als zentnerschwere Möbelstücke quer durchs Zimmer flogen, durfte sie nicht mit der Wimper zucken.

Doch nachdem Saat Sombres Sarg geöffnet hatte, musste das Mädchen noch einmal von vorn beginnen. Als ihr Blick auf die Überreste des gefährlichsten Dämons fiel, der dem Karu je entsprungen war, zuckte sie zusammen und wurde aus ihrer Konzentration gerissen. Wie ihre Gefährten empfand sie tiefes Mitleid für Guederic, der vor Kummer fast verrückt wurde, und die Enthüllungen des Hexers ließen sie vor Schreck erbleichen. Rasch begriff sie, dass der Erfolg ihres Versuchs mehr denn je eine Frage von Leben oder Tod war. Nicht auszudenken, was passieren würde, wenn Guederic die Seite wechselte. Lorilis musste ein Wunder vollbringen und zwar, bevor es zu einer Katastrophe kam.

So hatte sie sich abermals an die Arbeit gemacht. Das

Mädchen stand reglos da, konzentrierte sich und hoffte inständig, dass Saat nicht misstrauisch wurde. Sollte er Verdacht schöpfen, wäre alles verloren. Lorilis begann damit, die Lebensenergie der Erben mit Zejabels zu verknüpfen. Die Zü war die einzige Anwesende, die über eine unterbrochene Verbindung zum Jal verfügte. Allein dieser erste Schritt nahm sehr viel Zeit in Anspruch. Die Aufgabe war aber auch vertrackt: Lorilis musste die Energieströme von acht Menschen miteinander verflechten, ohne sich von dem Tumult um sie herum stören zu lassen und ohne dass Saat merkte, was sie trieb. Außerdem hatte sie so etwas noch nie gemacht. Doch plötzlich fielen ihr die letzten Worte ein, die Nol der Seltsame zu ihr gesagt hatte: »Du wirst es schaffen …« Lorilis hoffte nur, dass er von diesem Augenblick gesprochen hatte – und dass er sich nicht geirrt hatte.

Am Ende dieses ersten Schritts hatte sie tatsächlich ein kleines Wunder vollbracht: Die Erben waren durch ein spirituelles Band miteinander verbunden, eine Art magische Kette, deren Glieder nur durch Lorilis' Willen zusammengehalten wurden. Diese Kette musste sie nun mit dem Energiestrom des Hexers verflechten, der sie hoffentlich ins Jal führen würde.

Dieser Teil war der schwierigste. Von ihm hing ab, ob ihre Verzweiflungstat gelingen oder scheitern würde. Er entschied darüber, welches Schicksal die Erben erwartete. Lorilis hatte nur einen einzigen Versuch, und sie hatte nicht einmal Zeit, ihn gründlich vorzubereiten. Als sich Saat und Guederic plötzlich auf dem Boden rollten und versuchten, sich gegenseitig zu erwürgen, wagte das Mädchen den Sprung ins kalte Wasser und drang abrupt in den Geist des Hexers ein. Ihr war, als stürzte sie sich kopfüber in einen unbekannten See, ohne zu wissen, wie tief oder kalt er war und ob es gefährliche Strömungen gab. Im ersten Moment hatte sie dann auch das Gefühl zu ertrinken.

Saats Geist war anders als alles, was sie bisher gesehen hatte. Sie fand sich inmitten eines wilden Chaos umherwirbelnder Energieströme wieder. Jetzt begriff sie, warum ihr Großvater Yan auf die Idee gekommen war, die Ströme des Hexers zu nutzen, um eine Verbindung ins Jal zu erschaffen und sich und seine Gefährten von dem brennenden Kutter zu retten. Das energetische Gewitter, das den Hexer umgab, musste auf mehrere Meilen Entfernung mühelos wahrnehmbar sein.

Als sich Lorilis von der Überraschung erholt hatte, konzentrierte sie sich auf ihr Ziel. Zum Glück fand sie den Energiestrom, nach dem sie suchte, ohne große Schwierigkeiten. Zwar war er nur ein einzelner Lichtstrahl unter vielen, aber er wies im Gegensatz zu allen anderen senkrecht in die Höhe und entging deshalb ihrem aufmerksamen Auge nicht. Ohne weiter nachzudenken, begann Lorilis, die gebündelten Energieströme der Erben um diesen Lichtstrahl zu wickeln. Dabei fürchtete sie ständig, dass Saat sie bemerkte und aus seinem Geist verdrängte. Dann wäre alles verloren.

Doch der Hexer war viel zu sehr damit beschäftigt, sich gegen Guederic zur Wehr zu setzen, und so stand das Mädchen plötzlich mit klopfendem Herzen kurz vor dem Durchbruch. Jeden Moment würde sie einen Übergang ins Jal öffnen können.

Ihr Geist war überhitzt von all den Energieströmen, die

sie kontrollieren musste, und Lorilis war angespannt wie die Sehne eines Bogens. Rasch gab sie Josion das vereinbarte Zeichen.

Er reagierte sofort und schob die anderen nach vorn. Sie nahmen einander bei den Händen, Damián legte Guederic die Hand auf den Rücken, und endlich konnte Lorilis die geballte Energie entfesseln, die sie mühsam zurückgehalten hatte. Ein gleißendes Licht blitzte auf und riss sie fort.

Einen Herzschlag lang nahm sie sich selbst als reine Energie wahr. Sie war ein spirituelles Wesen, das entlang eines Strahls, der jederzeit zerreißen konnte, ins Nichts raste. Zum ersten Mal seit dem Beginn ihrer Bemühungen fragte sich das Mädchen, ob sie richtig gehandelt hatte. Diente das, was sie getan hatte, tatsächlich einer guten Sache? Welches Recht hatte sie, das Chaos zu verschlimmern, das die Welt bedrohte? Indem sie einen Übergang zu einem Ort schuf, den es eigentlich gar nicht mehr gab, zerstörte sie alles, wofür Generationen von Erben vor ihr gekämpft hatten. Durch ihre Schuld nahm das Jal wieder Gestalt an.

Von Schuldgefühlen geplagt und völlig ausgelaugt von den Anstrengungen, brauchte sie eine ganze Weile, bis sie ihren Körper wieder spürte. Sie lag ausgestreckt auf dem Boden, vermutlich immer noch in Saats Arbeitszimmer, inmitten der reglosen Körper ihrer Freunde. Kein wunderschöner Garten erwartete sie. Die Erben waren einfach nur für einen Moment in grelles Licht getaucht gewesen. Ihr Abenteuer war zu Ende.

Lorilis hatte keine Lust, die Augen zu öffnen und ihr Scheitern festzustellen. Sie wollte nur noch zusammengekrümmt daliegen und auf den Tod warten, den Kopf ins Gras gebettet …

Plötzlich konnte sie wieder klar denken. *Gras?*

Abrupt richtete sie sich auf, vielleicht ein wenig zu schnell, denn sie wurde von dem Schwindel erfasst, der charakteristisch für das Dara war. *Die Gärten des Dara! Sie hatten es geschafft!*

Um sie herum erhoben sich schwankend Najel, Souanne, Maara, Damián, Josion, Zejabel und Guederic. Sie befanden sich in einem überirdisch schönen Tal, das Lorilis, obwohl sie es zum ersten Mal sah, sofort erkannte. Es gab keinen Zweifel, dass dies ein Ort für Unsterbliche war. Er war hundertmal prachtvoller als seine irdische Entsprechung – allerdings auch hundertmal gefährlicher. Dieser Gedanke streifte Lorilis aber nur flüchtig, bevor sie sich wieder in der Betrachtung der atemberaubenden Landschaft, ihrer bunten Farben und betörenden Düfte verlor. Wie konnte ein so idyllisches Fleckchen Land so viel Leid hervorrufen?

Doch auch diese Frage hatte sie gleich wieder vergessen. Auf der gegenüberliegenden Seite des Tals tauchten mehrere Gestalten auf. Sie rannten auf sie zu, einige schneller, andere langsamer. Die Gefährten erkannten sie trotz der Entfernung auf Anhieb. Überwältigt von ihren Gefühlen stieß Lorilis einen erstickten Schluchzer aus. In diesem Moment war es ihr gleich, dass sie das Chaos verstärkt hatte, das die Welt zu zerstören drohte. Und es störte sie auch nicht, dass sie diesen Ort vielleicht nie wieder würde verlassen können. Sie hatte ihre Mutter, ihren Vater und alle anderen Mitglieder ihrer Familie wiedergefunden. Mit Tränen in den Augen rannte sie ihnen entgegen. Sie konnte es kaum erwarten, ihnen in die Arme zu fallen.

Doch plötzlich erzitterte die Erde, und sie wurde zu Boden geschleudert. Niemals hätte Lorilis gedacht, dass so etwas möglich war. Während sie die Hände ins Gras krallte und ihr Körper von den heftigen Stößen durchgerüttelt wurde, weigerte sich Lorilis immer noch, das Phänomen anzuerkennen. Es konnte einfach nicht sein. Ein Erdbeben? Nicht hier!

Doch als die Erde praktisch vor ihren Füßen aufriss, sprang sie hastig auf und stolperte zurück. Ein lautes Krachen, das klang, als ginge um sie herum die Welt unter, hallte von den Berghängen wider, während die Erde unter Lorilis' Füßen zitterte, als gebäre sie unter Schmerzen ein abscheuliches Monster. Etwas in den Tiefen des Dara zerbarst, und ein langer Riss lief von einer Seite des Tals zur anderen. Lorilis stieß einen herzzerreißenden Schrei aus. Da hatte sie eben erst ihre Eltern wiedergefunden, und schon war sie wieder von ihnen abgeschnitten. Doch es kam noch schlimmer.

Unter lautem Kreischen schob sich ein spitzer Fels aus dem gemarterten Gestein. Die Erben wurden Zeugen, wie das Karu ins Dara vordrang, wie die Unterwelt in die Gärten einbrach. Schwarzes, übel riechendes Gwel quoll aus dem Riss hervor und türmte sich zu immer neuen Höhen auf. Die Verwüstungen, die das Erdbeben anrichtete, waren verheerend. Der Riss wurde immer breiter, und bald war die ethekische Pforte, die in der Nähe des Abgrunds stand, in Gefahr. Ihr Sockel begann zu schwanken, einzelne Steine lösten sich aus dem Bogen.

Lorilis flehte die alten Götter an, das Bauwerk zu verschonen. Auch wenn ihre Eltern die Pforte offenbar nicht hatten benutzen können, war das Mädchen davon überzeugt, dass sie der einzige Weg war, der aus dem Jal hinausführte. Dann kam die Landschaft endlich etwas zur Ruhe, und die Sorge um die ethekische Pforte rückte in den Hintergrund.

Oben auf dem schwarzen Felsen, der sich aus den Tiefen der Erde geschoben hatte, entdeckte das Mädchen eine Gestalt, die sie in dem ganzen Trubel völlig vergessen hatte.

Saat war ebenfalls ins Jal übergewechselt.

»Verflucht seid ihr! Verflucht seid ihr alle!«, schrie der Hexer, während Blitze aus seinen Händen schossen.

Souanne duckte sich reflexartig, obwohl die Schriftzeichen, die Lorilis auf ihren grauen Umhang gemalt hatte, die Energie abwehrten und sie auf andere Ziele umlenkten. So rasten die Blitze mehrmals zwischen den Erben hin und her, bevor sie einen Baum oder einen Stein trafen und zum Bersten brachten. In der Nähe brachen mehrere Brände aus, was das allgemeine Chaos noch verschlimmerte. Das hinderte Saat jedoch nicht daran, seinem Zorn weiterhin freien Lauf zu lassen. Rasend vor Wut ließ er ein fürchterliches Gewitter über seine Feinde hereinbrechen.

»Verflucht seid ihr!«, wiederholte er. »Ihr habt mich an diesen verdammten Ort gebracht! Schon wieder!«

Seine Stimme überschlug sich, und er schleuderte Feuerkugeln und grelle Blitze in alle Richtungen, als wollte er das Jal eigenhändig vernichten. Das war zwar unmöglich, aber wenn er so weitermachte, würde er nichts als verbranntes Ödland hinterlassen.

Souanne nahm all ihren Mut zusammen, richtete sich inmitten der wild umherzuckenden Blitze auf und hielt nach den Eltern und Großeltern ihrer Gefährten auf der anderen Seite des Risses Ausschau. Dem Anschein nach waren sie unverletzt. Offenbar hatten auch sie die Schutzwirkung der ethekischen Schriftzeichen entdeckt. Die älteren Erben konnten dem Spektakel nur hilflos zusehen, denn sie waren durch den Riss, der das Tal durchschnitt, von ihren Kindern getrennt. Souanne schoss ein beängstigender Gedanke durch den Kopf: Die jüngere Generation musste dem Hexer allein gegenübertreten und seiner Raserei ein Ende setzen – oder es zumindest versuchen.

Die Legionärin konnte gut verstehen, warum Saat endgültig dem Wahnsinn verfallen war. Als er sich aus heiterem Himmel zum dritten Mal in den stinkenden Gängen des Karu wiederfand, hatte er das bisschen Verstand verloren, das er noch besessen hatte. Er ertrug den Gedanken nicht, abermals in der Unterwelt gefangen zu sein. Der Schock war einfach zu groß.

Souanne hatte selbst ein ganz seltsames Gefühl. Auch wenn sie dagegen ankämpfte und es nicht wahrhaben wollte, spürte sie etwas Großes und Überwältigendes in sich aufsteigen. Wenn sie nicht aufpasste, würde es ihren Verstand zermalmen und ihn in tausend Stücke zerspringen lassen – genau wie den des Hexers. Eine Flut aus Bildern stürmte auf sie ein, Dinge, die sie lange vergessen hatte, Wahrheiten, die sie nie wieder würde leugnen können.

Ja: Sie hatte schon einmal in diesem Tal gelebt – oder

vielmehr in dem ursprünglichen Tal. Die neuen Gärten standen den alten in nichts nach. Die dreizehn Erben auf dem Kutter hatten das Dara aus dem Gedächtnis erschaffen, und ihre Erinnerungen waren sehr lebendig gewesen. Und ja: Sie war eine der ersten Göttinnen gewesen, die die Gärten verlassen und ihren Platz in der Welt der Sterblichen eingenommen hatte. Ja: Sie war Eurydis gewesen, und sie war es noch immer. Nicht ohne Grund zerriss ihr die Verwüstung des Tals das Herz.

Ihre Gedanken wanderten zu Guederic, der sich ganz in der Nähe hinter einen Felsen kauerte. Er hielt die Arme schützend über den Kopf und hatte fast dieselbe Körperhaltung eingenommen wie das Kind in Sombres Sarg. Der junge Mann teilte ihr Schicksal, er war ihr geistiger Bruder. Souanne konnte nur ahnen, was er in diesem Moment durchmachte. Sie selbst hatte ebenfalls schreckliche Angst, und dabei zeigten die Bilder, die in ihr aufstiegen, vor allem glückliche Momente. Guederic – oder besser gesagt Sombre – wurde hingegen von Erinnerungen an die Unterwelt heimgesucht, an Massaker, die er verübt hatte, an abgrundtiefe Einsamkeit. Und trotzdem …

»Trotzdem«, dachte sie, »bist du ins Dara zurückgekehrt.«

Der junge Mann hob den Kopf und warf ihr einen verwirrten Blick zu. Er runzelte die Stirn, als hätte er ihre Gedanken gehört.

Souanne war völlig entgeistert, als ihr dämmerte, dass genau das geschehen war. Sie konnte sich mit ihm in Gedanken verständigen.

»Du bist ins Dara zurückgekehrt«, wiederholte sie. »Nicht ins Karu. Nol der Seltsame hat es in dir gesehen, Guederic. Du gehörst in die Gärten, nicht in die Unterwelt. Die Finsternis, die dich umgab, stammte von Saat, nicht von dir selbst.«

Zornig wischte sich der junge Mann die Tränen vom Gesicht. Ihre Worte schienen ihn zu verunsichern. Souanne war erstaunt, wie leicht ihr diese Art der Verständigung fiel. War das der Zustand der Entsinnung? Gewann sie durch die Rückkehr ins Jal ihre frühere göttliche Macht wieder? Es sah ganz so aus …

»Du hast dir nichts vorzuwerfen, mein Bruder. Das weißt du selbst. Der wahre Dämon, das war der Hexer und nicht du.«

»Ich … ich weiß nicht mehr, wer ich bin«, antwortete der junge Mann.

»Du bist, wer du zu sein entscheidest. Wir können die Vergangenheit nicht ändern, Guederic. Und die Gegenwart auch nicht. Nur die Zukunft liegt in unseren Händen.«

Er nickte, und seine Zustimmung machte der jungen Frau Mut. Im Grunde waren die ganzen schönen Worte an sie selbst gerichtet. Sie musste einfach an die Freiheit glauben. Sie wollte Souanne bleiben, zumindest ein bisschen, wollte ihre Erinnerungen, Hoffnungen und Sorgen nicht aufgeben, auch wenn sie nicht länger ignorieren konnte, dass sie im früheren Leben eine Göttin gewesen war. Und nun war es Guederic, der ihr den Weg wies: »Wir haben noch etwas zu erledigen«, erinnerte er sie. »Wir sind die Einzigen, die dazu imstande sind.«

Er zeigte auf den schwarzen Felsen, der in die Landschaft ragte und die Schönheit des Tals befleckte. Souanne hatte kaum Zeit zu nicken. Sombre trat hinter dem Felsen hervor und lief auf denjenigen zu, der schuld an seinem Unglück war.

Souanne folgte ihm, ohne zu zögern. Hätte sie auch nur den Bruchteil einer Dezille nachgedacht, wäre sie vielleicht geblieben, wo sie war. Sie hätte sich alle möglichen Ausreden einfallen lassen: Es war nicht der richtige Moment, sie brauchten einen Plan oder mussten auf ein Wunder warten. Doch für solche Gedanken war es nun zu spät.

Die anderen hatten ebenfalls ihre Deckung verlassen und sich Guederic und ihr angeschlossen. Souanne konnte keinen Rückzieher mehr machen. Die Erben rannten gemeinsam zwischen Blitzen, Feuerkugeln und umherfliegenden Gesteinsbrocken auf den aufragenden Stachel aus Gwel zu.

Niemals war das Chaos, das Saat in die Welt gebracht hatte, deutlicher zutage getreten als in diesem Moment. Der Hexer ließ Kräfte aufeinanderprallen, die jahrtausendelang getrennt gewesen waren und sich in einem gewissen Gleichgewicht befunden hatten. Das Gewitter, in dessen Mitte Saat stand, war Ausdruck des letzten Kampfs zwischen den beiden Hälften des Jal. Jedoch konnte keine der beiden Seiten dieses Kräftemessen gewinnen. Dara und Karu würden sich gegenseitig zerstören und den Rest des Universums mit sich in den Abgrund reißen. Das Ende der Welt näherte sich mit rasender Geschwindigkeit.

Während Souanne auf den schwarzen Stachel zurannte, begann sich der Boden unter ihren Füßen zu verschieben und aufzulösen. Ganze Teile brachen auseinander, verschwanden in den Tiefen der Erde oder schoben sich in die Höhe. Manchmal erstarrten sie in einer Position, die allen Naturgesetzen widersprach. An mehreren Stellen riss der Boden auf, und unzählige schwarze Stacheln drangen aus dem Karu in die einst so idyllischen Gärten des Dara vor. Es war, als wäre das Jal selbst dem Wahnsinn verfallen. Immer wieder mussten die Erben über Erdspalten springen oder einem durch die Luft fliegenden Felsbrocken ausweichen, indem sie sich bäuchlings zu Boden warfen. Und das alles, ohne den Hexer aus den Augen zu verlieren, der blind vor Jähzorn und Raserei Blitze schleuderte.

Als Saat bemerkte, dass seine Feinde auf ihn zurannten, zögerte Zejabel nicht länger. Sie blieb abrupt stehen und schoss einen Pfeil ab, der sich dem Hexer mitten in die Brust bohrte. Saat stand immer noch da und grinste überheblich, als ihn ein zweiter Pfeil traf und hintenüberkippen ließ. Er fiel rückwärts von der Spitze des Felsens und verschwand aus dem Blickfeld der Erben. Keiner von ihnen glaubte an einen derart leichten Sieg, aber zumindest konnten sie jetzt weiterlaufen, ohne jeden Moment von einem Gesteinsbrocken erschlagen zu werden. Die apokalyptische Landschaft zu durchqueren war schon schwierig genug. Vielleicht hätten sie es gar nicht bis zum Stachel geschafft, wenn sie weiter den Attacken des Hexers hätten ausweichen müssen.

Als sie, angeführt von Guederic, den Fuß des steil in die Höhe ragenden Felsens erreichten und um ihn herumliefen, stießen sie tatsächlich auf Saat. Der Sturz hatte seinen ohnehin schon abstoßenden Körper noch mehr entstellt: Der Hexer hatte sich das Genick und das linke Knie gebrochen. Trotzdem stand er noch aufrecht da und sah ihnen erwartungsvoll entgegen. Sein Kopf war zur Seite gekippt und ruhte in einem unnatürlichen Winkel auf der Schulter, aber das hinderte ihn nicht daran, drohend mit den Augen zu rollen und die Erben reihum siegessicher anzugrinsen.

Guederic – oder Sombre – wollte ein für alle Mal dafür sorgen, dass Saat kein Unheil mehr anrichten konnte. Er stürzte sich auf den Hexer, der ihn mit offenen Armen empfing, selbst dann noch, als Guederic ihm das Rapier bis zum Anschlag in den Bauch rammte. Saat spürte offenkundig keinen Schmerz. Er klopfte seinem einstigen Verbündeten sogar noch freundschaftlich auf den Rücken. Dann stieß er ihn mit verblüffender Kraft von sich, einer Kraft, die er geradewegs aus den Seelen der Dämonen schöpfte, die er sich im Laufe seiner langen Existenz einverleibt hatte.

»Ihr Dummköpfe«, ächzte er.

Saat packte den Griff des Rapiers, dessen Klinge seinen Unterleib komplett durchbohrt hatte, und zog die Waffe heraus. Dickes schwarzes Blut quoll aus der Wunde, und Souanne wurde von Übelkeit ergriffen. Jede Faser ihres Körpers begehrte gegen dieses Ungeheuer auf, das sich trotz furchtbarer Verletzungen immer noch bewegte und sprach. Offenbar galten die Naturgesetze, die die Welt im Gleichgewicht hielten, für ihn nicht.

»Habt ihr es immer noch nicht begriffen?«, rief Saat. »Ihr könnt mich nicht besiegen. Ich bin längst tot! Zerstört diesen Körper, wenn es euch Spaß macht. Ich werde mir einfach einen neuen erschaffen, immer und immer wieder. Ich bin der letzte Gott, der euch noch geblieben ist!«

Wie um seinen Worten Nachdruck zu verleihen, machte er einen Schritt nach vorn und stieß Guederic seinerseits das Rapier in den Bauch. Der junge Mann sank mit schmerzverzerrtem Gesicht auf die Knie. Damián eilte an seine Seite, während Josion, Maara und Zejabel sich auf den Hexer stürzten. Doch Saat fuchtelte so wild mit der Waffe herum, dass sie zurückweichen mussten.

»Ihr habt es eilig? Keine Angst, ihr seid auch noch dran. Aber zuerst will ich meine Rechnung mit dem Verräter begleichen.«

»Er ist der Bezwinger«, rief Souanne ihm in Erinnerung. »Du kannst ihn nicht töten. Irgendetwas wird dich immer daran hindern.«

Saat wandte der jungen Frau seinen abgeknickten Kopf zu. Mit einem Mal durchströmte sie eine unglaubliche Ruhe. Das Blut, das aus Guederics Bauchwunde rann, erinnerte sie an all das vergossene Blut der Erben, der Sterblichen, der unschuldigen Kinder des Dara. In ihrem Geist öffnete sich eine weitere Tür.

»Und wer sollte mich daran hindern?«, zischte der Hexer. »Du vielleicht? Die weise Jungfrau? Dass ich nicht lache! Was willst du mit deinen Büchern und lächerlichen Tugenden gegen mich ausrichten? Du bist als Nächste an der Reihe!«

Souanne hielt seinem Blick stand, ohne mit der Wimper zu zucken. Dann trat sie einen Schritt zur Seite und legte Guederic ihr Schwert vor die Füße. Es war die Waffe, die Zejabel ihr einen Mond zuvor anvertraut hatte, die Waffe, die Saat höchstpersönlich aus Gwel geschmiedet hatte und die den älteren Erben schon einmal das Leben gerettet hatte. Das Schwert hatte die Vernichtung des Jal überdauert, und nun waren seine Kräfte wieder erwacht.

›Du musst es tun‹, sagte sie in Gedanken zu Guederic.

Der junge Mann zögerte keinen Augenblick. Er biss die

Zähne zusammen und ließ sich von Damián und Maara auf die Füße helfen. Während er eine Hand auf die Bauchwunde presste, packte er mit der anderen das Schwert.

Der Hexer wirkte alles andere als beeindruckt: Nachlässig schlug er mit seinem Rapier gegen die Klinge. Als Guederic den Schlag parierte, runzelte Saat unwillig die Stirn. Nun begann das eigentliche Duell, ein brutaler Schlagabtausch, bei dem beide Seiten die Kraft der unzähligen Seelen nutzten, die sie sich einverleibt hatten.

Eine oder zwei Dezillen lang waren die Erben unschlüssig, ob sie Guederic zu Hilfe kommen sollten. Niemand wusste, ob sie ihn nicht in Gefahr brachten, wenn sie sich in den Kampf einmischten. Er war der Einzige, der Saat besiegen konnte. Alles musste hier enden, im Jal, und zwar so, wie es begonnen hatte: mit einer Begegnung zwischen Sombre und Saat.

Gleich darauf siegte der Hass des einen über die Arroganz und Selbstüberschätzung des anderen. Saat verließ sich allzu sehr auf seine Unsterblichkeit und wurde zudem von dem abgeknickten Kopf und dem gebrochenen Bein behindert. Irgendwann beging er einen Fehler, und Guederic nutzte seine Unachtsamkeit sofort aus: Er stieß dem Hexer dessen eigenes Schwert ins Herz, so wie Léti es sechsundvierzig Jahre zuvor getan hatte. Und genau wie damals glaubte Saat offenbar, dass dies nicht ausreichen würde, um ihn zu besiegen.

»Er ist der Bezwinger«, wiederholte Souanne, »während du nur ein gewöhnlicher Sterblicher bist. Deine einzige Macht besteht darin, dass du dich weigerst, in den Tod zu gehen.«

Der Hexer warf ihr einen herablassenden Blick zu, doch

die Worte ließen ihn offenbar aufhorchen. Die junge Frau empfand keine Verachtung mehr, sondern nur noch Mitleid mit dieser Kreatur, deren Körper nicht einmal aus Fleisch und Blut bestand.

»Ich bin Eurydis, die Führende«, verkündete sie. »Ich helfe Menschen und Unsterblichen, den Weg zur Weisheit zu gehen – oder den Weg ins Vergessen. Deine Seele mag sich noch an diese Welt klammern und sich weigern loszulassen. Aber wisse, dass ich dich dazu zwingen kann.«

Sie trat einen Schritt auf den Hexer zu und strich ihm kurz über das Gesicht.

Saat riss ein letztes Mal entsetzt die Augen auf und sackte dann leblos in sich zusammen.

Die Erde bebte heftiger denn je, als Dara und Karu in ihren Grundfesten erschüttert wurden. Im ersten Moment glaubte Najel, es handele sich um einen letzten Angriff des Hexers, einen verzweifelten Versuch, seine Feinde mit sich in den Tod zu reißen. Doch als er einen Blick auf die Leiche des Hexers warf, begriff er, dass das unmöglich war. Saat war ein für alle Mal tot, so unglaublich das war! Trotzdem brach unter ihnen der Boden weg, tobte um sie herum das Gewitter immer heftiger und flogen mehr und mehr Gesteinsbrocken durch die Luft.

Die Erben rührten sich nicht vom Fleck. Sie starrten immer noch abwechselnd auf die jämmerliche Gestalt, die in einer Lache aus schwarzem Blut vor ihnen lag, und auf Souanne und Guederic, die den Hexer bezwungen hatten. Sie betrachteten die beiden nun mit neuer Ehrfurcht.

Wenn Damián die anderen nicht in die Wirklichkeit zurückgeholt hätte, wäre es vielleicht zu spät gewesen.

»Wir müssen hier weg! Das Jal löst sich auf, und wir werden mit ihm untergehen!«

Voller Entsetzen begriff Najel, dass er recht hatte. Jetzt, wo Saat tot war, fand die Welt ihr Gleichgewicht wieder. Die natürliche Ordnung des Universums wurde wiederhergestellt, und alles, was keinen Platz darin hatte, löste sich auf, angefangen mit diesem verwüsteten Stück Erde, dieser abscheulichen Mischung aus Dara und Karu.

»Und wie willst du das anstellen?«, fragte Maara. »Lorilis, gibt es einen Weg, von hier …«

Das Mädchen schüttelte bedauernd den Kopf, noch bevor die Kriegerin den Satz beendet hatte. Najel verstand nicht viel von Lorilis' magischen Kräften, aber er ging davon aus, dass sie wieder ein Ziel brauchte, einen Energiestrom, der ihr den Weg zurück in die wirkliche Welt wies. Aber so etwas hatten sie nicht!

»Die Pforte!«, rief er. »Sie muss mit den anderen in Verbindung stehen! Bestimmt sind die Energieströme aller Pforten irgendwie miteinander verknüpft. Das können wir ausnutzen!«

»Die Energieströme zwischen dem Jal und der wirklichen Welt sind zerrissen«, erinnerte ihn Josion. »Selbst Nol hat es nicht geschafft, die Pforte …«

»Aber das war vor Saats Tod!«, beharrte der Junge aufgeregt. »Jetzt wird die natürliche Ordnung wiederhergestellt. Vermutlich werden die Übergänge bald verschwinden, aber für kurze Zeit können wir die Pforte vielleicht noch benutzen.«

Die Erben wechselten einen raschen Blick. Während

immer stärkere Erschütterungen den Boden unter ihren Füßen beben ließen, drehten sie sich zur Pforte um.

»Aber es gibt keinen Ewigen Wächter mehr, der die Pforte öffnen könnte«, wandte Maara ein.

»Ich bin ein Ewiger Wächter«, sagte Guederic langsam. »Der letzte.«

Auf diese Idee war niemand gekommen, aber seine Worte lösten trotzdem keinen Jubel aus. Erstens lief ihnen die Zeit davon, und zweitens wollte niemand daran erinnert werden, dass der schwarzhaarige junge Mann die Wiedergeburt Sombres war.

Im nächsten Moment rannten die Erben durch die trostlose Landschaft auf das mit Schriftzeichen verzierte Bauwerk zu. Abermals mussten sie sich einen Weg durch herumliegende Felsen bahnen, über Risse hinwegspringen und den aus allen Richtungen heranschießenden Gesteinsbrocken ausweichen. Zwischendurch warf Najel einen Blick über die Schulter. Erfreut stellte er fest, dass die älteren Erben auf der anderen Seite des Tals alles daransetzten, zu ihnen zu gelangen. Ke'b'ree, Bowbaq, Amanón, Yan, Cael und die anderen waren nicht untätig gewesen, während Guederic gegen Saat gekämpft hatte. Sie hatten von den Blitzen gefällte Bäume angeschleppt und sie quer über die Risse gelegt, um sie als Brücke zu benutzen. Wenn die Erde nicht abermals aufbrach und ihnen den Weg versperrte, würden sie die ethekische Pforte kurz nach ihren Kindern erreichen. Mit etwas Glück konnten sie alle gemeinsam hindurchtreten. Anschließend wäre immer noch genug Zeit, sich in die Arme zu fallen.

Während Najel von Stein zu Stein sprang und allen möglichen Hindernissen auswich, begann er daran zu glauben, dass alles doch noch ein glückliches Ende nehmen würde. Als er nur noch zwanzig Schritte von der Pforte entfernt war, blitzte unter dem Bogen ein grelles Licht auf. Das Herz des Jungen hüpfte vor Freude. Er erkannte die Landschaft zwar nicht, die hinter der Pforte zu sehen war, aber das war ihm in diesem Moment egal: Hauptsache, sie entkamen dem untergehenden Jal. Dazu war ihm jeder Ort auf der Welt recht!

Najel wurde von einer Flut von Gefühlen übermannt, als Damián Lorilis als Erste in Sicherheit brachte. Souanne, Josion, Zejabel und Maara folgten. Sie alle wurden aus dem im Chaos versinkenden Jal in eine Höhle irgendwo in der bekannten Welt katapultiert, wo sie außer Gefahr waren. Nun näherten sich auch die älteren Erben der Pforte, wenn auch von der anderen Seite, sodass der Junge sie nicht sehen konnte. Nur ihre nahenden Schritte hörte er.

Gerade wollte Najel hinter Damián durch die Pforte treten, als er wie angewurzelt stehen blieb. Urplötzlich war ihm Usuls Prophezeiung eingefallen. Als er sich zu Guederic umwandte, wusste er sofort, dass seine Vorahnung richtig gewesen war: Der junge Mann stand etwa zehn Schritte von ihm entfernt reglos da.

»Kommst du?«, rief Najel.

»Ich halte die Pforte offen. Ich muss warten, bis alle durch sind.«

»Das kannst du doch auch von der anderen Seite aus, oder?«

Sombre antwortete nicht. Sein Schweigen bestätigte Najels schlimmste Befürchtungen.

»Du kannst nicht hierbleiben!«, rief er. »Selbst dann

nicht, wenn du sterben willst. Du wirst nicht mit dem Jal verschwinden. Du wirst ein Sandkorn im Getriebe des Universums sein – so wie Saat es war. Du wirst die Welt in ein neues Chaos stürzen!«

»Dann musst du mich eben töten«, sagte Guederic leise.

Der Sturm, der durch das Tal fegte, schien plötzlich in Najels Kopf zu toben. Jetzt war es also so weit! Usuls Prophezeiung würde sich erfüllen. Als Sombre mit Saats Schwert in der Hand auf ihn zutrat und ihm den Griff hinhielt, wusste er keinen Rat mehr. Von seiner Entscheidung hing das Schicksal der Welt ab. Sollte er Guederic seinen Wunsch erfüllen? Sollte er zum Mörder eines Freundes werden oder ihn allein hier zurücklassen – in der Hoffnung, dass die Welt den erneuten Bruch der natürlichen Ordnung überstehen würde?

Auf der anderen Seite der Pforte, hinter dem leicht verschwommenen Bild der Höhle, erreichte die ältere Generation Erben atemlos die Pforte, um sich ihrerseits in Sicherheit zu bringen. Najel hörte die Stimme seines Vaters und hätte ihn am liebsten gerufen und um Rat gebeten. Doch die älteren Erben sahen nicht, was sich jenseits der Pforte abspielte. Dieser letzten Prüfung würde sich Najel allein stellen müssen. Sonst würde das Schicksal doch noch einen Weg finden, alles in einer Tragödie enden zu lassen.

Mit ausgetrockneter Kehle packte er die Waffe, die der einstige Dämon ihm hinhielt. Guederic – oder Sombre – schien sich seiner Entscheidung sicher zu sein. Er kniete vor der Pforte nieder, beugte den Kopf und bot seinen Hals dem Schwert dar, das schon so viele Leben genommen hatte. Najel hob die Waffe und dachte an das

Versprechen, das er Ke'b'ree gegeben hatte, jenes Versprechen, das er und Maara nie eingelöst hatten. Zum letzten Mal ließ er den Blick über das untergehende Jal schweifen …

Plötzlich ließ er die verfluchte Waffe fallen, warf sich auf Guederic und zog ihn mit sich durch die Pforte. Sie landeten in salzigem Wasser, das den Boden einer Höhle bedeckte. Einer sehr *wirklichen* Höhle.

Als sich Najel aufrappelte, lachte er erleichtert und schüttelte triumphierend die Faust zum Himmel. Was scherten ihn die Prophezeiungen Usuls, der Undinen oder irgendeiner anderen Kreatur, die einzig und allein dem Wahn der Menschen entsprungen war? Diesmal hatte das Zeitalter von Ys wahrhaftig begonnen. Die Sterblichen würden nie mehr unter den Launen von Göttern zu leiden haben!

EPILOG

Grigán klopfte seine Pfeife gegen den Felsen, auf dem er saß, zog eine kleine Schachtel aus der Tasche seiner schwarzen Lederkluft und ließ ein paar Krümel in den Kopf rieseln. Was für ein Pech! Keiner der jungen Leute hatte auch nur eine einzige Prise Tabak im Gepäck gehabt. Also musste er sich weiterhin mit den Kräutern begnügen, die er im Dara gepflückt hatte. Natürlich war Rauchen eine schlechte Angewohnheit, aber er hatte sich schließlich mit irgendetwas die Zeit vertreiben müssen, als er im Jal gefangen gewesen war.

Als die Pfeife fertig gestopft war, schob er sie sich kalt in den Mundwinkel. Er war zu träge, um zum Lagerfeuer hinüberzugehen, einen glühenden Zweig zu nehmen und die getrockneten Blätter anzuzünden. Nicht, dass es ihm an Kraft gefehlt hätte; trotz seines hohen Alters war ihm Müdigkeit fremd. Nein, Grigán wollte einfach noch etwas länger auf dem Felsen sitzen bleiben, aufs Meer hinausschauen und dem friedlichen Plätschern der Wellen lauschen.

Bei dem Gedanken, welche Ironie des Schicksals sie an diesen Ort geführt hatte, grinste er schief. Nun, da die Erben endlich aus dem Jal hatten fliehen können, waren sie auf einer Insel mitten im Meer gefangen. Natürlich nicht auf irgendeiner Insel! Grigán hatte die Anhäufung Felsen vor der lorelischen Küste auf Anhieb erkannt. Sämtliche Generationen Erben hatten der Insel Ji, die auf den

Landkarten nicht mehr war als ein winziger Punkt, einen Besuch abgestattet, seit Nol der Seltsame die weisen Gesandten zum ersten Mal hierhergeführt hatte.

Als er die Augen schloss, war es Grigán, als könnte er sehen, wie seine Vorfahren vor ewigen Zeiten auf der Insel landeten, genau hier an dem Strand, wo er jetzt saß. Seitdem war viel Blut geflossen …

Grigán war erleichtert, dass jetzt alles vorbei war und dass seine Urenkel in Zukunft unbeschwert aufwachsen konnten und nicht irgendwann durch die Welt reisen mussten, um ein Geheimnis zu erforschen, das die meisten Menschen und Götter längst vergessen hatten.

Er kaute auf seiner Pfeife herum und hörte eine Weile mit halbem Ohr dem Gespräch zwischen Amanón und Damián zu. Seit sich sein Sohn und sein Enkel wiedergefunden hatten, sprachen sie über nichts anderes als die Etheker, ihr magisches Alphabet, die erste Pforte und die Ehrwürdigen. Grigán verstand nicht viel von dem, was sie da redeten, außer, dass offenbar alle Erben zu Ehrwürdigen geworden waren. Was auch immer das heißen mochte … Er hatte nichts dagegen, solange er sich dafür nicht bewegen musste.

Nach einigen Dezillen beschloss er, die beiden Philosophen sich selbst zu überlassen und zu den anderen zu gehen, die sich um das Lagerfeuer scharten. Die Flammen loderten hoch in den Himmel, und Lorilis und Najel schleppten immer neues Treibholz an, das sie am Strand sammelten. Bald würde hoffentlich ein Schiff das Feuer sehen und sie auflesen. Je nach Größe des Boots würde es vielleicht mehrmals zwischen der Insel und dem Festland hin und her fahren müssen, und die Erben würden sich eine gute Geschichte ausdenken müssen, um zu erklären, wie einundzwanzig Menschen auf eine einsame Insel mitten im Meer geraten waren.

Reyan hatte jedenfalls seinen Spaß an der Sache. Der Herzog erinnerte sie bei jeder Gelegenheit daran, dass ihm die Insel Ji seit über zwanzig Jahren gehörte und dass er deshalb das Recht hätte, Geld für die Übernachtung auf seinem Grund und Boden zu verlangen. Natürlich nahm ihn niemand ernst – oder nur zum Schein, um ihm eine Freude zu machen. Seit drei Tagen saßen sie nun schon auf der Insel fest. Allmählich verblasste das Grauen, und die Erben erholten sich von den schrecklichen Ereignissen, die sie durchlebt hatten. Einige schneller als andere.

Bei diesem Gedanken blickte Grigán zu Souanne hinüber, und sie schenkte ihm ein schwaches Lächeln. Anfangs hatten sie sich große Sorgen um die junge Frau gemacht, genauso wie um den kleinen Guederic. Kaum hatten sie die Höhle verlassen und den Strand erreicht, waren die beiden in einen tiefen Schlaf gefallen. Über zwölf Dekanten lang war es niemandem gelungen, sie zu wecken. Irgendwann fragten sich alle, ob sie je wieder aufwachen würden, aber schließlich hatten sie die Augen aufgeschlagen. Seither verfielen sie von Zeit zu Zeit in eine seltsame Starre. *Das liegt daran, dass die Welt wieder ihre natürliche Ordnung annimmt,* hatte Damián ihm zu erklären versucht. Die einstigen Kinder des Jal verloren nach und nach alle Erinnerungen an ihr voriges Leben – was in Grigáns Augen das Beste war, was ihnen passieren konnte.

Nun, da seine Pfeife brannte, wanderte Grigáns Blick über die um das Lagerfeuer versammelten Erben. Er selbst war der Älteste von allen, und abgesehen von seinem

Sohn und Enkel, die er hinten bei den Felsen zurückgelassen hatte, fehlten noch zwei weitere Erben. Er beschloss, einen kleinen Spaziergang zu machen und ihnen einen Besuch abzustatten.

Weit musste er nicht laufen. Eryne und Guederic saßen am selben Ort wie am Abend zuvor – zwischen großen Felsblöcken, die sie vor dem Wind schützten – und hatten die Füße ins Wasser gehängt. Die künftige Herzogin hielt ihren Adoptivsohn im Arm, als wäre er der kostbarste Schatz der Welt, und der junge Mann schmiegte sich mit der Arglosigkeit eines Kindes an sie. Der Anblick rührte Grigán so sehr, dass er rasch in die Rolle des ruppigen Kriegers schlüpfte.

»Na, ihr zwei!«, rief er forsch. »Euch kriegt man ja gar nicht mehr voneinander los!«

Mutter und Sohn erwiderten sein Lächeln; nur Guederics rote Augen zeugten davon, dass er schon wieder geweint hatte. Doch bald würde sich seine Traurigkeit zusammen mit den letzten Erinnerungen an sein Leben als Dämon verflüchtigen …

»Komm, Junge!«, sagte Grigán und streckte den Arm aus.

Guederic ergriff seine Hand, und gemeinsam erklommen sie einen hohen Felsen, von dem aus sie einen atemberaubenden Blick über das Meer hatten. Sie ließen sich auf einem kleinen Vorsprung nieder, und Grigán legte seinem Enkel einen Arm um die Schultern.

Schweigend saßen sie eine ganze Weile da. Schließlich wies Guederic auf den Horizont, an dem sich immer noch kein Segel abzeichnete. »Glaubst du, dass heute ein Schiff kommt?«

Grigán zog an seiner Pfeife, die wider Erwarten gar nicht so schlecht schmeckte, und antwortete: »Vielleicht … Vielleicht auch nicht … Das spielt jetzt keine Rolle mehr. Von nun an haben wir alle Zeit der Welt.«

AHNENTAFEL

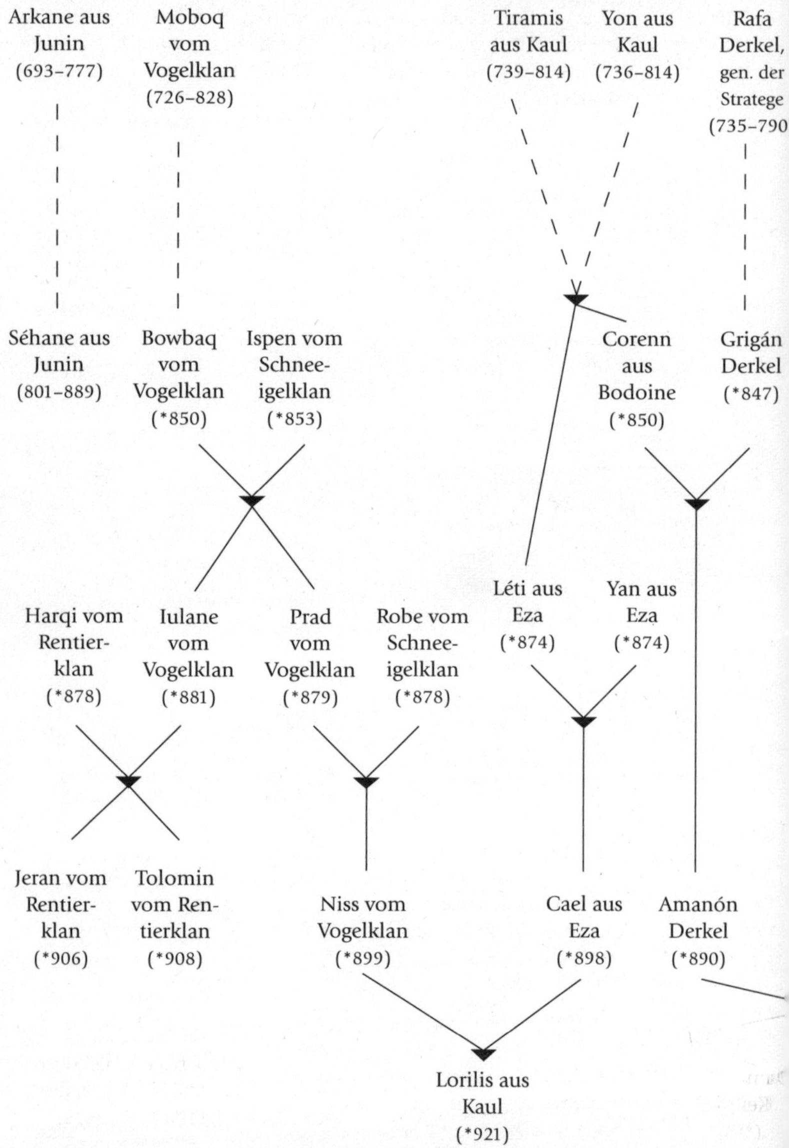
Arkane aus Junin (693–777)
Moboq vom Vogelklan (726–828)
Tiramis aus Kaul (739–814)
Yon aus Kaul (736–814)
Rafa Derkel, gen. der Stratege (735–790
Séhane aus Junin (801–889)
Bowbaq vom Vogelklan (*850)
Ispen vom Schnee-igelklan (*853)
Corenn aus Bodoine (*850)
Grigán Derkel (*847)
Léti aus Eza (*874)
Yan aus Eza (*874)
Harqi vom Rentier-klan (*878)
Iulane vom Vogelklan (*881)
Prad vom Vogelklan (*879)
Robe vom Schnee-igelklan (*878)
Jeran vom Rentier-klan (*906)
Tolomin vom Ren-tierklan (*908)
Niss vom Vogelklan (*899)
Cael aus Eza (*898)
Amanón Derkel (*890)
Lorilis aus Kaul (*921)

DIE WEISEN VON JI UND IHRE ERBEN

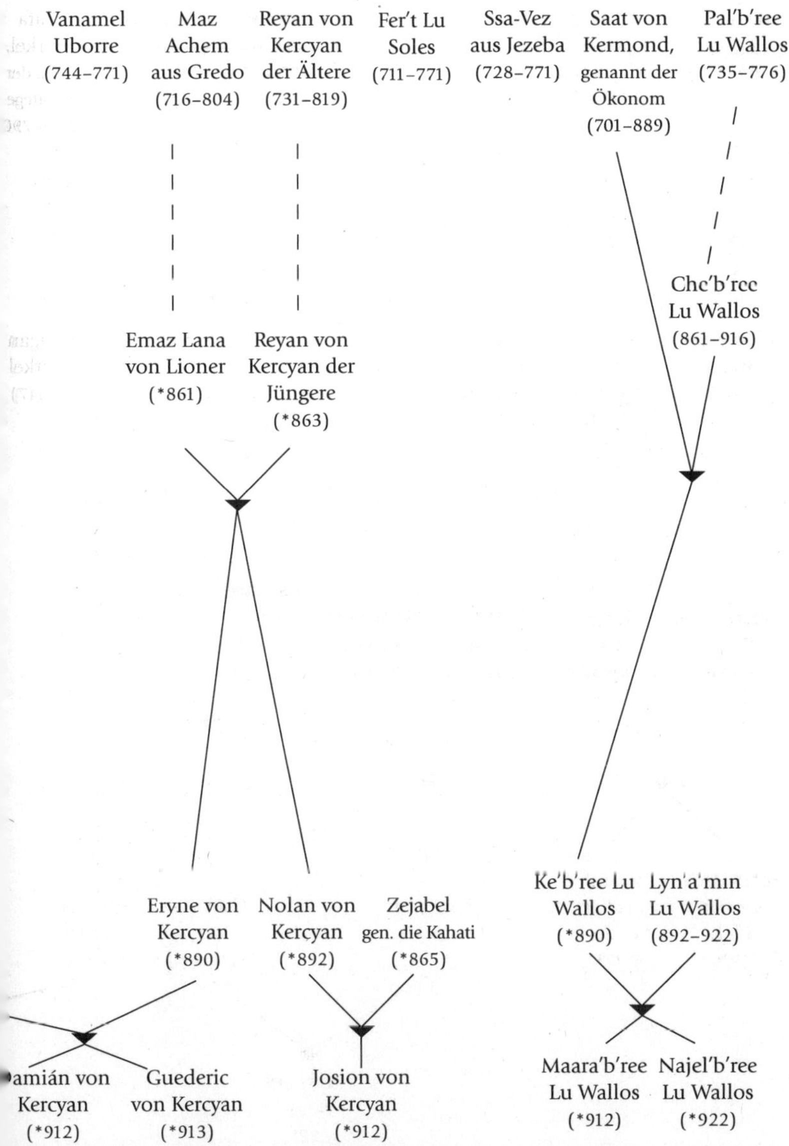

KLEINES LEXIKON DER BEKANNTEN WELT

ALIOSS

Der Anführer. Alioss ist der Gott der Familienväter, Klanchefs und Königsgeschlechter Gritehs. Nur Männer der oberen Stände dürfen ihm dienen: Krieger, Priester, Edelmänner und Handwerker. Frauen, Bettlern und Verbrechern ist es verboten, auch nur den Namen des Allmächtigen auszusprechen.
Die Göttin Aliara erfüllt eine ähnliche Rolle für die weiblichen Einwohner Gritehs, auch wenn sie kein so hohes Ansehen genießt. In den Unteren Königreichen muss der König jedem Tempelbau seinen Segen erteilen, und kein König würde je erlauben, dass sich Frauen in einem Tempel versammeln.

ALT

Der Alt ist der größte Fluss der bekannten Welt. Er entspringt in den höchsten Bergen des Rideau, fließt durch Itharien und Romin und mündet schließlich in den Spiegelozean.
Einer goronischen Legende zufolge werden die Toten eines Tages in riesigen Geisterschiffen den Fluss heruntergefahren kommen, um sich für alles Leid zu rächen, das ihnen zu Lebzeiten angetan wurde. Hin und wieder behauptet jemand, die Vorhut dieser Armee der Finsternis gesehen zu haben. Aus diesem Grund lassen manche Häfen nach Einbruch der Dunkelheit kein Schiff mehr einlaufen.

ALTES LAND

Anderer Name des Königreichs Romin.

ALUÉN

Auch wenn sein Geburts- und Todesjahr nicht überliefert sind, geht man davon aus, dass Aluén gegen Ende des achten Äons kurz nach dem Untergang des Itharischen Reichs in Partacle herrschte.

Während sich die Itharier der Religion zuwandten, nachdem Eurydis ihnen zum zweiten Mal erschienen war, lieferten sich die befreiten Völker blutige Bürgerkriege um die Reichtümer, die die einstigen Eroberer zurückgelassen hatten. Es heißt, dass Aluén einen Schatz anhäufte, der sogar den des Kaisers von Goran übertraf.

Dieser Schatz ist jedoch spurlos verschwunden. Einer Legende zufolge soll ein Teil des Schatzes im Grab seines Besitzers versteckt sein, allerdings weiß heute niemand mehr, wo sich dieses Grab befindet. Sieben Grabstätten wurden bereits erfolglos durchsucht, aber die Schatzjäger geben die Hoffnung nicht auf.

AMARIZIER

Amarizische Priester führen ein gottesfürchtiges und frommes Leben. Die meisten bleiben bis zu ihrem Tod innerhalb der Mauern eines Gemeinschaftstempels und vollziehen die religiösen Riten. Für manche Amarizier ist es jedoch der höchste Beweis ihrer Liebe zu Gott, Ungläubige zu bekehren, und so ziehen sie durch die Lande, um »verlorene Seelen« zu retten.

Amarizier lehnen Theoretiker ab, da sie es für anmaßend halten, den göttlichen Willen auszulegen.

Es gibt viele Ausprägungen des amarizischen Glaubens – vermutlich vielleicht ebenso viele wie Dörfer der bekannten Welt. In den Oberen Königreichen wird Odrel am häufigsten verehrt.

AÒN

Fluss in den Unteren Königreichen, der in den Jezebahöhen entspringt und bei Mythr ins Feuermeer mündet. Viele große Städte der Unteren Königreiche liegen am Ufer des Aòn: La Hacque natürlich, aber auch Quesraba, Tarul und Irzas.
Es hält sich hartnäckig das Gerücht, der Unrat der Menschen ziehe in der heißen Jahreszeit Raubfische aus dem Meer an. Sie schwämmen den Fluss bis La Hacque hoch und schreckten auch nicht davor zurück, Menschen anzugreifen und zu zerfleischen. Obwohl es in der Vergangenheit tatsächlich einige Attacken von Ipovanten gab und einmal sogar den Angriff eines Dornhais, sind solche Vorfälle äußerst selten.

ARGOS

Die Argosfelsen befinden sich in den Unteren Königreichen, ganz im Osten der Jezebahöhen. Berühmt sind sie vor allem für ihr Echo, das eindrucksvollste der bekannten Welt. Zahlreiche Legenden ranken sich um diese Felsen.
Es heißt, das Echo von Argos habe ein Gedächtnis, und wer nur stumm dastehe und geduldig abwarte, dem gäben die Felsen irgendwann die Geheimnisse preis, die ihnen im Laufe der Jahrhunderte anvertraut wurden.

ARKISCH

Wichtigste Sprache Arkariens.

AVATAR

Inkarnation oder Verkörperung einer Gottheit in einer anderen Gestalt als seiner eigentlichen.

BELLICA

Die Bellica ist eine Spinne, die im Norden der Fürstentümer heimisch ist. Ihr Biss ist für den Menschen nicht tödlich, und sie greift nur bei zwei Gelegenheiten an: wenn ihr Nest bedroht ist oder wenn sie einer Artgenossin begegnet. Aufgrund dieser Eigenschaft eignet sich diese Spinnenart gut für Schaukämpfe. Bellica-Kämpfe sind in den Unteren Königreichen ein beliebter Zeitvertreib. Es werden regelrechte Turniere veranstaltet, und die Wetteinsätze erreichen schwindelerregende Höhen. Der Todeskampf zweier Bellica-Spinnen ist ein beeindruckendes Schauspiel. Wenn die beiden handtellergroßen Tiere aufeinander losgelassen werden, stellen sie sich zunächst auf ihre vier Hinterbeine und versuchen, die Gegnerin mit Drohgebärden einzuschüchtern: Sie bewegen ihre Kieferklauen, vollführen nervöse kleine Sprünge und klappern mit den Beißwerkzeugen.

Es ist jedoch äußerst ungewöhnlich, dass eine der Gegnerinnen zu diesem Zeitpunkt aufgibt. Als Nächstes folgt ein Kampf auf Leben und Tod, in dem sich die Spinnen ineinander verbeißen. Sie versuchen, ihre Widersacherin mit ihrem Gift zu lähmen oder sie in ein Netz einzuspinnen. Oft gewinnt die scheinbare Verliererin im letzten Moment die Oberhand. Manche Spinnen stellen sich tot, um

ihre Gegnerin zu täuschen. Andere gewinnen den Kampf, obwohl sie mehrere Beine verloren haben.
Die Siegerin frisst immer den Kopf der Verliererin, und zwar nur den Kopf. Eine Spinne, die man daran hindert, verliert ihre Angriffslust und stirbt.

BROSDA

Ein Gott, der vor allem im Matriarchat von Kaul verehrt wird. Er ist der Sohn des Xéfalis und dem Spiegelbild Echoras.
Brosda ist der Gott der Fischer. Sein Reich ist weder das Wasser noch das Land, sondern die Grenze zwischen beiden. Er ist ein neutraler Gott und wird je nach Ort und Epoche verehrt oder gefürchtet. In den Geschichten über Brosda kommen auch Seeungeheuer vor, was vor allem den Kindern gefällt.

BRUDER

Die Mitglieder der Großen Gilde bezeichnen sich gegenseitig als Brüder. Andere Verbrechergilden haben die Bezeichnung übernommen.
Manche geben ihren Mitgliedern bei Eintritt sogar einen neuen Namen und bilden regelrechte »Familien«.

CREVASSE

Hauptstadt Arkariens, die zum Klan des Falkens gehört. Eigentlich haben nur Bewohner des Weißen Landes Zutritt zur Stadt, Fremde sind nur in Ausnahmen erlaubt. Diejenigen, die das Glück hatten, Crevasse besuchen zu dürfen, vergleichen sie wegen ihrer Größe mit Lorelia und wegen der Schönheit ihrer Bauwerke mit Romin.

Der Legende zufolge wurde die Stadt an einem Ort errichtet, an dem sich drei Minen befinden: eine Eisen-, eine Kupfer- und eine Goldmine. Dies sei auch der Grund für den unermesslichen Reichtum des Falkenklans, aus dem zwei Drittel der arkischen Könige stammen und der somit die Geschicke des größten Landes der bekannten Welt lenkt.

DAÏ

Die Daï ist eine kleine Schlange, die in den Unteren Königreichen vor allem in den Ausläufern der Gebirge heimisch ist. Das ausgewachsene Tier ist zwei Fuß lang und wird bis zu drei Jahre alt. Seine Hautfarbe wechselt je nach Jahreszeit von Dunkel- zu Hellgelb.

Das Gift der Daï ist nicht tödlich – jedenfalls nicht in der üblichen Dosis –, erzeugt aber eine euphorische Trance mit Halluzinationen. Die Daï beißt ihre Beute in regelmäßigen Abständen, versetzt sie so in einen Tiefschlaf und hält sie über mehrere Dekaden am Leben, ähnlich wie Spinnen.

Das Gift ist eine beliebte Droge. Die Zucht von Daï-Schlangen hat in den Unteren Königreichen eine lange Tradition. Bei einigen Stämmen gilt es als Mutprobe, sich von einer Daï beißen zu lassen, da ihr Gift nicht wieder aus dem Körper gesaugt werden kann. Aber wie alle Drogen wird sie vielen zum Verhängnis: Man hört immer wieder von Menschen, die sich freiwillig in eine Schlangengrube stürzen und dort den Tod finden.

DARN-TAN

Darn-Tan war Graf von Uliterra, einer ehemaligen lorelischen Provinz zwischen dem Herzogtum Cyr-la-Haute und dem Herzogtum Kercyan. Einst führte Uliterra aus Gründen, die in Vergessenheit geraten sind, Krieg gegen das benachbarte Fürstentum Elisere und dessen Herrscher Iryc von Verona.

Der Brauch wollte, dass der Sieger den unterlegenen Herrscher, seine Familie und sein Domizil verschonte. Doch Darn-Tan war bekannt dafür, diese Sitte zu missachten. Einige Jahre zuvor hatte er das Schloss von Orgerai angezündet und den Fürsten und dessen zwei Töchter an einen Balken knüpfen lassen. Darn-Tan hatte auch diesmal nicht die Absicht, seinen Feind mit dem Leben davonkommen zu lassen, und so ersann er eine komplizierte List. Er rechnete damit, dass Iryc von Verona ihm misstrauen und einen Hinterhalt wittern würde, und genau dann würde seine Falle zuschnappen.

Iryc von Verona, der keine Heimtücke kannte, entging dem Hinterhalt, indem er sich verhielt, wie Darn-Tan es nie erwartet hätte: arglos.

DEKADE

Zehn Tage. Zeiteinheit des eurydischen Kalenders.

Die Tage einer Dekade tragen Ordnungszahlen. Der erste Tag ist der Prim, der letzte der Zim. Die anderen Tage vom zweiten bis zum neunten heißen: Des, Terz, Quart, Quint, Sixt, Septim, Okt und Non.

Die Dekade der Erde und die des Feuers haben nur neun Tage. Der Okt wird übersprungen, auf den Septim folgt sogleich der Non. Die Maz haben hierfür eine religiöse

Erklärung: Der Wegfall des Okten versinnbildlicht Eurydis' Sieg über die acht Drachen von Xétame.

DEKANT

Zeiteinheit goronischen Ursprungs. Ein Dekant entspricht dem Zehntel eines Tages, also ungefähr zwei Stunden und fünfundzwanzig Minuten unserer Zeit. Der erste Dekant beginnt mit Sonnenaufgang, wenn der zehnte Dekant des Vortages endet. Das Ende des dritten Dekants wird als Mit-Tag bezeichnet.

Das gemeine Volk gebraucht diese Zeiteinheit im Alltag eher grob, während die Gelehrten sehr viel präziser sind. Sie richten sich nicht nur nach der Sonnenuhr, sondern berechnen mit komplizierten Formeln den genauen Zeitpunkt des Sonnenaufgangs über der Stadt Goran. Diese Methode ist auch die einzige, die es ermöglicht, in der Nacht – also vom siebten bis zum zehnten Dekant – den Wechsel der Dekanten exakt zu bestimmen.

DEZILLE

Zeiteinheit goronischen Ursprungs. Eine Dezille entspricht dem Zehntel einer Dezime, also ungefähr einer Minute und sechsundzwanzig Sekunden unserer Zeit. Gemeinhin wird es nicht für nötig gehalten, die Zeit in noch kleinere Einheiten zu unterteilen. Offiziell existieren allerdings noch Divisionen und Schläge. Eine Division misst ungefähr acht Sekunden, ein Schlag weniger als eine Sekunde.

DEZIME

Zeiteinheit goronischen Ursprungs. Eine Dezime entspricht dem Zehntel eines Dekants, also ungefähr vierzehn Minuten unserer Zeit.

DONA

Die Göttin der Händler. Sie ist die Tochter Wugs und Ivies. Der Legende nach erschuf sie das Gold, um damit ihren Körper zu bedecken und so die Schönheit ihrer Cousine Isée zu übertreffen. Anschließend schenkte sie ihre Schöpfung den Menschen, damit diejenigen, die wie sie vom Schicksal benachteiligt wurden, mit ihrer Klugheit auftrumpfen können, die durch den Besitz des Edelmetalls versinnbildlicht wird.
Zu Donas Unglück entschied der junge Gott Hamsa, den sie zum Schiedsrichter erkoren hatte, sich jedoch abermals für Isée. Daraufhin beschloss Dona, nie mehr auf das Urteil eines Einzigen zu vertrauen. Sie nahm sich zahlreiche Liebhaber und gilt seither auch als Göttin der Sinnesfreuden.
In Lorelien gibt ein Händler, der ein gutes Geschäft abgeschlossen hat, üblicherweise einem fremden Mädchen, das in Armut lebt, ein Almosen. Dieses Geld wird »Donas Anteil« genannt. Leider gerät der Brauch immer mehr in Vergessenheit, da die meisten Anhänger Donas finden, die Opfergabe, die sie an den Tempel entrichten, sei ein ausreichender Beweis ihrer Hingabe.
Kein geschäftstüchtiger Händler würde je vergessen, Dona ein Opfer zu bringen, und sei es nur, um sich die Gunst derjenigen »Priesterinnen« zu sichern, die der Göttin der Sinnesfreuden besonders ergeben sind.

DORNHAI

Der Dornhai oder auch Kletterhai ist ein Raubfisch im Feuermeer, der häufig mit der Panzermuräne verwechselt wird. Die durchschnittliche Größe eines ausgewachsenen Dornhais liegt bei fünf bis sieben Schritten, aber wenn man alten ramythischen Seemännern glaubt, existieren auch Exemplare mit einer Länge von zehn Schritten oder mehr.

In den Meeren tummeln sich jedoch weit imposantere Lebewesen, und der Dornhai wird nicht wegen seiner Größe gefürchtet. Er ist berüchtigt für seinen Blutdurst und vor allem für die zahlreichen ausfahrbaren Haken, die sich zwischen seinen Schuppen am Bauch befinden. Die Haken tragen ein Gift in sich, mit dem der Dornhai seine Beute lähmt.

Außerdem benutzt der Dornhai diese Haken, um wie eine Raupe lautlos an der Außenwand von Schiffen hochzuklettern. Aus diesem Grund gilt er als der gefährlichste Raubfisch, und die Hochseefischer haben sich zahlreiche Schutzmaßnamen ausgedacht. Zum Beispiel weisen viele Schiffe einen »Glockenkranz« auf, ein schlauchförmiges, mit Alteisen gefülltes Netz, das rings um den Rumpf gehängt wird. Aus Aberglauben scheuen sich Seeleute, den Namen eines Mannes auszusprechen, der einem Dornhai zum Opfer gefallen ist, bevor sie das Festland erreicht haben.

EIHER

Arkisch. Fabeltier des Weißen Landes. Der Eiher wird entweder als riesiger Reiher mit Hörnern entlang der Wirbelsäule beschrieben oder als Schildkröte, deren Speichel in der Luft zu einem Pfeil gefriert, wenn sie ihr Opfer anspuckt. Obwohl diese beiden Beschreibungen unvereinbar sind, behauptet so mancher alteingesessene Arkarier, den Eiher in einer mondlosen Nacht bei der Jagd beobachtet zu haben. Aus Höflichkeit glauben die Arkarier beide Versionen.

EMAZ
Hohepriester des Großen Tempels der Eurydis und geistliche Oberhäupter aller Gläubigen. Es gibt vierunddreißig Emaz. Der Titel wird jeweils von einem Emaz auf einen Maz übertragen.

ERJAK
Arkisch. Jemand, der die Fähigkeit besitzt, die Gedanken der Tiere zu lesen und ihnen seine eigenen zu übermitteln.

EURYDIS
Hauptgöttin der Oberen Königreiche. Itharische Moralpriester brachten die Eurydisverehrung an die entlegensten Orte der bekannten Welt.
Die Geschichte der Göttin ist seit jeher mit der Heiligen Stadt verbunden. Im sechsten Äon waren die Itharier – die damals noch nicht so hießen – nichts als ein loser Zusammenschluss ehemaliger Nomadenstämme. Sie lebten am Fuß des Blumenbergs, einem der ältesten Berge des Rideau. Dieser Bund soll das Werk eines einzigen Mannes gewesen sein. Es heißt, König Li'ut von Ith wollte ein neues, mächtiges Königreich gründen und scharte alle unabhängigen Klans westlich des Alt um sich.

Er widmete sein ganzes Leben der Erfüllung dieses Traums, doch der Bau der Stadt Ith – der Heiligen Stadt, wie sie heute genannt wird – nahm mehr Zeit in Anspruch, als ihm zur Verfügung stand. Nach seinem Tod brachen die alten Rivalitäten zwischen den Klans erneut aus. Ohne Li'uts diplomatisches Geschick war der schöne Traum zum Scheitern verurteilt.

Daraufhin soll die Göttin Eurydis dem jüngsten Sohn Li'uts erschienen sein und ihm befohlen haben, das Werk seines Vaters fortzuführen. Comelk – so war sein Name – dankte der Göttin für ihr Vertrauen, äußerte jedoch die Befürchtung, nichts gegen die Zwietracht der Stämme ausrichten zu können. Eurydis bat ihn daraufhin, alle Klanführer zusammenzurufen, und Comelk kam ihrem Wunsch nach.

Eurydis sprach zu jedem von ihnen und befahl ihnen, dem Pfad der Weisheit zu folgen. Die Klanführer lauschten ihren Worten andächtig, denn so barbarisch und großmäulig sie auch waren, ließen Aberglaube und Tradition sie die Macht der Göttin fürchten.

Als sich Eurydis zurückgezogen hatte, beratschlagten die Anführer lange und befragten die Stammesältesten und Seher. Schließlich wurden alle Streitpunkte beigelegt. Die Klanführer schworen einander ewigen Frieden und schlossen den Itharischen Bund.

Die Jahre vergingen, und Ith entwickelte sich von einer ansehnlichen zu einer wahrhaft eindrucksvollen Stadt. Zu jener Zeit konnte nur noch Romin mit der Hauptstadt des jungen Königreichs wetteifern. Die Stämme vermischten sich, und der alte Zwist geriet mehr und mehr in Vergessenheit. Itharien war auf dem besten Weg, ein Leuchtfeuer der bekannten Welt zu werden. Und so kam es auch, allerdings nicht im guten Sinne.

Trunken von der neuen Macht, die ihnen mehr oder weniger in den Schoß gefallen war, begannen die Nachfahren der alten Stämme von ihrer Überlegenheit über den Rest der bekannten Welt zu sprechen, bis es einigen in den Sinn kam, dies auch beweisen zu wollen. Zunächst beschränkten sich die Itharier auf kleinere Überfälle, doch schon bald folgten Scharmützel an den Grenzen und schließlich regelrechte Eroberungsfeldzüge, die immer blutiger wurden.

Gegen Ende des achten Äons herrschte Itharien über das gesamte Gebiet zwischen dem Rideau im Osten, der Velanese im Westen, dem Mittenmeer im Süden und der Stadt Crek im Norden. Die Itharier waren grausame Eroberer: Sie plünderten, brandschatzten, verwüsteten ganze Landstriche und metzelten Tausende dahin.

Eines Tages, als die Heerführer wieder einmal zusammenkamen, um eine Invasion Thalitts zu planen, erschien Eurydis zum zweiten Mal.

Es heißt, sie habe die Gestalt eines zwölfjährigen Mädchens angenommen, und so wird sie auch heute meist dargestellt. Dennoch glaubten einige der gestandenen Feldherren vor Angst zu sterben, so groß war der Zorn der Göttin.

Sie sprach kein Wort, sondern begnügte sich damit, jedem Heerführer des itharischen Reichs – denn so nannte man es inzwischen – in die Augen zu sehen.

Der Blick war ihnen Warnung genug. Sie gaben alle Angriffspläne auf und befahlen ihren Kriegern, die Waffen niederzulegen und sich aus den eroberten Gebieten zurückzuziehen. Die Heerführer nahmen es auf sich, das itharische Denken und Handeln tiefgreifend zu verändern.

Eine Generation später hatte sich das gesamte itharische Volk der Religion zugewandt. In der nächsten Zeit erfuhren sie großes Unglück, da sich die von ihnen unterjochten Völker – wie das junge goronische Volk – nun ihrerseits als Henker aufführten. Das itharische Reich musste immer mehr Gebiete abtreten, bis es nur noch sein ursprüngliches Territorium umfasste: die Umgebung der Stadt Ith und den Hafen von Maz Nen.

Im Laufe der Jahre begannen die Itharier mit einer anderen Art der Eroberung, die eher dem Willen der Göttin entsprach: Die Maz zogen durch die bekannte Welt und bis an die entlegensten Orte, um Eurydis' Moral zu verkünden. Dies nützte auch den weniger entwickelten Völkern, denn die Itharer brachten ihnen nicht nur die Religion, sondern auch Errungenschaften wie Kalender, Schrift, Kunst und Technik, die sie sich bei ihren Eroberungszügen angeeignet hatten.

Manche Theoretiker prophezeien, dass die Göttin bald ein drittes Mal erscheinen wird. Natürlich wird sie das irgendwann tun, da sie ja bereits zweimal erschienen ist. Die wichtigste Frage, die die Itharier sich stellen, lautet: Welchen Weg werden wir als Nächstes einschlagen?

EZOMINE

Ezomine sind Steine, die Licht ausstrahlen. Sie sehen aus wie gemeine Quarze, und ihre Kraft wird erst im Dunkeln sichtbar.

Die Stärke des Lichts ist unterschiedlich. Manche behaup-

ten, Steine gesehen zu haben, deren Licht fünfzig Schritte weit reiche. Doch die meisten Ezomine leuchten nicht einmal so hell wie eine gewöhnliche Kerze.
Wenn der Stein auseinanderbricht, verliert er seine Kraft. Seit Äonen studieren die Gelehrten das Geheimnis der Ezomine, aber keine der Theorien, die sie über den Ursprung der rätselhaften Kraft entwickelt haben, konnte bislang bewiesen werden.
Unter Sammlern, Abenteurern und Schatzjägern sind die Steine sehr begehrt.

FRUGIS

Das Frugis ist ein Seil mit drei Enden, dessen Name auf den legendären König und Magier zurückgeht, der drei Äonen bevor das Friedensabkommen der Fürstentümer geschlossen wurde, in Lineh herrschte. Das Seil ist auf verschiedene Arten beschrieben worden. Die gängigste lautet wie folgt: Man habe drei Seile genommen, jedes von ihnen zu einem V gelegt und die Spitzen aneinandergelegt. Dann habe man die Hälften zusammengeflochten und so ein kräftiges Tau mit drei gleich langen Enden erhalten. Die Angaben zur Länge der Enden schwanken zwischen sechs und neunundneunzig Schritten. Das Frugis-Seil soll die geheimnisvolle Macht besitzen, denjenigen, der eines seiner Enden hochklettert, an jeden Ort zu bringen, an dem eins der anderen Enden hängt. Sollte es dieses Seil jedoch tatsächlich geben, wüsste heute niemand mehr, wie man es gebraucht.

GESCHWÄTZIGE MUSCHEL

Zu Zeiten der Zwei Reiche verbreiteten romische Seeleute die Geschichte dieses kuriosen Gegenstands. Heutzutage hört man eher Spaßvögel von ihr sprechen als echte Schatzjäger. Angeblich handelt es sich um eine Gironenmuschel, in die einst ein Dämon die Stimme einer Frau einsperrte, die allzu schwatzhaft war. Doch selbst dieser Fluch brachte die Arme nicht zum Verstummen, und man sagt, dass jeder, der die Muschel in die Hände bekommt, sie so schnell wie möglich wieder loswerden will, da das unaufhörliche Geschwätz unerträglich ist.

GISLE

Grenzfluss zwischen dem Matriarchat von Kaul und dem Königreich Lorelien.

GILDE DER DREI SCHRITTE

Zusammenschluss der Prostituierten Lorelias.
Früher durften die Freudenmädchen ihrem »Geschäft« nur in der sogenannten Unterstadt nachgehen. Allerdings gab es so viele von ihnen, dass es häufig zu Streit und sogar Handgreiflichkeiten kam. Deshalb gingen die Zuhälter irgendwann dazu über, jeder Frau ein Stück Straße zuzuweisen, das genau drei Schritte maß.
Manche Zuhälter haben diesen Brauch beibehalten, obwohl die meisten Prostituierten heutzutage im Hafenviertel zu finden sind, das sehr viel größer ist.

GROSSE GILDE

Zusammenschluss der meisten Verbrecherbanden der Oberen Königreiche. Die Große Gilde hat keine feste Ord-

nung oder Hierarchie, sondern ist im Grunde eine Übereinkunft der Banden, einander keine Gebiete und Betätigungsfelder streitig zu machen, derart, wie sie auch die Gilden eines Königreichs oder einer Stadt schließen.
Trotz häufiger Streitigkeiten gelingt es den Banden manchmal, gemeinsame Operationen durchzuführen, vor allem beim grenzüberschreitenden Schmuggel.
Offiziell lässt die Gilde die Finger von Meuchelmorden. Ihre Spezialität sind Erpressung, Entführung, Betrug, Schmuggel und natürlich sämtliche Formen von Raub und Diebstahl. Trotzdem fällt auf, dass den Mitgliedern neuer Banden, die sich nicht an die Übereinkunft halten, ein recht kurzes Leben beschieden ist …

GROSSES HAUS
Sitz der Regierung des Matriarchats von Kaul. Hier halten die Mütter ihre Ratsversammlungen ab, und hier haben sie ihre privaten Gemächer und Studierzimmer. Alle Einwohner Kauls können in das Große Haus kommen und ihre Beschwerden vortragen. Fünfzehn Personen halten sich von morgens bis abends bereit, um sie zu empfangen. Mehrmals im Jahr stehen die Arbeits- und Versammlungssäle des Großen Hauses allen Neugierigen offen.

GROSSTERRA
Hauptstadt und größte Insel des Schönen Landes, einer Inselgruppe im romischen Meer.

HATI
Heiliger Dolch der Züu. Der vollständige Name, wie man ihn in alten Schriften findet, lautet »Zuïaorn'hati«, wörtlich übersetzt »eine Wimper Zuïas«.
Den Hati bekommt ein Novize von einem Judikator überreicht, nachdem er seine erste Mission erfüllt hat, üblicherweise mit bloßen Händen. Dadurch wird er in den Kreis der Boten Zuïas aufgenommen und erhält das Recht, über Leben und Tod seiner weniger glücklichen Landsleute zu richten.

HELANIEN
Eine der fünf Provinzen des Königreichs Romin. Ihre Hauptstadt ist Manive, ihr Wappenbild die Rose von Manive.

HEILIGE STADT
Anderer Name Iths, der Hauptstadt des Königreichs Itharien. Häufig bezeichnet der Name auch nur das religiöse Viertel, eine Enklave mit einer eigenen Festungsmauer, eigenen Gesetzen und eigenen Bürgern – eine Stadt in der Stadt.

ITHARISCHE WÜRFELSPIELE
Diese Spiele sind in der gesamten bekannten Welt verbreitet. Ihr Ursprung ist ungewiss. Sicher ist allerdings, dass sie sich im siebten und achten Äon mit den Eroberungsfeldzügen der itharischen Armee ausbreiteten und rasch von allen besiegten Völkern übernommen wurden. Der itharische Würfel hat sechs Seiten. Auf vieren ist je ein Element abgebildet: Wasser, Feuer, Erde und Wind. Jeweils eins dieser Elemente erscheint auch auf der fünften und sechsten

Seite. Folglich gibt es vier Sorten von Würfeln: einen weißen für den Wind, einen roten für das Feuer, einen grünen für die Erde und einen blauen für das Wasser.
Wie viele Würfel für ein Spiel benutzt werden, hängt von den Regeln ab und wird zwischen den Spielern ausgehandelt. Im Normalfall reichen vier Würfel aus – ein Soldat –, doch es gibt auch Spiele, die mit zwanzig oder mehr Würfeln gespielt werden.
Stern, Prophet, Kaiser, Zwei Brüder und Gejac sind die bekanntesten, wenn auch längst nicht alle itharischen Würfelspiele.

JAHRMARKT (LORELISCHER)

Der Jahrmarkt ist eine der ältesten lorelischen Traditionen. Vom Tag des Händlers bis zum Tag des Kupferstechers in der zehnten Dekade entfallen jegliche Steuern auf die Ein- und Ausfuhr von Waren – solange ihr Handel nicht gegen die Gesetze des Königreichs verstößt. Die meisten Gelegenheitsverkäufer, Handwerker, Fremden und Kuriositätenhändler bieten ihre Waren zu dieser Zeit feil.
Der Jahrmarkt zieht eine Menge Menschen an, von denen ein Drittel gar nichts kaufen will, sondern nur der zahlreichen Attraktionen wegen kommt: Straßentheater, Spiele, Bankette und vieles andere. Manche dieser Vergnügungen werden vom König spendiert, der damit sein Ansehen verbessern will.
Für die königliche Schatzkammer ist der Jahrmarkt dennoch einträglich, da jeder, der einen Stand eröffnen will, einen Obolus entrichten muss. Die Kontrollen sind streng, und Verstöße werden mit der sofortigen Beschlagnahmung sämtlicher Waren geahndet.

Der Jahrmarkt findet auch in anderen großen Städten Loreliens statt: Benelia, Lermian und Le Pont. Er hat dort eine gewisse lokale Bedeutung, ist aber nicht mit dem der Hauptstadt vergleichbar.

JAHRZEHNT
Zehn Jahre.

JELENIS
Lorelisch. Die Jelenis sind Soldaten der ältesten Leibwache Loreliens. Sie sind vor allem berühmt dafür, König Kurdalene im sechsten Äon beschützt zu haben.
Die Jelenis sind auch die königlichen Hundeführer. Ihnen gehören über sechzig weiße Doggen, obwohl diese Rasse wegen ihrer Aggressivität nahezu ausgerottet ist. Jedes Tier ist mehr als vierhundert Terzen wert und der Stolz des jeweiligen Königs.
Es heißt, es brauche mindestens fünf erfahrene Krieger, um einen Jelenis und seinen Hund zu besiegen.

JERUSNIEN
Eine der fünf Provinzen des Königreichs Romin. Ihre Hauptstadt ist Jerus, ihr Wappenbild das Kreuz von Jerus.

JEZ
Einwohner des Sultanats von Jezeba.

JEZAC
Wichtigste Sprache des Sultanats von Jezeba.

JUDIKATOR

Religiöser Führer der Boten von Zuïa.

JUNEISCH

In Junin und den meisten anderen Fürstentümern gesprochene Sprache. Das Hochjuneische wird nur noch in offiziellen Schriften, im Handel und in der Literatur verwendet, während sich die Sprache der einfachen Leute, die einst eine Mundart war, im Laufe der Zeit von ihrem Ursprung entfernt hat und heute eine eigene Sprache darstellt.

KALENDER

In den Oberen Königreichen gilt der itharische Kalender. Er ist in 338 Tage, 34 Dekaden und 4 Jahreszeiten unterteilt. Das Jahr beginnt am Tag des Wassers, dem Frühlingsanfang. Zwei Dekaden bestehen nur aus neun statt aus zehn Tagen: die Dekade vor dem Tag der Erde und die vor dem Tag des Feuers. Der Tag beginnt mit Sonnenaufgang. Jeder Tag und jede Dekade trägt einen bestimmten Namen, der ursprünglich religiöser Herkunft war und mit der Verehrung der Göttin Eurydis zusammenhing, deren Botschaft von Moralpriestern bis in die entlegensten Winkel der bekannten Welt getragen wurde. Mit der Zeit bildeten sich an verschiedenen Orten regionale Besonderheiten heraus. So heißt der Tag des Hundes, der im Großen Kaiserreich Goran keine besondere Bedeutung hat, in der Umgebung von Tolensk Tag des Wolfes und ist einer der höchsten Feiertage. Die Dekade des Jahrmarkts, die mit dem Tag des Händlers beginnt, ist in Lorelien von größter Wichtigkeit, in Memissien aber belanglos.

Kaum jemand kennt sämtliche Tage des Kalenders auswendig oder weiß um ihre Bedeutung für die Eurydisverehrung – abgesehen von den Priestern natürlich. Für die Einwohner der Oberen Königreiche ist der Kalender so selbstverständlich wie Sonnenauf- und -untergang. Die meisten wissen nicht einmal, dass er religiösen Ursprungs ist. Es gibt noch andere Kalender in der bekannten Welt, die auf königlichen Erlässen, nicht-eurydischen Religionen oder ganz einfach Stammestraditionen beruhen. Viele orientieren sich an den Mondphasen, wie zum Beispiel der alte romische Kalender, der aus 13 Zyklen zu je 26 Tagen besteht.

KAULANER
Bewohner des Matriarchats von Kaul.

KAULI
Wichtigste Sprache des Matriarchats von Kaul.

KLEINE KÖNIGREICHE
Anderer Name der Fürstentümer.

KONZIL
Versammlung der arkischen Klanchefs.

KURDALENE
Kurdalene war ein lorelischer König, der in die Geschichte einging, weil er gegen die Züu kämpfte. Damals übten die Anhänger der Rachegöttin mit Drohungen, Erpressungen und Morden einen solchen Einfluss auf die Edelleute und Bürger Loreliens aus, dass der König keine Entscheidung

treffen konnte, ohne sie vorher von den Mördern im roten Gewand absegnen zu lassen.
Irgendwann riss Kurdalene der Geduldsfaden, und von jenem Tag an tat er alles, um die Religion auszurotten – zumindest in Lorelia. Er überlebte fast zwei Jahre, indem er sich mit einigen ihm treu ergebenen Wachen in einem Flügel seines Palastes verbarrikadierte. Schließlich gelang es den Züu, ihn zu ermorden.

LA HACQUE

Der Legende zufolge wurde die Handelsstadt der Unteren Königreiche von einem lorelischen Edelmann gegründet. Wahrscheinlicher ist jedoch, dass eine Gruppe reicher Reeder am Ufer des Aòn ein Kontor errichtete, wodurch sich ein bereits bestehendes Dorf entwickelte. Jedenfalls finden sich in der Stadt, die oft als die schönste der Unteren Königreiche bezeichnet wird, zahlreiche Gebäude mit lorelischer Architektur. Auch einige Straßen erinnern an die König-Kurdalene-Straße oder an die Bellouvire-Allee in Lorelia.
La Hacque war lange die einzige Stadt, die von den Stammeskriegen verschont blieb, die diesen Teil der Welt heimsuchten. Im Jahre 878 wurde sie von Yussa-Söldnern im Dienste Alebs des Einäugigen erobert, dem König von Griteh und Quesraba. Seither gibt es südlich der Louvelle keine freie Stadt mehr.

LEEM (DIE GLOCKEN VON)

In Leem kam es einst zu einem derartigen Anstieg der Verbrechen, dass man den Eindruck hatte, die Stadt sei in fester Hand von Dieben, Plünderern, Brandstiftern, Mördern und anderen finsteren Gesellen. Vergeblich verdoppelten und verdreifachten die Nachtwächter die Anzahl ihrer Runden; die Schurken waren einfach zu gut organisiert. Daraufhin hatte der damalige Bürgermeister die Idee, an den Häusern der Honoratioren Glocken anbringen zu lassen. Wenn sich ein Würdenträger bedroht fühlte oder Zeuge eines Verbrechens wurde, läutete er die Glocke, um den Nachtwächter herbeizurufen. Meist war dieser jedoch nicht schnell genug, da die Übeltäter schon beim ersten Glockenschlag die Flucht ergriffen. Dennoch besserte sich die Lage etwas.

Die gemeinen Bürger folgten dem Beispiel, und bald hatte jeder Handwerker und Händler eine Glocke an seiner Werkstatt oder seinem Laden angebracht. Nach einigen Jahren gab es in Leem so viele Glocken, dass kaum noch Verbrechen verübt wurden.

Allerdings nahmen die Schurken Rache, indem sie jedes Haus mit einer Glocke anzündeten.

Heutzutage hängen immer noch an über sechshundert Häusern Leems Glocken, die jedoch nur noch selten geläutet werden, hauptsächlich zu Festtagen.

LERMIAN (DIE KÖNIGE VON)

Vor fünf Jahrhunderten war Lermian die Hauptstadt eines blühenden Königreichs, das dem aufstrebenden Großen Kaiserreich Goran oder dem expandierenden Lorelien in nichts nachstand. Die königliche Familie saß seit elf Generationen auf dem Thron, und die Dynastie drohte nicht auszusterben, da König Oroselem und seine Frau Federis drei Söhne und zwei Töchter hatten.

Lermian hatte romische Invasionen, die itharische Herrschaft und goronische Expansionsgelüste ohne größeren Schaden überstanden. Auch allen Einflussversuchen Bledevons trotzte das Königreich tapfer. Der lorelische König wollte Lermian annektieren, da es wie eine Insel mitten in seinem Reich lag. Doch es war nicht Bledevons Art, die Stadt, die er als Bollwerk gegen Goran brauchte, von seiner Armee stürmen zu lassen. Oroselem wusste das nur zu gut und schmetterte belustigt alle Einschüchterungsversuche, Versprechen und Intrigen des lorelischen Königs ab.

Lermian hätte eine der einflussreichsten Städte der Oberen Königreiche werden können – mehr noch, als sie es heute ist –, wenn seine Herrscher nicht ein grausames Schicksal ereilt hätte. Oroselem starb an einer Lebensmittelvergiftung, nachdem er etwas Verdorbenes gegessen hatte. Sein ältester Sohn saß ganze sechs Tage auf dem Thron, bevor er von der Burgmauer stürzte und seinen Verletzungen erlag. Der mittlere Sohn regierte etwas mehr als acht Dekaden, bis er plötzlich spurlos verschwand. Da der jüngste Sohn noch zu jung war, um den Thron zu besteigen, wurde der Prinzgemahl als Regent eingesetzt, doch er musste nach einem Jahr abdanken, weil er infolge eines Reitunfalls den Verstand verloren hatte. Der Gatte der zweiten Prinzessin verzichtete auf die Ehre, die Geschicke des Königreichs zu lenken, und ging mit seiner Frau ins Exil. Königin Federis bat daraufhin ihre Ratgeber, einen Regenten aus ihrer Mitte zu bestimmen. Ein einziger Ratgeber stellte sich zur Wahl, doch er wurde wenige Tage später in der Stadt von einer Räuberbande niedergestochen.

Niemand wollte nunmehr die Regentschaft übernehmen. Die Königin, die sich selbst dazu nicht in der Lage sah,

akzeptierte schließlich ein von Bledevon vorgeschlagenes Abkommen. Lermian wurde ein Herzogtum Loreliens, und das Königreich versprach der Stadt im Gegenzug Schutz durch seine Armee.
Der Fluch, der auf Oroselems Dynastie gelastet hatte, schien aufgehoben. Königin Frederis und ihr jüngster Sohn erreichten beide ein hohes Alter.
Böse Zungen munkelten etwas von einer Mordserie und verdächtigten sogar König Bledevon. Doch der lorelische Hoftheoretiker zerstreute alle Zweifel, indem er bewies, dass es der Wille der Götter gewesen sei, beide Königreiche unter einer Krone zu vereinen. Von diesen tragischen Geschehnissen rührt die volkstümliche Wendung her: »so tot wie die Könige von Lermian sein«.

LOUVELLE
Grenzfluss zwischen den Fürstentümern und den Unteren Königreichen.

LUREEISCHER GESANG
Im Altitharischen bedeutete »Lur« Späher. Lurée ist aber auch ein beliebter Gott. Übersetzt heißt sein Name »der Wächter«. Lurée wacht vor allem über Neugeborene, aber auch über glückliche Familien. Auf diesen beiden Tatsachen beruht vermutlich der Brauch des lureeischen Gesangs.
Es heißt, solange der Gesang irgendwo auf der Welt erklinge, bringe er all jenen Glück, die irgendwann in ihrem Leben eine Strophe gesungen hätten. In Ith wird der Gesang nie unterbrochen: Zahlreiche Freiwillige stehen Tag und Nacht Schlange, um eine der fünf Stimmen im Chor zu übernehmen. Die wenigsten kommen aus Selbstlosig-

keit, aber alle erfüllen ihre Aufgabe gewissenhaft, wenn sie an der Reihe sind.
Der Kult des Lurée ist wie die Eurydisverehrung eine Moralreligion, wie der Liedtext eindeutig zeigt. Im Verlauf der Jahrhunderte haben die lureeischen Maz mehr als dreißig Strophen zu den ursprünglichen siebzehn hinzugefügt. In ihnen werden Nächstenliebe, Freundlichkeit, Treue, Bescheidenheit und andere Tugenden gepriesen. Dahinter verbirgt sich die Überzeugung, niemand könne einen Text laut aufsagen, ohne von ihm beeinflusst zu werden: Aus einem Samenkorn im Wind kann ein Baum wachsen ...

LUS'AN
Zü. Mystischer Ort der Zuïa-Religion, an dem die Boten nach ihrem Tod von der Göttin empfangen werden. Sie finden dort ewiges Glück und gehen Zuïa bei ihrem Großen Werk zur Hand.
Lus'an ist auch der Name einer kleinen Provinz auf der Heimatinsel der Züu. Dort leben die Judikatoren und ihre Sklaven, Fremden ist der Zutritt verboten. Die wenigen Abenteurer, die es wagten, die Insel zu betreten, sind nie zurückgekehrt.
In den Mooren Lus'ans sind die Geister der untauglichen Boten gefangen und derjenigen, die die Göttin verraten haben. Sie irren dort für alle Ewigkeit in unermesslicher Schwermut umher.

LUSEND RAMA
Der hoch zu Pferd Sitzende. Gott der Reiter und Beschützer aller Nomaden und Boten. Er wird vor allem in den Unteren Königreichen verehrt. Außerdem ist er der Hüter

der Stammesgesetze. Sein Urteil wird ebenso gefürchtet wie sein Ehrgefühl bewundert.
Künstler stellen ihn meist auf dem Rücken eines schwarzen Hengsts mit blinden Augen dar. So wird er in der Chronik des Pferdekönigs beim Kampf gegen die zwei Riesen von Irimis beschrieben. Manchmal wird er auch in der Gestalt eines Zentauren gemalt. Dieses Bild stammt aus der Taspriá, der ältesten religiösen Schrift der Unteren Königreiche.

MAÏOK
Arkisch. Mutter.

MARGOLIN
Nagetier von mittlerer Größe. Ausgewachsen kann es bis zu zwei Fuß lang werden. Es gibt mehrere Unterarten: das Kupfermargolin, das Plärrmargolin, das Fressmargolin und andere.
Margoline sind vor allem im Süden und in der Mitte der Oberen Königreiche heimisch und leben in Wiesen, im Wald oder am Ufer von Flüssen. Wegen ihrer hohen Vermehrungsrate, ihrer Bösartigkeit und der Ungenießbarkeit ihres Fleischs gelten sie als Schädlinge. Ihr Fell, aus dem die Handwerker Pelze, Lederbeutel und Kleider herstellen, ist jedoch sehr begehrt.

MASKE
In Itharien ist es üblich, eine Maske zu tragen. Obwohl die Itharier aus religiösen Gründen ansonsten eher schlichte Kleidung bevorzugen, ist die Maske eine Art Statussymbol. Die Maske ist keineswegs Pflicht, und von zehn Echariern,

denen man an einem Tag begegnet, tragen sie vielleicht nur vier. Dennoch gibt fast jeder Bewohner der Heiligen Stadt an, irgendwann in seinem Leben die Maske getragen zu haben oder sie im Alter tragen zu wollen.
Die Erklärung für diesen religiösen Brauch verliert sich in den Tiefen der Vergangenheit. Schon die Ureinwohner der Gegend, die Vorfahren der heutigen Itharier, trugen zu gewissen Anlässen Masken.
Die eurydischen Priester übernahmen die Tradition, weil sie darin ein hervorragendes Mittel sahen, die dritte Tugend der Weisen Eurydis umzusetzen: Toleranz. Das Tragen der Maske ebnet alle Unterschiede ein und stellt die unter einem glücklichen Stern Geborenen mit den weniger Begünstigten auf eine Stufe. Obwohl dieser Gedanke umstritten ist, tragen die Itharier weiterhin ihre Masken.

MAZ

Ehrentitel vor allem in der Eurydisverehrung. Andere Religionen haben ihn übernommen.
Mit einer Ausnahme kann der Titel nur von einem Maz auf einen seiner Novizen übertragen werden, wenn dieser ihn sich durch seine Hingabe verdient. Der Große Tempel muss die Übertragung absegnen. Sie kann sofort in Kraft treten oder erst beim Tod des Maz, je nach Abmachung. Es ist einem Maz streng verboten, den Titel einem Mitglied seiner Familie zu vermachen.
Allerdings kann der Titel einem Novizen auch außer der Reihe verliehen werden, um ihm für ein besonderes Verdienst zu danken. Häufig wird der Titel posthum als Ausdruck der Dankbarkeit verliehen, wenn jemand sein

ganzes Leben der Eurydisverehrung geweiht hat, und in diesem Fall kann er natürlich nicht weitergereicht werden. Eine solche Auszeichnung kann nur ein Emaz vergeben.
Die Rechte und Pflichten eines Maz sind nicht festgelegt und hängen von der persönlichen »Laufbahn« ab. Manche bekleiden wichtige Ämter in den Tempeln, andere unterrichten nur hin und wieder einige Novizen, und wieder andere treten nie einen Dienst an.
Niemand kennt die Anzahl der lebenden Maz, abgesehen von den Archivaren des Großen Tempels, die ihre Liste ständig auf dem neuesten Stand halten. Viele Priester außerhalb Ithariens nennen sich unrechtmäßig Maz, was die Schätzungen nicht gerade erleichtert. Der Legende zufolge gab es ursprünglich 338 Maz, so viele, wie ein Jahr Tage hat, und 34 Emaz, nach der Anzahl der Dekaden.

MÈCHE
Kleiner Fluss im Matriarchat von Kaul. Die Hauptstadt Kaul liegt an seinem Ufer. Zufluss der Gisle.

MEMISSIEN
Eine der fünf Provinzen des Königreichs Romin. Ihre Hauptstadt ist Jidée, ihr Wappenbild ein großer Platinschmetterling.

MERBAL
Merbal war einst der Anführer einer legendären Räuberbande, die für ihre Grausamkeit und Barbarei berüchtigt war. Heute fällt es schwer, bei den Schauergeschichten, die über ihn kursieren, zwischen Wahrheit und Lüge zu unterscheiden. Es gilt jedoch als sicher, dass Merbal die grau-

same Angewohnheit hatte, von jedem seiner Opfer einen Becher Blut zu trinken.
Der Glaube einer Sekte namens ›die Vampire von Jidée‹ beruht auf dieser Legende.

MISHRA

Die Verehrung Mishras ist mindestens so alt wie der Große Sohonische Bogen. Mishra war die Hauptgöttin der Goroner, bevor die itharische Armee im achten Äon die Stadt Goran einnahm. Nach der Befreiung, als die Itharier die Waffen niederlegten und sich der Religion zuwandten, wurde die Verehrung Mishras wieder populär. Aus der Stadt Goran ging erst das Königreich Goran und schließlich das Große Kaiserreich Goran hervor, und die Religion breitete sich im Land aus.
Mishra ist die Göttin der Gerechtigkeit und der Freiheit. Ein jeder hat das Recht, sie anzurufen. So kam es vor, dass Völker, die vom Großen Kaiserreich Goran besiegt worden waren, die Göttin ihrer Eroberer um Hilfe anflehten. Sie ist mit keiner bekannten Gottheit verwandt. Manche Theoretiker behaupten, sie sei die Schwester Hamsas. Zu Mishras Ehren wurden nur wenige Tempel gebaut – eine Ausnahme ist der prachtvolle Palast der Freiheit in Goran. Viele Gläubige verehren Miniaturen der Göttin oder eines Bären, ihres Sinnbilds.

MIT-TAG

Höchststand der Sonne, in unserer Welt 12 Uhr. Allgemein wird das Ende des dritten Dekants als Mit-Tag bezeichnet.

MOÄL

Der Moäl ist ein Baum, der nur in den Wäldern der Kleinen Königreiche wächst. Alle Versuche, ihn anderswo anzupflanzen, scheiterten, was die fähigsten Botaniker vor ein Rätsel stellt.

Der Moäl ähnelt der weit verbreiteten Grule sehr, und es fällt häufig schwer, sie auseinanderzuhalten. Der Unterschied ist eigentlich nur zu Beginn der Jahreszeit des Wassers sichtbar, wenn die Zweige des Moäls mehrere Tage lang blassgrüne Blüten austreiben.

Es heißt, wenn man beim Vollmond eine Goldmünze unter einen Moäl legt und nur lange genug zum Nachtgestirn hinaufsieht, erscheint der Kobold, der in dem Baum haust. Wenn ihm der Glanz der Münze gefällt, tauscht er sie gegen einen Wunsch ein.

Selbst diejenigen, die das für einen Aberglauben halten, sind überzeugt, dass es Unglück bringt, den Zweig eines Moäls abzubrechen.

MONARCH

Goldmünze im Königreich Romin.

MONDKÖNIGIN

Kleine Muschel mit glatter Oberfläche und nahezu runder Form, die wegen ihrer Seltenheit äußerst kostbar ist. Es gibt drei Sorten von Mondköniginnen: eine weiße, die am häufigsten vorkommt, eine blaue, die schon weniger gängig ist, und schließlich eine gefleckte, die äußerst selten ist. Eine Zeit lang dienten die blauen und gefleckten Mondmuscheln in einigen entlegenen Orten des Matriarchats von Kaul als Währung, und bei manchen alten

Leuten kann man noch heute mit ihnen bezahlen. Die Muschel ist auf alle Münzen geprägt, die von der Schatzkammer des Matriarchats ausgegeben werden. Nach ihr ist auch die offizielle Währung benannt: die Königin. Es gibt Münzen zu einer, drei, zehn, dreißig und hundert Königinnen. Die Hundert-Königinnen-Münzen sind etwa so groß wie eine Hand und dienen nicht als Zahlungsmittel. Sie fungieren lediglich als Garantie bei Transaktionen zwischen dem Matriarchat und seinen Nachbarn.

MORALIST

Die Moralpriester stützen sich auf religiöse Schriften und Überlieferungen, um die moralischen Werte zu verbreiten, die gemeinhin als die wichtigsten gelten: Mitgefühl, Toleranz, Wissen, Aufrichtigkeit, Achtung, Gerechtigkeit usw. Häufig sind Moralpriester Lehrer oder Philosophen, die sich aus Bescheidenheit darauf beschränken, eine kleine Gruppe von Schülern zu unterrichten. Die wichtigste Moralreligion ist die Eurydisverehrung.

MORGENLAND

Bezeichnung für die Länder östlich des Rideau.

NAMEN

Die Bedeutung der Namen hängt natürlich vom Geburtsland ab. In Kaul, Romin oder Goran werden seit Jahrhunderten einfach immer dieselben Namen weitergegeben, und niemand macht sich großartig Gedanken über ihre Herkunft. Doch das gilt nicht für alle Völker der bekannten Welt.

In Itharien ist es üblich, ein Neugeborenes auf das erste

Wort zu taufen, das es spricht. Da jedes Lallen als Wort gilt, das die Menschen zwar nicht verstehen, für die Götter aber von Bedeutung ist, sind die gängigsten itharischen Namen Nen, Rol, Aga und ähnliche Ein- und Zweisilber. Die Interpretation bleibt den Eltern überlassen, und es ist auch möglich, mehrere Silben aneinanderzureihen. Itharische Namen sind meist kurz und leicht auszusprechen.

Arkische Namen werden nicht endgültig vergeben. Im Verlauf seines Lebens nimmt ein Arkarier verschiedene Namen an. So heißen die meisten Neugeborenen Gassan (Säugling) oder Gassinuë (Winzling). Arkische Eltern suchen sehr früh nach der Besonderheit ihres Kindes und benennen es entsprechend, bis ein Namenswechsel geboten ist. So bedeutet Prad »der Neugierige«, Iulane »das junge Mädchen«, Ispen »die Liebreizende«, Bowbaq »der Riese« usw. Jeder gibt sich Mühe, sich keinen Namen wie »der Grausame«, »der Geizhals«, »der Untreue« oder andere Beleidigungen einzuhandeln. Selbstverständlich verbietet es die Höflichkeit der Arkarier, jemanden nach einem körperlichen Makel zu benennen, doch bei Feindschaften wird dieser Grundsatz gern einmal vergessen.

Die Züu, die der Rachegöttin dienen, nehmen am Ende ihres Noviziats einen neuen Namen an. Als Zeichen ihrer Unterwerfung unter Zuïa wählen sie einen Namen mit dem Anfangsbuchstaben »Z«, der ihnen zugleich Macht über das gemeine Volk der Züu verleiht.

NIAB

Kauli. Der Niab ist ein Tiefseefisch, der nur nachts an die Oberfläche kommt. Die kaulanischen Fischer spannen ein großes, dunkles Tuch knapp über der Wasseroberfläche zwischen mehrere Schiffe, um ihn zu täuschen. Dann müssen sie die Fische nur noch einsammeln, weil sie in eine Art Dämmerzustand verfallen. Als »Niab« bezeichnet man auch jemanden, der allzu leichtgläubig und arglos ist.

OBERE KÖNIGREICHE
Strenggenommen sind damit das Königreich Lorelien, das Große Kaiserreich Goran und das Königreich Itharien gemeint, manchmal auch noch das Königreich Romin. In den Unteren Königreichen zählt man jedoch alle Länder nördlich des Mittenmeers dazu, also auch das Matriarchat von Kaul und Arkarien.

ODREL
Odrel ist ein Gott, der vor allem in den Oberen Königreichen verehrt wird. Odrel soll der zweite Sohn Echoras und Olibars sein.
Ein fleißiger Priester sammelte einst mehr als fünfhundertfünfzig Geschichten über den traurigen Gott, wie Odrel manchmal genannt wird. Die bekannteste ist die Geschichte der tragischen Liebe Odrels zu einer Schäferin, die mit dem Tod der Menschenfrau und ihrer drei Kinder endet. Als Odrel seiner Geliebten in den Tod folgen will, muss er qualvoll erfahren, dass dies als Einziges auf der Welt nicht in seiner Macht steht.
Der Priester fasste die Ergebnisse seiner Forschungen wie folgt zusammen: »Niemand hat so viel Unglück erfahren wie Odrel. Aus diesem Grund wenden sich all jene an ihn, die ein Unheil oder einen Schicksalsschlag erlitten haben, die von Trauer, Reue oder bösen Erinnerungen gequält wer-

den, die in Ungnade gefallen sind oder in Armut leben, die Ungerechtigkeiten, Verzweiflung oder andere Prüfungen des Lebens durchstehen müssen. Er ist der einzige Gott, der sie versteht und ihnen Trost spenden kann, da er selbst Mitleid erregt.«

PAÏOK
Arkisch. Vater.

PHRIAS
Der Verfolger. Phrias ist ein Gott, der durch böse Gedanken und finstere Gebete der Menschen beschworen wird. Er macht, dass ein Seil reißt, ein Hund zubeißt, das Feuer aus dem Kamin springt oder der Boden plötzlich rutschig wird. Dieser Dämon nährt sich vom Hass und erfüllt die schwärzesten Wünsche.

PRESDANIEN
Eine der fünf Provinzen des Königreichs Romin. Ihre Hauptstadt ist Mestebien, ihr Wappenbild ein Gyolendelfin.

RAMGRITH
Bewohner des Königreichs Griteh. Wichtigste Sprache dieses Königreichs.

RAT DER MÜTTER
Oberste Versammlung und Regierung des Matriarchats von Kaul.
Jedes Dorf hat einen solchen Rat, deren Vorsitz die Dorfmutter innehat, während die Dorfälteste als ihre Beraterin dient.

RIDEAU

Der Rideau ist ein Gebirge, das im Westen an das Große Kaiserreich Goran und das Königreich Itharien und im Osten an das Morgenland grenzt.

ROCHANE

Fluss, der in den Nebelbergen entspringt und in das romische Meer mündet. Er fließt durch die romischen Provinzen Helanien und Presdanien. An seinen Ufern liegen zwei der größten Städte des Alten Landes: Mestebien und Trois-Rives.

ROMERIJ

Legendäre Stadt, auf dessen Ruinen Romin gebaut ist.

ROMISCHES ALPHABET

Das romische Alphabet ist das komplizierteste Alphabet der bekannten Welt, das noch in Gebrauch ist. Es besteht aus einunddreißig Buchstaben, von denen siebzehn einen Akzent tragen können. Diese achtundvierzig möglichen Buchstaben geben jedoch noch keine Laute wieder. Erst aus der Kombination von zwei, drei oder vier Buchstaben entstehen Silben. Die Schreibweise jeder Silbe hängt wiederum davon ab, welche Silben ihr vorausgehen und auf sie folgen.

Selbst die Rominer benutzen im Alltag eine vereinfachte Version. Das ursprüngliche Alphabet wird nur noch für offizielle Schriften verwendet. Musiker nutzen es außerdem für Gesangspartituren, da seine Variationsmöglichkeiten es erlauben, jede noch so kleine Stimmmodulation zu notieren.

Gelehrte aus allen Königreichen studieren das romische Alphabet wegen seines streng mathematischen Aufbaus.

SCHIEBEN

Schieben ist ein Spiel mit großem Körpereinsatz, das vor allem im Alten Land und im Norden der Fürstentümer populär ist. Zwei Gegner stellen sich jeweils auf ein Bein, legen die Handflächen aneinander und verschränken die Finger. Derjenige, der als Erster das zweite Bein auf den Boden stellen muss, hat verloren. Die Hände müssen sich die ganze Zeit berühren. Wie der Name schon sagt, ist es die beste Taktik, mit aller Kraft zu schieben.

SEMILIA

Unabhängiges Fürstentum, das unter dem Schutz Loreliens steht.

TAL DER KRIEGER

Landstreifen zwischen den nördlichen Ausläufern des Rideau und dem Spiegelozean. Sowohl das Große Kaiserreich Goran als auch das Königreich Thalitt erheben Anspruch auf das Gebiet. Seit Jahrhunderten liefern sie sich im Tal der Krieger erbitterte Gefechte.

TERZ

Die Terz ist die offizielle Währung Loreliens. Es gibt Silberterzen – das gängigste Zahlungsmittel – und Goldterzen, auf die das Konterfei des Königs geprägt ist.
Die lorelischen Goldterzen sind berühmt für den hohen Goldgehalt ihrer Legierung.
Die Untereinheit der Terz ist der Tick. Eine Silberterz ist

zwölf Tick wert. Der Wert einer Goldterz hängt vom jeweiligen Geldwechsler ab, liegt aber bei mindestens fünfundzwanzig Silberterzen.

THEORETIKER

Priesterkaste, die sämtlichen Göttern dient, selten auch nur einigen oder gar einem einzigen Gott. Die Theoretiker versuchen, aus den göttlichen Zeichen den Willen der Allmächtigen herauszulesen. In den Tempeln genießen sie kein hohes Ansehen, aber an den Höfen der Könige und Fürsten sind sie sehr gefragt. Häufig sind sie auch Astrologen und Ratgeber.

Der bekannteste Theoretiker war Jéron der Zarte, der die Einwohner Romins vor dem Ertrinken rettete, obwohl der König seiner Prophezeiung keinen Glauben schenkte.

UBESE

Fluss, der in den Jezebahöhen entspringt und durch die Kleinen Königreiche fließt. Bis zum Abschluss des ersten Friedensabkommens kämpften die Fürstentümer lange Zeit um die Vorherrschaft über die Ubese.

Die Ubese ist ein breiter, gemächlich dahinfließender Strom und bildet in der Ebene von Junin einen See. Ein bewachtes Wehr am Südeingang des Sees schützt die Hauptstadt der Fürstentümer vor einem Angriff der Unteren Königreiche auf dem Wasserweg.

UNTERE KÖNIGREICHE

Bezeichnung für die Länder südlich der Louvelle. Oft werden jedoch auch die Fürstentümer hinzugezählt.

URAE
Fluss, der in den Brantacken entspringt und ins romische Meer mündet. Die romische Provinz Uranien ist nach ihm benannt. Romin, die Hauptstadt des Alten Landes, liegt an seinem Ufer.
Die Urae genießt den traurigen Ruf, der dreckigste Fluss der bekannten Welt zu sein. Man sagt, in seinem schlammigen Grund verberge sich ein größerer Schatz als der des Kaisers von Goran. Aber das ist sicher nur ein Bild, um das Ausmaß der Verschmutzung zu beschreiben. Dennoch hält sich das Gerücht hartnäckig, da immer wieder Flussschiffer zu plötzlichem Reichtum gelangen und über die Herkunft des Geldes schweigen.

URANIEN
Eine der fünf Provinzen des Königreichs Romin. Ihre Hauptstadt ist Romin, ihr Wappenbild der Kronenadler aus den Nebelbergen.

VELANESE
Lorelischer Fluss. An seiner Quelle liegt die Stadt Le Pont.

DIE WEISE
Die Göttin Eurydis wird auch »die Weise« genannt.

WEISSES LAND
Anderer Name für das Königreich Arkarien.

YÉRIM-INSELN
Die Inselgruppe Yérim besteht nur noch aus zwei Inseln: Yérim selbst und der Insel Nérim. Zwei kleinere In-

seln sind beim Ausbruch des Yalma – des größten Vulkans der Inselgruppe – im Meer versunken. Eine fünfte Insel erhob sich aus den Fluten, verschmolz mit Yérim und gab der Hauptinsel ihre heutige Form. Der Vulkanausbruch geht auf das Jahr 552 zurück. Zwei Jahrhunderte zuvor hatte das Große Kaiserreich die Inselgruppe besiedeln lassen, ohne auf Widerstand zu stoßen, da kein anderes Königreich Anspruch auf diesen trostlosen Fleck Erde erhob. Kaiser Uborre, der die Besiedlung befohlen hatte, wollte von Yérim aus die Unteren Königreiche angreifen, verwarf die Idee aber wieder, als sich herausstellte, dass es zu kostspielig war, den Hafen und das Fort zu unterhalten, die eilig auf Yérim errichtet worden waren.

Zurück blieben nur eine kleine Garnison und eine Flotte von zehn Galeerenschiffen. Die unfähigsten Soldaten wurden nach Yérim versetzt und unter den Befehl von unfähigen Offizieren gestellt. Bald wurde das Fort zum Gefängnis umgebaut, und immer mehr Verurteilte wurden ohne Hoffnung auf Rückkehr nach Yérim verschifft. Die Ausgestoßenen der goronischen Gesellschaft – Gefangene wie Aufseher – sollen das Wappenbild Yérims entworfen haben: ein schwarzes Stirnband, das Symbol der Verschwörer und Feinde des Kaisers.

Als im Jahre 552 der Vulkan ausbrach, nutzten die dreitausend Gefangenen die Gelegenheit zur Revolte. Die Hälfte der auf Yérim stationierten Soldaten schloss sich ihnen an. Die Gefechte waren rasch beendet, doch bald brachen Kämpfe zwischen den verschiedenen Rädelsführern aus. Inmitten der Unruhen entdeckten die einstigen Gefangenen das reiche Kupfervorkommen der Insel, das bei einem

Vulkanausbruch an die Oberfläche gekommen war.
Anstatt von der Insel zu fliehen, beschlossen die Goroner, die Galeeren, die bei der Revolte verschont worden waren, zur Verschiffung des Erzes zu nutzen. So brachten sie Yérim endgültig in ihre Gewalt. Die Bewohner fürchteten einen Gegenangriff Gorans, doch bald stellte sich heraus, dass sich das Große Kaiserreich wenig um den Verlust scherte und nicht noch mehr Kriegsschiffe verlieren wollte.
Als die Kupferminen erschöpft waren, sattelten die Yérimer um und wurden Piraten, Söldner und Schmuggler. Drei Jahrhunderte später wird die Insel immer noch ›Gorans Gefängnis‹ genannt und gilt nach wie vor als äußerst gefährlich.